读客悬疑文库

认准读客读悬疑,本本都是大师级。

玻璃之锤

[日]贵志祐介 —— 著
潘郁灵 —— 译

北京日报出版社

图书在版编目（CIP）数据

玻璃之锤 /（日）贵志祐介著；潘郁灵译 . -- 北京：
北京日报出版社，2023.10
　ISBN 978-7-5477-4633-2

　Ⅰ . ①玻… Ⅱ . ①贵… ②潘… Ⅲ . ①推理小说－日
本－现代 Ⅳ . ① I313.45
　中国国家版本馆 CIP 数据核字 (2023) 第 115237 号

THE GLASS HAMMER
© Yusuke Kishi 2004, 2007
First published in Japan in 2004 by KADOKAWA CORPORATION, Tokyo. Simplified Chinese translation rights arranged with KADOKAWA CORPORATION, Tokyo through TUTTLE-MORI AGENCY, INC., Tokyo.
Simplified Chinese edition copyright © 2023 by Dook Media Group Limited

本书由日本角川正式授权，版权所有，未经书面同意，不得以任何方式做全面或局部
翻印、仿制或转载。
中文版权：© 2023 读客文化股份有限公司
经授权，读客文化股份有限公司拥有本书的中文（简体）版权
图字：01-2023-4190号

玻璃之锤

作　　者：	［日］贵志祐介
译　　者：	潘郁灵
责任编辑：	曲　申
特约编辑：	齐海霞　　宋　琰
封面设计：	江冉滢　　朱雪荣
出版发行：	北京日报出版社
地　　址：	北京市东城区东单三条8-16号东方广场东配楼四层
邮　　编：	100005
电　　话：	发行部：（010）65255876
	总编室：（010）65252135
印　　刷：	三河市龙大印装有限公司
经　　销：	各地新华书店
版　　次：	2023年10月第1版
	2023年10月第1次印刷
开　　本：	880毫米×1230毫米　1/32
印　　张：	13
字　　数：	315千字
定　　价：	59.90元

版权所有，侵权必究，未经许可，不得转载
凡印刷、装订错误，可调换，联系电话：010-87681002

硝子のハンマー

貴志祐介

THE GLASS HAMMER

YUSUKE KISHI

1F

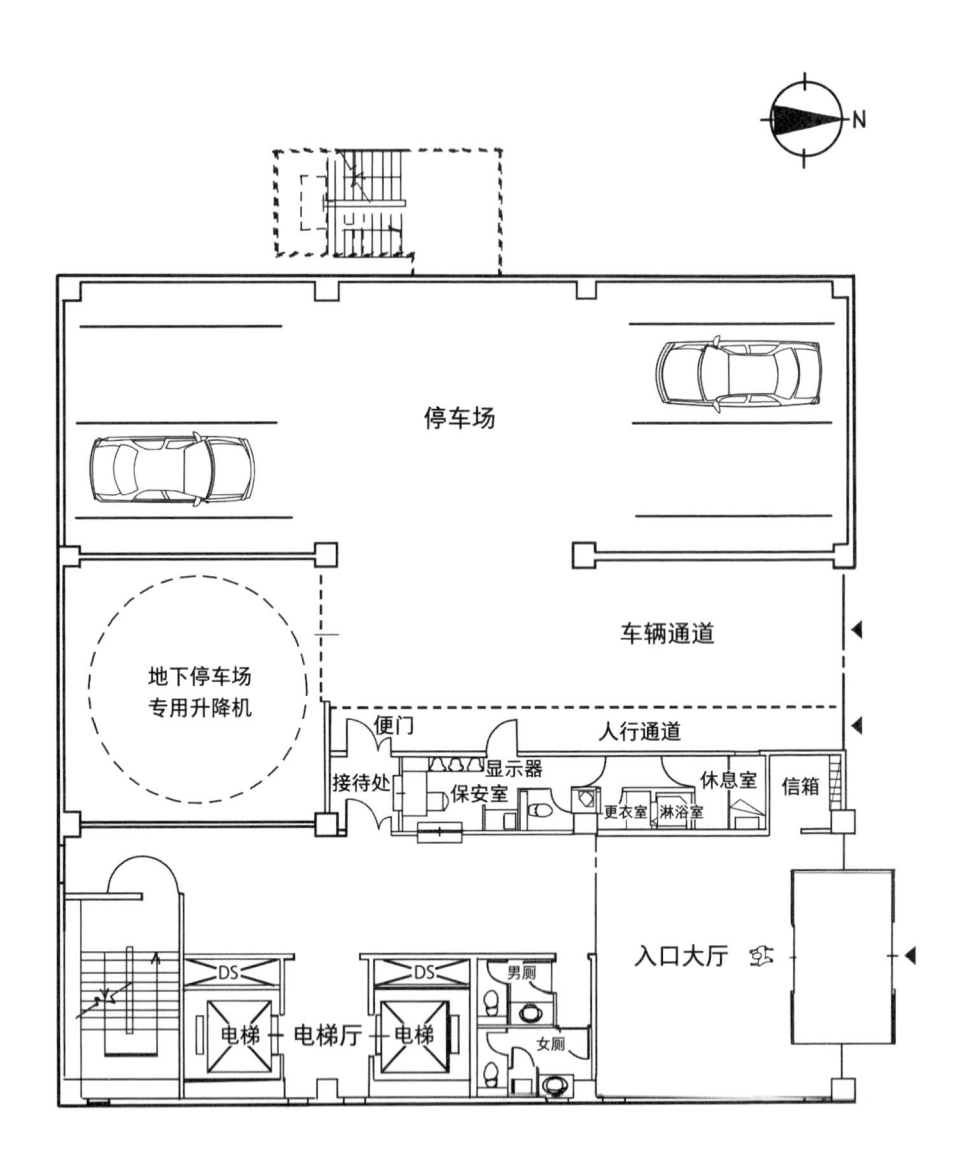

停车场

车辆通道

人行通道

地下停车场专用升降机

接待处　保安室　显示器　更衣室　淋浴室　休息室　信箱

便门

电梯　电梯厅　电梯

DS　DS

男厕　女厕

入口大厅

N

◀ 六本木中央大厦 ▶

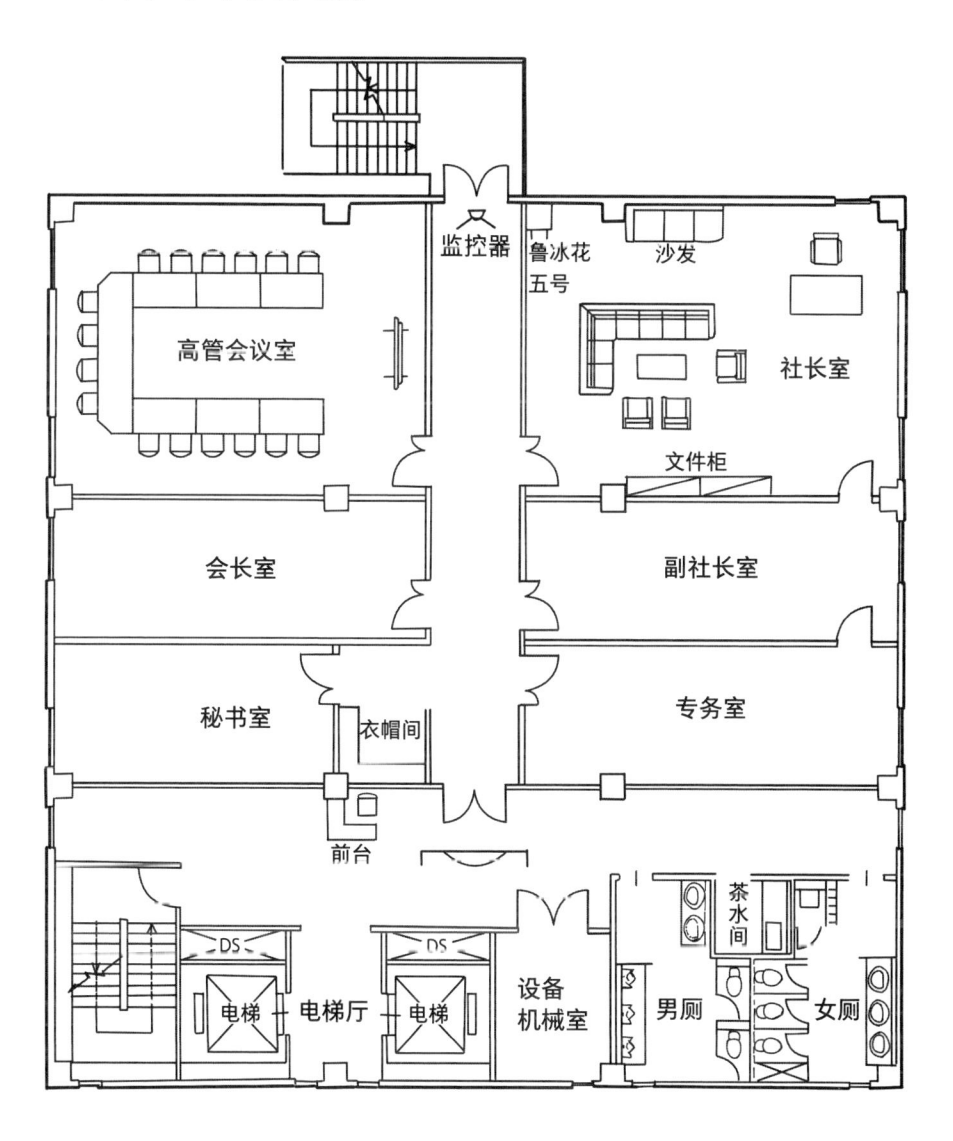

高管会议室
监控器
鲁冰花五号
沙发
社长室
文件柜
会长室
副社长室
秘书室
衣帽间
专务室
前台
电梯　电梯厅　电梯
设备机械室
茶水间
男厕
女厕

12F

目录

第一部　隐形的凶手

I	案发当天	003
II	防盗顾问	044
III	看护猴	082
IV	看护机器人	116
V	弹道	145
VI	验证	173
VII	隐身的圣诞老人	203
VIII	社长室	232

第二部　死亡组合

I	鬣狗	251
II	钻石	279
III	计划	312
IV	杀害	348
V	铁球	372
VI	终章	394

第一部
隐形的凶手
見えない殺人者

I
案发当天

8:30

走上地铁的台阶,清晨的夺目阳光瞬间扑面而来。

泽田正宪打了个大大的哈欠,双眼被骤然下降的外界温度刺激得流出泪水,视野也变得模糊了几分。

昨天夜里,泽田本打算不喝酒就睡下的,结果随手一开电视,正好播放着穿着泳装的写真偶像在泳池中做游戏的节目,看起来应该是年底特别节目。

他的双眼紧盯着电视画面,开始期待那些少女解开内衣的模样,手里则端起一杯加了冰块的烧酒缓缓喝着。原本只想喝一杯的,哪承想不知不觉间就喝下了第二杯、第三杯……回过神来才发现,那个一升装的塑料瓶竟不知何时见了底。

对于如今的泽田而言,喝酒大概是唯一的减压方式了。可是沉醉过后,留下的不过是无尽的疲劳和倦怠。最近,泽田发现自己不仅脸部和四肢浮肿得厉害,眼白处也开始出现黄疸。看样子,在长年累月的超负荷运转下,自己的肝脏已不堪重负。

此刻也是如此,血液之中尚未代谢干净的酒精让他感觉昏昏沉沉的。或许是想感受一下粗糙的胡楂和满是油光的皮肤，泽田摸了摸自己的下巴。

今天早上的闹钟响起后，他怎么也爬不起来，直到最后一刻才突然惊醒，连脸都没洗就直接冲出家门。可想而知，他此刻的口气该有多难闻了。

就算此刻已经站在这里，他还是对自己的那张床有些恋恋不舍。那是一张铺在六叠[1]大的房间里的、从不曾收拾的、温暖的床。还有房间里放着的电暖炉，要是能再钻进去美美地睡上一觉该多好啊……

泽田从皱巴巴的上衣口袋里摸出一支受潮的烟叼在嘴里，双手则在腰间的两只口袋中摸索了一阵，终于翻出了一只廉价的打火机，不过里面的燃气即将烧尽。

泽田一边走着，一边吐出一串串长长的烟雾，身体终于不那么难受了。

幸亏此处不是禁烟区域，也不用担心罚款的问题。泽田眯了眯眼神有些涣散的双眼。

他的左手边是一排色调灰暗的中层建筑，道路旁边耸立着分为上下两车道的首都高速三号线。虽然都是熟悉的景色，但还是让泽田涌出一阵有些厌烦的压迫感。

所幸今天是个悠闲的星期天，街上几乎看不见西装笔挺的上班族，车流量也比平日少了许多。毕竟这是今年最后一个星期天了，在这种日子里还得出门谋生的，大概只剩下自己这种人了吧！

---

1 叠是日本常用的面积单位，1叠约1.62平方米。——译者注（如无特别说明，书中注释均为译者注）

泽田抬起头，视线从建筑物与高架桥中穿过，望向东京那犹如被漂白过的青空。忽然，一块绿色草坪如海市蜃楼般出现在他的眼前。

那是今年最后一场精彩的国际一级赛——有马纪念[1]。

泽田只觉一阵颤抖自小腹下部骤然升起。今天的阵容尤为强大，集结了包括七匹GI级赛马在内的最强选手。

闭上眼睛，泽田的脑海中顿时浮现出一群训练有素的纯种良驹在阳光下熠熠生辉的场景。跑过最后的弯道后，所有的马匹径直冲向终点，马场内顿时被阵阵雷鸣般的嘶叫声吞没。越来越多的人不由自主地站起身来，激动地大声喊着马儿的名字。

"你这笨马！"一声夹杂着烟草气息的叹息自泽田的鼻腔呼出。

笨的是你自己吧！

赛马让自己吃尽了苦头。这些年来，泽田几乎把所有的积蓄都奉献给了日本中央竞马会。贪污公款的事败露后，虽然数额不大，但他还是被自高中毕业后就为之勤恳奋斗的房地产公司给开除了。妻子发现购房存款账户中的余额为零后，一怒之下离开了家。这一切，都拜那种令自己难以忘怀的、如血液沸腾般的兴奋感所赐。

不过，一切都结束了，他终于战胜了自己的赌瘾。这一整年来，他连一张赛马券都没买过。国际一级赛来临前，虽然泽田体内的血液又一次不由自主地沸腾起来，但他还是拼命忍住了，甚至连买份体育报纸来预测的念头都被自己掐断了。不论赛马场还

---

[1] 有马纪念是日本中央竞马会举办的国际一级赛，通常于十二月的最后一个周日举行。

是投注站，他都不曾踏入一步。至于博彩公司，那更是早就断了个一干二净。

只要不赌，就不会输。

这么个再简单不过的道理，泽田却在付出了巨大的代价后才终于领悟。想想也知道，自己哪有胜算呢？哪有赌场的庄家抽成高达百分之二十五呢？其实公营赌场远比黑手党的赌场更贪婪。

今天轮到自己当值保安，一定也是上天的安排吧！否则自己可能就会找借口趁着大好天气出门走走，然后就坐上电车，状似随意地走进中山赛马场了。

登高不易，跌落只需一瞬，这就是人生啊！要是自己再不争点儿气，那就真是无药可救了。

自己若是在这种经济萧条的时候再遭辞退，那可就山穷水尽了。让一个身无所长的五十三岁男人重新找工作，难度堪比考取东京大学。到了这把年纪，自己肯定受不了一边忍受着年轻工头的破口大骂，一边在工地和水泥的工作了。其他诸如往大楼的信箱塞传单和色情小广告，或是挨家挨户推销皮包装修公司的业务之类的工作，自己肯定是不愿意干的。

相较而言，现在这家千代田保安公司不仅算得上业内数一数二的大企业，工资待遇也不错。虽然才刚入职三个月，但泽田很清楚，比起交通指挥员之类的工作，办公大楼的保安算是十分轻松的活计了。

他的左前方是一栋外墙上贴着砖红色瓷砖的建筑物——六本木中央大厦，人称"六中大厦"。虽然这名字听起来很壮观，但实际上也就是一栋雅致的十二层建筑物罢了。

原本这栋大厦比两旁的建筑物都要高一些，但自从西侧那栋大楼在屋顶竖起了一块巨大的金融贷款机构广告牌，六中大厦的采光就差了许多。事实上，它距离六本木的中心地带还远着呢。

今天是休息日，大厦的正门上了锁，泽田便叼着支烟绕去了后面的小门。

走近保安室时，泽田探头看了一眼，恰巧此刻当值的石井亮也抬起了那张苍白扁平的脸。石井长了双细长的眼睛，本就有些三白眼，向上斜视时更是多了几分阴险。泽田抬手打了个招呼，石井却毫无反应地移开了视线。泽田感到非常生气。对这个二十出头的小子来说，自己的年纪都足够当他父亲了吧，他怎么能对自己如此傲慢无礼呢？

说起来，自己早就想好好教训他一顿了，奈何对方的个头不仅比自己高十五厘米，性格也十分古怪，让人摸不透他到底在想什么，泽田思虑再三，还是决定暂时忍下来。但这么一来，他反而更生气了。

走进保安室之后，石井就连一个正眼也没给过泽田，只是一脸专注地盯着自己的手机，似乎在忙些什么。这就是所谓的"宅男"吧。泽田曾偷偷看过他的简历，上面写着毕业院校为品川工业大学。或许这种人本就不善与人交往，机械才是他们最好的朋友吧。

泽田把烟搁在烟灰缸上，然后打开小柜子，拿出毛巾、刮胡刀和牙具，走到保安室内的洗手池旁。

加热设备已经坏得差不多了，水龙头流出的水差点儿没把他的手指冻僵。他刷完牙后，洗手池前的镜面上也多出了许多泡沫，接着泽田又拿起那块洗手专用的绿色肥皂，颤抖地洗了把脸，这下可算彻底清醒了。他用干硬的毛巾擦干脸上的水，又用刮胡刀把满脸花白的胡子剃干净。

泽田最后用梳子仔仔细细地打理好头发。倒也不是为了见什么人，只是既然是上班，仪容仪表还是要注意的。

"四十分！"

早就脱下保安服，换上了绣着龙纹的夹克和牛仔裤的石井突然低声说道。

"嗯？"

"八点四十分就该换班了吧！"

泽田看了看墙上的挂钟，的确已经过了五分钟。

"啊……不好意思，刮胡子花了点儿时间。"

石井用他那双细长的双眼瞥了瞥泽田，接着背起看起来有些重的红色运动背包大步走了出去。

确实，泽田的上班时间是八点四十分，可是石井的下班时间应该是九点才对啊。

想到这里，泽田从保安室里探头向外看去，不过石井早就消失得无影无踪了。

石井很喜欢穿那种巨大的篮球鞋，他虽然身材高大，走起路来却悄无声息。再加上他平时总是一副漠然的神情，让泽田联想到自己极其讨厌的猫，便更生气了。

但也不能为了这区区十几分钟特意把他叫回来。生气归生气，除了放过他又能怎么样呢？

大厦里的员工也差不多该来了。泽田看了看休息日人员进出登记表，发现已经来了四名员工。

这几个人全都是月桂叶公司的员工，这家公司独揽了大厦顶上的三层楼。登记表上只写了伊藤、小仓、安养寺、岩切这几个姓，并未登记具体的部门或职务。泽田真想对他们说一声"辛苦了"，然后顺便告诉他们，就算你们把一切都奉献给公司，公司也不会报答你们的。

这栋大厦里连周日都不肯放过的，大概就只有月桂叶的员工了。这家公司的员工似乎特别肯干，几乎每个周末都有人出勤，今天大概也不例外。估计还会有人陆续进来的，真拿他们没办法。

泽田皱着眉头，将方才那支吸了一半的烟重新塞进嘴里，匆忙点火吸了两口，便迅速换上了深蓝色的工作服。

9:15

河村忍[1]在小窗外对着保安微微点头打了个招呼后，便在登记表上签了名。

六中大厦的正门每到节假日就会关闭，所以只能经过停车场通道，从保安室旁的小门进出。最近，很多大厦都会在小门安装IC卡门禁装置，不过这栋大楼可没有这么先进，只能靠保安的双眼来分辨外来的可疑人员。

不过，每次看保安室的小窗时，河村都会感到不安。因为这窗户实在太小了，视野十分有限，任何熟悉此处环境的人都能轻易地从保安的眼皮子底下溜进去。很简单，只要猫着身子，从小窗的视线盲区通过即可。

听说那件事发生后，总务部长曾要求大厦物业在电梯内加装一个监控器，但被物业拒绝了，据说是因为他们认为这会侵犯楼内各家公司员工的隐私。

不过他们也给出了一个替代方案——导入密码系统。

走进电梯，待电梯门关上后，忍先按下了十二楼的楼层按

---

1 河村忍，姓河村，名忍，下文有时直接用"忍"来称呼她。日本由三个字组成的姓名，姓或名为单个字，所以有时会用单个字来称呼。——编者注

钮，接着再按下一串四位数密码，分别是③、④、②、④。

忍服务的月桂叶公司位于这栋楼的顶上三层，不过只有社长室所在的顶层需要输入密码，否则电梯就不会到达顶层。

大厦内部楼梯之间的大门都是自动上锁的，从楼层内侧可以随意开关，但若想从楼梯那一侧进入，则必须有钥匙。

电梯门开了。大厅休息日没有开灯，四下一片昏暗。平时迎来送往的前台也空无一人。

忍正前方的走廊右手边依次是专务室、副社长室和社长室，左手边则是忍工作的秘书室和会长室，接着是高管会议室。

走廊的尽头是紧急逃生楼梯，上方装有形似火灾警报器的半圆球形CCD监控摄像头。这也是当时采取的防盗措施之一。忍瞥了一眼摄像头走进秘书室。

早一步来到公司的社长秘书伊藤宽美抬起头。

"来得真早！"

"早上好啊！"

忍把外套挂上衣架后，放下手里的包。

伊藤的手边放着一沓剪报，分别来自五份不同的报纸。无论工作日还是休息日，只要社长来公司，伊藤就必须清早将和公司业务有关的剪报、灵芝茶、维生素和湿毛巾等依次摆上社长的办公桌。如果恰巧报纸的两面都有重要新闻，就要先复印一份再剪裁，是非常烦琐的工作。

虽然是项单调的工作，伊藤却总是一副不紧不慢的淡然模样。忍不禁满怀敬意地看着她。

"做好了。要复印吗？"

"每次都这么麻烦你。"

忍道了谢后，接过那沓厚厚的剪报。

所幸社长认为剪报不用做太多份,所以担任专务秘书的忍和副社长秘书松本沙耶加就轻松多了,只要拿伊藤的剪报复印一份就好。

秘书室里的那台复印机算是老古董了,复印时每次只能放入一张原稿。既然耗时差不多,忍索性把沙耶加那份一起复印了出来。

复印告一段落时,电梯上行的声音传了过来。

"早上好呀!"

来的是公司最年轻的秘书松本沙耶加,她的手里拎着一个超大的LV包。

"沙耶加,你今天来得可够早的啊!"

往常,沙耶加几乎都是踩着点儿来公司的。

"不知道是不是因为太兴奋,我昨晚几乎没睡,今天一大早就醒了。"

"也难怪。"伊藤微笑着说道,"毕竟你今天可是主角!"

"哪里啊,主角可不是我!"

"那也是很重要的角色!"

"这个嘛……"

沙耶加像被冻僵了似的搓着指尖,脸色也有些苍白。向来处变不惊的她,还是第一次表现得如此紧张。

说是副社长的秘书,但沙耶加一直也没接触到什么重要的工作。其他部门的人总是暗地里说她是凭借美色进的公司,但她本人似乎毫不在意,充分展现出了与娇弱外貌截然不同的卓越才能。

忍将一沓剪报复印件递给沙耶加。

"啊,又麻烦你了。"

"别担心,你一定可以的。"

"我现在双腿发软,要是忍能替我去就好了。"

"胡说什么呢!"忍听完不由得笑出来,拍拍沙耶加的后背,"你这么努力,不就是为了等这一天吗?"

"沙耶加,这个是不是藏起来比较好?"伊藤指着沙耶加手里那个鼓鼓的包问道,"要是被谁看到就不好了吧?"

"啊,对呀,谢谢提醒!"沙耶加把包塞进桌子下面。

至此,清晨的工作算是告一段落了。

接下来,伊藤开始收拾文件,忍打开了自己带来的文库本小说,松本沙耶加方才去茶水间冲来了三人份的咖啡,现在正翻着时尚杂志。

这几年来,除非身体不适,社长每天都会来公司,雷打不动。伊藤也为此牺牲了几乎所有的休息日。忍还是新人的时候,总是用尊敬又同情的目光看着伊藤,心里想着,换成自己估计坚持不了几天。

社长每天来公司,倒也不是真的有多忙,而是单纯喜欢在公司待着。

不过,公司上市计划被提上议程后,别说社长了,就连副社长、专务都开始牺牲周末频繁加班了。作为秘书的忍和沙耶加自然也只能陪着来公司了。

沙耶加冲的咖啡毫无香气可言。虽说整箱买的办公咖啡粉本就这个味道,但和社长专享的蓝山一号相比,差别也太大了。算了,总归比速溶咖啡好一点儿。

忍一想到今后可能连这种咖啡都喝不到了,手中这变了味的咖啡似乎也没那么难以忍受了。

9:36

　　似乎有人从小门走了进来，泽田从小窗探出头去，只见一个看着有些面熟的高个男子正在登记表上写着名字。镀金圆珠笔在荧光灯下闪着夺目的光辉，旁边斑马牌的笔似乎根本入不了他的法眼。

　　他对泽田的点头致意毫无反应，只是默默地收好笔，随即朝电梯方向走去了。那种不屑一顾却又理所当然的模样，让人想气都气不起来。

　　泽田拿出登记表看了看，汉字本就难懂，他还写得龙飞凤舞，根本认不清写的什么名字。倒是公司名称月桂叶还勉强看得清。这男子看起来三十五六岁，想必是那家公司的副社长。

　　明明还是个毛头小子，却一副目中无人的态度，保安在他眼里大概就是条看门狗。尽管满腔怒火，泽田也不能表现出来，否则以那人睚眦必报的个性，还不得马上跑去投诉？要真是那样，身处弱势的自己立马会被解雇。

　　外面传来了一阵窸窸窣窣的声响，想得入神的泽田被吓了一跳。

　　"早啊！"一声沉稳的嗓音传来。泽田抬头一看，外面站着一位身材矮小的老人。他连忙回礼道："您早。"老人在登记表上写下名字后，从容不迫地朝电梯走去。

　　都是同一家公司的员工，差别怎么这么大呢？印象中这位应该就是专务了。

　　泽田从小窗伸手取来登记表，想看看对方的姓名，结果与上一位一样，除了月桂叶这个公司名称，其他一个字都认不出来。

9:37

电梯缓缓上升。

几位高管差不多该到公司了。三位秘书都停下了手里的消遣，在大厅的前台一字排开，准备迎接领导。

电梯到达音和开门音响起后，副社长颖原雅树走了出来。忍觉得自己脑中响起了达斯·维德[1]出场时的背景音乐。副社长大步流星地穿过电梯厅走了过来。

"早！"

忍悄悄打量着他那一米八几的个头。对于这位每周去健身房锻炼三次、一直维持着运动员般健硕身材的副社长，忍一直十分钦佩。他身上穿着针对白人身材设计的西装，这西装若是身材瘦弱的人穿就会显得松松垮垮，但副社长不论胸肌还是肩宽，都与欧美的企业高管相差无几。

他的长相虽然算不上英俊，但五官深邃，带有一种野性之美。许多女性员工甚至公开表示，副社长那带有磁性的中低音实在是太迷人了。

忍倒是从不觉得他有魅力。确实，副社长不仅聪明，而且从某种意义上来说是个手握权力的人，但忍总觉得他的身上少了点儿人性的温暖和包容。

副社长看也不看三位秘书，只对着松本沙耶加抛下一句"别让任何人进来，也不用泡茶"后，就进了副社长室。

三人再次回到秘书室，又消遣了一小会儿后，电梯声再次响起。

"快、快，该出去迎接了！"

---

1 电影《星球大战》里的主要角色之一，登场霸气。

伊藤率先起身，三人陆续来到走廊。这次走出电梯的是专务久永笃二。

"您早！"

"嗯，早！"久永专务点了点头，一双透着和蔼目光的眼睛在圆圆的老花镜后眨了眨，"社长还没来？"

"是的，不过副社长来了。"

"哦。"专务的微笑中藏着一丝勉强，他和那位年轻副社长的脾气完全合不来。

"昨天的高尔夫打得如何？"

听忍这么一问，久永专务脸上又泛起笑容。

"太久没打了，果然生疏了很多啊。打后九洞的时候右手起了水疱，前九洞一共打了六十一杆。下次带你去怎么样？"

"您每次都这么说，就是从来也没兑现过！"

"是这样吗？那就下次，下次一定带你去。泡杯茶吧，嗯……热点儿的。"

"好的。"

专务进了办公室后，忍转身去了茶水间，用接近沸腾的热水给他沏了一杯灵芝茶，送进专务室后就回到了秘书室。这时，分机响了。

"您好，这里是秘书室。"

"我是安养寺，社长到了吗？"

"还没有。不过副社长和专务已经到了。"

"啊。那等社长来了通知我一声，好吗？"

"没问题。"

电话那头传来了若有若无的猴叫声。那是安养寺所在科室饲养的看护猴。

"房男和麻纪还好吗？"

"嗯，很乖。"安养寺课长微笑着挂断电话。

9:45

一位白发苍苍的老人出现在小门入口，看着约八十岁，虽不算高大，但面色红润，此刻正如仁王[1]般威严地睥睨着四周，给人一种说不出的压迫感。最特别的，还得数他那双长度约占脸部三分之二的大耳朵。

泽田透过小窗打了声招呼："您早。"对方颇有礼貌地点了点头，只是对一旁的登记表视若无睹，径直走了进去。

没办法，泽田只好自己在登记表上写下"月桂叶社长"。

9:46

社长向来都是"阅兵仪式"的压轴人物。忍她们三人再次在前台列队站好。

就连星期日的早晨都不得安宁，真不知道自己到底在图什么。

电梯门打开后，出现了颖原社长和小仓总务课长的脸。小仓连忙恭敬地用单手挡着电梯门（而不是按住电梯"开"的按键）。社长一脸严肃地轻轻点了点头，从秘书眼前走过。

忍向电梯那头瞥了一眼，发现小仓正顶着稀疏见底的头发朝着这个方向深深鞠躬。忍差点儿绷不住笑出来，连忙用咳嗽掩饰过去。小仓每天都要与社长搭乘同一部电梯，为的只是帮社长按好楼层和密码，以及挡好电梯门。

秘书们暗地里都管小仓叫"电梯男孩"，虽然这男孩也太老

---

[1] 日本佛教寺庙门口的守护神。

了点儿。

再看向电梯时,电梯门正在关闭。忍发现小仓正瞪着自己,慌忙移开了视线。回到秘书室后,忍拨通了安养寺的分机,告诉他社长已经到了。

10:11

坐在轮椅上的忍,努力挤出一丝微笑。距离自己几米开外,站着包括社长、副社长和专务在内的好几个男人,所有人都齐刷刷地盯着自己。

"接下来就拜托你了。"安养寺对忍说道。

忍感到好无奈,不明白为什么自己连这种事都要做。

"房男。"忍叫了一声后,原本趴在粗木上的两只猴子中的一只立刻跳下,并跑了过来。

"扣子。"

小小的猴子在听到指令后迅速跳上忍的膝盖。虽然感觉不到什么重量,但她还是做不到淡定自若地把自己托付给一只动物。

忍的衬衫外披着一件睡衣,只见小猴子迅速地按照从上到下的顺序将扣子依次扣好,手指的灵巧程度丝毫不逊于人。如果善加利用它们的小手掌,未来说不定还能做些精巧的手工呢。

话虽如此,膝盖上坐着一只猴子还是让人觉得挺不自在的。

小猴的身长不足五十厘米,顶着一头黑色的毛发,像个理了平头的木匠,忍不禁觉得自己正抱着个小孩。但不停摇摆的尾巴却提醒着她,这真的只是一只猴子。

忍看了看安养寺,对方朝她比画了个电话的手势。

"麻纪。"听到忍的叫声后,粗木上趴着的另一只猴子迅速飞奔过来。

接到"电话"的指令后,麻纪走到稍远一些的电话桌旁,拿着子母机的子机回到了忍身边。

"谢谢,真是个乖孩子。"

忍抚摸着两只猴子的头,心中祈祷着大家快点儿鼓掌,这样自己就能解放了。

"哇,太厉害了吧!这么小的猴子,居然能给人帮忙了!"专务不由得啧啧称奇。

"这是原产于南美洲的卷尾猴。虽然体态娇小,但从猿猴智商测验结果来看,它们的得分甚至能比肩黑猩猩。据说还有人称它们为新世界类人猿呢。"

安养寺穿着一件白色的衣衫,红润的娃娃脸上露出了开心的笑容。

"好了,继续吧。"他小声提醒忍。忍强忍住叹息,继续命令道:"房男,哈密瓜。"

房男听罢便向房间的角落走去,那里放着一台小冰箱。只见它打开门,拿出盛着半个哈密瓜的盘子后,关上了冰箱门。

它用双手抱着盘子,依靠后腿和尾巴十分平衡地走了回来。

"勺子呢?"

一听到新的指示,房男马上扭头朝着反方向的橱柜走去。它打开抽屉,精准地取出勺子,再关上抽屉。它坐在忍膝上递出勺子的模样太可爱了,活脱脱一个在英国古宅的厨房里帮忙的小精灵。

"河村小姐,谢谢。"

安养寺的话让忍长吁了一口气,可是掌声依旧没有响起来。

"可是,想要真正让卷尾猴照顾人,应该还有一定的困难吧?"副社长问道。

"是的。不过看护猴在美国已经得到了广泛的普及……"

"美国怎么样不重要。问题是卷尾猴在日本依旧被视为一种危险动物。"安养寺说到一半，便被副社长无情地打断了。

"危险动物？这种猴子会伤人吗？"专务问道。

"毕竟它们长有犬齿，原则上确实有咬伤人的风险。不过它们的性情比大型犬等动物温驯得多，而且受过专业训练……"

"问题不在这里。"副社长再次打断了他的话。

"我要说的是，现在日本并没有普及看护猴的计划。即使我们在IR上展示了刚刚的演示，但只要有人抓住这一点来反驳我们，效果就可能适得其反。"

月桂叶计划明年上市。这里说的IR，就是面向购买新股的投资者举办的说明会。要在非常有限的时间里让这些投资者看到公司的广阔前景，无法光靠枯燥的财务报表和幻灯片，还必须在阐述的时候给人留下深刻的印象。

作为一个为老年人及残疾人提供看护服务的公司，能够在先进性方面给人留下深刻印象的，就是看护猴和看护机器人的演示了。

"……嗯，可能时机的确还不够成熟。"一直保持沉默的社长低声说了一句。

"那么，接下来请看鲁冰花五号的演示。岩切课长，您请。"

小仓课长恬不知耻地走到前面，自以为是地担任起了主持人。安养寺课长虽然还想说些什么，但只能默默低下头，带着两只猴子退到角落去。

上一轮的"被看护者"忍推着轮椅离开了。紧接着，岩切课长拿着一个无线遥控器走了出来。

"松本小姐，请您躺在这里。"岩切讷讷道。

松本沙耶加依言脱下鞋子，在正中间的沙发上躺了下来。在场的男士们眼睛顿时亮了几分。

"目前的鲁冰花五号尚为原型机，所以暂时还是使用市面上常见的十频道遥控器。我们计划正式投产时，改为设有专用编码的遥控器。"

不知道岩切的说明到底有几分落入了拼命盯着沙发看的男士们的耳中。

岩切按下遥控器，房间深处的机器发出了低沉的马达声。与此同时，上方的面板亮起，传来轻柔的女声："我是看护机器人鲁冰花五号。我可以协助被看护者移动、乘坐轮椅以及沐浴等。当前电量为百分之百。"

鲁冰花五号上方的面板上随即出现引导界面，这样就可以选择下一步的操作了。

只不过岩切并没有理会这个，只是继续用大拇指的指腹控制着操纵杆，鲁冰花五号也开始慢慢前进了。从外观上看，鲁冰花五号就像一个小型叉车，只不过六角形的底座上并没有安装车轮，而是嵌着六颗圆球。

"鲁冰花五号的上部是可旋转的，下部可以朝前、后、左、右任意方向平稳移动。虽然不能爬楼梯，但可以轻松越过二三十厘米高的台阶。抱着被看护者越过高度不超过五厘米的台阶，是没问题的。"

看护机器人缓慢地横穿过整个房间，在沙耶加躺着的沙发前停了下来。

"接下来将抱起被看护者。"

岩切说完，看护机器人就举起了两只长长的机械手臂。机械手臂关节的弯曲方向与人的手臂相反，是手肘朝上。随着油压活塞的缓慢工作，机械手臂的前端也慢慢地靠近沙耶加。

"请注意观察机械手臂前端的导向装置。"岩切指着位于粗大机械手臂前端的一处看似弯曲天线的部分说道。

"这个导向装置是由一种非常柔软的材料制成的，完全不用担心会伤到被看护者。内部传感器具有类似人手指的灵敏性，可以自动找到插入机械手臂的最佳位置。"

两条导向装置分别伸向沙耶加的后背及膝盖下方，接着，粗大的机械手臂平顺地插入她的身体下方。导向装置从身体下方穿过后向上翘起，轻柔地抱住了沙耶加。

"可以抱起来了。"

岩切的语气十分自豪，随即控制操纵杆，只见看护机器人缓缓地抬起了沙耶加。机械手臂呈平面状，可以紧密贴合背部，所以完全没有安全方面的担忧。

几乎所有人的目光都被鲁冰花五号吸引，房间里瞬间沸腾了，而社长只是一脸得意地眯着眼睛。前一阵子鲁冰花五号就一直放在社长室里，这种类型的演示想必他早就看过好几次了。

"接下来要抱着移动了。"

看护机器人用双臂捧着沙耶加，开始慢慢移动。

"鲁冰花五号每秒都会对重心的位置进行二十次测量，并与标准范围进行对比，稍有偏离便会立即修正。因此绝无失去平衡之虞。另外，这位小姐的体重应该是很轻的，不过从设计上看，它最高能抱起三百千克的被看护者。"

周围的男人听到这里笑了起来。这简直就是公开的性骚扰嘛，忍不由得泛起一阵恶心。

接下来岩切又演示了辅助沐浴的过程，并详细介绍了机器人的安全性，接着宣布此次演示结束。这一次，终于响起了掌声。

021

这一切，都让忍觉得极度不舒服。

她不由得看向安养寺，对方的脸上写满了落寞。但忍觉得安养寺并非因为被机器人夺走了在IR上出风头的机会而不甘，而是为自己呕心沥血研究的看护猴没能让众人看到它的优点而感到遗憾。

就目前的情势来看，看护猴的研究很可能会被宣告终止。

想到这里，忍一阵难受，因为现在她有些喜欢上房男和麻纪这两个小家伙了。

11:57

正午钟声敲响的两三分钟前，外卖便当终于到了。

"真是的！我都反复交代了最晚也要在十五分钟前送来的！"忍嘟囔着。

"快摆上吧。要是十二点前没有准备好，社长肯定又要发火了！"伊藤说着打开了高管会议室的门。

秘书们在可以容纳十几人的大桌上座处摆好三份便当、小茶壶、小茶杯，还有社长服用的中药、降压药、水壶、水杯等物品。

"错了，那是副社长的。"伊藤看着沙耶加手里那份正准备摆在社长位置上的便当，连忙严肃地指责道。

"咦，不是都一样吗？"

"你不是第一次做这件事了吧？仔细看清楚！"

忍见沙耶加依然满脸疑惑，便耐心解释道："社长的便当是不是看起来高级了一点儿呢？仔细看，是不是竹节虾的个头略大一点儿，而且还有珍珠鲍呢！"

"还真是！"

忍一边说着，一边更加深切地感觉自己是多么可笑，每天都在关注这种鸡毛蒜皮的事情。自己果然不适合秘书这种工作，真佩服自己居然还坚持了两年。

"相反，专务的便当里就不会出现海胆之类的食材了。因为他有高血压，要严格控制盐分的摄入。"

"可是，社长不是动过脑部手术吗？不需要忌口？"

"有什么关系呢？都这个年纪了。"

"那不就像死刑犯最后的晚餐吗？"

伊藤干咳了一声，二人便乖乖闭了嘴。

手表指针指向十二点的瞬间，社长和专务同时出现了。不一会儿，副社长也走了进来。

社长坐在上座的主位上，专务和副社长分别坐在其内外两侧。副社长虽然在身份上高于专务，但出于对年长者的尊重，还是将内侧留给了专务。不过副社长也不是在意这种事的人。忍觉得他之所以喜欢坐在离门口最近的位置上，应该只是为了方便离开。

副社长是个非常注重效率的人，最讨厌的就是没完没了的会议。或许在他看来，就连今天这种三个人一边吃饭一边讨论工作的行为，都是在浪费自己的时间。

要是岳父颖原社长去世，副社长一定会在次日便大刀阔斧地整顿公司。到时候，诸如久永专务、楠木会长这些拿着高薪水却无法为公司创造价值的人，想必会被当场解雇吧。

说起来，自己这个专务秘书的前途，其实也无异于风中之烛。

遍布全国的看护中心网络是月桂叶的主要利润来源，管理部门只需要会计等最基础的人员配置就够了。但现在社长、副社长和专务却分别配有一位秘书，早就有人提出这是一种浪费了。

忍早在半年前就开始留意新工作了，只不过没找到待遇相同或更高的工作。

忍一直觉得看护是一项值得自己为之奋斗的事业，这才决定辞掉空乘的工作，毅然入职月桂叶。她做梦也没想到自己居然也要面临这个问题。

三位秘书泡好茶，鞠躬后退出了房间。

今天轮到忍当班，她算好时间走到茶水间，开始准备餐后咖啡。

社长向来自诩为美食家，对咖啡也有极高的要求。只不过空腹喝咖啡容易引起胃痛，所以在没吃早餐就来公司的时候，他都要先强迫自己喝下一杯灵芝茶。但到了午餐后，他不管多忙都会享用一杯极品咖啡。

涩谷的咖啡专卖店对咖啡豆的种类，甚至烘焙方式都做了严格的规定，就连冲泡方式也有着严格的要求。

估摸着那边的用餐快要结束时，忍开始冲泡咖啡。

将低温烘焙的蓝山一号咖啡豆放入不易产生余热的研磨机中研磨成粉，然后仔细剔除会破坏口感的细粉和咖啡豆皮。滤纸是坚决不能使用的，要用泡水后放入冰箱保存的法兰绒布铺在陶制滤杯上进行过滤。将软水矿泉水煮至即将沸腾，然后画着圈缓缓冲入，焖上二十秒左右后，再次注入热水。咖啡的醇香顿时在茶水间弥散开来。

这两年来，忍冲咖啡的技术越发专业，就算开家咖啡店也足够了。但她偶尔也会觉得自己正在做着毫无意义的事，倒不是因为冲咖啡不该属于秘书的工作范畴，而是她一直都有一个怀疑——也许社长早就喝不出咖啡的味道了。

半年前发生的一件事，让她生出了这个怀疑。那是社长刚动完头部手术后不久，负责冲咖啡的沙耶加错拿了浓缩咖啡专用的意大利烘焙咖啡豆。

这种咖啡豆的烘焙时间比极深烘焙豆和法式烘焙豆更长,外观呈现出接近黑色的深褐色,表面油光发亮,但凡上点儿心都不可能认错。用这种豆子冲出来的咖啡苦味强烈,与蓝山一号的温和口感大相径庭。

沙耶加端走咖啡后,忍才发现这个问题,顿时就愣住了,继而开始担心沙耶加肯定要被臭骂一顿了,谁知居然什么事也没发生。社长还是如往日般一脸满足地享用了餐后咖啡,丝毫不觉味道有异。

忍将热咖啡倒入事先预热好的咖啡杯中,将装有鲜奶的奶盅和单独包装的方形三温糖一同放进托盘,这项工作就算是结束了。

她端着放着三杯热咖啡的托盘,敲了敲高管会议室的门后打开门。一个冰冷的声音传入她的耳中。

"你不觉得这话过分了吗?哪家企业不是靠着员工的汗水撑起来的?"看到忍后,专务打住了话头。不过这种从未有过的剑拔弩张之势,还是让忍倒吸了一口冷气。

"那种发挥温情主义留下无能员工的时代已经过去了。好心奉劝一句,你也该好好看清形势了。"副社长的言辞比以往任何时候都要犀利而强硬。他应该看到忍了,只不过完全无视了她的存在。就连拥有绝对权力的社长也一声不吭,让人摸不清状况。

面色苍白的专务舔着嘴唇,似要反驳些什么,不过看了一眼忍后又咽了回去。随即,副社长看向忍道:"给我吧!"并伸手接过她手里的托盘。

"啊,麻烦您了。"

"可以了。"这语气,似在催忍马上出去。忍被副社长尖锐的目光吓得打了个趔趄,而专务则朝着她点了点头。

忍轻轻鞠了一躬走了出去。关上房门的那一刻,她看到副社长将咖啡杯放在社长面前。

"这到底怎么回事?"伊藤惊愕地问道。

"我也不知道。"

虽然关上房门后,她们的声音就不会传入会议室了,但她们还是尽量压低了声音。

"是不是副社长和专务因为经营方针差点儿吵起来了?"

"其实早就吵起来了吧?"沙耶加倒是一脸雀跃。

"我总觉得,这两个人肯定要不死不休了。"伊藤担心地低喃着。

12:30

泽田将保安室桌上那台小电视的频道切换至神奈川台。

刚被分配到六中大厦上班时,为了收看中央赛马实况转播,泽田就将电视设置成能调到神奈川电视台频道的状态。好在六中大厦配置了超高频专用的电视天线,信号塔的方向上也没有太多高楼遮挡,所以电视画面还算清晰。

有马纪念等大型赛事可以在日本广播协会(NHK)或富士电视台观看,但如果想在这个时间欣赏预赛,就只能收看有线电视或是地方电视台了。

此刻正在播放的是中山赛马场第五赛事即将开始的画面。这次出场的全是三岁以上的赛马,赌注不足五百万日元,所以都是些泽田没见过的马,算是有马纪念正式开始前的热身赛吧。

闸门打开后,所有马同时冲了出来。

12:30

出乎伊藤的意料，三位高管走出会议室的时候，看起来都很正常。社长似乎有些困了，径直走进了社长室。

伊藤立刻起身。社长虽然在吃过午餐后会享用一杯咖啡，但也时常需要躺下小憩片刻。这时候，伊藤就需要为他盖上一张毯子。

意外的是，这天就连专务也强忍着哈欠回到专务室。

"啊……我也得去帮这位大爷盖张毯子了！"忍也站起身。

"这些人不会就是为了来公司睡觉的吧？"沙耶加冷着脸愤愤道。

"大好的周末来公司伺候这些人，真不知道我们到底在做什么。"

"你忘了我们是什么公司了？"

"嗯？"

"看护服务啊！"沙耶加一脸厌烦地吐了吐舌头。

就在这时，副社长从外面探进头来，吓得二人赶紧端坐好。

"我出去一下。一两个小时后回来。"

向沙耶加交代完，副社长便迅速消失在门外。不多久就听见电梯停靠十二层的提示音，紧接着便响起电梯下行的马达声。

忍走进专务室时，久永专务已经坐在椅子上睡着了。忍拿起毯子盖在他的身上，可是怎么也盖不住，一直滑落下来。

忍想起了自己还是空姐时常用的小技巧：将毛毯的边缘塞进椅背及扶手之间的缝隙。这个做法可以让毛毯抵御住身体的轻微扭动。

做好这一切后，忍再次回到秘书室。虽说是周末，还是有些需要处理的公文。三位秘书尽职尽责地拿着文件和备忘录穿梭于秘书室和三间高管办公室之间。

"你们先去吃午饭吧!"忍抬头看了看时钟后,催着伊藤和沙耶加赶紧去吃饭。这会儿已是十二点三十七分了。

平日里,三个秘书中定要留下一人看守秘书室。今日虽是周末,大家也依旧自觉地保持着这个习惯。

"那我们先去了。"

"要帮你带点儿什么吗?"

忍默默地取出了便当。

"哇,真难得!"

"今天早起做的。不用管我了,你们慢慢吃吧!"

"既然如此,我们去六本木新城吃吧,我请客,庆祝庆祝!"

伊藤推着沙耶加的后背走了出去。

12:55

"您好,我是涩谷大厦维修公司的。"

正在看着体育报赛马专栏的泽田抬起头,只见小窗外站着一位头戴白色安全帽、身穿蓝色吊带裤的年轻人。他的手上拎着一个装有涂水器和玻璃刮的桶,肩上的背包似乎颇有重量。

泽田喝了一口冷茶后站起来,打开墙上的钥匙箱,取出分别对应屋顶铁门、配电箱以及擦窗机的三把钥匙。平时一般只用一把万能钥匙就够了,基本用不到其他钥匙。

六本木中央大厦位于首都高速公路旁,所以每天都泡在汽车尾气和道路尘埃里。虽然禁止柴油车进入东京都的政策出台后,大厦的卫生状况略有改善,但这整栋楼都被设计成了降噪固定式玻璃窗,所以清洁频率也比一般的大楼更高,需要大约每月打扫一次。

泽田隔着小窗，将三把钥匙递给清洁窗户的年轻人。

原则上，保安是需要一起上屋顶监督擦窗机的。只不过这种季节要是站在四面透风的屋顶上，刺骨的寒风可是真让人吃不消。更何况自己也没什么可做的，只是站在一旁干等着，就更难熬了。

不过节假日只有一个人值班，所以只要把这些钥匙交给清洁人员就可以。对此，自己是有一个好借口的——若是跟着上了屋顶，小门就没人看守了。

"有劳了。咦，今天就你一个人？"

"另一个人去取工具了……我们需要一个小时左右。"

"好的。年底还这么拼命啊。"这句话又何尝不是对自己说的呢。

"嗯。和以前一样，一小时左右能结束。"

这个年轻人约二十岁的模样，看起来是个踏实肯干的人，一嘴关西腔倒是有几分搞笑艺人的感觉。不管怎么说，至少比石井那些人看起来像样多了。

"那你做完后，帮我把钥匙送回来吧。"

看着年轻人转身离开后，正准备关上小窗的泽田突然发现了一件东西。

小窗外有个小台子，上面放着进出登记表和一个写着"失物招领"的纸箱。此刻，纸箱中躺着一张看似信封的东西。

泽田很确定，早上来的时候并没有这个信封。他捏起来看了看正反两面，就是一张十分普通的B5号办公用咖啡色信封，也没有写明是哪家公司的。

或许是哪个公司的员工昨天落在这里的。如果写了公司名，自己还能帮忙送过去，兴许还会给人留下好印象。

泽田随手打开信封口，用力吹了口气后，只见信封的底部塞着一沓纸片。

他惊讶地张大了嘴，随即就转变成了苦笑。自己到底在期待什么啊？天上掉馅儿饼的事怎么会轮到自己呢？肯定是没中奖的马票！

他将信封倒过来后，一沓马票落在手掌上。

看到文字的瞬间，他差点儿尖叫出声，心脏更是跳得飞快。泽田迅速看了看四周，立刻钻进保安室锁上门，然后躲进从小窗外看不到的地方。

他颤抖着再次检查了一番"战利品"。

真的，这真的是今天的马票，粗看之下有十几张，掉了这些马票的人应该要气疯了吧！

只不过，就算那个人现在来找也没用了，哪有人会傻到还给他啊？反正我就一口咬定失物招领箱里一直都是空的，我什么也没看见，反正对方也找不到任何证据。不管谁来找我，我都是一问三不知。

这一瞬间，泽田已经开始幻想自己和马票失主争辩的场景，就连情绪都开始有些激动了。

不过一看到电视画面，他立刻平静了下来，看样子今天可以好好享受这场赛马比赛了。要是能中一次大奖，自己就能过上一阵富裕的生活，这不是天上掉馅儿饼吗？

好了，我先看看他到底买了哪些马票吧！

泽田翻阅着这沓如新干线车票般的纸片。很快，他皱起了眉头。这都买的什么啊？虽然马票的总金额超过了两万日元，自己喜欢的有马纪念马票却是一张都没有，清一色的第六赛事。

他从赛马报上得知，下午一点十分开赛的中山第六的赛事属于希望锦标赛，马场全长两千米，这对两岁赛马的公开赛而言，算是长距离赛道了。虽然比赛内容远不如赛事名称听着那么高级，但也出现过名马，例如德比马"胜利奖券"，以及斩获过皋月奖及菊花奖的"空中神宫"等。

泽田对这场比赛并非完全没有兴趣，他只是不能理解，放着那么盛大的有马纪念不买，怎么就偏偏买了希望锦标赛呢？

泽田聚精会神地盯着电视画面，比赛即将开始，这会儿正在介绍赛马。

这次参赛的共有十匹马，但泽田叫得出名字的，只有在一千六百米新马赛中以四马身优势获胜的一匹丹山名驹。当时这匹"兰斯特"是全场最热门的赛马，只不过泽田没有为它下注过一分钱。

虽然这匹马拥有极为健硕的腹部，但颈部太粗，腰身更是格外粗壮。头部虽若白鹤般向内弯曲，但性情暴躁，所以泽田非常不看好它。这种强势、好胜的赛马，应该坚持不到两千米。

能力与其不相上下的那匹"廷伯康特里"的后代"爱尔兰穆恩"，也曾在一千八百米沙土跑道未冠赛中一举夺冠。只不过它一脸呆滞，似乎完全是靠厩务员拉着走的。这匹马不仅步履迟缓，眼神还十分涣散无光，让泽田看着不禁摇头。

虽然从小小的电视画面中只能看个大概，但通体黝黑、油光发亮的"罗切斯特"还是成功引起了泽田的注意。美中不足的是，这匹马前阵子刚因脚伤而休养了三个月，所以也不能对它抱有太大的期望。

接下来就剩下体重四百三十千克的牡马新兵"绿眼镜蛇"了吧。这匹马曾在前一次一千两百米中山草地赛中一鸣惊人，在第四个弯道上从最后一名一跃冲到了第二名。

但不管怎么说，这十匹马都算不上优秀。

要是自己也有两万日元赌资，肯定会全押在有马纪念上，成败就在此一举。而且今年GI级名驹云集，一定会比往年更让人热血沸腾。虽然在胜负的预测上可能比以往更有难度，但与此相对的，不管怎么押都更容易获得高彩金。

当然，如果是一直待在赛马场内或是场外投注站的人，可能会舍不得错过任何一场比赛，也会忍不住陆续下注。但手上的这些马票，显然是事先选定了赛事和赛马的。

居然舍弃有马纪念，把赌注全部押在希望锦标赛上，看样子这个人早就瞄准了特定目标啊。或许他通过一些神秘渠道拿到了内部消息，或用了所谓的玄学必胜法，毕竟赛马圈里一直都流传着许多关于日本中央竞马会暗号的都市传说，传播度比共济会[1]阴谋都广。

可这几张马票的投注方式却让人丈二和尚摸不着头脑，丝毫看不出买主锁定了哪个目标。投注方式上，既有以夺冠大热门"兰斯特"和"爱尔兰穆恩"为主的两两搭配，又有对马匹进行排列组合的三连复胜。不过看样子，他对复胜的期待似乎更大一些。

所谓复胜，就是选一匹马，只要它的成绩进入前三名，就能获得奖金。这显然比其他类型的马票都更容易中奖，只不过奖金也同样少得可怜。所以泽田一向看不上这种马票，也从来不曾买过。

而这个人居然在复胜马票上押了三分之一的赌资，还从人气

---

[1] 共济会亦称美生会，是会所遍布全球的兄弟会组织。——编者注

最高的赛马开始依次买到人气第五位。即便押对了"兰斯特"等几匹马,到手的彩金也不过一百日元左右。买这种马票的人一定是疯了。

不过,既然是白捡的便宜,也就没什么资格抱怨别人的投注方式了。

马上就要起跑了,泽田觉得自己从未如此紧张过。要是没有这些马票,自己肯定不会这么关注第六赛事的。

泽田拉过椅子坐下,全神贯注地盯着电视机画面。

13:04

忍一边喝着饭后咖啡,一边翻着招聘信息杂志。突然,一阵细微、低沉的声音传入她的耳中。

什么动静?像是硬物撞击后发出的沉闷响声。她抬起头,正要仔细分辨时,声音却停止了。

大概是外面传来的声音吧。忍又把注意力转移到了招聘信息上。

13:10

闸门打开了,十匹马都冲出了赛道,只有"兰斯特"在起跑上稍微有些延迟。

一直被忽视的"夏日鲭鱼"飞速冲出,跑到前方观众席位置时就已形成了三马身的优势。紧随其后的是"足球芬奇"和"罗切斯特","风滚草"则在一马身的后方疾驰。可能是为了保存体力,"爱尔兰穆恩"正在后方待机。

突然,场内沸腾了起来。一直落在后方的人气选手"兰斯特"奋起直追,瞬间逼近了领先方阵,看起来很是拼命。

进入第三弯道后，一直保持领先优势的"夏日鲭鱼"速度急剧下降，"兰斯特"一跃而上，占据第一，位于第二位的"足球芬奇"冲进内道，"罗切斯特"也不甘示弱地紧跟其后，"风滚草"则慢慢退出了领先方阵。

即将进入第四弯道时，后方队伍突然追了上来。"足球芬奇"与"罗切斯特"追上了"兰斯特"，并立即将它甩在了身后。

"纸吹雪"猛然加速，朝着"罗切斯特"追来，一直大幅落后的"绿眼镜蛇"晃动着长长的脖子快速追了上来。

泽田紧握着满是汗水的双手，眼也不眨地盯着电视画面，连过去观看GI赛事的时候，他都不曾狂热至此。马票的买主下注十分随意，泽田甚至不知道自己到底该为哪匹马加油。

最后，"足球芬奇"一路保持着领先优势直至终点，"绿眼镜蛇"位居第二，"纸吹雪"则获得了季军。

泽田被手里的马票惊呆了。

真中了！而且还是稳赚的万马券[1]！只是这个操作着实让人无法理解，这个人居然在这种冷门的三连复胜上押了一千日元。

真是被天上掉的馅儿饼砸中了，这比马头观音的正月大红包来得还早。

泽田迫不及待地开始计划该怎么花这笔彩金了。反正都是意外之财，干脆就一把花光，彻底享受一次人生好了。不过家里的家电什么的也都该换换了，尤其是冰箱，夏天就算把罐装啤酒塞进冷冻室也没什么制冷效果——可能是压缩机马上就要寿终正寝的缘故。

---

1 万马券是指一百日元买入，红利一万日元以上的赛马彩票。

还有手表,自己早就想换个新的了!现在戴的这块还是别人从中国香港带回来送他的假劳力士,表面都开始褪色了。每天都要走慢五分钟不说,自己从事的可是一份对诚信要求极高的工作,戴个假表总归是不太合适的。

这么一想,这笔区区十五万日元的彩金其实根本不经花。要不索性用这笔钱当本金,再赌一把好了。

不行、不行,自己发过誓不再赌马了。

可是,这马票是主动飞进自己怀里的啊!这是不是代表自己要转运了?自己的运气在谷底游荡了这么多年,应该到要上升的时候了吧!

等等!怎么回事?代表申诉的蓝灯亮了。

泽田紧盯着画面。

"排名公布前请勿丢弃彩券"的广播声响了,好像是"纸吹雪"在换道的时候影响到了其他选手。

啊……老天保佑啊!泽田抱着头。

很快,结果出来了。原先处于第三名的"纸吹雪"因违规换道而被降为第四名,最终获胜者依次为"足球芬奇""绿眼镜蛇"和"欧索兰",分别对应马票上的九号、六号和十号。

泽田犹如被人泼了一盆冷水。他又看了看马票,最终只有以"绿眼镜蛇"为主的复胜获得了彩金。

算了,别人出钱让自己开心了一把,也算是赚了……

泽田正想着,小窗外似乎闪过了一个人影。可在他几秒钟后打开窗户环视时,外面已是空无一人。

13:26

"请你吃的!"伊藤把蛋糕盒放到桌上。

"啊！太不好意思了。其实你们可以慢慢吃的！"忍起身准备冲咖啡。

"不行啊，操心的事可太多了。而且六本木新城的每间店里都是人满为患，哪儿有能好好吃饭的地方啊。"

"对呀，今天是星期日嘛！"

"在BURDIGALA排了好久的队才买到蛋糕呢。今天就喝点儿好咖啡吧？"沙耶加的这句话，简直就是恶魔的低语。

"说起来，中午给社长泡的蓝山一号还剩了一点儿，就在咖啡壶里。"

"倒掉太可惜了，"伊藤果断回应道，"反正社长也不会再喝了！"

13:50

电梯上行声响起，吓得正要合上LV包的沙耶加手足无措，拉链都卡住了。

副社长站在秘书室的门口问道："社长呢？"

"正在休息。"伊藤回答。

"还没醒？"副社长不由得皱眉道。

忍看了看手表，社长今天的确睡得比较久。不过大家都知道社长的起床气特别大，谁也不敢去叫醒他。

"有找我的电话吗？"这次问的是沙耶加。

"没有。"

副社长转身走出没几步后，忽然回头："那是什么？"

众人一看，沙耶加的背包里居然露出了几根假发。

糟了！三位秘书都被吓得大气不敢出。

"对不起。"

"我问你那是什么。"

"是假发。"

"来公司需要带假发?"

"对不起。"

忍和伊藤屏住呼吸,不敢吭声。好在副社长并没有追究下去的意思,可能是考虑到毕竟是周末加班吧。

"社长醒了通知我一声。还有,泡杯咖啡过来。"

"好的。"

副社长回了办公室。大约两分钟后,桌上的电话铃声响起。

13:51

正在擦窗的年轻人按下吊车操控面板上的移动按键。

"不舒服吗?"屋顶上那位比自己晚进公司的同事问。

"没事……我还好!就是昨天多喝了几杯。"

"还是要注意点儿身体!"

"注意什么啊?我还不至于喝死的!"

"真搭上命了怎么办?话说……你的脸色真的很差啊!"

"头疼,疼了好一会儿了。"

"那肯定疼啊!不过我们真的拖太久了,你还是快着点儿吧!"同事的脸上没有半分同情。

"还有脸说?也不知道是因为谁迟到才拖到现在的。"擦窗的年轻人抱怨道。

吊车缓缓向右移动,来到北面外墙从西往东数的第二排窗户。

蕾丝质地的窗纱虽然被拉上了,不过仍留有一丝缝隙。房内一片昏暗。

北面外墙正对着首都高速公路,窗户上积了一层厚厚的灰尘。

年轻人将涂水器浸入装有清洗剂的水桶，往玻璃窗上涂泡沫。

年轻人强忍着痛楚，一点点地刮掉泡沫，突然右手一松，玻璃刮掉了下去。

透过窗帘的缝隙，他看到了一个难以置信的画面。

震惊之余，他贴近窗户仔细一看，房间内侧居然俯卧着一个人，就在房门的旁边。

年轻人看不清对方的面容，但这个人一动不动的，也没有呼吸的迹象。

这人还活着吗？

从窗外看根本无法判断。年轻人想了想，还是用拳头捶了捶玻璃窗，一阵低沉的声音响起，不过屋内依旧没有任何反应。

短暂的不知所措过后，他抓起了对讲机。

"喂，你在吗？"

面对如此诡异的场景，他没想到自己的声音竟像落语[1]里出现的名士那样语调悠闲。

"怎么了？"片刻后，同事的声音传来。

"出现紧急状况了，马上联系保安室。"

"什么情况？"

"有人倒在地上，在顶层的西北侧房间。"

"有人倒在地上？"

"不要再鹦鹉学舌了，赶紧去！"

擦窗的年轻人怒吼了一声，同事连忙大喊了一句"知道了"，接着传来脚步声。他大概连对讲机都没关就跑出去了。

擦窗的年轻人又看了看屋内一动不动的那个人，浑身起了一

---

[1] 落语是日本的传统曲艺形式之一，类似于中国传统的单口相声。

片鸡皮疙瘩。

怎么看，那都是一具尸体。

13:54

忍拿起电话听筒。虽然她能听得见保安的声音，但对方语速实在太快了，根本听不清到底说了什么。

"喂？那个……您在说什么？"

"我说，你现在能去看看吗？好像有人倒在地上了。"

"倒、倒在地上？"

"对啊，倒在房间里！"

"请问，您说的是哪一位？"

"呃，那个……我觉得，应该是贵司的社长。"

"啊？"保安身在一楼，怎么会知道这里的情况呢？

"怎么了？"看到忍的异样，伊藤开口询问，但忍只是摇了摇头。

"擦窗户的人从窗外看到的。"

保安说明后，忍终于弄清了状况。她用手遮着话筒，把听到的内容转述给其他两个人。

三人从秘书室走到走廊上，副社长室的房门正好开着。

"怎么了？"

看到秘书们个个面色有异，手里抱着一堆资料的副社长不由得皱了皱眉。

"社长他……好像在房间里晕倒了。"

听到伊藤的回答，副社长不再追问，而是立即走到社长室前敲了敲门，屋内没有任何回应。

副社长打开门，看到社长倒在地上。白发、大耳，是社长没错。

沙耶加忍不住轻声尖叫。

副社长走进房间，蹲在社长身旁。

"叫救护车……快叫救护车！"伊藤喊道，沙耶加正准备跑回秘书室。

"不，叫警察吧。"副社长叫住了她，声音依旧无比镇定，"社长已经死了。"

确认了脉搏后，他将社长的手腕轻轻放回地上。

"怎么会这样……"

忍抬起头，停在窗外的吊车影子映入眼中。擦窗户的年轻人正透过窗帘的缝隙看着屋内的景象，眼里满是惊恐。

副社长按下遥控器，将窗帘关得不留一丝缝隙。屋内顿时陷入黑暗，伊藤连忙开了灯。

伊藤身后的忍和沙耶加也走近了两三步，正准备进入房间，却被副社长拦住了。

"出去。警察来之前，任何人不得进入这个房间。"

"啊？为什么？"忍虽这么问了一句，不过在副社长把三人赶出房间后，便一言不发地从里面关上了门。

三个人呆呆地站在门口。

"这、这可怎么办？"沙耶加低声问忍。

"叫警察，你们也听到了吧？快去叫警察。"伊藤冷静地指挥着。沙耶加飞也似的跑走了。一两分钟后，房门再次打开。

"警察呢？"副社长面色冷峻。

"已经在联系了。那个……社长他怎么样了？"伊藤开口后，副社长的眉头锁得更紧了。

"不知道。但很可能是被人杀了。"

"被人杀……怎么会?!没人进过这个房间啊!"伊藤大惊失色地说道。随后连忙向忍确认:"是这样吧?"忍点了点头。

副社长默默伸出右手,二人看后被吓得差点儿站不稳——他的食指和中指上都沾着一点儿尚未完全凝固的血液。

"社长的后脑似乎遭到了撞击。"副社长拿出手帕一边擦着血渍,一边开口道,"应该不是意外,看起来……"

副社长 边关上房门,一边像是突然想到什么似的问道:"专务呢?"

"在办公室休息。"忍答道。

副社长走到专务室门口,门也不敲就开了房门,忍连忙跟上。此刻,专务正浑身无力地瘫在椅子上,应该是进入深度睡眠了。

副社长沉默着径直走进房间,粗鲁地摇着专务的肩膀,专务身上盖着的毛毯也因此滑落下来。

"久永先生,快起来!"

专务还在嘟嘟囔囔地说着梦话。

"起来!"副社长用手拍打专务的脸。

"别这样!"伊藤连忙出言阻止,不过副社长并未因此停下。

专务终于睁开了眼,只是还有些迷糊。

"你一直都在这里吗?"

"怎、怎么……"

"社长被杀了。你知道些什么吗?"

"什么?社、社长……被、被杀?"专务正准备起身,肩膀却被副社长重重地按住。

"你先待在这里。在警察来之前别随意走动,不然更麻烦。"

"怎、怎么会?社长他……"专务喘着气,剧烈地咳嗽着。

忍实在不忍看下去,便转过头去。

"你刚才的话,确定吗?"副社长突然冷峻地看着忍。

"啊?"

"你确定没人进过这个房间?"

"啊……确定。不……不确定。"忍结结巴巴地答道,"我确定不了,因为我并没有一直盯着房门。"

副社长的目光转向了那扇可以从专务室通往副社长室的门——这是一扇没有锁的门。同样,副社长室内也有一扇通往社长室的门。如果从这扇门出入,就可以避过所有人的视线进出社长室。可是,也不能就此断定……

"副社长请放手!专务的呼吸都……"伊藤大喊道。副社长这才松开捏着专务的双手,专务一脸痛苦地大口喘息着。

"总会弄清楚的。"副社长冷冷地俯视着专务,眼神极为可怕,"只要调出监控画面,一切就真相大白了。"

15:18

天哪,真是难以置信。这栋大楼内居然出现了杀人事件,这到底是怎么回事啊?

坐在保安室椅子上的泽田转动着身体。大厦停车场内停满了警车,大批警察进进出出,让人不免觉得心惊胆战。

真不知道这些警察到底要问几次同样的问题。他们应该不是怀疑自己,只不过如此一来,都不知道几点才能回得了家。甚至还有可能被带回警局,重复一次方才的问话。

今天到底是什么日子啊?短短几个小时,居然发生了这么多匪夷所思的事情。

泽田看了看时钟,已是下午三时十九分。

哎呀!泽田迅速站起身——有马纪念马上要开赛了。

天大的事情也不如这场比赛要紧。就算没买马票，这场比赛也是不容错过的。

泽田正准备打开小电视，一阵敲门声传来。他一脸绝望地转过头。

"可以来楼上一下吗？有些事想再和您确认一下。"一名年轻的警察走进房间问道。

你是白痴吗？泽田在心中暗骂：你是有健忘症吗？同样的问题为什么非得一直问？我什么都不知道！也没有任何有价值的线索！再说，你们也没道理怀疑我吧！我看你就是故意给人找不痛快吧！

"可以吗？"看着丝毫不打算挪动身体的泽田，警察的眉头皱了起来。

"嗯……稍等一会儿。"

"稍等？为什么？"

"呃，就是，能不能等我两三分钟？"

"啊？"警察睁大了眼睛望着泽田，"有什么事吗？"警察的脸上一副"能有什么比杀人案调查更重要的事？你倒是说说看啊"的神情。

"不，没有。没什么。"泽田沮丧地走出保安室。回头一看，时钟分毫不差地指向了三时二十分。

遥远的中山赛马场内，闸门已经打开，所有的马匹都迅速冲出跑道，这是无可比拟的年度盛况。

领路的警察有些不耐烦地回头看向磨磨蹭蹭的泽田。

纯种马的美妙身姿，瞬间就消失得无影无踪。

泽田谄笑着稍微加快了脚步。

II
防盗顾问

  冰冷的雨从清晨一直下到现在。再冷一些就该下雪了吧，可是东京的气温就像捉弄人似的，总是停留在零摄氏度上下。

  因为在松之内[1]期间，还是星期一的上午，所以新宿的小巷里几乎空无一人。

  青砥纯子撑着伞，仰望着这栋正面宽度仅四米左右的铅笔状大楼。她甚至都无须确认墙上的公司名称指示牌，因为二楼的窗户上就张贴着"F&F安保用品店"的字样，看起来应该是用蓝色胶带从玻璃窗内侧贴上的。

  进入大厅后，就能闻见一股类似梅雨季节的霉味。纯子合上伞，甩掉上面的雨水后，将其插进伞架。

  电梯正好到达一楼，不过自己要去二楼，倒也无须特意坐电梯。楼梯的宽度只能允许一个成年人勉强通过，纯子一上到二楼，就看到楼梯间正对面的大门上挂着一个塑料广告

---

1 日本的新年时间，一般指元旦到一月七日或一月十五日。日本有新年在门前挂松枝的习俗，所以这段时间也被称为松之内。

牌。看起来像是图形化的"F&F"商标下方,写着一句英文"Forewarned&Forearmed",也许是模仿了谚语"Forewarned is forearmed"(防患于未然)。

大概想表达"警戒,进而防备"的意思。

纯子对着粉饼盒的镜子看了看自己的发型,又取出手帕擦掉西装外套衣襟上的雨滴,接着像突然想到了什么似的,连忙摘下金光闪闪的徽章放进挎包里。

纯子推开铝质大门,一阵轻微的门铃声响起。店内比想象的宽敞,看起来应该有十坪[1]左右。此刻并无其他客人。

"欢迎光临。"右边柜台的男子小声地打了个招呼。男子长着一张白皙的细长脸,看起来有些瘦弱,应该是个兼职的学生。男子用大大的眼睛瞥了纯子一眼后,马上又低下了头,似乎正在读放在柜台上的文库本小说。

纯子决定先观察一下店内的情况。

柜台对面的墙上排列着各种监控器。虽然有许多都标着"模型机",不过红色的LED灯也会亮起,看起来和真的监控器毫无差别。

纯子的身旁就摆着一个展示柜,里面排列着各种房门专用辅助锁以及防撬锁芯,Kaba star、模帝乐、IKON、EVVA、ALPHA、OPNUS、皇家卫士、PR锁芯等产品应有尽有。每种产品的下方都用工整的手写体说明了熟练锁匠或小偷开锁所需的大致时间。

在窗框样品展示区内,除了窗用辅助锁、震动传感器,还有防盗双层玻璃的样品。除此之外,本就不宽敞的展示柜内还密密

---

[1] 日本传统计量系统尺贯法的面积单位,1坪约为3.3平方米。

麻麻地排列着可以感知体温的被动式传感器、红外线传感器、超声波传感器,以及安装在栏杆上的钢丝绳压力传感器等诸多产品。

纯子虽然也对日本治安的急速恶化深有体会,但在目睹了品类如此繁多的防盗产品后,她对人们迫切的安全需求更有了实感。

纯子向来觉得,之所以会出现如此多的防盗产品,不单纯是因为日本人追求花里胡哨之物,它们更像是日本人面对时代巨变感到惊慌时发出的哀鸣。曾经那个丝毫无须担忧人身安全和用水安全的时代,早已如泡沫般消失。

"您需要些什么吗?"柜台后的男子再次开了口。

男子这次开口,让纯子大幅提高了此前预测的男子年龄。他在客人主动看过一遍商品后才继续开口,他或许比自己还大上几岁,预计在三十五岁到四十岁之间。若是这样的话,这个人就不是什么兼职学生了,很可能就是自己要找的那个男人。

"有没有比较简单的防盗设备?最近比较乱吧。"

纯子决定在说明自己来意之前,先和他随便聊几句,从谈话中判断此人是否可信。

"这样啊。如果您方便,不妨坐下聊聊,我们提供免费的防盗咨询服务。"

男子起身,指了指柜台前的椅子。

纯子点点头走了过去。对视的那一瞬间,纯子发现男子的目光高度与穿着高跟鞋的自己几乎平行,由此推断对方的身高应该不到一米七。另外,他还穿着朴素的灰色衬衫以及牛仔裤。

"您住的是公寓还是平房?"男子彬彬有礼地开始提问,语调十分沉稳。

"出租公寓,一共九层,我住在最高层。"

"一层几户呢？"

"三户。"

"平时和邻居来往吗？"

"完全不来往。我不爱应付邻居，而且作息时间也不一样。"

"这样啊。确实如今的人都更喜欢这种生活方式了，只不过这也是相当危险的。"

男子从柜台上取出一个大文件夹，翻出一张公寓模式图放在纯子面前。

"一楼和二楼是最容易遭到侵袭的，其次就是最高层了。因为与其他楼层的住户相比，最高层的住户外出更频繁，而且大都是高收入人群。如果能与邻居配合着互相监视，自然会安全许多。对了，楼里平时有管理员吗？"

"没有，管理员只在倒垃圾的日子来。不过，大门上倒是装有自动锁。"

"嗯……自动锁倒也不是完全无用，至少可以阻挡大部分不请自来的推销员，以及一些无责任能力却有杀伤能力的人。"

纯子虽然有些反感他在这里用了"责任能力"这种表述，但并没有明说。

"但也别对自动锁抱太大的希望。如果用的是旧款产品，可能只要夹着一张纸遮住传感器就能打开了。就算不会开锁，白天也可以趁着人来人往的时候轻易混进公寓楼，或者随便按一户人家的对讲门铃，伪装成快递员或抄煤气表的工作人员，就可以轻松溜进公寓楼了。您说的自动锁，是密码式的吗？"

"不是，是钥匙……"

"那还好。要是密码式，说不定小偷间早就互相交换情报了。而且用上几年后，那些常用的按键容易沾上油污，很容易就会被人猜出来。不过，哪怕是钥匙式的，也不能排除备用钥匙已经流出的情况。除此之外，撬锁也不是不可能。"

纯子越听越心惊。

"只要溜进公寓楼，小偷就可以自由选择目标了。最可怕的是，他们就可以直达屋顶了。只要借助绳索，他们就可以通往几乎所有住户的阳台或窗户，顶层有时甚至不需要使用绳索。您那栋楼是可以自由出入屋顶的吗？"

"不行，平常应该都上了锁……不过，那种锁是不是很容易撬开啊？"

"是的，屋顶的锁大都是徒有其表的。这个问题也只能找房东协商了。"男子翻着文件夹继续说着。

"接下来的危险之处，就是玄关大门了。最高楼层的三户人如果都不在家，小偷能用于开锁的时间就比其他楼层更充裕。对了，您用的是什么类型的钥匙呢？"

"什么类型？"

"比如钥匙孔是竖的还是横的、前端是否为锯齿状、表面是否有凹槽等。"

"哦，钥匙孔是横的，表面有凹槽。"纯子回忆着答道。她可不想把家里的钥匙拿给初次见面的人看。

"那应该是凹槽钥匙。这种钥匙大部分都比用排片型锁芯的钥匙安全，不过只要有个二三十分钟也一样能打开。其实，门锁应该至少装两个。用两个锁舌来固定房门，可以大大提升物理层面上的耐久程度。"

"可是，安两个锁的话，不是会很麻烦吗？"

严格说起来，房门其实属于公用部分，想装新锁就要征求房东的意见。再说了，每次进出都要先为门锁分别找到匹配的钥匙，也太麻烦了。

"如果两副锁用的是相同的锁芯，那就只要准备一把钥匙了。但是撬锁所需的时间依旧是两倍哟。"

"原来如此……对了，不是到处都有卖那种伪装钥匙孔的吗？有效果吗？"

男子摇了摇头："可以说毫无作用，因为市面上的伪装钥匙孔只有一种，行家在十米外就能认出来。"

事到如今，纯子不敢说自己已经安装了，只好拿出DIY商店店员的那套说辞："可是大家不都说，只要让小偷看到你已经有戒心了，自然不敢轻举妄动吗？"

男子咧嘴一笑："戒心？很遗憾，小偷可没这么好骗。这么做相当于变相告诉小偷，就连生死攸关的大门，这家人也只愿意花个几百日元而已。"

"所以还是需要两副锁，是吗？"

男子淡褐色的大眼睛里闪烁着光芒："一般的商店都会告诉您，一扇门配两副锁就足够了，不过本店会推荐您使用三副锁。这么一来，大部分小偷会自动放弃的。"

"可是，即便是同一把钥匙，每次进出都要开关三次有点儿……"

"有简便方法，和上两道锁的方法相同！"

男子把手里的文件翻到房门页面，上面标识着三道锁的安装位置。

"最简单的一种，就是只要锁上三道锁中的上下两道，中间的那道处于开启状态，只不过要调成正常开锁方向的相反方向。也就是说，假设正常为右旋开锁，那就调成左旋开锁。就算小偷打算依次打开三个锁，实际上却是把第二道锁给锁上了，自然也就打不开了。"

原来如此，那些勇于发起三道锁挑战的小偷一定很失望吧。不过，纯子想，若是小偷也明白了这个方法，自己的努力不就白费了？

"如今的小偷可不只会撬锁，办法多的是。比如最近常见的钻孔开锁、铁丝开锁、通过打开内保险锁开锁等。今后可能还会流行撞匙开锁、融化开锁等新一代开锁方式，或者用断线钳剪断铰链、用强力破拆工具扭开门后拔除插销等更加粗暴的开锁方式。所以，不仅要安装防盗性能强的门锁，房门本身的强度也很重要。"男子突然严肃了起来。

"而且，以上内容都只适用于普通小偷。"

"什么意思？"

"大部分的普通小偷在看到如此周密的防范后，会因为太费时间或担心危险而直接放弃，转而寻找新猎物。但如果是出于报复，或是一些执念很深的跟踪狂，可能会为了破门而不择手段。如果真的遇到类似的情况，那就要进一步加强防范了。"

纯子越听越心惊，自己的职业也不无得罪人的可能啊。

"尤其是律师，可能不知不觉间就被人盯上了，还是要未雨绸缪。可能您已经有了初步的预算，不过我个人建议，您可以拿出年收入的百分之三左右……"

"等……等一下。"纯子心下震惊，打断了他的话。

"当然，这里说的百分之三也就是个大致参考而已。还要结合地段环境、防盗难度、防盗方法等来……"

"我说的不是这个，而是你为什么觉得我是个律师？"

男子将双臂交叉于胸前，似在思考着什么："嗯，就是一种感觉吧！"

"说实话！"

听到纯子严厉的质问后，男子挑了挑眉："您岁数不大，却穿着色调朴素的西装，领口处的线条也十分男性化，而且还带着垫肩，说实话这在现在可不多见。下班后一般不会穿这身出门，这应该是上班时的'战袍'吧。"

多管闲事！

"穿这种西装的人，我能想到的就只有律师之类的职业了。"

纯子盯着男子，眼神里满是怀疑。她可不觉得光靠这种含糊的理由就能判断出律师之类的职业。

"我们是不是在哪里见过？"

"没有，今天是第一次。"男子无奈地笑了笑。

"那你为什么会这么觉得？"

"所以说，就是因为西装啊……尤其是领子。"

"可是这种西装，普通的职业女性也会穿啊！"

"您的领口附近有个小孔。"

男子的话让纯子大吃一惊。

"西装领口处别着的一般都是社员徽章，而这个小孔应该是徽章直接刺穿衣服后留下的痕迹。您这套西装一看就是价值不菲，照理说应该尽量避免穿孔才对。女性更是如此。"

"……所以？"

"所以会让您直接刺穿衣服的徽章，一定是很重要、绝对不能遗失的徽章。如果西装的花眼比固定徽章针的徽章扣更大，那么徽章可能会脱落。"

"所以，你觉得这是律师徽章？"

"万一遗失了律师徽章，被有心之人捡走，后果可能不堪设想。想申请补发的话，就要向日本律师公会提交说明材料。我记得男性徽章都是螺旋式的，而女性徽章可以选择针式的吧？"

这个男人怎么这么了解？

"可是，这些线索还不足以断定这就是律师徽章吧？"

"您冒着大雨过来，但西装上还是依稀留下了被熨烫过的痕迹，想必刚刚干洗过。这个针孔会如此明显，就代表徽章刚刚被取下。而您会特地取下徽章，就说明这不是普通的社员徽章，而是代表某种特殊的含义。如果不是律师徽章，那就是检察官、国会议员，当然也可能是黑社会。"

"是吗？也许我只是不想告诉陌生人自己的工作单位。"

"如果是这样，您一开始就不会佩戴社员徽章了。毕竟律师徽章与身份证的效力相同，还是佩戴在身上更方便一些。"

"就算是这样……"

"而且，刚才我开玩笑地提到'责任能力'的时候，您是不是有些恼火？那会儿我就觉得，您应该是位律师吧！"

纯子反复思考男子的话。虽然推理过程听着很牵强，证据也很薄弱，但也不能因此断定他在说谎。

既然男子已经猜出自己是律师，又何必继续深究理由呢？

"您是对的。"纯子从名片夹中取出名片放在柜台上，"我叫青砥纯子，如您所言是个律师。您就是榎本径先生吧？"

纯子直截了当地问他，本打算借此扳回一局，哪承想男子丝毫不觉意外。

"是的。"

"防盗顾问榎本径？"

"偶尔也会使用这个名号，实际上我也就是个防盗器材店的店长而已。"

"不好意思，一开始我扮成了顾客。其实，我今天来这里，是想请榎本先生帮个忙。"

"不要紧，反正我闲着也是闲着。"榎本笑着回应，"再说了，刚刚我也说过，防盗咨询是免费的。"

纯子端起香喷喷、热腾腾的黑咖啡喝了一口。

"好香。"她不由得低声赞美，绝无奉承之意。

"独家配方。"榎本微微歪着头，一边享受着咖啡一边道。

"店里真的没问题吗？"纯子看着门对面空无一人的展示区担心地问。

"如果有客人上门，我会知道的。"

"可是，会不会有小偷溜进来？"

"这里可是防盗器材店！"榎本似乎有些生气，"门一开，门铃就会响起。另外，我还在这里设置了其他传感器。"

"比如？"

"保密。防盗秘诀第一条就是不能暴露自己的底牌。要不，你先说说想让我帮什么忙吧！"

纯子点点头，放下咖啡杯："我从新城先生那儿听说了你的事。你在松户谋杀事件中，曾以辩方证人的身份出庭辩护，最后成功让被告无罪释放了，对吧？"

榎本听完有些不好意思："证明被告无罪的人不是我。只是当时检察方认为案发现场是一个密室，除了持有备用钥匙的被告，再无他人可以进入。我只是接受了律师的委托，调查后指出了存在外部入侵的可能性而已。"

"……密室？"

"案发现场位于三层公寓的顶楼，一楼大厅安装了自动锁，入口和电梯里都安装有监控器，这在当时看来，算是安全系数很高的配置了。但是所有的监控都没拍到任何可疑人物,所以警察就认为住在同一栋公寓的被告嫌疑最大。"

"可是,凶手可以不经大厅进入楼内吗?"

"可以,只不过难度很大。因为这栋公寓与相邻建筑物间的楼距较大,而且高度也不一样,所以即使使用长梯子也很难跨越。公寓外墙贴的是极为光滑的瓷砖,没有外露的排水管和雨棚,从一楼爬上来的可能性就可以排除了。"

"有没有可能是从楼下的阳台一层层爬上来的?"

"除非他有忍者的钩绳,否则不可能。因为那栋楼的阳台是水泥浇铸的,阳台上没有铁窗,从上到下无一处可以落脚的地方。"

"那爬上行道树或是电线杆呢?"

榎本会心一笑:"思路很对。公寓阳台外的小路上的确有电线杆,问题是公寓正好处于两根电线杆的中间,距离最近的那根也有数米远,所以从电线杆上跳进公寓是不可能的。"

"那凶手到底是从哪里进去的?"

"电线。"

纯子目瞪口呆:"电线?电线杆上的?"

"是的。凶手先是爬上电线杆,然后像黑鼠一样沿着电线爬进公寓。"

纯子顿时觉得后背发寒:"不怕触电吗?"

"虽然电线杆上布满了电线,但只要不触碰到6600伏特的高压电线就不会有危险。况且现在的电线和过去不同,表面都经过了严密的绝缘层包覆。"

"可是电线能承受一个人的重量吗?"

"电力公司在设计电线或金属扣件时,都在负重上留出了很大的空间。当然,让一根电线承受体重确实比较危险,但可以借助登山铁环，让多根电线共同承担自己的体重。这个做法的可行性非常高。"

"不过，要怎样沿着电线爬进公寓呢？"

"巧的是，100伏特和200伏特低压线的高度正好与公寓三楼平行；更巧的是，案发现场隔壁的住户为了看有线电视而牵了一根支线。所以凶手就可以先沿着电线爬到公寓阳台前，再抓住支线的同轴电线，让自己滑向阳台的位置，然后跳进去就可以了！"

听起来就像杂技一样，不过操作起来也许并不难。

"这之后就简单了。凶手爬上阳台，潜入目标房间。由于案发时是夏季，所以被害人开着窗，只关上了纱窗。被害人太过相信公寓的安全性了。"

纯子听得心惊胆战。夏天一直吹冷气很容易引发头痛，所以自己睡觉时往往也会打开玻璃门。

"能想到用这种方法潜入犯罪现场的，绝不是一般的小偷。又是爬电线杆，又是吊钢丝的，不仅要身手了得，还要随时提防自己遭遇不测。而且，即便是深夜行凶，一旦被人看到也是功亏一篑。后来我们终于抓到了凶手，是个曾在政府机构接受过特种训练的人。至于杀人动机嘛，好像是出于强烈的怨恨。"

"凶手离开的时候，也是顺着电线离开的吗？"

榎本摇摇头："离开可比潜入简单太多了。凶手只要把登山绳绑在阳台的栏杆上，然后垂直降落即可，这对一个受过特种训练的人来说就是小菜一碟。"

纯子开始回忆六本木中央大厦的外观——莫非那栋大楼中也藏着看似不存在的潜入途径？

"这次我负责的案件，与松户案十分相似。"

"也是密室？"

"嗯。"纯子点头，"去年的最后一个星期日，在港区的一栋十二层写字楼的顶楼，发生了一起公司社长被杀案件。案件现场，也就是社长室前方的走廊设有监控器，调取监控后发现，案发时间前后并无任何人进出房间。"

"这个案子，我好像在报纸上见过。"榎本似在回忆般闭上眼。

"知道型号吗？"

"型号？"

"监控器的机型。"

纯子翻了翻记事本。这些细节的确被忽略了。

"可以马上查到。"

"另外，监控器拍下的画面，一般都是怎么处理的？"

"一楼的保安室可以实时监控，画面也会被保留下来。"

"那我还需要了解录像机型号。"

"好的。"纯子有些吃惊地做着笔记。机型对案件会有什么影响吗？而且，自己甚至都还没说明委托内容呢。

"目前的嫌疑者，也就是我的委托人，是那家公司的专务，专务室与社长室是相通的，只是中间隔着一个房间。换句话说，专务是唯一一个可以避开监控器自由出入社长室的人。"

"可有确切证据能洗清他的嫌疑？"

"他本人强烈否认。"

"原来如此。"榎本陷入思考般将咖啡杯送到嘴边。

"所以我想请求你到现场看看。"

"你是想让我看看现场是不是真正的密室，是否完全不存在其他潜入途径吗？"

"对。"

榎本淡褐色的双眸中闪烁着光芒，似乎对这个委托很有兴趣。

"我的委托人，是青砥律师你吗？"

"不是。正式委托你的是专务的家人，不过具体的报酬可以直接向我提。"

"日薪两万日元。这个店需要请个临时工，一天一万日元。交通费、器材费等费用就实报实销，每三日现金结算一次。除了这些，还需要根据最终的调查结果支付我五十万或十万日元的酬劳。"

暂且不论日薪结算的问题，连临时工的工资也高得离谱。但最令人难以接受的是，这只是个短期委托，他居然索要了高额的最终酬劳。就算和律师的酬劳相比，也非常不合理。

"……根据调查结果是什么意思？"

"如果与松户案一样，证明除嫌疑人外，还有其他人潜入现场的可能，那就是五十万日元酬劳。反之，如果判定为没有他人进入的可能，那就是十万日元。只不过在证明潜入可能性这一点上，并不包括提供实际潜入的证据。"

纯子点点头："只要能提出假设或者说可能性就足够了。到时候可以请你出庭做证吗？"

"除了法庭给的补贴和交通费，出庭做证一次收费两万日元。"

纯子犹豫了一下。眼前这个人实在让她捉摸不透，而且如此一来还会超出预算。

算了，花的也不是她自己的钱，更何况委托人对预算的小幅变化也是认可的。若真能打破这山穷水尽的处境，倒也物有所值。

"明白了，那就这么定了。出庭做证的费用不方便明写，其他费用整理成书面文件给你吧?"

"不用,口头约定就可以。我现在可以去现场看看吗?"

"可以。"

榎本站起身,看样子他打算从今天开始计算日薪了。虽然纯子很好奇他现在要怎么安排临时工,但好像有些多管闲事了,便换了一个问题。

"榎本先生,你的视力可真好啊!"

"为什么这么说?"

"我领口的针眼,你不是一下就发现了吗?"

榎本歪着头:"其实跟我的视力无关。"

"咦?"

"店里所有的监控器,包括展示品在内,其实都处于运行状态。'模型机'的标识其实是骗人的。"

纯子惊呆了。更让人不可思议的是,她虽然知道自己从进门的那一刻起就被监视了,却丝毫不觉得愤怒。

听律师前辈提到这个人时,自己其实是以"死马当活马医"的心情上门拜访的。现在看来,眼前的这个男人或许真的能发现什么。

"总觉得有些奇怪。"

听纯子介绍完大致的案情后,榎本握着方向盘,歪着脑袋。

"奇怪?"

前方堵得很厉害,榎本索性拉上了白色铃木吉普车的手刹。

"案情简单归纳起来是这样的吧?案发现场位于大厦顶层,外人甚至到不了这个楼层。案发当日的正午时分,被害人——公司社长,与副社长以及本案的嫌疑人专务,在同一楼层共进午餐后，照例回到自己的办公室午睡，在时间上应该是十二点半左右。同一时间，专务也回到自己的房间午睡。但是与社长相比，专务平时午睡的频率并不高。"

"是的！"

"副社长外出，三位秘书里也有两位外出用餐，于是那层楼中就只剩下在自己办公室里午睡的社长和专务，以及留下值班的专务秘书。社长的推断死亡时间在十二点五十五分到下午一点十五分之间，这期间该楼层中只有这三个人。"

"是的。"

"外出用餐的两位秘书回到公司的时间是下午一点半之前。一点五十分左右副社长也回到公司。这时，擦窗户的工人发现社长晕倒在房间里，便联系了保安室。保安给秘书室打电话的时间，是副社长回到办公室后的两分钟。紧接着，副社长和三位秘书同时发现了社长因头部遭受撞击而死亡的尸体。在这之后，副社长为了检查社长室，单独在里面待了一两分钟。"

纯子点点头。自己只说明了一次，他竟连详细的时间都能记住，太厉害了……

"副社长从社长室出来后，就和秘书们一起走进专务室。看起来，专务一直都在房间里睡觉。"

"他是真的睡着了。"纯子肯定地补充。

"但副社长还是怀疑专务，因为第三者很难在案发的那个时间进入该楼层。而且社长室门前的走廊上装有监控器，他觉得避开监控潜入社长室是不可能的。不过当时，他们应该还未调取监控录像。"

"是的。"

"青砥律师，你是否看过监控录像？"

"没有。我要求了很多次,但始终没有获得许可。不过,听说案发时间前后,监控内并没有出现任何进出社长室的人。"

"警察闻讯后立刻赶来现场勘查。结果显示,社长是因头部受到撞击导致脑出血而死。撞击本身并不致命,若是换个人兴许还能捡回一条命,但社长的头部比一般人脆弱很多。"

"嗯,社长去年接受了脑部动脉瘤手术,开过颅骨。"

"也就是说,若真是谋杀,凶手连这个细节都考虑到了。"

"可能听说过。毕竟社长动手术的事,公司里很多人都知道。"

前方的车辆终于动起来了。榎本刚踩下油门,前方车辆又停下不动了。

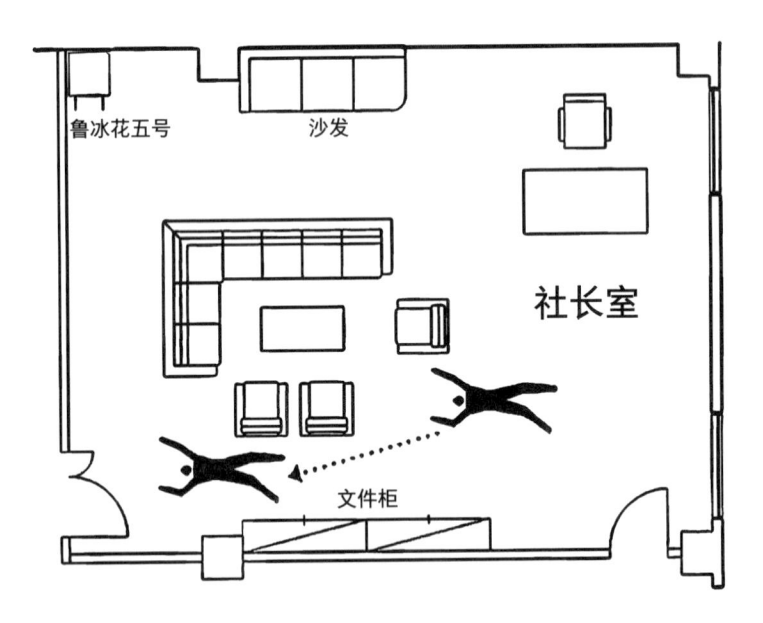

"从勘查结果来看，社长头部的伤口是由带平面的钝器所致。虽然没有在案发现场的社长室里发现类似凶器的物品，但从待客用的玻璃茶几上发现了微量的血迹。"

"是的！"一提起这件事，纯子就一肚子牢骚。警方对勘查结果严格保密，单就玻璃茶几这条线索，也是费了不少周折才得到的。

一直到下个红灯亮起，前方的车辆也没有挪动过。榎本烦躁地再次拉起手刹。

"第一个问题，为什么警方排除了意外的可能性？一般人都会先想到这个可能性吧！"

"你是说意外事故，比如社长因为晕倒而后仰，所以后脑受创，是吗？"

"是啊。社长年岁已高，再加上刚睡醒，发生这种意外也是有可能的吧？"

"警方一开始也这么认为，但详细勘查了现场后，推翻了这个可能性。"

"为什么？"

"因为头部受伤的位置不对。社长遭受撞击的部位正好位于后脑勺与头顶的交界处。使用假人实验后发现，如果是因为摔倒而造成这个部位受到重创，那摔倒时身体必须以近乎水平的姿势落下，甚至是以头朝下、双腿上抬的姿势落下。"

"原来如此。如果是自然摔倒，一般都是从腰部开始下滑，即便是后脑勺受损，位置也应该更低才对……那有没有可能是肩膀先撞到桌子，顺势倒下后伤到了头部呢？"

纯子摇了摇头："他们似乎也想过这个可能性，好像也是因为角度不合理，所以排除了。而且最先遭到撞击的地方一定会留下痕迹，但社长除了头部，身上没有其他瘀痕。"

"这样说来，这个案件很蹊跷啊。"榎本低喃着。

"难道是专务把社长抬起来，再用他的头去撞击桌子？或者用诸如过肩摔之类的柔道术，把社长甩到空中后再撞击？"

"我也觉得这很荒谬。另外，警方似乎认为凶器是其他东西。"

"其他凶器？是什么？"

"专务的办公室里有个很大的水晶玻璃烟灰缸，据说如果用烟灰缸的底部击打头部，也会形成同样的伤口。"

"那烟灰缸上有血迹吗？"

"没有。正如我刚刚说的，警方对专务的手帕、衣服以及办公室内的纸张等都做了仔细的检查，但没有发现任何用于擦拭血迹，或是用来包裹烟灰缸的物品。"

"专务应该也没机会做善后处理吧？"

"是的。"

"而且，若凶器是其他东西，那么玻璃茶几上的血迹就是凶手故意放的烟幕弹了。"榎本的脑子飞速旋转着，"办公室里放着烟灰缸，说明专务抽烟，对吧？"

"是的。"

"社长也抽烟吗？"

"不抽。他非常讨厌烟味，也讨厌别人抽烟。据说就连专务也只能偷偷关在自己办公室里抽烟。"

"这么说来，专务就不可能为了方便抽烟而把烟灰缸带进社长室了。既然都已经从自己办公室拿来了凶器，那么伪装成意外死亡后再匆忙善后，就有些说不通了。但要说所有的细节都经过精心部署，那未免过于愚蠢了——哪有人会挑自己嫌疑最大的时候动手啊？"

"对呀！我就说凶手不是专务吧。"听完榎本的推理，纯子觉得自己底气更足了，"那么，应该就是有人想嫁祸给专务……"

"可是这个推理也存在疑点。"好不容易从堵车大军中脱身而出的榎本踩下了油门，"如果是我，既然想嫁祸给专务，那就会做得更逼真一些，比如把沾有专务指纹的烟灰缸放在案发现场，而不是专务办公室。而且，我也很在意撞击力并不致命这一点。实际上，社长并非当场死亡，对吧？"

"是的。颖原社长的尸体被发现时，裤腿向上卷起，还沾有一些地毯上的绒毛，应该是在办公室正中间遇袭后，自己爬到门口的。"

"那就更奇怪了。"榎本凝视着前方说道，"如果不对社长一击致命，凶手的身份就可能被识破。所以，凶手为什么没有下死手呢？"

榎本将吉普车驶入六本木中央大厦停车场。一楼停车场虽有四个停车位，但已全部被停满，于是榎本通过专用电梯驶入地下停车场。

纯子先一步下了车。榎本套上一件蓝色风衣后，带着尼龙背包和铝制梯子下了车。

爬到一楼后，二人到达电梯厅。榎本在确认从电梯厅走出大楼一定要经过保安室后，走出了大楼。

榎本在大楼的正面停下脚步，大致观察了一下大楼的外观及四周环境。

"如果不经过大门，很难潜入这栋大楼吧？"

听到纯子的问题后，榎本面无表情地回答道："何止是困难，想要不留痕迹地潜入内部，几乎是不可能的。因为，这栋大楼的窗户全都是嵌入式的。"

不愧是行家，一眼就能看懂。不过，他话里的"几乎"是什么意思呢？

榎本绕回正门进入大楼，沿电梯旁的走廊向前走，从内部观察小门的情况。

"星期日那天，只有一名保安当值，一直都待在这个小屋里。不过，如果弓着身经过这里，似乎也可以成功躲过保安的视线。"

榎本若有所思地看着保安室的小窗。

"明白了。去案发现场看看吧。"

走进电梯后，榎本按下了十二楼的按键，但按键灯没有亮起。纯子见状，按下了十一楼的按键，这次按键灯亮了，电梯也开始缓缓上升。

"十二楼的按键似乎被锁上了。"

"是的。顶楼是高管专用楼层，只有输入密码或楼上邀请，电梯才会停靠在顶楼。"

电梯输入密码的时候，一般都是直接用楼层键按键，不再另外设置密码键盘。榎本在操作面板前弯下腰，仔细观察楼层键。也不知是不是个人习惯使然，榎本总喜欢用食指指甲弹自己的大拇指指甲。

电梯在十一楼停下。

电梯门一打开，就看到了快步走来的总务课长小仓。他脸上没什么皱纹，看起来四十岁上下，不知道是不是工作压力太大的缘故，发际线上移了许多，头顶的发量也十分堪忧。

"青砥律师,您辛苦了。"

"您好,这位就是我之前在电话中向您提过的防盗顾问榎本先生。我们现在可以去社长室看看吗?"

榎本还站在电梯里,一直按着开门键。小仓透过无框眼镜打量着榎本。

"呃,这个嘛……"他此刻的神情,犹如刚刚舔了一口极酸的食物,"警方刚刚来过,才离开没多久。他们说案发现场可能还残留有部分重要证据,若无警察陪同,严禁任何人入内。"

"那位警察呢?"

"刚刚回去。"

纯子听完不由得怒火中烧。警方不仅故意对外避而不见,连对律师也拒绝提供任何证据,还总是想方设法阻碍自己调查。打电话的时候满口同意,到了现场又找不到人。这都是他们的惯用伎俩了。

"重要证据?警方不是已经搜查完社长室了吗?"

"这个嘛……虽然我也是这样觉得。"小仓拿出手帕擦了擦汗。

不同于火冒三丈的纯子,榎本倒是十分冷静。

"好的。那今天就先不看社长室了。我们可以在顶层转转吗?"

"可是,那不就……"纯子显然对此很不满。案发现场是最重要的,如果不看,怎么找出连警方都没发现的潜入途径呢?

"先从外面开始吧。密室之谜的关键,说不定就藏在楼层和监控器中。"榎本说完,意味深长地看了纯子一眼。

三人走进电梯。小仓紧贴着操作面板,左手按下关门键的同时,右手非常迅速地按了几个按键,大概不想让访客看到密码。

按键亮起后，电梯缓缓上升。

"密码……"榎本突然开口，"大概有几个人知道？"

小仓回头看着他，一副犹豫着该不该告诉他的神情，不过看了纯子一眼后，还是勉强地开了口："几个人的话……公司里的高管有十个人，除了社长还有九个人。然后是三位秘书、总务部长和我，还有上市准备室长，那就是除社长外一共十五个人。当然，大厦物业和安保公司的人应该也知道。"

电梯门开启。

坐在前台的女人微笑着行了个礼。纯子记得这位是副社长秘书松本沙耶加。

纯子和小仓走出电梯，剩下榎本一人还在电梯内。小仓讶异地回过头。

"方便让我先看看楼梯吗？"榎本背好梯子后慢慢走出电梯。

"常用楼梯在这边。"小仓指着左手旁的铁门说道。

榎本走到铁门前，转动金属门把手开了门。楼梯间响起了一阵轻微的金属音回声。

"这是自动锁。"为了让纯子也能看清，他指了指门把手和钥匙孔所在的位置。

"它与酒店门的结构相似。楼层内部的人可以通过转动把手来开门，但身处楼梯间的人要用钥匙开门。"

"哪些人有这里的钥匙呢？"

"嗯……去世的社长、副社长、专务，以及三位秘书。然后总务部也有一把。啊……当然保安室里的万能钥匙也能打开。"

"那就是，一共八把吧。"

榎本蹲下来打开背包，里面塞满了各种工具。他先取出一个带手柄的锤子形状的观测器对钥匙孔的内部查看了一番。观测器前端带有一个小灯，发出的光亮可以勉强看清四周情况。

"好了。"榎本站起身。

"有什么发现吗？"纯子问道。榎本看起来一副胸有成竹的样子。

"这栋大楼的门锁用的都是同一种锁芯。你知道这种锁芯吗？"榎本说明了门锁的品牌及型号。

"不知道。"

"排片型锁芯在日本非常常见，使用量已经超过了七百万，但非常容易被撬开。厂商发现这个缺点后，立即开发了替代品，就是这种锁芯。这种替代品的确加大了撬锁的难度，不过后来人们发现，它有一个致命的缺点——破锁太容易了。"

"破锁？"

"就是破坏锁芯。市面上就能买到用于破坏这种锁芯的专用工具，甚至只要在电钻前装一个毛坯钥匙，就能勉强打开。"

纯子不由得皱眉："也就是说，破锁易如反掌？"

"破坏第一代产品，只需仅仅十秒钟。虽然厂商改善后的产品会稍微坚固一些，但专用工具出现后，就可以在一分钟内破锁，而且不会发出太大的动静。也就是说，如果是专业的小偷从这里潜入，十之八九会采用破锁的方法。可是你们看这里……"榎本指着钥匙孔说道，"毫无破损。"

杀人犯和小偷能相提并论吗？纯子感到有些疑惑。

"那如果花点儿时间慢慢撬开，可以做到不留痕迹吗？"

"如果是撬开的情况，先不说表面，至少筒状锁的内部会留下许多细微的伤痕。可我刚刚看过了，内部并没有伤痕。若是用铁丝开锁的方法，的确不会对筒状锁造成任何伤害，但这个方法并不适用于这扇门和这个锁。"

"……我不太懂这些，所以你是说凶手并非从这个楼梯潜入的？"

榎本摇了摇头："我不是这个意思。我说的是如果是从这里进来的，那一定是用钥匙开的门。"

钥匙，纯子认可这个可能性。这栋大楼对钥匙的管理似乎并不严谨，内部人员也许有机会偷出钥匙并复制一把。若真是这样，可疑人员范围就扩大了很多……

不对，自己有些偏离方向了。纯子突然醒悟过来，有些失望。最关键的密室之谜，到现在还没有任何线索。

"另外一处楼梯在哪里？"

"在走廊尽头。"小仓在前方带路。

"你怎么知道还有一处楼梯？"纯子轻声问道。

"日本建筑基准法施行令规定，六层以上的建筑物必须配置两处楼梯。"

三人径直穿过走廊来到尽头。右手边是三间并排的办公室，从近到远依次是专务室、副社长室，以及案发现场社长室。

社长室的房门上贴着黄色胶带，上面印着"Keep Out禁止入内"几个红字。

大概是听到外面的声响，一位看起来不到三十岁、身着朴素西装的女子从专务室对面的房间走出来。这便是专务秘书河村忍。

"请问这是？"

"没事，这位青砥律师你见过的。这一位，嗯……是防盗顾问。他们希望能看看案发现场。"

忍没有说话，只是对着纯子深鞠一躬，似乎在鼓励二人尽快洗清专务的冤屈。

"想从这个楼梯潜入是不可能的。"榎本检查完紧急逃生楼梯门后说道。

"绝对不可能?"

"是的。这个门直接通往外部的楼梯,只会在紧急情况下使用。若是从内部打开,就要先打破这个塑料罩来解锁,如此一来,警报就会响起。"

"从外面呢?"

"外面应该没有钥匙孔吧?"

听到榎本的问题,小仓点了点头:"您说得对。"

"不管怎么说,想打开这扇门必定会留下痕迹,所以此处可以排除了。"

榎本看向忍:"我想看看监控器。若监控室的保安问起来,可否麻烦您代为说明?"

忍点头应下:"好的。我来说明。"

榎本放下高约一米的铝梯,爬上天花板,贴近那个状似倒挂的警灯的半球形物体。仔细观察可以隐约看见隐藏其中的监控器。旁边有个感应灯,与安保用品店中展示的那个看起来差不多。

小仓看着榎本,脸上一副"看你还能找到什么线索"的表情。他皱皱眉,拿出手帕,有些神经质地擦着手指。

"河村小姐,这儿没什么事了,你先回去工作吧。"小仓似乎不耐烦了,语气冰冷。忍再次鞠躬后,返回秘书室。

就在小仓移开目光的瞬间,榎本的右手一闪,似乎从监控器的表面取下了什么东西。

纯子吓了一跳。不过小仓转回视线时,榎本的右手已经伸进口袋里了。

"嗯……可能还要花点儿时间。"榎本站在梯子上,若无其事地对小仓说道。

"哦,这样啊……"

"感谢您的介绍,接下来就交给我们吧。如果有需要,我会请秘书小姐帮忙的。"

纯子听懂了榎本的话,便也出言相助。

"这样啊?那好吧,二位就请自便吧。"小仓的态度虽然殷勤,眼底的怀疑却让人感觉极不舒服。

"青砥律师,你要不要看看?"小仓离开后,榎本问道。

"啊?我?"纯子十分惊讶,不明白对方想让自己看什么。

"嗯,不用担心,爬上来吧!"

说话间榎本已经下来了,纯子战战兢兢地踩了上去。梯子这种东西虽然并不高,但要是穿着高跟鞋爬上去,难免担心无法保持平衡。

不过,最终好奇心获胜了。纯子脱去高跟鞋,铝梯的冰凉透过丝袜直逼脚底。

榎本像是在支撑纯子般,站在梯子旁小声说道:"圆球里的监控器,能看见吧?"

"可以。"

"我发出暗号,请你挡住监控器一会儿。"

"啊?"

"用手挡住可能会让人觉得奇怪,所以请你把脸贴上去,就像是在观察监控器的样子。"

纯子这才明白榎本的目的,估计他想利用这段时间潜入社长室。

虽然纯子对警方的做法满腹牢骚,但自己毕竟是个律师,岂能为非法潜入者提供便利？再说，那样一来，此刻在保安室里查看监控器的人，不就会看到一张如河豚般的大脸……

正想着，突然一阵微风从颈后吹来。纯子扭头一看，背后的房门已经开了，副社长颖原雅树正站在门口。

"啊……那个，我们正在确认。"纯子根本没想到他会在办公室，因此十分狼狈。她拼命想维持端庄的形象，但就此刻脱了鞋站在梯子上的姿态而言，任何努力都徒劳了。

"是吗？那有什么发现吗？"雅树低沉的男中音仿佛舞台剧男演员的声音。

"没有，暂时还没有。"

雅树的脸上突然出现了一瞬间的微笑："我想与二位谈谈，不知是否方便来我办公室一趟？"

虽是邀请，但语气中有近乎命令的强制力。纯子想：怪不得不到四十岁就能成为这家公司的实际掌权人。

爬下梯子后，纯子有些扭捏地穿上高跟鞋，不由得担心刚才的对话是否被他听到了。要是他知道榎本准备潜入社长室，肯定不会善罢甘休的。

"这边请。"雅树先走进了房间，纯子乖乖地跟在他身后，像极了做坏事被老师发现的小学生。她回头一看，榎本正在那里收梯子。为何不先放在那里呢？纯子对他的举动感到很吃惊，难道他就这么放弃了？

副社长室约二十叠大，给人一种十分稳重的感觉。室内除了放着一台电脑的办公桌、书柜、布艺沙发和茶几，就没有其他家具了，看起来十分宽敞。

雅树关上门后，用左手示意了一下。那是通往社长室的门，此刻已经被贴上了许多道黄色的胶带，跟方才在走廊看见的社长室的门一样。

"从这里进去可以避开监控。二位请随意检查!"

果然,他听到了刚才的对话。纯子努力克制着不让自己脸红。

不过,颖原雅树这话,是出于真心吗?

"这可以吗?毕竟警方……"

"他们的确很努力,不过我不打算完全依靠他们调查。如果久永专务确实有可能脱罪,我希望你们能找到确切的证据。"雅树看着榎本,"这位是侦探吗?"

雅树个子很高,自然需要俯视榎本。这两个人站在一起,从身高上来看像是大人和小孩。

"算是吧!"榎本背着梯子,漫不经心地答道,"既然您这么说了,就请让我稍微看看社长室吧。"

榎本用三根手指转动门把手,又用另一只手轻轻推了推门。

原以为警方的胶带很牢固,无法轻易撕下,哪承想不过吱呀了几声,胶带就纷纷松开了。此刻敞开的大门前只剩几条黄色胶带。

"那我就进去了。"

榎本将梯子横放在地上,将其滑入社长室,又将背包从胶带的空隙间放了过去。就在纯子觉得他会将一只脚伸进同一个空隙的瞬间,他已经进入了社长室。

纯子跟了过去,站在门口观察社长室的内部。

社长室的面积大约是副社长室的两倍,看起来有四十叠大。锃光瓦亮的办公桌看起来是红木材质的,沙发为砖红色的皮革材质,整体以沉稳色调为主,尽显高贵典雅。

左手边是通往走廊的门,除了内侧绒毯上画着一个人形标记,丝毫没有其他标记可以表明这是案发现场。办公室内没有特别凌乱，也看不到溅开的血迹。

社长室位于大楼西北侧的末端，有别于仅有北侧窗户的副社长室，这间办公室在北侧和西侧都有窗户。北侧的两扇窗户正对着首都高速公路，面积略大一些，书桌背后的西侧窗户则较小一些。

榎本先是依次检查了三扇窗户，然后把通往走廊的那扇门的锁头、把手、合页等部位都细细检查了一番。

纯子屏住呼吸紧盯着他。她能感受到，颖原雅树也一直站在自己的身后。

无论是大办公桌还是装有轮子的六脚社长椅，榎本都只是轻轻摸了一下而已。

最后他抬头看向天花板，那里有个空调的出风口。

纯子豁然开朗，他会把梯子带进来，应该就是事先考虑到了这一点。

榎本竖起梯子，爬上天花板。出风口的盖子只需轻轻一推即可取下。他从背包里取出一个笔形手电筒照亮内部。

一切结束后，距离进入办公室只过去了不到十五分钟的时间。榎本抱着背包和梯子，又回到了副社长室。

"怎么样？有新发现吗？"

即便是面对雅树的提问，榎本也依旧是那副面无表情的模样："暂时还没有。"

"是吗？那么，如果有什么发现，也请一定告诉我一声。"

纯子对雅树的协助表示感谢后，就和榎本一起走出了副社长办公室。

"如何？你应该发现了什么吧？"纯子一回到电梯厅就忍不住问道。

"是的。我想，可疑范围已经缩小了很多。"

榎本按下电梯按键后放下梯子。

"如果凶手是外部人员，那么这个楼层就可以看成是间密室了，但这并不代表毫无潜入的可能性。不管是用钥匙打开楼梯间的门还是使用电梯，都可以避开监控器。外人想要拿到钥匙并非易事，但如果只是乘坐电梯，那就简单多了。"

"可是，要上12楼就得输入密码啊！"

"确实，这个条件是可以用来缩小嫌疑人范围的。不过可惜啊，这里的电梯密码，最多也就4位数而已。能用数字也只有①到⑨这9个，也就是说共有9的四次方，即6561种组合方式。但如果知道了具体是哪4个数字，组合方式就能降低至4×3×2，即区区24种了。"

"可是要怎么确定那4个数字呢？其他楼层的人也在使用电梯按键，而且输入密码的频率并不高，也就不存在那几个按键特别脏的情况吧？"

"方法多的是。我现在已经确定通往12层的密码就是由②、③、④这3个数组合而成的。不过刚才课长一共按了4个按键，这就意味着这3个数字中的某一个出现过两次。假设是2个②的组合，就存在着4×3，也就是12种组合方式。同理，2个③以及2个④的情况也是一样，也是各有12种组合方式，所以密码的排列方式共有36种。虽然还是有点儿多，不过全部试一遍也不是什么难事。"

纯子听得目瞪口呆："为什么你会知道是哪3个数字呢？"

电梯停下，电梯门打开。榎本拿起梯子一边往里走，一边回答："因为我在电梯抵达11楼前，事先在按键上撒了些粉末。"

在按下①的同时，他从口袋中拿出一个盛有龙角散的银色容器给纯子看。

"撒粉末……怎么做？"自己当时也一直看着楼层按键，竟一丁点儿也没察觉到。

"用指甲挑起微量粉末弹出去就好了。一般情况下，无论是目视还是触碰都不会有所察觉。来十二楼前，总务课长按下了密码，我在出电梯前确认过，只有刚刚提到的三个按键表面的粉末变得十分凌乱。"

这个男人，与其说是防盗顾问，不如说更像个魔术师，或是……

"这么说来，外人也能通过这种方法来猜测密码了？"

"方法很多。如果有足够的准备时间，装个针孔摄像头来偷拍按键岂不是更简单？"

"可是——等等，如果凶手是坐电梯上来的，监控器不就能拍到了吗？"纯子说着看了看安装在电梯一角的大型监控器。

"那个不是真的监控器。"

"不会吧？"

"那只是个模型机。因为用的是与实物监控器一样的壳体，所以一般人看不出来。只可惜，他们用了随处可见的廉价品，我一看就知道了。"

"原来如此。"

"这样一来，反而会出现凶手利用这一点，将真的摄像头藏在模型机壳体内来偷拍电梯内部的可能性。"

纯子暗想，如今这世道可真是容不得半点儿疏忽啊。

"……原来如此。那么，外部人员到达十二楼后，要怎么做呢？"

"案发时间是白天，所以当时的社长室应该没有上锁。那么会对凶手造成阻碍的，就只剩下走廊尽头的那台监控器了。"

"但那台监控器就是最大的阻碍吧？凶手可以避开监控器进入社长室吗？"

"可行的方法有好几个。"

纯子被榎本的回答惊呆了："真的吗？要怎么做？"

说话间，电梯到达一楼。

"目前都还只是猜测而已。接下来我会一个一个验证，最后剩下的那个，一定就是真相了。"

二人路过保安室时，隐约能听到电视里的声音，里面应该有人。

"才发生过凶杀案，这儿的安保依旧形同虚设。估计什么人都能大摇大摆地走进来吧。"榎本犀利地说道。

"不好意思，有人在吗？"纯子敲了敲保安室的小窗。

"来了。"电视声停了。一个戴着老款半框眼镜、其貌不扬的中年男人打开了小窗。不知是不是因为镜片起雾看不清楚，他向上翻着眼珠看向二人。

"我是青砥，前几天来过。"

"啊，是律师啊。今天又有什么事吗？"保安一开口，一股臭味就扑面而来。单就控制住自己的表情，纯子便付出了很大的努力。

"关于几天前的那个案件，我们正在对大楼的安保系统进行再次确认。所以，可以让我们看看保安室吗？"

"咦？呃……这个嘛……"男人看起来有些不情愿。

"不会占用您太多时间。另外，我们也已经取得了千代田保安公司以及涩谷大厦维修公司的同意。"

"是吗？只不过里面有点儿乱。"

保安一边说着，一边大概在收拾报纸等杂物，屋内发出了噼里啪啦的声音。

"久等了。"

门打开后，纯子和榎本走进保安室。不知为何，保安看起来有些不安。

"这就是录像装置吧？我看看。"

榎本向架子上的录像机走去，保安一脸"这人是谁"的疑惑神情。

"这位是安保方面的专家，还请您多多协助。"

"啊，那就……"

纯子起初忘了这名保安的名字，但他胸前的工作牌上写着"泽田"二字。泽田一直在旁边搓手，这让纯子觉得很奇怪。

"监控器一共有五台吧？而查看的显示器一共三台，是吧？"榎本看到架子后立刻问道。

"是的。"

"三台显示器能确认五台监控器吗？"纯子问。

"这里用的是Frame Switcher，可以定期切换画面，也可以同时显示四个画面。"榎本答道。

纯子并不了解Frame Switcher，心想大概就是那种切换画面的机器吧。

架子中间的那层并排放着三台十四英寸左右的小型显示器。两台黑白，只有右边那台是彩色的。彩色显示器上的画面，正是刚才二人待过的十二楼高管办公室前的走廊。画面虽小，却格外清晰，就连色调、浓度都很鲜明。

"这些分别是对应哪里的监控画面呢？"榎本问泽田。

"A显示器显示的是正门大厅处的两台监控器画面，B显示的是地下停车场的两台监控器画面，C是十二楼的画面。说起来，我刚才还在画面上看到两位呢。"泽田的脸上带着讨好的笑容，似乎想说明自己一直在认真地盯着显示器。

"小门的出入口和电梯里都没装监控吗？"纯子问道。

"嗯。小门出入口的情况可以从这个小窗直接看到。至于电梯，他们似乎讨论过，听说最后出于保护隐私的考虑，觉得装台模型机就够了。不过，到目前为止，电梯里的确没有出过任何问题。"

先不说电梯的问题，光是这栋大楼对小门出入口的安保，实在是称不上严谨。

"案发当天，所有监控都正常工作吗？"

"我想想……那天是周末，所以正门大厅的监控是关闭的，显示器A就停止工作了，B和C是正常工作状态。"

榎本看了看架子下层的三台录像机。

"有什么发现吗？"

"没什么特别的。这应该是时滞型录像机吧，有些过时了。"

"时滞型？"又是一个听不懂的词语。

"就是间歇录像。如果监控器不间断录像，再多的录像带都不够用，所以一般采用慢速录像的方式。"榎本解释后看向泽田，"录像模式平时是设定成几个小时呢？"

"嗯，七百二十个小时。"

"那一卷带子能用一个月。晚上也一样吗？"

"不是，晚上没人进出，所以只在有人来、灯打开时才会录像。"

"也就是告警录像模式了。"

这个词大概能猜出意思，纯子就没有多问。

事实上，纯子倒是对放在架子下层的那个和监控显示器尺寸差不多大的电视机更有兴趣。这应该就是泽田刚才在看的那个电视吧。

其实，也可以把某个监控的画面设定在电视的空频道上。之所以没有这么做，理由不言而喻——一旦采用了这种方法，泽田就无法在看电视的时候兼顾监控器画面了，那就失去了监控的目的。

而在画面分开的情况下，泽田可以在看电视的同时兼顾监控器画面。这样一来，一旦画面中出现了可疑人物，他应该能够发现。

榎本开始检查墙上的线路。从插座旁拉出的电缆，被牵进了一个扁平的金属盒，这大概就是Frame Switcher。金属盒中分出来的两条电缆，分别与显示器和录像机连接。

"这栋大楼内的空管道是连通的吗？"榎本用手指敲了敲墙壁。

"呃……应该是吧。您可以问另一个叫石井的，他对机器这些比较精通。"

"那位先生现在在哪里？"纯子问。

"他现在在巡视。"泽田有些闪烁其词。

纯子将目光转向榎本，发现他正背对着监控器的显示画面，仔细地观察着对面的墙壁。看了一会儿后，他走了过去，站在梯子上开始检查时钟等物。纯子完全猜不出他这是要做什么。

似乎检查完了。榎本爬下梯子后问泽田："钥匙一般都放在哪里呢？"

"放在那边的钥匙箱。"泽田指着安装在桌子前方墙上的那个扁扁的金属箱。

"万能钥匙也在里面吗？"

"对。"

"我能看看吗？"

榎本打开钥匙箱，迅速准确地取出其中一把钥匙。这是一把前端有切痕、看着十分普通的钥匙。像是在确认是否有细痕一般，榎本拿着钥匙端详了好一会儿。

就在此时，门开了，一个穿着保安制服的男人走了进来。男人身材高大魁梧，手里拎着一个便利店的塑料袋。看到纯子和榎本后，他似乎吓了一跳。

这大概就是那位名叫石井的保安了。本以为榎本会问他几个问题，没想到榎本只是点头致意了一下。

"谢谢，给您添麻烦了。"将万能钥匙放回钥匙箱后，榎本就径直走出了保安室。

纯子也连忙跟着走了出去，顺便看了看榎本的神情。

"青砥律师，如果这栋大楼的设计图还在，麻烦你想办法拿到，尤其是关于空管道及出风口位置的标记图。"

"知道了，我马上去要。还得要一下摄像机和录像机的型号吧？"

"这两个我已经知道了。"

纯子听到这里忍不住了："是不是发现什么了？"

"嗯，有几个线索了。"

"别卖关子了，快跟我说说。"

"刚才我也说过，到现在为止，我已经想到了好几个可能性，对作案过程也大致心里有数了。不过下结论前，我还有两件事需要确认。"

"什么事？"

"首先是你在车上说过的,看护机器人,然后是看护猴。"

纯子摇摇头:"这两个都不可能杀人啊?"

"也许是吧。但我对它们完全不了解,想亲眼看看再判断。"

"我明白了,只不过它们现在似乎都不在这栋大楼里。我现在得去看守所一趟,下午能再见一次吗?"

"可以啊。"

"那我到时候电话通知你……不过,关于可能的作案手法,能不能给我点儿提示?"

榎本将手伸进口袋:"刚才,我在十二楼的监控器上发现了这个。"

纯子定睛一看,榎本的手指上捏着细长的毛。

"这是?"

"松鼠毛。"

"松鼠?"

纯子惊呆了:"总不会是松鼠闯进社长室,杀了社长吧?"

榎本忍不住笑出声:"要真是被松鼠杀死的,社长大概会死不瞑目吧。"

III
看护猴

不过短短几日，久永笃二看上去就像变了一个人。

"您的身体还好吗？"

听到纯子的话，他依旧不为所动。此刻的久永面色暗沉，眼窝凹陷，双目无神，而且嘴角有些下垂。

"您是不是遇到什么麻烦了？是警方的询问态度过于恶劣吗？如果您有什么想说的，请尽管跟我说。"

依然没有回答。

纯子暗叫不好——莫非拘禁反应出现得比自己预料的早？无缘无故被人安上罪名，紧接着就被逮捕、拘留，不管是谁都会遭受很大的打击。更何况，久永被怀疑杀害的是那个他忠心跟随了四十多年的人，是那个在他心中甚至可以说是神一般存在的人物。

"夫人也很担心您的身体。"纯子觉得还是暂时不要告诉他夫人倒下的事为好，"夫人反复叮嘱我，一定要让您保重身体。真弓小姐也说她相信您是清白的，会一直等您回来。还有翔太……"

听到孙子的名字时，久永终于有了一些反应，眼皮微微颤抖了一下。

"翔太说他很想爷爷，还说在爷爷回来前，一定会乖乖听妈妈的话，会好好念书，希望爷爷快点儿回来。"

久永轻声说了一句话，但听不清楚具体说的什么。

"啊？您说什么？"

"已经结束了吧？"

"什么？"

"一句话，有一句话我一定要说，这是我最大的心愿。"

他的低喃让纯子顿时有种不祥的预感——刚塞综合征！这是心因性解离反应导致的退行现象，常见于处于拘禁状态下的人，答非所问就是这种病症的一个典型特征，即常说的假性痴呆。虽然自己从未见过这种情况，但从律师界的前辈那里听说过。莫非，他的心也开始被侵蚀了？

久永看着纯子，语气中的坚定出人意料："我说的是葬礼，葬礼是不是结束了？"

"是的。"只有近亲参加的告别式，已经在菩提寺举办过了。

"我从来没想过自己会无法参加社长的葬礼。只要我还有一口气在，哪怕缠绵病榻，就算爬也要爬到葬礼上。我要对着社长的遗照说，公司的事就请放心吧，我一定会秉承社长的遗志，带领公司走向辉煌的未来。社长对我恩重如山，至少我也该在他灵前表明自己的决心……"

久永激动得说不出话来。透过透明的隔板，纯子看到他的眼里闪着晶莹的泪光。

"还有机会的。"纯子不假思索地脱口而出。

"什么意思？"

"他们似乎提到过，下个月要在公司里举办追悼会。"

久永突然瞪大了眼睛："追悼会……是啊。要的，当然要的。"

"所以只要在那之前洗清嫌疑，无罪释放，您依旧有机会送别社长！"

自己给他的也许只是个不切实际的希望，毕竟在那之前获得释放的可能性几乎为零。但如果连追悼会都赶不上，他会变得更绝望吧。

但现在，一定要让他看到希望。即便是个清白的人，在没日没夜被审讯人员严厉追问"人是你杀的吧"后，也可能会给出假口供。

如今，所有的证据都对他很不利，要是撑不住认了罪，就坐实了杀人的罪名，那可就真的完蛋了。

"久永先生，我能再问一次案发当天的情形吗？"

"您问多少次都不要紧。问题是，我什么都……"久永无力地摇摇头，似乎在说他什么都不记得了。

"您说过，吃完午餐后突然觉得很困，对吧？"

"是的。就像脑子突然被抽空了似的，眼皮不受控制地打架。"

"这种情况，以前常有吗？"

久永思考了一会儿："没有，从来没有过那么困的情况。"

"久永先生，您睡眠质量如何？比如会不会失眠，或是半夜醒来？"

"为什么这么问？"久永突然尖锐地反问。

"如果前一个晚上没睡好，第二天就会昏昏欲睡……"

"你也打算将我认定成神志不清时杀害社长的凶手吗？"

"啊？"纯子后背一阵发凉。自己的确想过，最差的情况就是将辩护的目标定为神志不清，这也是不得已而为之。等等，为什么他会说"你也打算"？

"上次来过的那位律师，好像叫今村吧。他根本不在乎我说自己没杀人的事，只是不停地问我刚刚那个问题。"

"是吗……"纯子感到很失落。今村从未向自己透露过这件事。具体的辩护方法应该还没确定才是啊，难道只有自己一个人被蒙在鼓里？

"我重申一次，我从来没有得过梦游症。我也非常清楚明确地告诉过你们那边的律师了。"

"明白了。"

"如果一定要用这种方法，那就请恕我……"久永说着就准备起身，纯子连忙拼命拦着他。

"您先别急。梦游症这件事，我之前从未听过。今村律师之所以这么问您，应该只是为了排除各种可能性。"

"是吗？"

"不过案发当天您的身体状态，可能会成为破案的关键线索。您平时的睡眠时间规律吗？"

久永冷静地答道："我每晚十点上床，沾上枕头后不到十秒就能入睡。每天早上都是五点整醒来。"

"平时午睡吗？"

"嗯，我不像社长那样每天都午睡，只是偶尔会在吃完午饭后睡个三十分钟左右。"

"三十分钟吗？不过案发当天，您好像睡了很久，是吧？"

"是啊……怎么碰巧那天就那么困呢？我一直想不明白。"

纯子的脑中突然冒出一个想法："久永先生，您吃安眠药吗？"

"不吃，我哪里需要什么安眠药啊。我刚刚也说了，每天晚上都是倒头就睡，不需要任何助眠措施。"

"从来没吃过吗？"

"从来没有。"久永不假思索地答道。

如果有人为了把罪名嫁祸给久永，偷偷让他吃了安眠药，又会如何呢？又或许，社长和久永都被下了药？

"那天的午餐吃的什么？"

"外卖便当，以前也常吃的店。"

"有没有感觉味道不一样？"

"呃，不太记得了。"

"还吃了其他的东西吗？"

久永歪着头又想了想："饭后喝了咖啡。"

"味道如何？"

"这个嘛……"

"除此之外，还吃过其他东西吗？我说的不是饭菜，就是比如维生素药剂之类的……"

"非必要的情况下，我是不会吃药的。除了那些，我那天在公司吃过、喝过的只有茶了。那天进入公司后河村小姐帮我泡了茶。"

如果安眠药是早上吃下的，应该不会中午才见效。若久永专务真是被人下了药，那应该是加在外卖的便当或是餐后的咖啡里了。

"到时间了。"接见室的门被打开，是警员的声音。

"我还会来的。久永先生，请您一定不要放弃自己，好吗？没做过的事，绝对不能胡乱认下来。"

警员用力地咳嗽了一声。

"我找了个专家,正在寻找其他人犯罪的可能性。"

"专家?"

"人称防盗顾问,在室内潜入方面十分精通。"

"室内潜入?"

"嗯,您也可以把他想象成一个小偷。"

纯子原是打算让气氛变得轻松一些,哪承想竟然适得其反,久永的脸上浮现出不安的情绪。

"那个……"他的目光在空中犹疑不定,看起来十分不安,"去社长室看过了吗?"

"是的,刚才征得副社长的同意,进去稍微看了一下。"

"有什么发现吗?那个……有发现什么特别的东西吗?"

特别的东西?到底指什么?

"没有。"

"这样啊。"不知为何,久永似乎松了一口气。

"时间到了。"警员催促道。

纯子一边往外走,一边琢磨刚才的事。接下这个委托后,她第一次对委托人产生了疑惑。

"先不提动机这件事!"榎本说道,"那方面你最专业。我只想和你讨论物理层面上是否具有犯罪的可能性。"

"那如果从客观的角度来看呢?久永专务显然没有杀人动机吧?"

纯子将手动变速箱的排挡杆推入"+",踩下油门后,奥迪A3立刻冲了出去。

刚才坐在贴有"F&F安保用品店"标识的吉普车里时,光是周围人的目光就让纯子感到了很大的压力。现在终于可以毫无负担地飞驰了。

"不好说。这家公司的利害关系可没那么简单,若不仔细调查,根本看不出社长死后的真正受益者。如果背后还夹杂着恩怨情仇等其他动机,那我们就更没办法了。"

"你之前认为副社长不是头号嫌疑人,是因为没有考虑杀人动机吗?"

奥迪A3在风中飞速驰骋。低速行驶时感觉悬架似乎有点儿硬,不过速度上来后,感受到的就只有风驰电掣的痛快了。

"考虑到动机的话,他的嫌疑的确是最大的。"榎本表示了同意,"因为社长死后,作为女婿的副社长自然就会成为月桂叶的掌权者。"

"应该是的。"

"而且,若犯人真是副社长,那安排这一切就轻而易举了。给社长下安眠药自然也不在话下。"

纯子一边握着真皮方向盘,一边思考着。

法医解剖后,在颖原社长的遗体内检出了一种名为苯巴比妥的安眠药。这是一种强效安眠药,通常情况下只有凭借医生的处方笺才能拿到。但警方在社长室办公桌最下方的抽屉中发现了这种药物的铝箔塑药板,里面部分格子已经空了。

但是,谁又会在困得想睡午觉的时候吃安眠药呢?

"我觉得凶手一定是将安眠药放入饭后的咖啡里了。有机会这么做的,就只有和社长一起吃午餐的副社长、久永专务,以及三位秘书吧?"

"现在下结论还太早哟。"

"但是,第三者应该无法提前将安眠药放进咖啡壶吧?"

"是啊。"

"况且，如果真是第三者下药，那么安眠药同样也会作用于喝了同一壶咖啡的副社长吧，但副社长却毫无困意。如果副社长是凶手的话，就可以趁社长和专务不注意，偷偷往咖啡壶里投放安眠药了。"

"可惜，这是不可能的。"

"为什么？"虽然正在开车，纯子还是下意识地望向榎本。

"秘书们在吃完午饭买了蛋糕回来后，把剩下的咖啡都喝了，却没有人觉得困。"

"这样啊……确实如此。"

看样子这个案件很是棘手。

"那先不说安眠药。对于谋杀这件事，你是怎么想的？副社长在社长遗体被发现的约两分钟前回到了自己的办公室。虽然时间很短，但杀个人应该还是够的吧？"

"这也不可能。"榎本语气冷淡。

"你先回忆一下遗体被发现时的情形。擦窗的年轻人发现遗体后，通过对讲机将这件事告诉了他的同事。同事身上没有万能钥匙，无法从内部楼梯进入十二楼内部，只能先乘坐电梯到一楼，再向保安说明情况。接着，保安打电话到十二楼的秘书室。从遗体被发现到秘书室接到电话，至少也需要三四分钟的时间，实际上应该花了不下五分钟。也就是说，遗体被发现的时间，是在副社长回到办公室之前。"

"但是，所谓的副社长回到办公室到遗体被发现之间经过了两分钟，也并非确切的数字吧？也许其实经过了更长的时间呢？"纯子仍在做最后的抗争。

"擦窗的年轻人还提供了另一份重要的证词。"榎本唤起了纯子的记忆，"他在擦拭社长室的窗户前，先擦了副社长室的窗

089

户,他说当时办公室里一个人也没有。也就是说,当时副社长还没回到办公室。"

看样子,副社长是凶手的假设被彻底推翻了。

"好吧,那就暂时排除副社长的嫌疑吧。可就算是这样,最有嫌疑的也不该是……"

两只猴子的行为,让所有人都惊叹不已。

坐在轮椅上扮演被看护者的女性一喊,它们马上就从粗木上下来,或是帮忙系上睡衣的扣子,或是帮忙拿来电话子机,或是从冰箱中拿出哈密瓜。

"太厉害了。难以想象,这么小的猴子居然会做这些。"纯子啧啧称奇。

"这是原产于南美洲的卷尾猴。虽然体态娇小,但从猿猴智商测验的结果来看,它们的得分甚至能比肩黑猩猩。据说还有人称它们为新世界类人猿呢!"

安养寺开心地说着。虽然他挂着月桂叶看护系统开发课长的头衔,但实际上更像一个独立研究所的职员。

"安养寺先生,您在研究这种卷尾猴吗?"

听到榎本的提问后,安养寺笑着答道:"是的。除此之外,我也正在对导盲犬、助听犬以及辅助犬等做一些研究,在动物疗法方面,也有一些涉猎。"

"动物疗法,是指把狗带进养老院之类的吗?"

"是的。除此之外,最近还出现了海豚疗法。一个自闭症孩子仅仅体验了一星期,就出现了明显的变化,真是让人感到欣慰啊。多和动物接触,人真的可以得到治愈。"

"不过,看护猴算是个新领域吧?"

"不是的。它们在美国等国家早已被广泛使用,只是日本社会还不太了解罢了。我希望它们将来能够拥有与导盲犬、助听犬相同的地位,问题在于日本政府的思想太顽固,根本说服不了。许多地方政府到现在还将卷尾猴视为危险动物,要提交申请才能饲养。"

"真的危险吗?"

"毕竟它们长有犬齿,原则上来说确实有咬伤人的风险。不过它们的性情要比大型犬等动物温驯得多,真的完全无须担心。真想不到这个连毒蛇和毒蜘蛛都允许作为宠物出售的国家,居然接受不了看护猴。"

安养寺走到两只猴子旁边,爱抚着它们的小脑袋:"我们研究的东西会更先进一些。在有人需要被照顾的家庭中,看护猴会遵照人的指令来行动。那么我们能否提供一个猴子也能轻松使用的机械系统呢?也就是人猴交互界面(Human-Monkey Interface)。"

"人给猴子下指令,让猴子操作机械的意思吗?"榎本问道。

"可以这么说。"

"但我觉得,人直接通过语音操纵机器不是更方便吗?在人和机器之间加入猴子,是有什么其他的考虑吗?"

听到榎本的问题后,安养寺的脸上仿佛写着"你可真是问到我的心坎上了"。

"好问题。如果是人直接命令机器就能做到的事,自然无须多此一举。但是,各位刚才也看到房男和麻纪的表现了,如果连拿个东西,或是移动个东西这种小事也全部依靠机器来做,那可就要花费巨大的成本了。虽然社会福利相关的机器人技术已经得到了飞速的成长,但想要造出卷尾猴般大小且能力也与之相当的机器人，或许还得再等上个五十年。即使是看护辅助机器人鲁冰花五号，也只是在力量方面表现优异，但在操作的灵活性方面仍旧存在壁垒。"安养寺话里话外都透着对看护机器人的敌意。

"此外，正如我刚才所说的，在与动物接触的过程中，人的心灵可以得到治愈。所以对于残障人士而言，看护猴不仅是单纯的劳动力或宠物，更是生活上的伴侣和朋友。"

"原来如此。"

"卷尾猴的感情也很丰富吧。"纯子看着两只猴子问道。

"是的。就这方面而言，有的时候我甚至觉得它们和人没什么差别。"安养寺微笑地看着始终和猴子保持一定距离的榎本说道。

"对安养寺先生的所有指令，这两只猴子都会无条件服从吗？"榎本问道。

"当然，如果下达的是没有事先训练过的指令，它们做起来可能会有些费劲，不过大部分情况下都能完成。"

"那么，如果让它们记住三维空间里的迷宫道路，然后往返一次，能做到吗？"

"这种难度连非哺乳类动物都能学会，房男和麻纪更是不在话下。"

"那么，如果您命令房男咬我，它会照做吗？"

安养寺脸上的笑容顿时消失："我从未训练过这种指令，它们又不是用来看门的。"

"我是说，假如教过它们，会出现什么情况？"

安养寺的表情越发严肃："我不知道。如果非要教，它们应该也能学会吧。但卷尾猴的天性并不好斗，而且它们一直将人类视为自己的朋友。如果真要这么做，恐怕它们内心也会觉得很煎熬。"

提问的内容似乎正在不断逼近核心,纯子看了看榎本。

"它们的臂力如何?"

"……怎么说呢,如果从体重比例来看,它们的臂力应该算是十分惊人了。"

"依它们的臂力能否举起几千克的重物,然后再扔下?"

安养寺思考后说道:"这大概有点儿难吧。房男的体重是3.6千克,麻纪则只有2.8千克,如果掌握不好张开双腿保持重心的技能,它们可能反而会被重物弹起来。不过,如果是带把手的重物,也许可以依靠身体借势用力,举起来一瞬间。"

"谢谢。请允许我提最后一个问题——案发当日,您为什么把房男和麻纪都带进总公司呢?"

"想必您也听说过,我们的总公司月桂叶计划于今年上市,那就需要举办IR活动。社长作为主要负责人,需要一家一家地拜访包括各大银行、保险公司在内,所有有可能购买我们股票的投资机构,并做产品展示。"

"案发当日是休息日,但社长他们还是来公司了,就是为了准备这个活动吧?"

"是的。之前有一个方案,就是带着我们公司的房男、麻纪,或是鲁冰花五号,到各大投资机构去展示。这应该会比单纯说明或是幻灯片演示更有说服力——"说到这里,安养寺的脸色突然暗了下来,不知是否因为想起那起案件。

"那天,您带着猴子到达公司的时候,大约是几点呢?"

"应该是早上刚过八点吧。我来得确实早了一些,主要是考虑到中午前要演示,就想着早点儿到公司让它们适应一下。"

"在十点左右被社长叫过去之前,你们一直都在等待吗?"

"我们一直待在十楼的会议室,里面的观叶植物可以稳定它们的情绪,太过空旷的环境会让它们感到不安。"安养寺一脸宠溺地用食指挠着房男的下颚。

"果然,又是毫无进展。"纯子在走出位于幕张的研究所大楼时说道,"房男和麻纪,都不具备作案的可能性。"

但榎本的脸上不见一丝笑容:"很可惜,我觉得暂时还不能下这个结论。"

"可是,那只猴子的力量……"纯子想象起房男如大猩猩般以神力举起玻璃茶几猛击社长头部的场景。

"我说说暂时不能排除看护猴作案的理由吧。"榎本语气阴沉地说道,"这个案件的一个谜团在于凶手使用的凶器。就目前的情况来看,玻璃茶几和烟灰缸是最有嫌疑的凶器。玻璃茶几上虽然沾有被害者的血迹,可是如果结合具体的犯罪过程来看,就无法做出合理的说明了。至于烟灰缸,既无任何血迹,又没有出现在案发现场,看起来是个很勉强的假设。也就是说,这两样是否被当成凶器使用过,目前仍要打个大大的问号。"

"不过,就算另有凶器,比起凶手究竟如何在潜入密室后顺利逃脱的问题,其实算不得什么吧?凶器的话,可以假设凶手离开时把它带走了。"

"这就是最大的问题。"榎本目光犀利地看着纯子,"为什么凶手一定要带走凶器呢?如果想要嫁祸给专务,就算把凶器留在现场也没什么关系啊。不,应该是必须将凶器留下,因为如果现场没有凶器,认为久永专务就是凶手的猜测难免遭人质疑。"

"可是,凶手应该是一开始就打算让别人以为玻璃茶几就是凶器吧?比如说,久永专务顺势推倒社长,导致其死亡这样……"纯子用遥控锁解锁了停车场内的奥迪A3。

"好，那就先顺着这个思路。"榎本一边钻进副驾驶座，一边继续说着，"那么，凶手是如何让玻璃茶几沾上血迹的呢？"

"嗯……"正在发动引擎的纯子歪着头思考，"把遗体抬起来？"

"嗯，如果是微量血渍，可以先用别的东西沾点儿血，然后再抹到玻璃茶几上去。"

"也可能是把玻璃茶几放倒。"

"也有这个可能。但你不觉得这些都是十分费时且风险极高的方法吗？如果通过其他物体转移血迹到茶几上，以如今的刑侦技术而言，是很难做到瞒天过海的，倒不如直接使用普通的凶器来得省心。杀死社长后，只要将其放在原地就好了。"

纯子踩下了奥迪A3的油门："……嗯，这些我都能理解。那可不可以这么假设——凶手虽然打算嫁祸给专务，却又想尽量不被当成凶杀案处理。这中间的过程虽说有些微妙，不过总之，凶手是打算设计成一场意外事故，所以使用了玻璃茶几作为凶器。这样说得通吗？"

"的确，这个假设很合理。如果凶手既想杀害社长、嫁祸专务，又想尽量避免对公司造成损失，这也不失为一个好方法。如此一来，你猜测的凶手人选也就显而易见了。"榎本微笑着，"那就又回到凶手究竟是如何潜入密室的问题了。"

"关于密室的问题，你应该还有其他假设吧？"

"嗯。有没有一种可能，凶手之所以必须带走凶器，是因为这个凶器不能被警方看到，即这是个极为特殊的东西？"

"我觉得这个可能性很高。但是，什么样的凶器算特殊呢？"

"例如，一种被设计成看护猴也能使用的杀人工具。"

纯子哑然："那怎么才能拿到这种工具呢？"

"那家公司做的不就是这方面的研究吗？他们正在开发的东西，就是人与猴子都能方便操作的工具和系统。根据猴子的体格与臂力，量身定做出理想的凶器，对他们来说不就是小菜一碟吗？而且他们公司有两只猴子，这种作案方法可能需要两只猴子合作才能完成。"

"等等，这就奇怪了。如果真是这样，那血渍是如何沾到玻璃茶几上去的？总不会是猴子杀完人后，抬起遗体沾上去的吧？"

原以为自己终于找到了破绽，谁知榎本依旧面色如常："也许，玻璃茶几上的血渍并非凶手的障眼法，单纯只是偶然间沾上的。"

"偶然？"

他不会想说猴子脚上沾了血迹，又不小心踩到玻璃茶几上了吧？刚刚见过房男和麻纪的纯子完全无法信服。让看护猴杀人，这根本就是异想天开。

"我觉得不可能。安养寺先生刚刚也说过，那两只猴子非常聪明，就算主人下达了指令，它们也不可能对杀人这件事一无所知，所以内心一定很抗拒。"

"关于这个问题，稍微花点儿心思就能解决了。"榎本的语气十分冷静。

"将凶器设计成特殊的形状，猴子可能就意识不到自己在攻击人了。如果事先使用假人等物体，以游戏的方式对猴子进行训练，猴子可能就意识不到这是杀人行为了。"

"等等，你刚刚说的这一切，都是建立在如果是猴子作案就能解开密室之谜这一前提下的，对吧？"

"是的。"

"那么，猴子又是如何出入社长室的呢？"

"我想，应该是利用了天花板上方的空调风管。"

纯子目瞪口呆："这怎么可能？"

"我看过社长室天花板上的出风口，大小刚好够猴子进出。"

纯子下意识地看着榎本："要是杀人的真是看护猴，那凶手不就是安养寺课长了？"

"是这样的。退一步说，即使凶手不是他，他也不可能对此毫不知情。"

纯子沉默了一会儿："……我还是不相信。"

"说实话我也一样。只不过，可能是偶然，我发现了一个太过巧合的事情——凶手击打社长头部的力道，其实是很微弱的。"

纯子顿时想明白了。

"社长的头部在半年前接受过手术，无须用力击打也能让他毙命。犯人对此应该也有所了解。不过既然是蓄意谋杀，控制力道就显得有些奇怪了，即便用尽全力也没什么关系啊。"

"会不会是为了嫁祸给年老体衰的专务？"

"专务的体力很差吗？"

"……并没有。"纯子不得不承认，专务虽然已经步入老年，但从小就练习剑道的他，如今依旧身姿挺拔。案发前一天还去打了高尔夫球，可见他的体力足以杀人。

"我反复琢磨了击打力较弱的原因，只找到了两种合理的解释。一种是，凶手在下手时出于对被害人的感情而出现了瞬间的动摇；另一种是，受犯罪手法限制，凶手无法完全施力。"

"嗯，第二种解释倒是符合……"

"这两种可能性都能成为凶手没对临死的社长下狠手的理由。不过，若是第二个理由，而且是指示看护猴杀人，那就可以解释刚才的那个问题——为何现场没有留下凶器。因为若是人直接下手，想在现场留下些迷惑人的假凶器应该并非难事。"

这让纯子想起学生时代读过的那本最古老的密室推理小说——小说里描写的进入人无法潜入的房间里行凶的凶手，居然是猩猩……

话虽如此，纯子依旧无法接受。这个男人该不会为了成功拿到报酬所以随意编个故事，然后声称自己已经解开密室之谜吧？

正想反驳，大衣内袋里的手机传来了 *Killing Me Softly with His Song*（轻歌销魂）的铃声。

"不好意思，我接个电话……喂？"纯子单手握着方向盘接起电话。

"喂，青砥吗？"是今村的声音，"事务所说你让我回电给你。"

"是的，有事想问你。"

"什么事？"

"刚才我去见了久永先生，听他说了上次的事情。这到底是怎么回事？律师团确定要以神志不清为理由了吗？"

"……那倒不是。只是目前的情况对他十分不利，所以我们打算将这个理由作为一个预案。"

"预案？你没跟他说其他事情吧？"

"现场的情况已经无须再和他确认了。再说见面时间那么短，只能先针对梦游症的可能性听听他的看法。"

"……这是藤挂先生的意思？"

对方迟疑了几秒："不是。"

"我知道了。七点左右我会回事务所，到时再和你谈吧。"

"嗯，再见。"

挂断电话后，纯子的脸色依旧很不好看。榎本似乎有些迟疑，不知自己此刻开口是否合适。

"不好意思。团队工作不比自己单打独斗，沟通起来总是一大堆问题。虽然这么说，其实我们的律师团也就三个人。"

榎本笑了笑："大楼的设计图拿到了吗？"

"是的。问了好多人，结果发现设计图自始至终都存放在那栋大楼里。"

"好的。如果先去新宿的店里一趟再去六中大厦，还能进得去吗？"

"……从时间上看，应该没问题。"纯子看了看时间，"不过，这次打算看哪里呢？"

"总之，先去看看是否能洗清看护猴的嫌疑吧。"

六点刚过十分，十二楼的高管楼层已是一片寂静。

"都走了吗？"

纯子问后，忍点点头："一般来说，社长、副社长和专务是最后离开的。只不过今天副社长好像和银行的人去吃饭了。"

没人在，岂不就没有阻碍了？真是个绝佳的机会。

"不过，现在社长室禁止出入。"忍有些为难。

"没关系，我们想去其他地方看看。"榎本看着设计蓝图说道。

"你先看哪儿？"

"先看看男厕吧。"

大概以为榎本在开玩笑，忍轻笑了一声。谁知榎本真往厕所去了。

"我们就在这里等吧。"忍对纯子说，大概觉得榎本只是去上个厕所。

"好的。"

正准备走进厕所的榎本突然转头："青砥律师，你也过来。"

"什么？我也进去？"没办法，纯子只能硬着头皮跟了进去。看得忍都惊呆了。

这还是纯子此生首次走进男厕，好在这层楼的高管全都下班了。她战战兢兢地走进厕所一看，榎本已经在正中间架好了梯子。厕所内右侧是小便池和水池，左侧则是一排隔间。

"准备检查哪里？"

"天花板上方。"榎本指着天花板，只见上面有个边长四十五厘米左右的正方形维修口。

榎本坐在梯子上，拿出一字形螺丝刀，旋开了一个螺丝状的金属件，接着打开隔板观察天花板上方的状况。

"难道，可以通过天花板爬到社长室的上方？"纯子的脑中突然出现了忍者和"天花板上的散步者"[1]的形象。

"可惜啊，应该是爬不过去的。不过，我还是上去看看吧。"

榎本说罢，将两手插入维修口，轻轻松松就撑起了整个身子，接着把头伸进维修口。他身手之矫健，丝毫不亚于一个拥有丰富攀岩经验之人。不过就是个防盗顾问，至于锻炼到这种程度

1　出自日本推理小说之父江户川乱步的同名推理名篇，主人公通过天花板作案。——编者注

吗？要说是小偷……

"我过去看看。"话音刚落，榎本就如同被维修口吞没了般消失不见了。

四周恢复寂静。纯子认真地听了好一会儿，却连个脚步声也听不到。

纯子焦急地等着榎本，越来越觉得自己站在男厕里呆望着天花板上的正方形维修口，就跟个傻瓜似的。

她突然想到，河村忍应该还在外面等着呢，她可是亲眼看着自己和榎木一起走进男厕所的，不知道会不会误会自己……

纯子越想越担心，打开厕所门一看，忍果然还站在电梯厅里。她背对着自己，看不到脸上的表情，但似乎在思考着什么。

"不好意思，马上就好。"

听到纯子的话后，忍回过头，似乎松了一口气："真的在查看洗手间啊！"

"他在查看天花板上面，或许能解开密室之谜。"纯子总觉得自己在找借口。

"密室？"忍惊叹道，仿佛在问"那是异次元空间吗"。

"嗯。如果久永专务是被冤枉的，那么社长室就是个密室了。所以我委托刚刚那个人调查外部潜入的可能性。"

"专务是被冤枉的。"忍斩钉截铁地说道。

"是的，我们都相信他不是那种人。"

"不是……当然，他的确不是……"

纯子总觉得忍还有些话没说出来。

"您是不是还知道些什么？"纯子温柔地问道，"可以告诉我吗？哪怕是些微不足道的事情也没关系，说不定能帮久永先生洗清冤屈。"

忍点点头:"是因为毛毯。"

"毛毯?"

"那天中午,专务坐在椅子上睡着了,所以我帮他盖了一张毛毯。一开始盖不住,老是滑下来,后来我索性把毛毯固定住了。"

"怎么固定的?"

"专务那把椅子的靠背和扶手间只有一条缝隙,我就把毛毯的边缘塞进那条缝隙里。不过,这需要点儿技巧。"

"明白了,不过……您为什么要提到这一点呢?"

"社长的遗体被发现后,副社长进了专务办公室,当时专务身上还盖着毛毯,和我固定时的状态一模一样。"

若果真如此,说不定这可以作为专务入睡后就没有离开过椅子的旁证。

"会不会是专务后来自己盖上的?"

"很难。因为他的双手是放在身体两侧,也就是盖在毛毯下面的。"

纯子认真思考了一会儿。当然,这也不能说绝对做不到……

"您跟警察说过这件事了吗?"

"没有,我当时被吓坏了,完全忘了毛毯这回事,过了很久才想起来。副社长揪着专务领口的时候,那张毛毯都还原封不动地在那里,一直到专务被副社长拉起来的时候才滑落。"

说不定这个线索能对辩护有帮助。虽然不能作为重要证据,但至少在法官的主观印象上,不会处于不利位置。

"如果有需要,可以请您出庭做证吗?"

"可以的。"

纯子并不认为重新盖好毛毯是那个老人要出的小伎俩。虽然毛毯盖在身上并不能证明专务就是清白的,但反过来说,即便毛毯滑落了,也不能证明人就是专务杀的。

虽然这个证据很薄弱,但更让人相信专务是无辜的。人果然不是专务杀的。

"此外,还有一件严禁外传的事情。"说完毛毯的事情后,忍似乎轻松了不少,不知不觉就说漏了嘴,"其实,社长在不久前被人恐吓过。"

"恐吓?什么人干的?"

"不知道。但是……"

纯子耐心等着忍继续说下去。

"我们的看护服务中心发生过死亡事故。虽然并不构成刑事案件,但关于赔偿的问题好像闹了好一阵子呢。死者的几个家属特别凶悍,跑到总公司闹了好几次。不过最后似乎达成和解了。"

"这是什么时候的事?"

"大概两年前吧。"

"您知道具体恐吓了些什么吗?"

"不知道。我听到的是他们打算放火烧了公司,还有让社长的家人也尝尝相同的滋味等。我也都是听别人说的,好像有一次还惊动警察了呢。不过,那只是开始……"

忍犹豫了一会儿才继续说道:"去年的秋天,社长室的窗户遭到了枪击。"

"枪击?是步枪之类的吗?"纯子愕然。

"不是,据说用的是气枪。那天早上伊藤到公司后,发现社长室西侧的窗户上有个洞,正对窗户的房门上还嵌着弹丸呢。"

"弹丸?"

"据说就是气枪用的子弹。"

"报警了吗？"

"没有。当时正在筹备上市，不想因此导致公司形象受损，就对外封锁了这个消息。不过自那以后，十二楼就换上了防弹玻璃窗户，也新增了许多防盗装置。"

许多谜团似乎都在慢慢揭开面纱。

"不过，这次事件后，应该和警方提过这些事情吧？"

"好像提了。"

又被警方隐瞒了！纯子心底的愤怒再次升起。社长被恐吓，甚至还遭到了狙击，这些都充分说明凶手很可能是外部人员。

就在此时，厕所中传来了声响，应该是榎本回来了。紧接着，传来水龙头被打开后的水流声，纯子转身返回，打开男厕所的门。

"如何？"

榎本看上去十分狼狈，从头到脚都裹上了一层灰。两膝盖上白茫茫一片，像盖了一层粉笔灰。

"不管什么大厦，天花板上方都没人打扫。"榎本皱着鼻，用水打湿手帕擦着脸，"天花板是用石膏板和石棉吸音板贴合而成的，上面全是白白的石膏粉。我担心天花板承受不住我的体重，所以只能在有轻质钢骨架的地方爬行，结果还是弄成了这副模样。"

"你有什么发现吗？"

"这栋建筑中，走廊前方有一块防火区域，那块区域的天花板内也被砌了水泥墙。所以无法通过天花板通往社长室上方。"

"这样啊。那就可以排除天花板路径了吧？"

"如果凶手是人的话，的确如此。但如果是小猴子，就另当别论了。"

"什么意思？"

"空调的风管贯穿防火区域的隔墙，一直延伸到了社长室。所以，只要在中间的某个地方将猴子放进风管，就能让它们潜入社长室了。"

"啊，原来如此，你刚刚也说过是经风管进入的。不过，爬到社长室上方后，可以进入室内吗？"

"出风口的结构基本都一样，只要推一下就能打开。我在查看社长室的时候已经确认过了。"

纯子想起来了，当时榎本确实毫不费力地打开了出风口的盖子。

"这么说来，凶手是带着猴子爬进天花板上方，然后中途给风管打了个洞，把猴子塞了进去？"

"我刚刚确认过，这一侧的风管似乎没有可以动手脚的地方。"

"这样啊……"纯子忽然想到，"等等，防火区域前方的天花板上方是畅通的吗？"

"是的。"

"那是不是也可以从女厕所的维修口上去？"

"可以倒是可以，但我是男的，总归不太方便。"榎本一脸淡定。

我进男厕所就方便了吗？纯子努力克制住自己想要骂人的冲动，毕竟还有更重要的问题等着自己。

"……那么，猴子到底是从哪里进入风管的呢？"

"唯一的可能性就是设备机械室。"

榎本拿起梯子走出男厕所，纯子也跟着走了出来。走到隔壁房间的门前时，榎本拜托一脸疑惑地站着的忍打开设备机械室。于是忍乘电梯到楼下，拿来盘成方向盘状的一串钥匙。

一台巨大铁箱般的机器占据了设备机械室的大半空间。

"这是十二楼的空调机，旁边那个通过风管连接全热交换器，用于吸收外界空气并调整到合适的温度后送入空调机。空调机吹出来的风，会通过上方的风室进入刚刚那个与社长室连通的风管。"

榎本滔滔不绝地说明着，仿佛他才是这家公司的设备负责人。

"风室就是一个空箱子，不过这里的风室是仅单面可拆卸的结构。"风室紧贴着天花板，榎本爬上梯子，取出工具旋开用于固定风室面板的螺栓。

"如果要将猴子塞入空调风管，就只能是这里了。"

如果只站在下方往上看，榎本的猜测似乎并无不合理之处。

榎本从背包中拿出一大捆细细的电缆线，将电缆线的一端插进小型摄影机的插孔，接着将其缓慢地伸进风管内。

"这是内视镜，类似于胃镜。"榎本一边移动电缆线，一边看着摄影机液晶屏上显示的天花板里的画面。

"啧，这倒是没想到。"话虽如此，他的脸上却丝毫看不出惊讶。

"青砥律师也看看吧。"他把连接在电缆线另一端的摄影机递给纯子。

"如何？"

"什么如何……"

内视镜的前端有一盏小灯，可以照亮这个狭小的区域，不过看不出有什么特别的。

"请仔细看看灯光照亮的地方。"

纯子这才明白过来，由于风管内积满了灰尘，灯光所到之处，都布满了随风飘摇的如细细的水草般的东西。

"虽说社长室内的出风口比这里干净一些，但只要有空调风吹过，依旧会积灰啊。"

"如此看来，只要经过这里就一定会留下痕迹吧？"

别说是猴子了，就连跑过一只老鼠都会在尘埃上留下清晰的痕迹。

"反正电缆线这么长，再往里看看吧！"榎本再次看向摄影机，继续放出电缆线。前进了五六米后，榎本像意识到了什么似的停下了。

"请看。"

纯子接过来一看，液晶屏上显示的是嵌在风管内侧的格子状挡板。

"这是防火闸。如果发生火灾，保险丝热熔后，叶片就会合上。以这个宽度来看，就算是小猴子也无法通过。"榎本的语气听上去并不觉得遗憾。

"要是这么说的话……"

"由此可见，看护猴是清白的。"

证明了房男和麻纪的清白虽然是件开心的事，可如此一来，密室之谜也就越发难解了。

"青砥律师，要不要一起去喝杯茶？"这个浑身上下沾满灰尘的男人突然邀请道。

"嗯……也行！"纯子犹豫了一会儿还是答应了。

正好两个人都觉得有些饿了，便走进了麦当劳。

"我先总结一下今天的情况,然后一起商量下未来几天的计划吧。"

榎本一边大口吃着巨无霸,一边说道。他身上的那些灰尘已经抖不掉了,惹得店内的客人频频投来好奇的目光,不过他本人倒是毫不在意。

"你调查的时候我也在场,我想应该了解得差不多了……"纯子拿起薯条,神色黯然。今天的成果,就只是排除了看护猴的嫌疑而已吧?

不过,榎本似乎很兴奋:"从调查结果来看,潜入方式的可疑范围已经缩小了很多。剩下的可能性中,明天就先从……"

"等、等一下。可疑范围是怎么缩小的?"纯子打断了他的话。要是任他继续说下去,自己的疑问就得不到答案了。

"好吧,我先对这一点做个说明。在确认过案发现场后,我发现社长室的出入路径只有三种:三扇窗户、两道门,以及天花板上的两个开口——空调出风口和连通天花板上区域的维修口。虽然日光灯周围也有宽度为几厘米的吸风口,但可以忽略不计。也就是说,若凶手从外面潜入,只能通过这三种路径中的某一种。"

"是的。"纯子回忆了一下社长室的内部,确实没有其他的出入口了。

"我们首先排除窗户。那栋大厦的窗户全都被嵌死了,根本打不开。"

"那有没有可能先打破玻璃,潜入房间,然后再换上一块新的玻璃呢?"虽然纯子也觉得不可能,但还是打算问一问。

"不可能。那么大块的玻璃窗可不是那么容易嵌的,这么大的工程无法在短时间内完成。更何况,那间办公室的玻璃窗可不是随随便便就能打破的。"

"为什么？"

"那间办公室用的是厚度超过20毫米的玻璃，这种玻璃一般用于高层建筑。目测厚度是22毫米或23毫米。一般的浮法玻璃可没有这样的厚度，所以那应该是防盗用的双层玻璃。"

"这样啊。据说十二楼的玻璃窗全都被换成了防弹玻璃。"

榎本点点头："大概是在两片10毫米厚的超强化玻璃中间夹了一张120密尔厚，即约3毫米厚的PVB膜。达到美国防弹标准NIJ-Ⅱ的玻璃具有防弹功能，应该能成功抵御穿透力较弱的手枪子弹。"

纯子虽然不太懂，但他应该是说玻璃很坚固。

"这么说来，金属球棒之类的东西就更敲不破了吧？"

"再怎么敲也顶多敲出一条裂痕来，敲破是基本不可能的。不过，他们为何要特意更换玻璃窗呢？这应该是笔不小的开销吧。而且为了换上新玻璃，他们似乎连窗框也全部换过了。"

于是纯子便把社长曾受恐吓并遭到狙击的事情告诉了榎本。

"气枪吗？"榎本微微歪着脑袋。

"嗯。虽然当时没报警，不过据说那个弹丸，也就是气枪的子弹把玻璃窗打出了一个洞，最后嵌到了房门的木头上。"

"出现弹痕的，是西侧的小窗户吧？"

"嗯。"

"这么说来，弹丸嵌入的应该是东侧墙上那扇通往副社长室的门吧？"

"据说是这样的。"

"不可思议。"榎本啜了一口可乐，"子弹是从哪里打过来的呢？"

"嗯……只能是隔壁那栋楼了吧？"

榎本摇摇头："西侧的那栋楼只有十层高，而社长室位于六中大厦的十二楼，哪怕对方站在屋顶射击，弹道也应该呈现出大角度斜向上的状态。社长的房间很深，所以着弹点应该会出现在天花板上，或靠近天花板的墙壁上，怎么都不该出现在正对面的门板上啊？"

"……嗯，说得也是。会不会是因为抛物线轨道？"看到榎本的表情后，纯子连忙改了说法，"或者是在打穿玻璃窗的时候，角度出现了一些变化？"

"不可能。"榎本的嗤之以鼻让纯子感到有些不舒服。

"不过，听完这些后，我就知道他们为什么要在电梯里设定密码，以及在走廊上装监控了。"榎本沉默了好一会儿，一边思考，一边把手里的巨无霸"消灭"干净。

"回到前面那个话题。三种类型的出入口中，窗户可以算是铜墙铁壁。而我在爬上天花板上方查看后，也排除了天花板出入口的可能性。这么一来，剩下的就只有那两道门了。"

"可是无论是从哪道门进出社长室，都避不开监控吧？"

"乍看之下的确如此。"

"什么意思？"

"监控也有可能被人钻空子。"

"可是，人眼尚有可能被错觉迷惑，监控器怎么会被骗呢？"

"无论是人眼还是机械系统，都存在相应的盲点和死角，并不存在哪个更难骗的问题。"榎本津津有味地吃完了炸鸡块，"不过这都是在社长室曾被人潜入的前提下做出的推断。"

"应该……是这样的。"

"我想修改一条合约内容。原先我的要求是，只要能证明有嫌疑人之外的人潜入过案发现场，就能获得五十万日元的报酬。我想改成——证明被害人是被嫌疑人之外的人杀害。"

"这个我倒是没意见。"纯子喝了一口可乐润了润喉咙，"也就是说，你觉得凶手可能是在未进入社长室的情况下杀了社长？"

"不排除这个可能性。"

"能详细说说吗？"

榎本拿着插着吸管的杯子，左右轻摇了一会儿后，推到纯子的面前。

"机器人。"

纯子回到事务所时已经过了晚上八点。原以为里面肯定空无一人，谁知写着"Rescue法律事务所"的毛玻璃后隐约透着灯光。

纯子打开门看到了房间靠里位置的今村。他穿着衬衫，抱着胳膊坐在书桌前。

"回来啦！"今村的面前放着一个装有咖啡的不锈钢马克杯和中餐外卖的纸盒，纸盒里面还插着一双一次性筷子。这个画面像极了美国律政剧中的场景。

"回来晚了，不好意思，原本跟你约的是七点……"纯子习惯先礼后兵。

"没事，我也刚回来。"多年的经验似乎让他敏锐地嗅到了空气中弥散的危险气息，于是今村努力地迎合着纯子，"你那边如何？今天一整天都在调查那个密室之谜吧？有什么发现吗？"

纯子差点儿就脱口而出地质问"其实你根本不觉得那是密室

吧"，最终还是沉默了片刻，往自己最喜欢的萨非[1]烧制的蓝色陶瓷杯里倒了咖啡。

"毕竟警方都已经调查过了，想来没那么容易有什么新发现吧！"今村又挤出了一句，他似乎误解了纯子沉默的原因。

"没想到你这么相信警方啊！"纯子在椅子上坐下，啜了一口热咖啡。虽然也能给自己提提神，但与自己在榎本的安保用品店喝的那杯相比，手上的咖啡简直味如泥水。

"啊，那倒也不是。但他们毕竟久经沙场，应该不至于发现不了某些显而易见的漏洞吧？"

"你这话是在劝我早点儿死心啊？"

"怎么会？如果案发现场不是密室的话，我们在辩护上的可操作性当然能增加不少。"今村用双手拉开一个大圈。

"也就是说，如果不能增加辩护的方向，就直接定性为神志不清了？"

"话不能这么说。"今村靠向椅背，抚摸着胡子拉碴的下巴，"若案发现场为密室，我们就无法为他洗脱罪名了，不是吗？当然，如果你有其他方案，我自然洗耳恭听。"

"今村律师从来没想过努力找到真相吗？久永先生已经明确表达了自己没有杀过人！律师的辩护工作，难道不是基于对委托人的信任吗？"

"可是，如果委托人说的话与实际的证据完全矛盾，我们也不能无条件地相信他们吧？"

"现在还没有结论。"

"密室之谜能解开吗？"

---

[1] 摩洛哥西部沿海城市，以烧制陶瓷闻名。

"我觉得有希望。新城律师介绍的防盗顾问非常优秀,两三天内应该能确定可能的作案手法。"

"该不会到最后只能出账单吧?"

这话让纯子顿时怒火中烧,不过她还是闭上眼睛,不理会对方的嘲讽:"总之,现在还没有结论。"

今村从桌上举起笔记挥了挥:"接下来,请听听我的想法。我认为久永专务在睡梦中杀害社长,在醒来后没有留下任何记忆的可能性是存在的。"

"你想说的是梦游症吧?"

"不是,这不是梦游症,是一种名为快速眼动睡眠行为障碍的疾病,常伴有暴力行为。据统计,这种病常见于中老年男性。"今村说到这里突然停下,一脸得意地看着纯子。

"我不太懂这些,所以,这和梦游症有什么区别?"

"睡眠状态分为快速眼动睡眠期和非快速眼动睡眠期。在快速眼动睡眠期内,我们的大脑很活跃,但身体却处于睡眠状态。这时眼球会不停地摆动,所以这个时期以Rapid Eye Movement的缩写REM来命名。"

"我知道,有个摇滚乐队就叫这个名字。"

"非快速眼动睡眠期的睡眠正好相反,是大脑进入睡眠、身体却可以活动的状态。此时眼球不会出现任何运动。也就是说,所谓的梦游症,是大脑在非快速眼动睡眠期内受到了来自外界的某些刺激……"

"好了,总之就是跟梦游症无关吧?"纯子不耐烦地出言打断。

"是的,关键是快速眼动睡眠行为障碍。睡眠时由于运动性抑制功能的下降,患者会将梦中的场景付诸现实。"

"所以你打算用这套说辞辩护吗？"

"这不单是战术上的说辞。事实上，他确实可能患有这种疾病吧？"

"你是从什么时候知道这个病的？"

"嗯？"

"你从来没跟我提过吧？"

"呃，其实也是因为今天做了多方面的调查才知道的。"

"今天？那我想请教一下，为什么你上次去见久永先生的时候就和他说那些话呢？"

"这个……当时自然不知道什么快速眼动睡眠，只是想确认一下是不是在睡眠状态下的无意识犯罪而已。"

"你被人收买了吧！"

"你说什么？"

"被那位藤挂律师。"

"等等！"

"藤挂律师是那家公司的法律顾问，听从公司的安排也理所当然。在这种公司即将上市的关键时刻，居然发生了专务杀害社长的案件，这对公司而言无疑会产生巨大的影响，很可能导致公司无法上市或延期上市。但若是将其定性为梦中发病，是在神志不清的状态下导致的意外，就可以将不良影响降到最低！"

"开什么玩笑！"今村满脸通红地站了起来，"我们的委托人不是月桂叶，而是久永笃二！你觉得我会如此轻易地置委托人的利益于不顾吗？"

"至少，我宁愿相信你不会这么做。"

"确实，那个老人看着不像会恩将仇报、杀害社长的人。但是，人际关系不能只看表面，有时再多的感激和尊重，也不能消解积聚的愤怒和怨恨，这种案例并不罕见吧？这种在无意识中被压抑下来的情绪，最终在梦境中爆发，这本就不该遭受指责！快速眼动睡眠行为障碍，其实就是把梦境变成现实的一种病。"

"为什么你直接跳到这个结论了呢？迄今为止，久永先生并没有出现过这种症状吧？"

"你想想看，所有的物证都对他不利啊！除了他，其他人根本就没有作案的可能！除了主张他神志不清，难道还有别的方法可以救他吗？"

"有。"纯子斩钉截铁地说。

"我会找到的。"

IV
看护机器人

鲁冰花电子工业研究室坐落于筑波市。据说,它之前借用了合作伙伴——大型家电制造商研究所的部分办公室,去年终止合作后,便搬到了这栋云集了高科技风投公司的大楼内。这里的办公空间只能算小巧雅致,不过比总公司所在的大楼更新、更美。

纯子向前台说明来意后,对方表示此刻有杂志社的人在采访。

"真是不好意思。因为杂志社的人迟到了一个多小时,所以这会儿才刚开始。"前台的女孩非常诚恳地道歉。她的姓名牌上写着椙田,纯子觉得她应该与自己年纪相仿。女孩五官端正,像个学生般用皮筋扎着头发,看起来应该是素颜。

纯子看了看时钟,这会儿刚过十一点,估计还得再等一两个小时。虽然在这里无所事事地等着有些蠢,但在她看来,筑波无异于陆地上的孤岛,没有什么地方可去。

"是关于看护机器人的采访吗?"榎本问道。

"是的。二月的一个特刊,名为《机器人与人的共存》。"随后椙田有些自豪地说出了一个听起来颇有硬派风格的月刊名。

"我们可以旁听一会儿吗?采访内容说不定和我们想问的问

题有所重叠，这样大家都能节省一点儿时间。"

"啊，这……"椙田看上去有些为难。比起调查谋杀案这种棘手的事情，公司当然更看重能在媒体前展现自己的采访活动。不管怎么说，作为接受采访的一方，对杂志社难免会更客气一些。

"就让我们以总公司派来的人的名义旁听一会儿吧？我们绝对不会插嘴的。"纯了也在一旁帮腔。月桂叶公司应该向他们提出过尽力协助调查的要求，更何况，理亏的应该是迟到的杂志社啊。

"那好吧。请随我来。"椙田领着二人走到里面的房间，敲了敲门。

门打开后，一个约三十叠的大房间映入眼帘。房间正中央站着几个人，此刻他们不约而同地看向门口。

纯子的视线一下子就被众人前方那台像带着两只长臂的手推车一般的机器吸引。想必那就是原先放在社长室里的看护辅助机器人——鲁冰花五号。

椙田走到一个穿着工作服、貌似担任介绍者的男子身边说了几句话，或许是在说明纯子二人的来意。

男子听罢看了过来，纯子微微点头致意，但对方毫无反应。

"那就请吧。开发负责人岩切先生正在讲解，二位可以到前面旁听。"椙田回来后小声说完这句话，便迅速退出了房间。

纯子觉得有些尴尬，看样子自己不太受欢迎啊。二人走到一个能听到讲解内容又不显眼的位置站着。

"……刚刚的问题还没有回答完，不过比起语言说明，还是亲眼看看机器人抱起被看护者的操作更直观些。"岩切的声音比较粗犷。开发负责人大概类似于课长的职位。他顶着一头鬈发，发质看上去比较硬，厚厚的镜片后藏着一双犀利的小眼睛，健硕的体格不像研究人员，而更像技术专家。

"这是控制盒。"岩切拿起连接机器人和电线的金属盒，盒子表面除了几个开关，还有两根手指操控的操纵杆，看上去就像是遥控飞机的操控装置。

"鲁冰花五号尚为原型机，所以暂时使用市面上常见的十频道遥控器。我们计划正式投产后改为设有专用编码的遥控器，操作起来就如空调遥控器一般简单。"

岩切按下遥控器，鲁冰花五号发出一阵低沉的响声。与此同时，上方的面板亮起，传来低沉轻柔的女声："我是看护机器人鲁冰花五号。我可以协助被看护者移动、乘坐轮椅以及沐浴等。当前电量为百分之百。"

鲁冰花五号上方的面板上随即出现引导界面，这样就能选择下一步的操作了。

岩切对此没有理会，而是继续用大拇指的指腹控制着操纵杆，鲁冰花五号开始慢慢前进了。鲁冰花五号的底部就像一个大型电动轮椅，只不过六角形的底座上没有安装车轮，而是嵌着六颗圆球。

"鲁冰花五号的上部是可旋转的，下部可以朝前、后、左、右任意方向平稳移动。虽然不能爬楼梯，但可以轻松越过二三十厘米高的台阶。在抱着被看护者的情况下，高度不超过五厘米的台阶，也是可以安全越过的。"

看护机器人缓慢地横穿过整个房间，来到一张床前，床上躺着一个穿着睡衣的真人尺寸的假人，是那种类似汽车碰撞实验中使用的假人。机器人走到床前，停了下来。

"接下来，准备抱起被看护者。"岩切说完，看护机器人就举起了两只长长的机械手臂。机械手臂关节的弯曲方向与人的相反，是手肘朝上。随着油压活塞的缓慢移动，机械手臂的前端慢慢地靠近假人。

"请注意观察机械手臂前端的导向装置。"岩切指着位于粗大机械手臂前端的一处弯曲天线的部分说道，"这个导向装置由一种非常柔软的材料制成，完全不用担心伤到被看护者。它内部的传感器具有人手指般的灵敏性，可以自动找到插入机械手臂的最佳位置。"

看护机器人的两条导向装置分别插入假人的背部及膝盖下方，接着粗大的机械手臂平顺地插入假人的身体下方。导向装置穿过身体后向上翘起，轻柔地抱住了假人。

"可以抱起来了。"岩切随即控制操纵杆，只见看护机器人缓缓地抬起了假人。平面状的机械手臂可以紧密贴合背部，毫无安全方面的担忧。

"接下来要移动了。对了，这个假人虽然看着很轻，实际上重量和我差不多，足有八十千克呢。"

看护机器人用双臂抱着假人，开始慢慢移动。

"鲁冰花五号每秒都会对重心的位置进行二十次测量，并与标准范围进行对比，稍有偏离便立即修正，因此完全不用担心它会失去平衡。从设计上看，鲁冰花五号可以抱起三百千克以内的被看护者。"

所有的参观者都被惊呆了。

"接下来，请它演示一下沐浴辅助功能吧。"

看护机器人朝着房间角落的浴缸方向移动，目测移动速度不到时速两千米。

"沐浴辅助是个很耗体力的工作，至少需要两位看护者共同进行。从将被看护者从床上抬起，到将被看护者放进浴缸的过程，需要多次使用台面过渡，连被看护者也会感到不胜其烦。但是，只要使用鲁冰花五号，就可以变成这样——"

移动到浴缸前的看护机器人停下脚步，开始放下双臂，动作比抱起被看护者时更加缓慢。

"鲁冰花五号完全防水，机械手臂更是可以直接泡在热水中。当然，传感器也具有水量监测功能，所以即便操作者偶有疏忽，也无须担心被看护者会有溺水的危险。"

"这真是个伟大的机器啊。只不过安全这种事，没有绝对的万无一失吧？"一位手上拿着笔记本、记者模样的中年女子高声提问，岩切的脸色顿时就不好看了。

"在安全性方面，我们已经考虑过所有可能发生的情况，我认为不会有问题。"岩切的语气很不友善。

纯子这才明白，这里的凝重气氛，与自己的突然闯入其实并无关系。

"但再完善的系统，只要是由人来操作，就不可能绝对不出错吧？"

"我在一开始就说过了，人发出指令，由机械来执行的组合，在工学上最不容易发生错误。即便不是如此，也至少不是容易出问题的组合。鲁冰花五号是百分之百自控型机器人，只要没有接到抱起、移动、放下被看护者的指令，就不会做出任何行动。因此，完全无须担心因为程序漏洞或误操作而让被看护者遭遇危险。"岩切已经非常不耐烦了。

"大家都看到了吧，结果还不是要依靠人操作遥控器吗？"中年女子的语气中带着些许恶意。

"并不是。"岩切一脸不可思议地看着这个女人，似乎想不到她会问出这种问题,"鲁冰花五号会在理解了人的指令后,结合由两百多个传感器传回的信息,对安全性做出判断,然后才会做出行动。若它判断存在危险,就会拒绝指令,停止行动。"

"但说到机器,大家难免担心运行故障吧?"

"的确如此。不过就算发生事故,也只会在特定的情况下。首先,人要发出会对被看护者造成危险的异常指令;其次,安全程序必须恰好出现故障,无法辨别这一指令的危险性,导致直接执行。"

岩切操作控制盒,看护机器人将假人从浴缸中抱起后缓慢后退。

"我们可以试试命令机器人将被看护者摔到地上。"

岩切拨弄操纵杆,虽然按了好几次按钮,但机器人始终毫无反应。

"诚如各位所见,在传感器确认到能够支撑身体的台面前,是不会在高处松开被看护者的。"

紧接着,他又快速拨弄控制盒下达指令,看护机器人虽然有所行动,但速度比岩切的手指速度慢多了。

"鲁冰花五号无法快速行动,所以无法执行给被看护者造成危险的错误指令。"

机器人慢慢靠近墙壁。

"接下来,我们试试让机器人径直撞向墙壁。"

屋内氛围突然大变,所有人都屏气凝神地盯着机器人。

不过,越接近墙壁,看护机器人的前进速度就越慢。就在假人头部如蜗牛接吻般缓慢贴上墙壁的前一刻,机器人完全停了下来。

"在移动被看护者的时候,最容易出现的意外就是摔落和碰撞了。为此，我们在鲁冰花五号的身上安装了多个红外线传感器和超声波传感器，可以准确测量机器与墙体间的距离，并缓慢减速，保证接触时速度降为零。不仅如此，一旦机器臂上的震动传感器感受到冲击，哪怕极其微弱，也会立刻停下来。"

说到这里，岩切一脸温柔地把手搭在鲁冰花五号上。鲁冰花五号的音效似乎被关掉了，液晶屏上则开始闪烁"危险操作"的警告画面。

"请允许我再重复一遍，鲁冰花五号只能进行缓慢的移动。所以，只要不是恶意操作，就不可能出现机器人伤害被看护者的情况。即使真的出现恶意操作，电脑也会在感知到危险后拒绝接受指令。那种几乎不可能出现的操作失误和安全程序故障，这两种偶然情况同时存在的概率，应该趋近于零吧。"

"明白了。虽然在安全方面做不到百分之百可靠，但姑且做好了充足的预防。"中年女子似乎被岩切的气势震慑住了，撇了撇涂了一层薄口红的嘴唇。

"回到人与机器人共存的话题。就算你们在物理层面上进行了周密的安全防范，那么在心理层面上呢？"

"心理？什么意思？"岩切一脸疑惑。

"换句话说，被看护者也是个人，一样是有心的！"

"那还用说吗！"岩切的忍耐似乎已经到达极限。

"是这样吗？如果用机械设计的眼光来看待看护这个充满人性化的领域，甚至对动作也进行了一定的还原研究，那就一定会引发另一个不容小觑的问题——被看护者的心理问题。"

"我不太明白您的意思。"

"不明白吗？简单来说，就是老人会如何看待被机器人照顾这件事呢？被'叉车'举起、移动、放下，这的确让看护者省了不少力气，轻松了很多。可是被看护者呢？他们如一件物品般任人摆布，还有尊严可言吗？关于这个问题，不知道贵公司是怎么考虑的呢？"

真够阴险的，纯子心想。向对方施压、激怒对方后套出对方的话，大概是她的惯用伎俩。说到底，她这个问题只是披着弱势群体立场上的人道主义的外衣，故意发出的无意义刁难罢了。她大概发觉自己在技术层面上已经毫无胜算，便打算将战场转移到感性的情绪层面。而岩切可能并不擅长这些。

"关于这个问题……"岩切拿出手帕，擦去额头上的汗水。

"原来贵公司还没有考虑过这个问题啊？那好吧。不过这里毕竟是研究技术问题的地方……"

"可以打断一下吗？"纯子举手示意，中年女子惊讶地转头看了过来。

"正如您所说，这里只会对看护机器人的技术问题进行研究，而伦理或是心理方面的问题，则属于总公司月桂叶的研究范畴。"虽然承诺过绝不插嘴，但纯子还是忍不住开了口。倒也不是路见不平拔刀相助，只是有些看不下去了。

"你是？"

"我今天是代表月桂叶过来的。"

这个说法，就如同一个推销灭火器的人打着消防署代表的名号一样。榎本瞪大了眼看着纯子。

"月桂叶在全国拥有两百多个服务中心，一直在看护服务的最前线。现在我们遇到的最大问题，是看护者的体力负担。抬起或移动被看护者是一件非常辛苦的工作，更何况，现在有些老人的体重还不轻。所以不少看护者都有慢性腰痛的毛病。鲁冰花五号可以为看护者的健康提供有力保障。"

"这一点我已经了解了。可是被看护者会怎么想呢？怎么能像对待物品一样，用机器来对待他们呢？难道不该更人性化地对待他们吗？"

"导入鲁冰花五号后，看护者的体力负担就能得到减轻，那么他们在照顾老人方面就能做得更细心一些，人性化的程度自然也会随之提升。"

"可是被当成物品对待这件事，总是难免让人觉得不舒服……"中年女子又撇着嘴移开了视线。

"是的，我知道现在有一些反对'机械浴'的声音。如您所说，若是像炸天妇罗一样将被看护者丢进浴缸，的确是对人性化的忽视。但是，每位被看护者的身体状态都不同，在被看护者的能力范围内协助其自行沐浴，也是看护者应该做的事情。"

"你的这个说法，不是与机器人看护矛盾吗？"

纯子摇摇头："在被看护者中，也有一些是完全不能行动的。开发鲁冰花五号的初衷，就是为了让这些人拥有一个更安全、舒适的沐浴环境。"

"而对于有能力支撑自己身体的被看护者，机器人就犹如一台简易的升降机，可以辅助他们坐进浴缸。"岩切补充道。

"其实，许多被看护者都会因为自己给看护者造成了身体负担而自责，尤其是肥胖的人。但如果对方是机器人，就完全不用自责了。"

纯子的话让中年女子陷入了沉默。

"也许因为日本人一直相信万物有灵，所以大部分人都不排斥机器人。比如二十世纪八十年代，工业机器人被导入汽车生产线的例子就很有代表性。当时的那些操作员别说排斥了，甚至还为各个班组的机器人一一取了名字呢！这在欧美国家，应该算是个难以想象的场景吧。人们很自然地将简单工作交给了机器人，而人则专门负责精密复杂的工作。"

"看护用和工业用的机器人，根本就不是一回事嘛……"大概发现胜败已定，中年妇女不甘地嘀咕了一句。

"即将成为老年人的这部分人群，大都是看着《铁臂阿童木》之类的漫画长大的，相信他们对机器人会有浓厚的兴趣与亲切感。我们都觉得鲁冰花五号定会受到大家的喜欢。"

纯子微笑着做了总结："这不正是机器人与人的共存吗？"

待杂志社的采访人员默默收拾好离开后，岩切看向纯子和榎本。

"您是律师吧？是月桂叶的顾问吗？"岩切看着名片问道。

"不是，我只是在协助法律顾问藤挂律师……不好意思，我刚刚多嘴了。"

"没有的事。您说得很好。"岩切的脸上写满了无奈，"那种先入为主的无知理论荼毒了不少人，真是心累。说什么机器人与人的共存，主题倒是很伟大，结果还是丝毫不愿意接受新事物，依旧固执地认为机器冰冷无情，只有人的双手才是温暖的。"

其实，纯子这么做只是受能言善辩的本性驱使，并没有想太多。

"话说回来，您很了解机器人啊！"

"都是临时抱佛脚，刚刚的话基本都是现学现卖。"

"不不不，真的很厉害。要是大家都像您这么想该多好啊。"岩切固执的脸上浮现出笑容。

纯子暗自欣喜，想接下来就好办了。这时，榎本开了口："我们正在调查前几天发生的月桂叶颖原社长遇害案。久永专务被警方当成嫌犯拘留起来的事，您知道吧？"

"当然知道。"岩切的表情再次严肃起来，"其实刚刚的采访，也是从这个话题开始的。"

"在您心里，久永先生是个什么样的人？"纯子试探性地问道。

"其实专务在公司里就像一位大总管，他跟着社长四十多年了，我觉得他不会做出这种事。"

"我也相信久永先生是清白的，所以正在调查，看是否有其他人作案的可能性。"

岩切用力地点了点头。

榎本再次发问："那么，我想问问，借鲁冰花五号之手杀人可能吗？"

岩切的脸唰地红了，下巴也随之鼓起。

纯子真想蒙住自己的眼睛。哪有这么问话的啊？自己好不容易才缓和了气氛，对方也愿意帮忙了……

意外的是，岩切的声音十分冷静："关于这一点，警方严厉地问过我好几次。我可以肯定，绝对不可能。"

岩切指着看护机器人说："这并非我作为鲁冰花五号的开发负责人做出的感性回答。我尝试过从工学的角度对其进行论证，结果显示，这完全不可能做到。"

"听完您刚才的介绍，我也觉得不可能。"榎本蹲在看护机器人前，凑近主机和机械手臂观察了起来。

"颖原社长死于头部重击。从这一点来看，首先，鲁冰花五号的机械手臂虽然可以上下移动，但构造上它做不出任何攻击他人的姿势；其次，它并没有握持凶器的功能，就其外表来看，它甚至固定不了任何东西；再者，鲁冰花五号不具备攻击所需的速度；而且，这个机器人在通过传感器感知到危险时，会自动拒绝可能对人体产生危害的指令。"

"确实如此。"

"但是，哪怕是任何一个微小的可能性，我们都必须进行确认，比如鲁冰花五号抱起社长撞向墙壁的可能性。"

"刚才您也看到了，鲁冰化五号的移动速度很缓慢，并且它的传感器具有阻止撞击的功能。"

"如果用胶带把传感器遮住呢？"

"那么看护机器人就会做出前方有障碍物的判断，直接进入静止状态。"

岩切从房间后侧的工作台拿来一卷胶带。鲁冰花五号全身布满了针眼大小的传感器，他在其中一个传感器上贴了许多层胶带。

"我们来试验一下。"贴好后，岩切开始操作控制器。但是看护机器人并未移动分毫，液晶显示器上再次出现了表示警告的红色画面。

"原来如此。"

"这个传感器有可能无法识别透明物体吗？"纯子突然想到了这个问题，若果真如此，只要往那扇窗户上猛烈撞击……

"您是指玻璃吗？"岩切不以为然地笑了笑，"要真是那样，可就太危险了，谁还敢把它放在家里啊？看护机器人的传感器采用了超声波感应技术，识别玻璃自然不在话下。"

"那么，安全程序只会在抱起被看护者时才会启动吗？"榎本迅速抛出了下一个问题。

"不是的，安全程序一直处于启动状态。所以即便周围没有任何人，鲁冰花五号也绝对不会执行撞击墙壁或家具的指令。"

"从刚才的模拟的确可以看出，看护机器人会自动拒绝将社长抱起，再摔到地上的指令。不过，有没有其他方法可以让鲁冰花五号误认为前方有台面呢？"

"其实这个问题我也思考过。"岩切摇了摇头，"但是确认前方是否有安全台面的，并非单个传感器。首先，多个超声波传感器同时确认前方是否有足够大的台面用于安放被看护者；其次，当看护机器人缓慢地放下机械手臂时，手臂下方的压力传感器只有在确认台面确实存在之后，才会缓慢转移重量，整个过程中，只要台面稍有晃动，操作就会立即中止；最后，看护机器人在确认台面完全能够承受被看护者的身体重量后，才会收回机械手臂。"

那这个可能性就不存在了，纯子心想。看样子这套安全程序确实非常严谨，充分考虑了各种风险。这么说来，想要同时骗过所有传感器完全不可能。

"我也有个问题想请教。如果凶手是通过操纵鲁冰花五号来杀死社长，那他是在哪里进行操控的呢？若是在同一个房间里，他完全可以自己动手吧？"岩切的反问十分尖锐。

"是的。关于这一点……嗯，这也是一个关键点。"榎本用手撑着下巴。

"可不可以在隔壁或是同一个楼层的其他地方，通过遥控器操控鲁冰花五号？"

"我没有试过。不过如果只隔着一道薄墙，应该可行。哪怕信号发射器发出的信号再弱，只要稍加改造就能不断增强。可问题在于，凶手如果不在现场亲眼看着，根本就没法操控啊！"

"您说过，鲁冰花五号是自律型机器人吧？那么，可不可以对它下一条'移动前方人'的指令,由它自行发挥?"

听到纯子的问题后,岩切轻轻一笑:"当然,从设计上来说,是可以这么做的。但我们最终制造出来的,就是二位现在看到的,机器人只要没有接收到人下达的具体指令,就不会执行任何行动。因为我们觉得,安全始终是高于一切的。"

纯子看了看榎本。很显然,继看护猴之后,对看护机器人的调查也没有任何进展。但榎本似乎还未放弃。

"那么,有没有可能利用外部黑客技术等方式篡改鲁冰花五号的安全程序?"

纯子吃了一惊,她压根儿就没想过这个可能。

岩切似乎早就想到了这一点。

"这是完全不可能的。为什么这么说呢?"岩切指着看护机器人的屏幕和键盘解释道,"鲁冰花五号的内部搭载了高性能电脑,未来可以通过网络来输送声音和画面信息并进行操作,但目前还不能连上网络。"

"那会不会有人偷偷加装了设备,然后通过无线局域网或个人手持式电话系统来连接网络呢?"

"很难。因为鲁冰花五号的身上不带任何插槽,如果想要连接其他设备,就必须先打开这里。"

岩切从胸前的口袋中拿出一串钥匙,将一把棒状的钥匙插入位于看护机器人背面的小圆孔中。盖子打开后,只见里面插着三块类似于计算机电路板的绿色电路板。

"如果不打开这里,就绝对不可能通过电脑删除或篡改鲁冰花五号的安全程序,哪怕暂停都不可能。"

"程序是写在哪里的呢?"

"主板的ROM(只读存储器)里。"岩切指着电路板上的黑色零件。

"所以，如果想要修改程序，就得使用ROM编程器，或是将ROM整个换掉，对吧？"

岩切摇摇头："这是无法重写的一次性ROM。而且为安全起见，这里用的是一旦撕开就会留下痕迹的封条，所以这两种方法都行不通。案件发生后，我曾确认过封条，丝毫没有被人撕开过的痕迹。除此之外，慎重起见，我们全体组员对程序进行过重新确认，也没有发现任何异常。"

开车返回的途中，榎本沉默了好一阵子，想必大脑在飞速思考。

"你是怎么想的？"安静的气氛让纯子有些受不了，便先一步开了口。

"看起来，看护机器人作案的确有难度。"榎本一副不想就此放弃的口吻，"首先，想要摧毁鲁冰花五号的安全程序，几乎是不可能的。如果想对这个程序做手脚，就必须直接在主板上操作，而后盖需要使用堀商店产的三叉戟状钥匙打开，这种锁可不是轻易就能撬开的。再加上ROM的封条也是个难题。此外，还有一个更主要的问题——凶手哪有么多时间恢复被他修改的程序或替换过的ROM呢？"

"如果凶手真的采用了这个方法，那这个人只能是副社长，或是那位岩切先生……"

"嗯。发现社长遗体后，副社长单独待在社长室内的时间只有一两分钟吧？"

"是的。这点儿时间应该不足以毁掉证据。"

"那就可以先排除他了。至于岩切先生，他具备几个非常有利或者说非常不利的条件。首先,他是钥匙的保管人;其次,关于ROM的封条,只要从一开始就贴上不会留下痕迹的赝品,就不会被发现;最关键的是,案发后对鲁冰花五号进行检查的,就是他本人。"

"可是,他不是说是全体组员一起检查的程序吗?"

"这一点还得查证一下。"

纯子点点头:"我会去确认的。"

"我突然想到,鲁冰花五号的安全程序会不会从一开始就被植入了错误程序?比如,只要输入一串魔咒般的密码,部分功能就会失效。这样一来,即便在事后接受系统工程所有人员的确认,也有可能躲过所有人的目光。要真是这样,凶手就只能是岩切先生,或是鲁冰花五号的开发成员了。"

他居然能想到这一点,纯子不由得生出了几分钦佩,但同时又觉得他这哪里是疑惑啊,简直可以说是妄想了。

"……不过,即便真是如此,最主要的问题——凶手究竟如何利用鲁冰花五号来杀人还是没有解决。即便压根儿就不存在那个安全程序,我依旧想不明白到底该怎么用机器人杀人。"

"关于这一点。"纯子有些犹豫地开了口,"虽然目前还不是很明确,不过我觉得应该有办法。"

"真的吗?"榎本惊讶地看了过来。

"嗯,只不过我现在还不是很确定……而且还有一个问题我一直想不明白,凶手究竟在哪里操控的鲁冰花五号呢?"

"我能想到的方法有三种。"榎本倒是一脸漫不经心。

"啊?"

"第一种是连接网络操控。刚才我发现,鲁冰花五号的屏幕上有一个网络摄像头,这是为将来传输画面准备的。只要能打开盖子连上网络，这个就是最简单、最实际的方法了。"

"可是，要怎么连接设备呢？"

"嗯……我目前还不知道凶手要怎么撤掉转接器或调制调解器之类的设备。不过，如果凶手用的是网络，就一定会留下接入记录。凶手既然能做出如此周密的犯罪计划，应该不会选择使用可能留下犯罪记录的网络。"

"是啊，我也这么认为。"

"第二种是使用无线摄像头。只要事先在社长室内安装一个偷拍用的针孔摄像头，就可以在看到现场画面的情况下操控机器人了，这个做法的难度应该不大。"

"可以在其他地方操控机器人吗？"

"岩切先生说过，无论是输出还是输入的信号，都可以不断增强。至少在同一楼层中操控机器人完全没问题。"

"但这种情况也面临着类似的问题——该如何撤掉摄像头呢？"

"嗯，这是目前最大的难题。"榎本伸手拿起一罐咖啡，喝了一口。

"然后呢？第三种方法是什么？"

"这个等到了六本木中央大厦后再说给你听，对照现场说明会比较容易理解。对了，跟我说说你想到的作案方法吧。"

纯子双手握着方向盘，双眼目不转睛地看着前方。此刻，常磐高速公路上的车流量很少，车辆疾驰而下的沙沙风声，听着十分悦耳。

"怎么说呢……其实我自己也没彻底想明白。我只是觉得凶手应该是个非常聪明且做事谨慎周密的人。那么，即便他在杀人计划中使用了鲁冰花五号，也应该十分清楚机器人的功能限制，所以只会将其作为整个计划中的一枚棋子。"

"……继续说。"

"聪明人常用意想不到的方式使用身边的物品，例如用绳子吊把剪刀当钟摆，再比如用莲藕的孔洞和水滴组成镜片。不过这只能算是偶尔的灵光一现。真正的天才，可以轻松地将这些灵光碎片结合成一个整体，从而完美地实现自己的计划。"

"然后呢？"

"我想说的是，凶手应该不会将凶器绑在机械手臂上，因为这个做法还是有一定的风险。他会让鲁冰花五号做的，应该是这个机器人毫不费力就能做到的事情。"

榎本用力地点了点头。这让纯子得到了很大的鼓舞，便继续说道："鲁冰花五号绝对能做到的事情，应该就是搬运颖原社长的身体吧？"

"是的。等到社长不省人事后，凶手就可以随心所欲地移动社长的身体了。"

"问题是要如何杀害社长呢？如果鲁冰花五号无法直接下手，那应该是有其他的准备吧？"

"有意思……有哪些可能的方法呢？"

"……也许是先让社长紧挨着书桌趴下，然后在书桌边缘放一个底部半悬空、轻轻一碰就能掉落的重物。接着只要让鲁冰花五号轻轻碰一下，重物就会失去平衡而下落，并直接撞击社长后脑勺，造成其死亡。"

榎本想了好一会儿，终于开了口："这个想法很有意思，说不定方向性上是对的，而且能合理说明撞击力道较弱的原因。可是，即使社长的脑部动过手术，也不至于这么轻易就被杀死吧？"

"说的是啊……"纯子很沮丧。

"要是放在两小时悬疑剧里也许说得通。这种暴击致死的方式，试上一百次，说不定真能成功一次。问题是这个方法的不确定性太高了，不像聪明凶手会采用的手法。"

纯子脑中忽然闪过一道灵光。

"如果真是这样，案发现场会留下足以杀死颖原社长的凶器吧？能够精准定位，还能让重物落下的东西……"

纯子的脑中浮现出类似断头台的机器。

"如果真有这种机器，就只要利用鲁冰花五号将颖原社长的头部移到机器下方就好了吧。"

"那得是个巨型机器吧？作案结束后，凶手又该怎么带出去呢？"

"嗯，又是处理凶器的问题了……"

纯子猛踩了一下油门，把前方龟速前进的面包车甩在了身后。

"太难了。一个撞击面平坦且具有一定重量的凶器，还有一台能够保证凶器在正确位置落下的机器，最终还都如一阵轻烟般从犯罪现场消失了……"榎本小声地自言自语。

如一阵轻烟。

"会不会是一块巨大的干冰？"

榎本轻笑。

"这总比被松鼠袭击来得现实一些。"

从常磐高速转进首都高速公路后，他们就变得寸步难行了。如果忽略物理距离，单纯以行车时间来计算，东京的占地面积远不止地图上标的那么大，绝对称得上是史上空前的超大型都市。

过了四五十分钟，前面的车终于开始移动时，纯子的手机响了。想想现在承接的这个案件，看样子该把这首Killing Me Softly with His Song的来电铃声换掉了。她看了看手机屏幕，上面显示的是今村的名字。

"喂？"

"是青砥吗？你现在在哪儿？"

"正从筑波回东京，大概快到六本木了。"

"正好。我正打算开个会，谈谈辩护方向的问题。"

"就我们两个人？"

"当然不是，藤拝律师也会参加。另外，我还邀请了月桂叶的颖原先生，一共四个人。"

纯子甚至怀疑自己听错了。

"什么？还邀请了外人？"

"嗯。不过也不算什么正式会议啦。毕竟如果只有我们几个人，信息可能不全面。"

"等一下，万一我们和对方利益冲突呢？"

"怎么会呢？如果专务能无罪释放，月桂叶就能避免企业形象受损。同样地，我们也不会为了公司利益而损害专务的利益吧？"

"万一真凶是副社长呢？"

二人不约而同地陷入沉默。

"这是开玩笑吧？"

"怎么，你就这么信任他吗？"

"他的不在场证明可是无懈可击的啊。"

"不管是不在场证明还是密室，迟早都会被攻破的。"

电话那头传来了一声长叹。

"好吧，总之你先过来吧。如果实在不愿意，就我们三个人谈。或者，你可以在认为不该当着外人继续谈论的时候停止话题，如何？"

"在哪里开？"

"月桂叶十二楼的高管会议室。"

纯子看了看左边，发现车刚开过全日空饭店。

"行，我这就过去，大约十分钟后到。"

"好的。不过，我理解你全身心投入的心情，毕竟这个案件确实离奇……"

这边的纯子已经挂断了电话。

她把全部的心思都放在开车上，想借此平复一下自己的心情。榎本似乎察觉到了，便也沉默不语。

许久后，纯子开口："计划不变，还是去六中大厦。"

"好。"

"我得先去十二楼和他们谈谈。"

"那我先自己调查一会儿，你那边结束后打我电话。"

到达六本木中央大厦时，太阳已经开始西沉。在地下停车场停好车后，纯子先下了车。回头一看，榎本还坐在车里磨蹭着，好像换上了原本塞在波士顿包里的西装。

"这是做什么？"

榎本一边系着领带，一边下了车，手上只拎着一个公文包，看起来就是一个普普通通的上班族。

"我的东西可以放在车上吗？"

他似乎并不打算去十二楼，也不知道他想查哪里。

"请便，只要没有贵重物品的话。"

"那就一会儿见。"

虽然很好奇榎本到底想做什么，但上面还有三个可能早已暗地里达成协议的男人等着自己呢。纯子用深呼吸调整了一下心情。

拨通今村的手机后,她发现对方早就在上面等着自己了。秘书本打算下楼迎接,不过纯子拒绝了。她乘电梯到十一楼后,从内部楼梯爬上十二楼。

副社长秘书松本沙耶加早已等候在开着的楼梯门前。

"您辛苦了。"沙耶加露出优雅的微笑,并对纯子鞠了一躬。她脸上的妆并不浓,但十分精致,穿着也很得体,不了解的人还真看不出她是个秘书。

副社长让她做自己的秘书,该不会出于其他目的吧?纯子忍不住替她担心了起来。

"松本小姐,您看起来就像个女演员。"

正准备踏进公司的纯子对着沙耶加随口说道,没想到对方的回答完全出乎纯子的意料。

"嗯,其实也可以算吧。"

"也可以算?女演员?"

"嗯。其实我加入了一个小剧团,但没法抽出完整的时间去排练,所以只能偶尔演演配角。可就算这样,我还是很想继续下去。对了,请您千万别说出去,毕竟这违反公司规定。"

这么个大美女,身边肯定有不少固定的"戏迷"吧。

"是什么剧呢?可以的话,下次我也想去看看。"

"真的吗?"沙耶加的脸上绽放着光芒,"最近正好有个下北泽公演,我这儿还有几张票,这个周末我也会出场哟!"

"我买一张。公演票在身边吗?"

"就在柜子里,我一会儿先准备好,您回去的时候喊我。"

"好的。"

许是听到了电梯厅里的说话声，今村探出头看了看走廊。虽然看不到他脸上的神情，但能看出他对纯子迟迟不进去的不满情绪。

"啊，真不好意思，我带您进去。"沙耶加连忙换回秘书的姿态，快步领着纯子进入走廊。

高管会议室位于走廊左侧，是社长室对面那排的最后一个房间。

"打扰一下，青砥律师到了。"

沙耶加和纯子跟在今村后面走进会议室。四十叠大小的房间里放着一张U字形的会议桌，旁边围放着十几把椅子。正站在窗户旁边说话的颖原副社长和藤挂律师听到声音后一起回头。

"辛苦了，请随便坐吧。"

颖原笑着邀请纯子入座，自己则坐在了上座的主位上。藤挂律师坐在他旁边。

纯子在隔了两把椅子的位子上坐下，今村坐在她身后。

"你今天去筑波了？"颖原问道。看样子自己的行动早就全泄露出去了。

"是的，向岩切先生请教了一些关于鲁冰花五号的事情。"

"有什么有价值的新发现吗？"

"嗯。至少可以确定，鲁冰花五号不具备单独作案的可能性。"

双手合掌，双肘撑在桌面上的藤挂听到这里插嘴道："这个我们从一开始就知道了。我们这两位律师毕竟年轻，腿脚也利索，我就不行了，我可没这个精力特地跑一趟筑波。"这不是赤裸裸地讽刺自己做无用功吗？纯子听完气不打一处来。

"要是打高尔夫球的话，大概多远都愿意去吧？"颖原问道。

"嗯，那就另当别论了。"

两个老男人的笑声犹如黑斑蛙在合唱，不能再顺着他们的话题往下说了。

"副社长也喜欢打高尔夫球吗？"

纯子一问出口就又被藤挂给打断了："颖原先生已经不是副社长了，现已正式接任月桂叶的社长之职。"

"啊，是吗？"

"今天早上召开了紧急董事会，会上通过了对颖原先生出任社长并拥有代表权，以及久永先生卸任专务职务的决议。"今村在她背后小声解释道。纯子被这突如其来的消息打了个措手不及，看起来，只有自己一个人被蒙在了鼓里。

"社长之位也不能一直空着。照理说，社长去世后就要马上任命新社长了。我们之所以等了一个星期，也是因为这起突发事件。"颖原不疾不徐地说道。

"颖原先生就任社长自是理所当然，不过为何要解聘久永专务呢？现在还不能认定专务就是凶手吧？"

颖原笑而不答。藤挂凑近纯子补充道："并非解聘，是他本人提出了卸任申请。可能，想借此与公司划清界限吧。"

"可是，你们是什么时候问的久永专务？我昨天见到他时……"

"在你去之前，今村律师就已经和久永先生谈过这件事了。"

纯子回头看着今村，但对方移开了视线。

"我甚至认为他早就该这么做了。更何况，当务之急是要让法院看到反省的姿态，这样多少可以改善法官对他的印象。"

"等一下，久永专务他……"

"他已经不是专务了。"

"……他说了自己绝对没有杀害社长。哪怕将来上了法庭，我也会竭尽全力为他做无罪辩护。所以我实在想不出任何他非要卸任的理由。"纯子冷静而尖锐地反驳道。

"这件事已经定了。"今村开了口，"再说，我们也无权对其他公司的内部决定指手画脚。"

"董事会自然有权解聘不称职的高管人员。之所以采用本人主动要求卸任的处理方式，完全是颖原社长看在久永先生尽心尽力为公司服务多年的分儿上，给他的特殊照顾啊。"藤挂也接过话头补充道。他的嘴角虽然挂着微笑，眼底却不带一丝笑意。

"我当然不是要对这件事发表意见，我只是不知道久永先生究竟是否说过这句话而已。并且，这也会影响将来的辩护方向。"

"你说得对。所以我今天想找大家一起谈谈，希望统一一下意见。"藤挂从口袋里掏出香烟，慢悠悠地点了火。

"我和今村律师讨论过了，目前看来，的确只剩下神志不清这条路可以走了，不是梦游症，是那个叫什么来着？"

"快速眼动睡眠行为障碍。"

"对对对，就是那个。久永先生对颖原昭造先生所做的一切，都是由于睡眠过程中的精神障碍。换句话说，他这是梦境杀人，自然不具备刑事责任能力。"

"请问，这是哪位专业医师为久永先生做的诊断呢？"

听到纯子的问题后，藤挂扯出一个大大的苦笑。

"久永先生正被拘留着，当然不可能为他做检查或诊断。只不过就这次的案件而言，这种可能性是非常高的。可以请一位专家出庭做证吗？"

"我和安政大学的广濑老师已经私下谈好了。"

"很好。这个案件的原告和被告都不太懂精神医学,所以成败的关键就在于哪一方能获得更多权威支持。剩下的,就是媒体方面……"

"我反对。"纯子打断藤挂的话,"久永先生坚定地认为自己是清白的。这一点,我在见到他的时候就已经明确地向他确认过了。"

"只是因为他不记得了吧?"藤挂的脸上瞬间出现了愤怒,不过很快就被自己压下去了,语气也极尽轻柔。

"况且,他会这么说也没什么奇怪的啊。再怎么梦中杀人,杀害的也是对自己而言比亲人更重要的人,他做了一件会让自己悔恨终身的错事。"

"不,久永先生明确地推翻了这种可能性。他告诉我,自己从未出现过睡眠行为障碍的症状。"

藤挂的目光瞬间变得犀利无比:"这件事,你跟其他人说过吗?"

"当然没有。唯一有可能听到的,大概就是当时站在我们旁边监视的警员了。"纯子说到这里才想起,外人颖原还坐在这里呢。

"总之,有关久永先生的一切言论,一律烂在自己的肚子里……疾病史的问题不会有太大影响,毕竟也不是每个睡眠行为障碍患者都了解自己的真实情况。"

"那他夫人或是家人也应该知道吧?"

"他们会根据我们的辩护方向来做证的。"

纯子觉得藤挂的这些话其实是在巧妙地回避真正的问题。她正打算反驳开这个会的目的不是来讨论战术,而是找出真相时,一阵敲门声传了进来。

"打扰了。"

沙耶加端着一个盛有几杯咖啡的托盘走了进来。纯子正想伸手接过,那边的今村已经迅速起身。他的绅士风度,只会在看到美女时才展现出来。

"没关系,给我就行了。"

今村接过托盘后,只拿走了自己的咖啡,然后就把托盘递给纯子了。纯子本打算也只拿走自己那杯,不过考虑到此刻的微妙氛围,最终还是放弃了这个念头。她忍着满腔怒火为颖原和藤挂分别端去一杯咖啡,果不其然,只有颖原道了谢。

咖啡杯的托盘中放着砂糖和奶精。纯子直接喝了黑咖啡,再一看藤挂,他十分自然地放入了砂糖和奶精,然后马上回到了刚才的话题。只是这次面对的是颖原而非纯子。

"今村律师和青砥律师虽然还年轻,但也参与过多个大型案件,在刑事辩护方面也得到了很高的评价。虽说我们事务所主要承接民事案件,但让他们以助手的身份加入律师团的话,我还是非常期待他们的表现的。"

颖原点点头:"老实说,我不是没有挣扎过,不过现在,我很希望你们能帮帮他。他的年纪大了,拜托你们至少让他免了牢狱之灾吧。"

"我明白。我们一定会尽力。"

虚伪!不就是打算定性为神志不清,好让公司的损失降到最低吗!纯子正欲开口说委托人可不是这家公司的时候,藤挂转过来对她说道:"青砥律师就请继续目前的调查吧。若真能证明凶手是外部人员,那自然是更好的。我们当然也会视具体情况来调整辩护方向。这段时间就先请今村律师着手准备神志不清方面的资料，以备不时之需。"

"好的。"今村的声音中充满了干劲。

"冗长的会议是效率低下的体现，今天就此散会吧。"想必看出了纯子的强烈不满，藤挂宣布散会。

纯子正暗自琢磨该如何反驳，怎么能让他们就此结束？便连忙开口道："我有个疑问。"

"什么？"藤挂语带不快。

"关于这个辩护方向，我们要什么时候告诉久永先生呢？"

"暂时未定。我刚才也说过，最终的辩护方向还尚未确定。"

"久永先生坚持认为自己无罪，我想他应该不会认同无意识犯罪这个说法。"

"我们后续会说服他的。"

"我会再向他说明一次的。"今村开口道。

"请先等一段时间。"

"为什么？"

"久永先生虽然看起来已经冷静下来了，但我觉得这是由他对自己无罪的信念支撑的。他一旦认为是自己杀了社长，一定会瞬间崩溃，甚至还有自杀的可能……"

突然，一阵刺耳的声音响起，纯子被吓了一跳。扭头一看，原来是咖啡杯被打翻在桌上，还溅出了少量的咖啡。所幸杯子没破。

右手拿着托盘的颖原有些尴尬地笑了笑，看起来应该是他没拿稳杯子才滑落的。

纯子觉得颖原此刻有些不安。为什么？为什么在自己说完久永可能自杀后，颖原就突然慌了？

"绝对不能让这种事发生，请一定要采取防范措施。藤挂先生，可否请您要求警方加强警戒，就说久永先生有自杀的可能性。"

"好的，我会和警方强调的。不过我觉得应该没问题吧，要是看管的嫌犯自杀，警方也会觉得颜面无存的。"藤挂似乎也很诧异颖原的异常反应。

到底是怎么回事？纯子很是疑惑，她可不认为颖原雅树会如此关心久永先生。

一定有其他原因。

沙耶加走进会议室并擦干溅到桌上的咖啡。

纯子无意间看了一眼打翻的咖啡杯。突然，脑中如天启般闪过一个念头。

我知道了！

纯子呆立在当场。

利用鲁冰花五号杀人的手法，此刻，纯子突然懂了！

V
弹道

六本木中央大厦的西侧，是一栋十层高的老建筑——杵田大厦。从大楼指示牌看，除了二楼有家大型金融贷款机构，并没有特别值得注意的公司。大部分是些提供测量与代书服务的事务所、小型杂志社和服装贸易商之类的公司。顶层似乎空置着。

榎本径提着黑色公文包，身穿一套常在小偷身上见到的灰色西装走进大楼。

他一路上遇到了几个身着西装的男人，不过谁也没有多看他一眼。进入电梯后，无须任何特殊操作就可直通顶层。走出电梯前，榎本按下了一楼的按键，这样电梯就会立即再次回到一楼了。其他人若是看到电梯停在无人办公的顶楼，难免会疑惑。

这栋大楼的楼梯间大门并未上锁，任何人都能自由进出。不过通往屋顶的那扇厚钢门是上了锁的，用的是新大楼十分常用的、产自业内第二大公司的锁芯。这种大门使用的是双面凹槽钥匙，带有十八道刻纹，属于防盗等级较高的类型。

但这种锁芯和六本木中央大厦用的是同一种类型，都有非常明显的缺点。凹槽的排列比较简单，只要利用配钥匙时常用的印模法就能成功开锁，毫无难度。

径将公文包放在地上打开，接着取出一支带有短光缆的内视镜。这原来是用来观察耳孔内部的观测器，前端的透明耳勺被削成了细针状，即便是最小的钥匙孔也能畅通无阻。

径将光缆针插入钥匙孔后查看观测器，可以看到锁芯看起来非常新，没有任何被撬过的痕迹。从这个崭新程度看，这扇大门应该刚从排片型锁芯换成这种锁芯。

接着，径取出一块事先被切割成钥匙状的强化塑料板。塑料板原本是白色的，只不过两面都被油性笔涂成了黑色。一般说来，制作备份钥匙用的都是金属钥匙坯，但塑料板更易切割，可以大幅缩短制作时间。至于强度问题，只要不是使用好几百次就无须担心。

径将塑料板插入钥匙孔中，左右转了几次，锁芯自是一动没动。

拔出塑料板之后，就能看到黑色表面上出现了许多细微的划痕，这是与锁芯上的刻纹触碰后留下的痕迹。径拿出一把前端尖锐的电池焊枪，沿着只有行家才能看懂的痕迹，小心地刻出凹坑。

用指甲挑出残渣后，径再次将塑料板插入钥匙孔内转动。这次的触感明显和第一次有所不同。他再次拿起焊枪扩大凹坑，两道由小点组成的凹槽逐渐成形，塑料板也逐渐变成备用钥匙的形状。反复多次确认触感后，径拿出一个前端尖锐的棒状锉刀做最后的微调。

空气中弥散着塑料溶解后的异味，径自信满满地将塑料板插入钥匙孔。这一次，锁芯终于屈服，发出了一阵令人愉悦的转动声。从制作到完成，径只花了不到四分钟。

径打开门,走到狭窄的屋顶,四面如高墙般耸立着的,正是屋顶广告牌的背面。夕阳西下,余晖将水泥地染成了黄昏色。

径将还有些发烫的焊枪放在水泥地上,从公文包中拿出必要的工具。在确定自己绝对不会被人发现后,径从广告牌下方钻了过去。

首都高速公路上汽车的飞驰声近在咫尺。

广告牌与大楼外墙的距离只有二四十厘米,即使没有恐高症,也不是所有人都有胆量站在这里。

径看了看东边的六本木中央大厦,社长室的窗帘已经拉上了。如果从自己现在的位置发射气枪,枪口必须高高仰起才行。

径从公文包中拿出一支激光笔形状的手电筒,笔身上绑着一根长约30厘米的黑线,线头处绑着一枚5日元硬币。

径站在大楼的最外侧,将手电筒对准社长室的窗户。夕阳西下,对面大楼的外墙面此刻恰好被屋顶广告牌的阴影笼罩,那点儿绿光也变得更加清晰。

假设狙击手身高在170厘米左右,着弹点位于窗户下方15厘米处……径右手握着手电筒,左手操作全圆分度器,垂直落下的细线与激光笔形状的手电筒中心线间的夹角为107度。由此可见,当时气枪枪口的角度为上仰17度。

上次进入社长室时,他曾步测过室内的长度,从西侧窗户到东侧房门的距离约9米。径从口袋中掏出计算器算了一下,$\tan 17°=0.305730\cdots\cdots$那么,$9\times 0.306=2.754$米。也就是说,子弹的着弹点位于窗户弹孔上方2.7米以上的位置,照这么说,子弹只可能出现在天花板上。

确实如青砥纯子所说,弹道是呈抛物线的。但假设这里到房门的距离为17米,气枪子弹的平均初速度为每秒170米,那么子弹在发射后的0.1秒左右就能到达着弹点。粗算之下，这段时间的下落距离也就5厘米左右，基本可以忽略不计了。

而且从社长室天花板的材质来看，不可能出现弹跳的情况。如果狙击手的身高再高一些，子弹紧挨着窗框进入窗户的话会如何呢？径调整了一下手电筒的方向，发现角度只小了2度。就计算结果来看，子弹根本不可能打在门上。

一阵让人发颤的冷风从大楼间吹来。虽然径站在面朝小巷的一侧，也不免担心停留太久会被人看见。

如果想枪击社长室，那这个人大概会选夜深人静时动手吧。

径从广告牌下钻过，从后方观察用于支撑广告牌的轻钢骨架。虽然广告牌高约两层楼，但边上设有一部维修用的铁梯子，想要爬上去也并非难事。

如果是站在上面狙击的话，角度就不同了。可问题是，径实在想不明白凶手为什么非得这么做。

不过，如果凶手是担心被人发现，又不想从屋顶广告牌下钻出去的话，那特地做出爬上广告牌狙击的选择也不难理解。

径爬上西侧的铁梯子，一边小心地控制着身体，不让头伸出广告牌，一边沿着钢骨移向另一侧。

到了东侧后，径俯瞰六本木中央大厦。带门的顶楼小屋、进水塔、避雷针、碟形天线、被金属网圈住的方形箱子、环顶楼一整圈的栏杆，大厦屋顶的景象一览无余。

径将双肘撑在钢骨上，拿起激光笔形状的手电筒对着社长室的窗户。他重新量了一次中心线和黑线之间的角度后发现，这次是71度，即向下倾斜19度。

无须计算也能肯定，向下发射并穿透玻璃的子弹肯定会落在地板上。

径沿着钢骨缓缓爬下来。平时经常徒手攀岩的他，十根手指都非常有力，在必要的时候，他甚至能用一根小拇指吊起自己。虽然此刻穿的是皮鞋，但他依旧身手矫健。

接下来，就要确认一下广告牌后方有没有能够用于狙击的小孔了。但与正对大马路的北侧不同，大部分都被遮挡住的东侧外墙上没有任何广告灯饰。钢板表面十分平坦，就连一个小缝隙都没有。

结论已经很明确了——站在杵田大厦的屋顶射击，绝对不可能打出穿透社长室窗户、最后着弹在对侧房门的子弹。

而且，也可以排除从杵田大厦后方的其他建筑物开枪的情况。因为一般气枪的射程只有30米。虽然也有射程50米以上的长射程气枪，但在屋顶广告牌的遮挡下，根本不可能打穿社长室的窗户。

一开始听到狙击这件事的时候，径就觉得有点儿奇怪了。哪怕没有角度问题，一般气枪的威力在6～7焦耳，就算是猎枪也就10～60焦耳。再加上气枪的弹丸相对较软，怎么可能在穿过厚厚的玻璃窗后，嵌入前方9米开外的坚硬木门呢？

所以，当时凶手应该就在社长室内，而且是直接对着房门发射气枪子弹的。之后又用其他方法在玻璃窗上造出一道弹痕，好让外人以为是外部打入的子弹。

问题在于造出弹痕的方法。如果站在窗户内侧开孔，碎片就会全部往外飞，室内地毯上自然不会出现任何玻璃碎片，难免令人起疑。更何况，掉在路上的碎片也可能被路人发现。

凶手应该是从窗外向内射击的。若真是如此，他的射击地点就只能是六本木中央大厦的屋顶。

但是，总觉得哪里不对劲。径一边把拿出的工具塞回公文包，一边琢磨着。

现在已经可以确定，所谓的狙击只是个障眼法。一般说来，这应该是密室杀人前的准备工作。

但是仔细想想这两个手法背后的目的又觉得不可思议，因为两者的目的截然相反。提前安排一场狙击的目的，应该是想让其他人认定凶手来自外部。相反，将现场打造成密室的目的，则明显是想让其他人认定凶手是内部人员。

不仅如此，与堪称完美、巧妙的密室手法相比，这个狙击计划漏洞百出，根本经不起推敲，实在不像是出自同一个人的手笔。

或许，要把狙击案和密室杀人案分开看？

就在径合上公文包准备离开时，大衣内袋中的手机震了起来，是青砥纯子的电话。

"喂？"

"榎本先生吗？你在哪里？"

"如果算直线距离，那我就在你边上。"

出现了瞬间的沉默。青砥似乎不喜欢别人卖关子。

"……不好意思，我和我们事务所的同事还得紧急商量点儿事，所以……"纯子压低了声音，让人听不出声调变化。但她不像是生气了的样子，反而有些兴奋。

"好，我先尽力调查。"

"他们打算走了。你现在如果方便，可以马上来一趟十二楼，不过可能不能待太久。"

"没关系，你不用管我。"

"是吗？其实，我是想问你操纵看护机器人的第三种方法……"纯子的声音里满是自信。

"看来你有了新发现啊。"

"嗯？"

"是找到了新证据，还是有了新线索？"

又是一阵沉默："……嗯，算是有新发现吧。"

她可能本想说一半就止住话头，却忍不住继续说了下去："我想，密室之谜已经解开了。不过出于严谨，我还得验证一次……不过，详细情况就明天再说吧。"

"好的，我很期待。"

"明天也请多多指教。"

"彼此彼此。"

挂断电话后，径从屋顶广告牌的下方探出一个头，仔细观察起六本木中央大厦的大厅。

纯子解开的密室之谜的谜底，说不定又是凶手的烟幕弹。不过她那么自信，倒是让人生出了几分好奇。要是真被她领先了，自己可能就拿不到事成的报酬了。算了，这种事再怎么想也没用。

两辆轿车从六中大厦的停车场开出，一辆是浅褐色的宾士，另一辆是绿色的塞利西欧。虽然站在上方看不到驾驶员，但颖原的车应该也在其中。两辆车一同往六本木方向驶去。

紧接着，纯子的奥迪A3也出现了，副驾驶座上似乎还坐着人。奥迪A3驶向了涩谷方向。

径离开屋顶，轻手轻脚地关上门、上好锁。下楼时，他没有选择电梯，而是步行至一楼。

接着他若无其事地走进六中大厦的大厅，然后走进了电梯。

输入密码——③、④、②、④……

按下楼层按键，看看自己是否成功破解了密码……

正确！十二楼的按键亮了，电梯随即缓缓上升。

昨天在小仓课长按密码时，径曾在背后偷偷观察过。从他手肘的运动轨迹来看，很明显只有第一个按键位于左侧。

电梯里的楼层按键被分成了两排，自下而上依次是㉛、①和②、③和④的排列方式。已知密码使用的是②、③、④这三个数，且只有第一个数字是③。那么可能的组合方式就只剩下以下六种：

③④②④、③④④②、③④②②、③②④④、③②④②、③②②④。

概率缩小到六分之一后，一把猜中倒也没什么大不了的。不过径还是觉得很疑惑——为什么是这组号码呢？

按键位于操作面板的下方，方便借身体挡住，而且按键相邻的话，还可以迅速连续地完成输入。也许③④②④只是一个随性的组合，并无特殊含义，当然也可能代表昭和三十四年二月四日，或许是个重要的日期。这串数字还是"密室之死"的谐音，但这应该只是个巧合。

径到达十二楼，电梯门开了。整个楼层不见一丝灯光，径便在电梯内按下一楼后走了出来。

他仔细地听了好一会儿，确认四周没有任何动静后，才穿过电梯厅进入走廊。

躲进监控器的死角后，径从公文包中拿出装有无线摄像机的玩具小车。把小车轻轻放在地上时，径缓缓地呼了一口气。突然，一道强光从走廊的尽头射出。

径立刻下意识地将身体放低，真没想到这儿的感应灯居然这么灵敏。

走廊尽头的监控器，入夜后就会自动转变为告警录像模式，感应器感知到入侵者后就会开始录影。与此同时，感应灯也会亮起以增加亮度。这是两个独立的感应器，任何一方都能感应到入侵者体温发出的红外线。

他确实没想到，这儿的感应器就连廊外呼气发出的红外线都能感应到。所幸它启动得早，自己的脸没被摄像机拍到。

径收起玩具车，小跑着回到电梯厅。楼层指示灯显示电梯已经从一楼往上升了。可能是感应灯亮起后，保安室内也响起了警报吧。

径打开楼梯间的门走了出去，暗自祈祷保安在看不到人后，会误以为是机器故障。

这时下楼就太危险了，于是径选择去楼顶。他从内袋中掏出一把事先复刻好的万能钥匙，昨天进入保安室时，他偷偷"复印"了钥匙形状。

锁芯旋转的啪嗒声，响彻原本寂静的楼梯间，径后背一阵发凉。就在他抵达屋顶的同时，十二楼响起了电梯到达声。

径迅速从外面把门锁上。虽然上锁时难免会发出一点儿声音，但要是被保安发现屋顶的门被人打开了，那可就完了。

径将耳朵贴在铁门上，仔细听着楼梯间的动静。虽说耳朵留下的痕迹——耳纹，与指纹一样具备证据功能，但现在哪儿还顾得上这些？万一保安往楼顶走过来，自己就要马上躲起来。

幸运的是，等了五分钟也没听到楼梯间的开锁声。可能保安觉得没人可以越过密码和自动锁的双重屏障进入十二楼，所以把刚才的报警当成了感应灯故障。

事实上，两个感应装置同时故障的情况基本上是不存在的，但感应灯亮起后发出的红外线，确实会触发监控器的感应装置。如此高的敏感度，感应灯不时故障倒也不是什么不可思议之事。

径拿出手帕，将沾在铁门上的耳纹擦拭干净。

还是先待在这里，等一会儿再离开比较好。正好，自己也打算调查一下屋顶的情况。

此刻，太阳已经完全下山，不过霓虹灯等的灯光被云层反射后，将屋顶染成了混沌的灰色，没有留下任何可供心灵休憩的黑暗角落。而且，杵田大厦的屋顶广告牌不知何时已被点亮，也为这片屋顶间接增添了几抹亮光。

与站在隔壁大楼时一样，首都高速公路上汽车的飞驰声不绝于耳。

径再次环顾了整个屋顶。楼梯间的对面是一座进水塔，水箱被挂锁锁着。屋顶中央放着两排超大型外机，直到现在还在嗡嗡作响。北侧的角落随意堆放着日常清洁用的吊篮，以及配套使用的吊车，几乎所有大楼的吊篮都是处于风吹日晒的环境中。大楼外围是一整圈吊车轨道，四角分别安装了一个用于改变吊车方向的旋转台。

从进水塔爬下来后，径注意到靠近楼梯间那边有一个小铁箱。箱门虽然上了锁，但只要插入复刻的万能钥匙就能顺利开锁。看起来，只要有一把万能钥匙，就能打开大楼内几乎所有的锁。

径打开箱门，只见里面是一个插着许多大插头的插座和一个防漏电开关。看样子应该是吊篮和吊车专用的配电箱。

关上箱，上好锁，径沿着栏杆继续观察大楼周围。走到西侧时，他停下了脚步。

他的视线被涂成原色的金融贷款机构广告牌完全遮挡住了。虽然广告牌的这一面上没有任何照明，但依旧给人强烈的压迫感。

过世的颖原社长每天都要面对这样的景象，想必觉得很压抑吧。

径跨过栏杆，来到大楼的最外围。他虽然不恐高，但为了不被下方的行人看到，还是故意压低了身体。

这里与社长室之间只隔着一层屋顶。

六本木中央大厦的所有窗户都被嵌死了，想要不经过大厅或小门进入大楼，基本可以说是不可能的事。能用的方法，就是沿着大楼外墙爬上屋顶，或是从隔壁大楼转移到这边的屋顶，接着破开楼梯间的门。

但六中大厦的外墙上并无雨水槽之类的落脚点，且四周毫无遮挡，很难在避开他人耳目的情况下爬到楼顶。另外，这里与隔壁大楼之间不仅有着很大的高度差，间距也非常大。再说了，就算凶手成功破开了内部楼梯间的锁，顺利潜入十二楼，又如何顺利避开红外线感应器和监控器呢？

这显然不可能是正确答案。不过，虽然这不能成为入侵方式，却能被利用在另一件事情上。

径俯视大楼外墙，社长室的西侧窗户就在眼前。既然这里站个人没问题，那么在玻璃窗的合适位置上开个洞应该也不难了。

只要找个重量合适的尖锤绑在足够结实的绳子上，如钟摆一般来回敲击玻璃就可以了。虽然可能无法敲开现在的这种双层强化玻璃，但对于一般的浮法玻璃，想要敲出个看起来像弹痕的小孔应该不难。

狙击案的作案手法已经明朗。问题是：是谁做的？又是出于什么目的呢？

径回到F&F安保用品店时已经过了晚上七点。

一打开店门，看店的叶君就抬起头来："老板，您请回来了。"

"不是请回来了，是回来了。今天生意如何？"

"五千日元左右，卖了些防盗贴纸和防盗警铃。"

"那不就亏大了？这点儿钱只够付你的工资。"径绝口不提纯子每天付给他一万日元的事。

"不好意思，都怪我不够专业，有些客人的问题不太能回答上来。"

"你就假装自己是个金盆洗手的小偷，然后告诉客人这种锁非常安全，这不就是最强的说服力吗？"

"有没有搞错啊，老板？您这是歧视。我不是小偷啊！我也从来没有偷过任何东西！"

"那就遗憾了，大概只有这里需要这种经验吧。"

"另外，能少给我点儿工资吗？"

"少给？你想说的该不会是能不能多给一点儿吧？"

"是的。"

"好吓人。加钱这种话，居然会从一个一整天就卖了五千日元的人嘴里说出来。"

"哦。我也就说说而已。"

叶君把桌上那本刚刚在看的日语教科书收进布袋。听说他目前在新宿的一家日语学校上课，但还没想好以后准备学什么。因为他的保证人非常可靠，所以径偶尔会在周末等时间委托他帮忙看店。

"对了，老板。今天有位自称是大都会商事的鸿野先生来过电话。"

秃鹳鸿啊……以前这个人在自己不在的时候打来时，都是这样胡诌个樱田商事之类的名头，从来不说具体有什么事。现在这个时代，就连警视厅预订饭店的时候都不会用那种名头了。之前劝过他可以参考一下警视厅的英文名字，取个诸如大都会商事之类的新名头，想不到他真这么做了。

"有说具体什么事吗？"

"没有，只说了请您回电。"

"……好，辛苦了。"

"那我先走了。"

接过径递来的五千日元，叶君开心地走了出去。

径在门口挂上"休息"的牌子后锁上门，从纸袋里拿出赛百味的三明治放在柜台上，接着走进办公室烧开水，冲了一杯特调咖啡。

窗框在强风的侵袭下不停地嘎吱作响，让人十分不适。虽然已经上了月牙锁，但还残存少量空隙。外人的潜入倒是不必担心，可这声音听着着实难受。径往缝隙里塞了些纸巾，声音立刻安静下来了。

端着热咖啡回到柜台旁，径掏出钥匙，插入看似虫蛀孔般的钥匙眼。接着，他打开隐藏式抽屉，其中放着液晶显示器和几台时滞型录像机。

径一边就着咖啡大口吃着三明治，一边倍速查看由柜台背后那台隐藏式摄影机记录下的今天一天店内的情景。时滞型录像机采用的是断续记录图像的方式，所以很快就能全部浏览一遍。今天店里只零星地来了几位客人，营业额也如叶君所说，少得可怜。

一开始，径是为了洗黑钱才开这家店的，但最近防盗顾问的业务越来越多，逐渐成了店内收入的重要来源。径觉得是时候认真想想如何经营了,也许,光靠店内收入就能让自己衣食无忧。

保险起见,他顺便查看了其他监控拍下的画面。上次对青砥纯子说店里所有的监控器都是时刻运转的,或许有些言过其实了。

不过,她一定想象不到店里监控器的实际情况。

液晶显示器已经切换到另一台监控的记录画面了。径按了停止键,接着开始回放昨天上午的画面。

画面上出现的,是正准备走进商店的纯子。

这是一位身材高挑、散发着知性气质的女子。她长着长长的睫毛,目光中流露出坚定的意志。

她认真地端详着门口张贴的店名和设计成图形化"F&F"的商标,接着拿出粉饼盒检查了发型,又取出淡蓝色的手帕擦掉落在胸前和西装外套衣襟上的雨滴。

接着,又突然想到什么似的,连忙摘下金光闪闪的徽章放进挎包里……

从闪亮的徽章就能看出,这还是个新手律师。她居然相信自己信口胡诌的"针孔辨律师"推理,可见真是个稚嫩的新人啊。

所幸这次没露出破绽,以后这种装福尔摩斯的冲动还是要克制一下。

径喝完第一杯咖啡后,起身去办公室,拿起保温壶,往常用的钛制马克杯里又倒了一杯咖啡。

密室。

径从未有过那么想挑战一件事情的冲动。

是因为凶手的作案方法竟周密到让一直以防盗专家自称的自

己也找不到丝毫线索，还是因为想在美丽且有些吸引自己的青砥纯子面前好好露一手呢？其实连他自己也不知道，或许二者皆有吧。

密室杀人。

很显然，所有的计划都是以嫁祸给久永专务为目标，一切都在证明自己最初的直觉是对的。就算能找到一件凶器，也无法认定凶手就是久永专务，这其中的不合理之处实在太多了。

密室杀人手法。

凶手手法的可能范围已经被大幅度缩小了，社长室内部的三个出入口，只剩下房门了。

可见，凶手一定是利用了监控器的盲区。警方也锁定了这个调查方向。

径回到柜台，从第一层小抽屉里取出一个夹链袋，里面装着一根细细的松鼠毛——沾在社长室门口监控器上的那根松鼠毛。他时不时就拿出来端详，已经对它很熟悉了。

在提取指纹时，警视厅的鉴识课会根据现场的具体情况选择最佳方法。例如碘蒸气法、会与氨基酸发生反应的宁海得林法，或是使用常被用作黏合剂的氰基丙烯酸。对于不明显的潜在指纹，可以先涂上荧光粉末，再采用氯化银显影技术处理。对于附着在人体上的指纹，可以使用日本研发的四氧化钌法等技术。

但古往今来，人们最常用的还是传统的粉末法。先将铝粉、印度红、铜粉，或名为石松子的蕨类植物孢子附着在指纹上，再用指纹刷刷掉多余的粉末。

想要保护脆弱的指纹，就要采用极柔的毛质，而最适合用来制作指纹刷的就是松鼠毛了。

可见，监控器之所以会沾上松鼠毛，唯一的可能就是鉴识课的工作人员曾上去提取过指纹。但监控器位不在案发现场，且位置极高，不使用梯子根本够不着。照理说，根本不可能沾上凶手的指纹。

由此可见，警方至少曾对凶手利用了监控器有过怀疑。

径拿起传真机上的话筒，按照记忆拨出了一个号码。

铃声响起三次后，传来了对方的声音。

"喂？"如刚睡醒的猛兽般低沉烦躁的声音。

"请问是大都会商事吗？"

"是你啊。你倒是把店里的座机来电转移到手机上啊！"

"我可不想被电话束缚，自由自在才好。"

"那就找个日语好点儿的人来看店啊！"鸿野警官低吼道。要是碰到胆子小的人，说不定此刻会被吓到失禁，不过十分了解他的径却从中听出了他的好心情。

"至少比前一个小辣妹的日语好多了吧。言归正传，你那边有什么发现吗？"

"完全没有。我说你这个小偷怎么就突发奇想研究起凶杀案了？"鸿野压低了声音，"你想知道什么？"

"警方断定久永专务是凶手的证据。"

"这还用说吗？案发现场是密室啊，其他人根本无法进出嘛。"

"不过，现场应该会有人质疑吧？"

"质疑？为什么？"

"少跟我装糊涂。你怎么看的？久永专务有嫌疑吗？"

鸿野冷笑了一声："我要是能判断这个，不就成了人肉测谎仪？"

"到底怎么样？有嫌疑吗？"

对面沉默了一秒左右。

"这个不好说。不过,那毕竟是个上了年纪的人,有些糊涂也正常,可能不记得自己杀过人了吧。"

"指纹的事有进展吗?应该没什么发现吧?"

径正想套点儿话,鸿野立马变了声音:"你怎么知道指纹的事?"

"我也去现场调查过,发现了不少事情。"

"你进过专务室?"

径心下震惊。鸿野所说的指纹并不是在监控器处发现的,而是在其他地方。

本打算直接问他,只是秃鹳鸿这个人一旦嗅出猎物的气味,肯定会趁机和自己做交易。他那点儿心眼儿,径可太了解了。但只要好好引导,让对方觉得自己只是在单纯地询问,应该就会知无不言了。

"我调查了那个楼层的所有角落。虽然案发现场是社长室,但那个房间和专务室以及副社长室是连通的吧?照理说,三间办公室都得贴上封条,做好现场保护工作吧?"

"做不到那个程度啊,好像那家公司的法律顾问提出过抗议,说这么做会对公司的业务造成影响之类的。"鸿野有些无奈地说,"但是,警方对三间办公室都做了详细的调查……喂,你别打岔啊,你到底是怎么注意到门把手的?"

专务室、门把手,原来如此。

径继续谨慎地说道:"首先,久永专务平时应该不怎么使用通往副社长室的那扇门,因为他们关系并不好,就连他本人都不记得上一次触碰门把手的时间了;其次,那个门把手经常被人擦拭。"

"你怎么知道？"

"那个门把手用的不是镀金材质，而是货真价实的黄铜，应该是从国外购入的古董吧。如果黄铜制品的表面没有做过特殊加工，很快就会氧化成褐色。若不是经常擦拭，根本维持不了这种颜色。"

"嗯，你这浑蛋还是那么细致入微啊。"

"从以上两点判断，在案发之前，专务室通往副社长室的那扇房门的门把手上基本不可能留下久永专务的指纹。"

"那又如何？"

"如果久永专务是无罪的，那么门把手上应该不会留下他的指纹。而没有留下指纹的情况，对专务而言是非常有利的。因为想要避开监控器往返于专务室和社长室，唯一的方法就是途经副社长室。"

鸿野想了一会儿："但是，单凭门把手上没有指纹，就能判断他无罪了吗？就算指纹不是事后擦掉的，也可能因为他戴了手套啊。"

"找到手套了吗？"

"没有。不过，也可能用的不是手套，拿手帕包住手不就行了？"

总觉得鸿野在试图狡辩，这让径闻到了诡异的味道。

为什么他的话锋会从戴着手套转到用手帕包住手？正常人的思维不都是用手握住门把手，结束后再用手帕擦掉指纹吗？

等等！鸿野刚刚说的是"就算指纹不是事后擦掉的"，他为什么能断定凶手没擦过门把手呢？

换句话说，门把手上一定残留了某些没被擦掉的东西。要真是这样，到底留下了什么呢？难道……

径决定继续套话:"你知道那个指纹是什么时候留在门把手上的吗?"

秃鹳鸿不禁咋舌:"你连这个都注意到了啊?时间上已经大致确定了。秘书也表示那天早上曾经触摸过门把手,时间是在专务进公司前。"

径差点儿惊呼出声。专务的秘书,就是那位河村忍吧。她居然在案发前将指纹留在了门把手上?

"河村忍为什么会去副社长办公室?"

"说是把一些需要批示的文件放到专务桌上时,发现其中夹杂了几份要交给副社长的文件。我们也询问过副社长秘书,没发现什么可疑情况。"

"沾有指纹的是哪边把手?"

"两边都有。"

"清晰度如何?"

"清晰度啊?非常清晰。从两侧的门把手上都能完整采集到秘书的大拇指、食指和中指的指纹。"

"所以,你不觉得奇怪吗?"

"什么意思?"

"秘书留下了非常清晰且基本覆盖了整个门把手的指纹,那么久永专务除了要避免留下指纹,在转动门把手的时候,还要找一个平常人用不到的手握位置。"

"他只是不想留下自己的指纹吧。"

"那么,他要如何避开秘书留下的指纹呢?他又没长可以看出潜在指纹的透视眼?"

电话内一阵沉默。

"更何况,如果真能做到这一点,岂不就和你刚才说的神志不清犯案明显矛盾了？"

"用不着你指手画脚！这种事我们当然知道，别小看警察！"鸿野怒吼，"就算有些不合理，也不能就此排除吧？除了那个老爷子，还有其他人有作案的可能吗？"

"那么，副社长室和社长室之间的那扇门呢？门把手上应该没有留下久永专务的指纹吧？"

无奈的叹息声传来："唉……那个门把手上没留下任何指纹。"

果然如此。久永是被凶手陷害的，所以凶手才要把案发现场布置成密室。

"我说，现在就排除其他人作案的可能性，是不是为时尚早啊？"

"什么意思？难道社长是被其他人杀的？"

"警方不也这么怀疑过？"

"什么？"

"你们不是采集了监控器上的指纹吗？"

鸿野一时语塞："你，怎么连这个……不对，等等，是因为监控器上留下了铝粉，对不对？"

可惜啊，好像只有鸟才会盯着发光的物体吧。

"嗯，差不多。怀疑监控器被动过手脚的是你吧？"

"不是，是我们组长。他到现在都不觉得凶手是那位老爷子。不过很遗憾，一直也没找到其他线索。警方不仅没有在监控器上采集到指纹，而且彻底排除了中段电线被切割过的可能性。"

径愕然："确定吗？"

"当然啊。那栋大楼里根本就没有可供凶手动手脚的地方。而且为慎重起见，我们还拉出了里面的那一大堆电线，一厘米一厘米地确认。结果和预期相同,就连被蚊子叮过的痕迹都没找到。"

这下轮到径语塞了。原本以为警方是从一开始就断定久永专务是凶手,没想到他们早就做了周密调查。

"案发那段时间的录像里,有什么奇怪的地方吗?"

"喂!我刚刚不是说过监控器和电线都没有任何异常了吗?"

"但是,录像本身呢?比如在案发前的某个时间点有没有出现过突然中断或跳秒的情况?"

"嗯?"

可能是追问得过于急迫了,鸿野的声调又变了。

"到此为止的所有信息就算我送你的,毕竟欠过你人情。如果还想知道什么,那就交易吧。"

电话那头似乎传来了一阵腐臭味。径仿佛已经看到一大群围绕在尸骸旁的秃鹫了。

"……你们组长是宫田刑警吧?他也觉得久永专务不是凶手?"径换了一个话题。

"嗯,那也是个固执的大爷,他早就不做升官梦了,所以跟管理官闹得很凶。"

"这么说,要能推翻久永专务是凶手的假设,宫田刑警岂不能威望大增?"

"也许吧,还能好好杀杀管理官的锐气。"

"你要能做成这件事,也能捞不少好处吧?"

鸿野还是有些猜忌:"什么意思?你觉得自己能推翻警方的观点?"

"说不定呢。"

"你行吗?"

"不过我需要更多信息。"

"彼此彼此,我也需要,所以我才说交易嘛。"

"不过我这边暂时没有什么对你有用的信息。不如你先帮我查查监控录像的事情吧,反正我也不会让你吃亏的。"

电话那头陷入沉默,大概正在权衡利弊吧。

"……行吧。看在你我交情的分儿上,我就勉为其难一次。你想知道录像里有没有奇怪的地方,以及是否有被动过手脚的可能,对吧?"

"对,那就拜托了。我这里要是有什么发现,会马上通知你。"

"嗯。"

通话戛然而止。径抱着双臂陷入思考。

秃鹳鸿是鹳鸟的同类,应该会把这个名为真相的"婴儿"给自己送过来吧?当然也可能只是个秃鹳,送来的只是夭折的"婴儿"尸体。

到目前为止,通过调查,自己确定了凶手只能通过走廊上三扇门中的某一扇进出密室。但是,案发的那段时间,这三扇门都处于监控器的监视之下。

这么说来,凶手一定采用了能够躲过监控器的手法。

但有一点不能忽视——监控拍摄的画面在存档之前都已经得到保安的确认。可见,凶手要骗过的,并非人眼或机器中的某一个。虽然人和机器都存在固有的弱点,但在相互配合、取长补短后,是可以做到近乎无懈可击的。

但是,如果凶手通过什么方法,将监控器拍下的画面替换成事先伪造好的画面的话……只要输入的是伪造好的影像,自然就能在输出端骗过人和机器了。

问题是,自己能想到的方法,就是利用从一开始就在怀疑的截断监控器电线。

想要这么做,就得找到一个可以操作电线且不会被发现的死角。在晚上停止录像的那段时间内偷偷剪断电线,接着只要接入一个开关,并与录像机相连,就能随时将画面切换为录像机上的画面。在这之前,需要事先挑选出一段走廊上空无一人的录像,并复制到录像带上。当然,也要注意天气或时段的变化,因为亮度和光线角度都可能与当天有所差异。

这样一来,在动手前,凶手只要通过开关将画面切换为那段复制的录像,就能大摇大摆地进出社长室了。

只不过,这种手法有一个致命的缺点,就是会在电线上留下决定性的证据。这种手法不能只用鳄鱼夹或大号针在电线的包覆层上开孔,想要切断来自监控器的画面,就一定要剪断线路。而且,凶手在行凶后,即便利用遥控开关恢复连接,也没有足够的时间处理这些设备。最终,这些设备就会遗留在现场。

秃鹳鸿已经非常明确地说了电线上没有任何伤痕。

使用配管将电线从大楼的一楼通到十二楼可不是件容易的事,哪怕只是全部拉出来都够累人的。所以可以排除凶手在事后更换电线的可能性。

也就是说,这并非凶手采用的手法。

如此一来,更换录像的方法,就只剩下一种了。而且,凶手或共犯的名字也因此呼之欲出。

只是,径还是不能理解,有几个问题他怎么也想不通。这真的会是真相吗?

径打开警报装置,锁好门离开商店。

167

到了隔壁街后，径走入一处半地下室，在一个写着"CLIP JOINT"[1]的黄铜招牌下推开旋转门，走了进去。

正在擦玻璃杯的酒保荫山看了过来："径啊，欢迎光临。"

"你看起来很闲啊。"

"最近生意不太好。"

足以容纳十几人的吧台上，此刻只坐着两位常客。桌子位则空无一人。

"我能打两杆吗？"

"请随意，反正也空着。"

径和常客点头问好后，走到后方的台球桌旁。他将九个球放在摆球点后，拿起挂在墙上的球杆，用巧克擦了擦球杆皮头。

虽然径什么也没说，不过荫山还是自觉地往平底宽口酒杯中加入了冰块和老爹牌波本威士忌，又端了一杯淡味饮料，一起放在了台球桌旁。

径啜了一口波本威士忌后，用尽全力打了出去。

九颗颜色不同的球，在发出悦耳的撞击声后飞奔了出去。

看似是毫无秩序的混乱状态，实则所有的球都按照几何学规律滚动。径盯着桌上滚动的球，混沌不清的思路似乎逐渐变得明朗。

回到原点重新思考，把所有的不可能一一剔除后，就只剩下一个方法了。但是，这个方法存在很多疑点。至少从直觉上看，径并不认为那是真相。

九颗球在桌上四散开来，橙色的五号球率先入袋。顺利的开局！母球的落球点也不错。径走到了桌子对面，仔细观察黄色的

---

[1] 字面意思是高价夜总会。

一号球。

到目前为止,或许自己寻找真相之心过于迫切了。如果摒弃所有先入为主的观点,重新审视整个案件,会如何呢?

黄球停在了底袋附近,径打出了一个定杆。如他所料,母球将目标球打进袋后,停在了目标球原先位置的前面。

径一边拿巧克擦着球杆,一边沉思。

说不定,凶手用的也是定杆的手法。

颖原社长一案有个很重要的特点——撞击力很弱。

如果凶手在行凶前经过了周密的部署,那么这一点应当也属于他计划中的一环。

或许,微弱的撞击力并非偶然产物,而是必然结果。

至于真相究竟是什么,自己暂时还看不出来。

径咽下一口威士忌,享受着烈酒入喉带来的灼烧感,然后继续瞄准其他球。

蓝色的二号球被一杆打入袋中。但是,由于径没有控制好手上的力道,导致母球停在了一个不利的位置。下一个目标是红色的三号球,母球被前方的三个球挡住了去路。径比画了两三下,依旧没有找到可行的线路。

三号球,犹如被关进了密室。

径决定试试跳球。他抬高左手的手架,用力击打母球。母球弹起后成功越过了前方的障碍。借助余光,径看到一位常客还为自己鼓了掌。可惜的是,母球并没有撞到三号球,所以自己犯规了。

场上只有自己一个人,所以完全可以将母球放回原处。不过既然是一人分饰两角,那就该代入对方的角色。对方角色也犯规后,就可以将母球放在任意位置了。

径将母球放进"密室"内最有利于瞄准三号球的位置上。

突然，他想起了纯子说过的一句话。

鲁冰花五号绝对能做到的事情，应该就是搬运颖原社长的身体吧？

凶手没有移动母球，而是将犹如目标球的颖原社长移动到了一个理想的位置。或许，解开密室之谜的关键就隐藏其中。

径轻松地打进了三号球和四号球，然后利用冲球成功打进了五号球。接下来就是绿色的六号球了。

看不见的绿色球。这是在绿色球台上最难被发现的一颗球。

保护色、变色龙、消失的魔球。

不可能。径摇摇头，将六号球打入袋中。

不管怎么想，凶手能做的都只有利用监控器盲区潜入密室。

可是……

七号紫红色球此刻处于一个以径的身高，即使整个人趴在桌上也很难瞄准的位置。于是他从墙上取下架杆器架起球杆。

假设凶手采用的是远程杀人的方法，就需要借助类似架杆器和球杆一样的"长手臂"。能扮演这一角色的，大概只有看护机器人了吧。

径握住球杆的尾部，轻轻一击，七号球随之消失不见。

当时凶手使用的母球，也就是凶器到底是什么呢？

杀害颖原社长的那把隐形锤子，究竟是什么？

八号黑色球和九号双色球完美地重叠在底袋前方。

这就是所谓的"铁球"状态，英文写作"Dead Combo"，只要轻打八号球，就可以将九号球推入袋中。清空台面后，径正打算再来一局时，裤子后兜里的手机响了。

是店里的来电提醒。店里的电话兼具传真机的功能，所以无法将来电转移到手机上接，非常不便。

用手机拨通店里的电话，发现对方没有留言，看样子发来的是传真。

径将波本威士忌一饮而尽，交代酒保记账后就离开了酒吧。

径打开店门，正准备关闭报警装置时，办公室传来了电话铃声。

"您好，这里是F&F安保用品店。"

"榎本先生吗？看到传真了吗？"是纯子的声音。

"我刚回来，等我一下。"径拿起传真机吐出的纸张。

这是什么？

乍一看还以为是漫画插图呢。发信人那一栏上写的是"Rescue法律事务所"。

这是一张四格漫画，类似于报纸上那种插图。径虽然知道，画这种类型的漫画是过去某个年代中大多数女孩子的必备技能，不过手上的图看着十分专业，倒没想到是出自一位律师之手。

图解的内容让径大受震撼。

……居然用了如此简单的方法。

自己竟然没发现？确实，这种手法的确具有利用鲁冰花五号杀害颖原社长的可能性。

这是个很业余的手法，原以为自己已经罗列出了所有的可能性，没想到还是疏忽了。或许因为自己想法过于固化，以至于完全忽视了一些重要线索。

"……我刚看完。"

"我想，我应该明白凶手的作案手法了，也是刚才在无意间得到的灵感。"

老天爷怎么这么眷顾她啊！

"太厉害了！"径的心里只剩佩服。

"谢谢。"

"虽然还有一些疑点，比如凶手是在哪里操控鲁冰花五号等，但我觉得这个假设应该很接近真相了，只不过……"

"只不过？"

"到底这个手法能不能成功，还是得做个验证。"

"嗯，我正打算明天打个电话给岩切先生，请他协助验证。"

"不过，这个验证得在案发现场进行实际模拟，否则就没有意义了。"

"这样啊……"纯子似乎陷入了思考，"那就表示，要是取得不了颖原先生的同意，我们就没法进行验证了。"

"哪怕凶手真的是颖原，只要我们不说验证的具体内容，我想他是不会拒绝协助的。如果拒绝，在外人看来岂不成了做贼心虚。更何况，现在也不可能再隐藏什么证据了。"

"好的。明天中午前我会做好一切准备，争取在明天进行验证。你也会来吧？"

"嗯，当然。"

挂断电话后，径拿出一只巴卡拉玻璃质地的平底宽口杯，放了些冰块后，倒入满满一杯十八年单桶波本威士忌——这原是自己打算用作庆功酒的。

若真相果真如纯子推理的那般，那自己也算输得心服口服了。径端起手中的玻璃杯一饮而尽。

VI
验证

所有人的目光都锁定在她身上。一想到凶手可能就隐藏其中，纯子就紧张得胃都要抽筋了。哪怕是她第一次站在法庭上的时候，也没感受过这么大的压力。

不过，这也是个好机会。不知道在众目睽睽下被人识破密室杀人手法后，凶手会作何反应呢？想到这里，自己都有些迫不及待了。接下来，就是自己出手的时刻。

"那我们就开始验证吧。岩切先生，麻烦您了。"

手持遥控器的岩切一脸疑惑地点了点头，开始启动鲁冰花五号。显示启动信息后，社长室内响起了电机运转音。

"那个，可以稍等一下吗？我现在还不太明白您要做的是什么方面的验证。"小仓课长的脸上写满了疑惑。想必他的这个问题，是替站在后面的颖原新社长及其得力干将提出的吧。

"我希望你能先说说验证的目的和内容，否则我们怎么判断结果究竟是成功还是失败呢？"就连藤挂也出言相劝。

"好的。"纯子点点头。她本打算在得到社长室的使用许可后偷偷验证，谁知道竟然发展成如此夸张的局面——光是月桂叶的员工就来了十人，三位秘书也在场。如今，今村已经被藤挂拉拢，自己这一边就只剩下榎本一人了。偏偏榎本又是一副事不关己的样子，站得远远的，自顾自地翻着书架上的书。

算了，名侦探一般都喜欢一个人待着。纯子暗自为自己鼓劲。

"各位也都知道，颖原昭造社长被害时，现场为密室状态。能够在不被监控器拍到的情况下进入社长室的，只当时身处专务室内的久永先生。正因如此，警方才认为久永先生是嫌疑人……"

"前情概要就不必了，这些事大家都很了解。"藤挂有些急躁地出言打断。

"好的。在专家的协助下，我们对潜入社长室的方法做了调查，可惜的是，到目前为止没有任何发现。但是在这个过程中，我又想到了一个新的可能性——凶手根本就没有进过社长室，而是采用了远程杀人的手法。"

四周顿时骚动起来。

"你的意思是，凶手利用了我们的机器人？"

说话的是喉咙中犹如卡着一口痰的楠木会长。月桂叶的前身是颖原昭造一手创立的名为颖原玩具的玩具公司。他后来兼并了由楠木担任社长的楠木看护服务公司，从此正式进入看护服务领域。而楠木似乎非常愿意出任这个毫无实权的摆设会长。

"我觉得我们不能忽略这个可能性。因为作为月桂叶明星产品的鲁冰花五号，一直就被存放在社长室内……"

"不对，等一下！"岩切气得大叫，"你们来研究室那天，我就说过这种可能性绝对不存在吧？"

"是的，您说得很有道理。只不过我一直在想，其中是不是存在某些漏洞呢？"

"既然你说远程杀人，那凶手要在哪里操控鲁冰花五号呢？只有亲眼观察到现场状况才能操控吧？"

"现在虽然还不能确定，但我认为能够实现。"

"那你具体说说？"岩切句句紧逼。

"首先，鲁冰花五号的显示器上装有网络摄像头，可以通过网络查看现场画面。只要事先在这间办公室的某个角落安装一个防盗摄像头，或许就能通过无线网络查看这里的情况了。"

"但无论采用何种方式，最终都会留下设备吧？"

"是的。凶手应该没时间收拾那些设备。"藤挂也插嘴道。今村则面露难色地交叉着双臂。

"真是这样吗？"纯子看了一眼颖原新社长，"请允许我做个假设。社长的遗体被发现后，颖原先生曾在社长室内单独待过两分钟吧？我想，这段时间应该足够处理设备了吧？"

"什、什么？你对社长……"小仓课长大惊失色地怒骂道，但说到一半又停了下来。

"青砥律师，毫无证据地指控他人是很没礼貌的。收回你的话。"就连藤挂都变了语调，唯独颖原新社长面色如常。

纯子姑且闭了嘴，毕竟到此刻为止，确实没有证据表明颖原就是凶手。

"……在室外操控鲁冰花五号，其实还有其他方法。"榎本沉稳的声音从角落传来，所有人的目光都从纯子身上转到了榎本身上。

"比如？"藤挂声音尖锐。

"凶手也可能坐在吊篮上，从窗外观察办公室内的情况。"

"吊篮？清洁用的那种？"

"等等，案发当时，不是正好有人在室外擦窗户吗？"

"可是那种东西，一般人会用吗？"

藤挂、今村与楠木会长接连发问，但榎本依旧如老僧入定般波澜不惊。

"目前推测的死亡时间为十二时五十五分至十三时十五分之间，清洁窗户则是从十三时左右开始的，这两者都不是准确的时间，而凶手很有可能就利用了这段毫不起眼的时间差。此外，吊车和吊篮平时都是随意放在屋顶上的，只要按下配电箱的按钮就能马上启动。遥控器上只有用于控制上、下、左、右移动的四个按键，即便是普通人也能很快上手。"

现场一片沉默。

"简直一派胡言，漏洞也太多了吧？"藤挂十分不悦地低喃了一句。

其实藤挂倒也未必是故意刁难。即便死亡推测时间或开始清洁的时间不太精准，也不可能有太多时间留给凶手。再说了，万一被自己的同事撞见不就完蛋了？法庭也不会接受这样的说法。

"如果只是单纯涉及可能性的问题，凶手可以站在隔壁大楼的屋顶，用望远镜不断观察这边室内的情况。之所以说这个方法可行，是因为此前发生过的气枪狙击事件，想必在座的各位也都有所耳闻吧。"

榎本的一句话，让月桂叶的高管们面面相觑，想必大家都在猜测到底是谁走漏了风声吧。作为秘密泄露者的河村忍，连忙惶惶不安地低下头。

榎本只是单纯利用狙击事件来达到反击他们的目的，其实这个假设本身根本站不住脚。案发当时，社长室的窗帘是被拉上的，玻璃窗上也布满了尘埃。怎么可能站在对面的大楼上看清室内的情况呢?

不过,也许大家都找不出有力的证据来推翻榎本的假设,所以听不到任何反驳的声音。

"……好的,那就假设凶手能够站在室外操纵吧。但是我昨天也说过,鲁冰花五号内部植入了严谨的安全程序,根本无法利用它来杀人。"

岩切说完,在场的所有人都没有提出任何疑问,或许对他们来说,鲁冰花五号的性能就是一种常识。

"我也认为鲁冰花五号的安全程序堪称无懈可击,基本可以排除一般事故的可能性。不过,你似乎没有考虑到使用者恶意操作的情况。"

纯子指着休息用的沙发,上面横放着一个岩切从研究室带出来的假人,与当时的颖原社长一样,假人的身上也盖着一张毛毯。

"在安全程序的约束下,鲁冰花五号的确不会让抱在手中的人摔落在地,也不会发生撞击事故。不过这其中存在一些盲点。"

原以为在场之人定会追问盲点是什么,岂料现场竟然一片安静。

"岩切先生,请让鲁冰花五号抱起假人。"

岩切沉默地操控遥控器,引导看护机器人前进。只见两只机械手臂从假人的身下穿过后,缓慢地抬起假人。

随着假人被抬起,毛毯也开始慢慢滑下,最终掉落在地。

"想必大家也都看到了。"

"你到底要说什么?"藤挂终于把不耐烦写在了脸上,"我们看到什么了?不就是看护机器人抬起了假人吗?"

"是毛毯。"

"毛毯？"

"毛毯滑落了，这就是凶手采用的手法。"

"根本听不懂你在说什么……"

纯子瞥了颖原一眼，他虽然神色如常，但眼神中似乎多了几分犀利。

"再严谨的计算机程序，也会与人的判断有所不同。程序只会严格执行预先设定的指令。人在看到毛毯快滑下去时，一定会立刻拉住吧，但鲁冰花五号却根本不会注意到毛毯。因为，安全程序设定的保护对象就只有机械手臂上抱着的东西而已。"

颖原的眼中闪过一丝讶异，看起来不像是凶手该有的表情。这让纯子感到很吃惊，怎么回事？难道凶手不是他？

"说明白点儿，凶手到底是怎么杀害颖原社长的？"今村开口道。

"可以请您再将假人移回到沙发上吗？"

岩切依言操作起遥控器。鲁冰花五号按照相反的顺序重复了一遍刚才的步骤。虽然毛毯还在地上，但假人已经回到了最初的状态。

"案发当时，颖原社长正躺在沙发上睡午觉。凶手通过操控鲁冰花五号，抬起的不只是社长的身体，还包括整个沙发。"

房间内一片哗然："这可能吗？"

"可以的。鲁冰花五号可以举起最高三百千克的物体，颖原社长的体重不到七十千克，沙发看起来也就四十千克左右……"

说到这里，纯子的脑中忽然闪过一个疑问——为什么要把鲁冰花五号的举重上限设计为三百千克呢？虽然有出于安全性的考量，但一般看护服务机构使用的看护机器人，只要具备其一半的举重能力就足够满足使用要求了吧？不过，这个念头刚出现没多久，就被现场的激烈争论所掩盖。

"连同沙发一起是什么意思？更何况……"藤挂说到一半突然住了嘴。看来他听懂了。

"假设鲁冰花五号将沙发和颖原社长同时抬起，那么，此时安全程序的保护对象就不是社长了，而是沙发。所以就算沙发上的物体滑落，程序也不会做出任何反应。"

大家再次陷入沉默，现场的气氛顿时变得紧张起来。

"鲁冰花五号抱起物体后，可以朝着三个方向倾斜，角度上限在二三十度。将沙发与社长同时托举起来后，只要先将鲁冰花五号移动至办公室的中央，到达玻璃桌上方后倾斜沙发，让社长掉下来，就能让社长的头部位置受到强力撞击。"

鲁冰花五号可将物体举至一百六十厘米的高度，沙发高度约为四十厘米，所以凶手可以让颖原社长的身体从二百厘米的高度掉落下来。玻璃桌高四十五厘米，所以社长身体与玻璃桌直接的高度差约为一百五十五厘米。加上社长的头部曾经动过手术，因此很容易脑出血导致死亡。

不，岂止是很容易啊。从沾上血迹时颖原社长呈头朝下姿势的鉴定结果，以及撞击力度并不强这几点来看，简直就是完全契合。

"岩切先生，可以请您将假人与沙发一同举起吗？"

这次，岩切毫无反应。

"岩切先生？"难道凶手是他？纯子产生了瞬间的怀疑。

"这是不可能做到的。"岩切叹了一口气。

"做不到？为什么？从重量来看，不是绰绰有余吗？"

"如果您在一开始就告诉我验证内容，我会直接告诉您结果……不过既然都进展到这一步了,我就不用语言说明了,还是实际演示一遍更好理解。"

岩切用大拇指的指腹推动遥控器操纵杆,鲁冰花五号走向沙发。

"先让鲁冰花五号从正面抬起沙发,将沙发拉出,接着转到后方再抬一次。因为从正面抬起沙发的话,假人是不可能落地的。"

"我知道了,我试一次……"

鲁冰花五号缓缓落下机械手臂,机械手臂从沙发底部穿过。

社长室内的所有人都屏住呼吸紧盯着这一幕。机械手臂深深地插入沙发底部,所有人都觉得下一步就该做抬起的动作了。

但出乎所有人的意料,鲁冰花五号居然停了下来。

"怎么了?"

回答纯子的不是岩切,而是鲁冰花五号:"无法抬起,错误信息No.2。无法抬起,错误信息No.2。"温柔的女声持续报错。

"这是怎么回事?怎么抬不起来呢?"颖原代表所有人说出了心中的疑惑。

"问题在于进深。"岩切接着说明,"鲁冰花五号的机械手臂前端装有带传感器的导向装置。只有在导向装置成功弯曲,牢牢抱住目标物体的情况下,才会进入抬起步骤。所以,机械手臂能够抬起的物体,进深不能超过七十厘米。但这个沙发的宽度绝对大于九十厘米,所以不可能被抬起来。"

纯子被这意料之外的惨败惊得愣在了原地。

怎么会这样?那么,凶手到底是怎么成功实施密室杀人的呢?

笼罩在巨大压力下的纯子环顾着整个房间。对啊!也不是非得沙发不可。

"等一下。"纯子快速转动着大脑，"就算沙发不行，也可以使用别的物体吧，只要是个平台就行了。我们可以假设，凶手先利用鲁冰花五号将颖原社长移到某个物体上，然后举起这个物体……"

可环顾室内，纯子也找不到一件符合条件的物体。不，还真有一个，也是唯一的一个……

"玻璃茶几如何？此前我们一直将其视为凶器，说不定这反而成了盲点。或许凶手是先将颖原社长移动到玻璃茶几上，举起来后摔落在了其他地方？"

这一次，纯子搜索的目光转向了硬质平面物体，但并没有找到符合条件的东西。

"算了。"榎本走到纯子身旁低声说，"很遗憾，这次的验证宣告失败。下次重头再来吧。"

"可是……"

"玻璃茶几应该是不可能用作平台的。如果将颖原社长的身体放在表面光滑的玻璃上，必定会留下一些痕迹。但勘验结果显示，玻璃上除了沾有微量头部流出的血液，没有丝毫其他痕迹。"

"如果凶手清理过桌面，唯独留下了血迹呢？"

反问的同时，纯子发现，自己其实也无法说明另一个问题——如果社长是从玻璃茶几上摔落下去的话，那又该如何沾上血迹呢？

"有机会清理桌面的人，应该只有颖原新社长吧，但我认为他不太可能在短短的一两分钟内清理干净。"榎本淡淡地说道，"而且，如果玻璃茶几被用作平台，那凶器又该是什么呢？这次就到此为止吧，再坚持下去也没什么意义了。"

纯子有些不甘地咬着嘴唇，叹了一口气后，宣布了验证失败。

"那好吧……"

一想到自己刚刚那副名侦探的姿态，纯子就恨不得找个地洞钻进去。陆续走出办公室的男人们，毫不掩饰地向纯子投来讥讽的目光。纯子的心中霎时被斗志与愤怒充斥，不断提醒自己绝不能脸红。

待这些高管离开后，纯子向脸上写满遗憾的岩切道了谢，同时也为自己对鲁冰花五号的怀疑道了歉后，便和榎本离开了社长室。

"青砥律师。"暂时担任新社长秘书的伊藤正在走廊上等着二人。

"给您添麻烦了。"纯子低头道。

"您可别这么说……社长正在高管会议室里等着呢，说是有事相谈。"

什么事啊？纯子和榎本对望了一眼。

"请这边来，社长希望您二位都能来一趟。"二人跟随伊藤进了高管会议室。

"请坐吧。"颖原新社长站着，指着U字形会议桌旁的椅子示意二人坐下。

"刚才的事，真是让您见笑了。"纯子低下头。

"怎么会？我倒是十分佩服你的着眼点之敏锐。"颖原微笑着，似乎对纯子的怀疑丝毫没有芥蒂。

"对了，您想跟我们谈些什么呢？"

纯子原以为他会要求自己退出律师团，甚至都准备好反驳的话了。但颖原接下来的话，着实令她大感意外。

"青砥律师，你确信久永是清白的吗？"

"是的。虽然大家一直都认为他是凶手。"

"那么,你认为他清白的依据呢?"

纯子说了忍此前提到的毛毯一事。

"原来如此……不过仅凭这一点……"

"那么,指纹呢?"一直沉默着的榎本,说了专务室的门把手只留有秘书指纹的事。

与此同时,纯子一直在偷偷观察颖原的神情。若他是凶手,听到这话后定会神情有变。但颖原听完这些话,只是单纯有些惊讶而已。

"颖原先生,您现在还认为久永先生是凶手吗?"

面对纯子的问题,颖原迟疑了好一会儿才开口:"说实话,我也有些迷惑了。"

纯子有些怀疑地看着颖原,似乎想借此揣测他的真意。

"我继承了岳父的这家公司,自然要尽全力守护它、发展它。所以若真是久永杀害的岳父,我是非常希望能用神志不清来结案的。因为只有这样,才能将公司的损失降低到最小,也不会对公司上市造成阻碍。"

纯子从颖原的声音中听出了前所未有的真诚。

"不过,如果凶手不是久永,那就一定要找到真正的凶手。这与生意无关,而是事关正义。"

纯子盯着颖原,看起来他并非在演戏。

"我想说的是,虽然藤挂先生已经确定了辩护方向,但我会尽全力配合你们找出真凶。"

"……那就太感谢您了。"

或许是读懂了纯子目光中的疑惑,颖原微微笑了笑:"当然,我知道自己也属于涉嫌对象的范围。所以,我想先证明自己的清白，这样也能节约我们双方的时间，对吧？"

"您能证明吗？"

"能。首先，我没有动机。"

"是吗？但请恕我直言，前社长一旦去世，您就能继承这家公司了。说您是这件事最大的受益者不过分吧？"

原以为这个问题会激怒颖原，不过对方依旧面色如常："岳父去年接受过开颅手术。虽然对外一律宣称接受的是未破裂脑动脉瘤结扎术治疗，但实际的病因是脑肿瘤。"

纯子闻言大感震惊："真的吗？"

"只要去医院调查一下就知道了，我也可以为你们提供病历知情书。"

"您是什么时候知道这件事的？"

"术前就知道了，当时是我作为家属接受医院谈话的。而且脑瘤的病灶位置很不好，所以无法完全摘除。"

"那……"

"医生告诉我们，岳父的剩余寿命已经不到一年了。"

确实，他不可能连这点儿时间都等不了，非要冒着可能断送前程的风险去杀人。单从动机看，颖原雅树的嫌疑确实降低了很多。

"案发当天您曾经外出过，请问是去了哪里呢？"榎本问道。

"我约了人。"

"可以告诉我们对方是谁吗？"

"可以。是个美国投资公司的人。"

颖原递给纯子一张名片，上面写着"Grattan Capital东京支店长Andrew Searches"。

"是特意选在年底的周日见面的吗？"

"我们谈的是一些需要保密的事情,那天双方都方便。"
"是在哪里谈的呢?"
"帝国酒店大厅。"

哪怕酒店工作人员对他没有印象,只要谈话的另一方能够为他做证,颖原雅树就能摆脱嫌疑了。

不得不说,他拥有完美的不在场证明。

网球鞋底嘎吱作响。

纯子的动作从小拉拍转换成迅速扣杀。

被巨大打击力压扁的橡胶球,以二百千米左右的时速撞向前方墙壁,反弹后又冲向后方的强化玻璃。返回的球被球拍捞起后,再次向左或向右地被弹到墙壁上。

她调整姿势,继续向前方墙壁扣杀。

纯子的飒爽英姿顿时吸引了许多观众,他们驻足在玻璃墙的对面观看。

本来只想做个验证,谁想事态发展偏离了自己的预期,验证现场竟直接发展成了法庭。

沙发底部过宽导致看护机器人无法举起,这谁能想到啊?

纯子依旧满腔怒火。

如今的自己四面受敌。藤挂毕竟是月桂叶的法律顾问,也就没什么可说的了。可是今村现在是什么态度啊?

事务所刚成立那会儿,他总是滔滔不绝地阐述自己的理想,说一定要帮助那些被强权践踏的弱势群体,为他们发声。难道都只是冠冕堂皇的销售话术吗?

蓝色橡胶球再次反弹到眼前,纯子全力挥拍,如拳击手般迅速低头躲开从墙上反弹回来的球。一阵喝彩从驻足观看的人群中传来。

纯子扭头一看背后，发现有几个男人正一脸呆滞地看着自己，像极了在社长室里坐成一排的那些人。

从墙壁反弹两次后飞回来的橡胶球，被纯子用力扣向那群观众。

随着咚的一声，强化玻璃的遮板被震得摇晃，那群男人也被吓得跳了起来。见此，纯子总算觉得舒坦了一些。

发泄三十分钟后，纯子终于觉得内心的烦闷少了许多。在同样的运动时间里，壁球的卡路里消耗量为网球的两倍。疏于运动的纯子感到两腿发颤，摘下护目镜后，脸上瞬间流满了汗水。

在健身房的淋浴室里冲了澡后，纯子的怒火也消得差不多了。不过她总觉得前方的道路会越来越坎坷。今天受到的心灵创伤，远比意料之中的严重许多。

无奈。此刻的自己很需要得到慰藉。

要是自己有个男朋友，应该会得到一些安慰吧。纯子一想起从前总和自己一起打壁球的今村，就不免泛起一阵酸楚。两人在确定私下无法成为伴侣后就分开了，自那以后，纯子已经单身超过半年时间。

问题不在于自己遇到的总是些品行不端的男人，而在于自己总能很快发现那些男人身上的缺点。其实回头想想，如果用社会上的通用标准来评判，那些男人其实也没那么不堪，但现在想这些也没什么意义了。

虽说纯子没有事先预约，但好在美容院里还有单间。

之前去的时候曾有过非常不愉快的经历。那次是躺在一个用隔板隔成若干个小区域的大房间里，隔壁客人的声音一字不漏地飘进自己的耳中。原以为至少能在美容院里得到片刻宁静，哪知道就碰上了这么个拉着美容师聊家常的年轻女子。话里话外可以听出,她是某个大企业的办公室员工,很快就要结婚了,所以特地来店里做个前胸和后背的保养,因为她选了一件露背婚纱。无休止的闲聊内容主要包括了对未婚夫样貌及收入的炫耀,无处可逃的纯子只能被迫听她絮絮叨叨个不停,结果精神压力反而更大了。

纯子选了全套保养。再度冲洗了身体后,穿上一条纸内裤,披上一件浴袍,在美容床上躺下。

她虽然收入比一般的上班族高一些,但还了车贷后其实也所剩无几,也就不能常来美容院了。真是久违的享受啊,在美容师专业的面部按摩下,纯子感觉身心都在慢慢舒缓。

今村曾用一副理所当然的语气说过,自己去风俗店其实就像女人去美容院。听到这话时,纯子真是气得想杀了他。但仔细想想,也许这二者还真是挺相似的。毕竟,再也没有比人的双手更能抚慰人心的东西了。虽然纯子对同性毫无兴趣,但她非常明白——再没有什么能比女人的指尖更能令人感到愉悦的了。

一个人疯狂打壁球、去美容院做全身保养以及尽情吃巧克力是纯子的三大解压秘籍。虽说怎么也比借酒消愁来得好点儿,但这究竟对身体是好是坏,还真是很难下定论。特别是在男人看来,自己的这些行为大概有些难以理解吧。

但如果不这么做,纯子可能就坚持不下去了,毕竟这份工作的压力实在太大。在那些内部工作完全不像外表那般光鲜亮丽的职业中,律师想必是最具代表性的。

纯子早就知道自己不可能在这个行业内找到好男人。再说了,哪怕真能在工作中结识些男人,大概只有刑事案件的被告人了。

纯子深深地叹了一口气。

就在这时，她的脑中不知怎的突然浮现出颖原雅树的脸。

胡思乱想什么呢？人家都已经结婚了。

不对、不对。自己想的并不是这个方面，纯子连忙打消了这个念头。

那个男人，说不定就是这个案件的真凶。

但他确实不具备犯罪的动机和时机，还有一个尚未经过确认的不在场证明。虽然并非每一个因素都无懈可击，但就现在来说，他确实不太可能是凶手。

而且他在说出杀害社长之事"事关正义"时，言语中充满了不容反驳的力量。虽然他平日里看上去十分傲慢、冷漠，但不得不说，倒真是个表里如一的人。

至少比今村这种人有内涵多了。

自己倒是还有另一个比较在意的男人。

可想来想去，这个男人似乎也不太行。虽然在看上去应该未婚这一点上，尚且具有一些优势，可内心深不可测这一点，似乎还不如颖原雅树。

而且，虽然自己没有证据，但他很可能是个小偷。

可能是因为自己身边全是那种唯唯诺诺的男人，才会被这种偶尔出现的、散发着危险性魅力的男人所吸引吧。不过，若真和这种不折不扣的危险人物纠缠在一起，想抽身可就没那么容易了。

有节奏的脚底按摩让纯子非常放松，睡意逐渐袭来。半睡半醒间，她看到此刻在给自己按摩的是一个穿着类似护士服的年轻美容师。

纯子突然睁开眼坐了起来。

"啊……是弄疼您了吗？"美容师显然被她的反应吓了一大跳，连忙停了下来。

"哦，不是的。我只是突然想到了一件事，请继续吧。"纯子笑着回答，美容师这才松了一口气继续按摩。

纯子之所以这么惊讶，是因为刚才为自己做面部按摩的，确实是以前一直接待自己的美容师，但这会儿怎么换了一个人呢？而且自己竟然完全没有发现。

不过倒也不奇怪，术业有专攻，或许每个人擅长的按摩部位不一样，所以做不到"一对一"全程服务吧。

在这里，所有的美容师都穿着相同的工作服，而且每家店都规定了标准的发型和妆容，所以一不注意就会看错人。

那么，自己刚刚为何会那么惊讶呢？

半梦半醒间，突然闪过脑海的想法……

对啊，想起来了。

原来，在思考其他事情的时候，密室之谜也一直在自己的潜意识中蠢蠢欲动。或许，自己在从警察手中拿到那张写得龙飞凤舞的表格时，脑中的无意识部分已经有所触动了。

只是，此刻才终于想明白。

凶手应该是个出乎所有人意料且难以置信的人物。至于动机，自己暂时还没想到。

但若果真如此，就存在密室杀人的可能性了。

纯子拼命想要放松自己，但人一旦进入兴奋状态，哪能轻易压抑住呢？

高层饭店玻璃窗外的新宿夜景，因新宿御苑的一抹绿意，呈现出雅致的庭院式盆景之貌。

看到出现在酒吧门口的榎本后，纯子举起一只手示意。

"我迟到了。"

"没事,我也刚到不久。喝点儿什么吗?"

纯子喝的是一杯带凤梨的热带鸡尾酒。榎本看了一眼,露出一副"这个季节怎么能喝这个"的表情,然后点了一杯琴汤尼。

"榎本先生居然也会穿成这样啊?"

榎本此刻身穿一件深蓝色的西装外套,里面是一件浅蓝色的条纹衬衫,系着一条蓝银相间的斜纹领带,下身则穿着一条灰色的西裤,最后再披上一件大衣。

"毕竟下班了呀。"

"昨天那套西装,应该是你的正装吧?"纯子语带嘲讽。

"那是工作服,也可以说是我的战袍。"

"工作服我懂,战袍是什么意思?"

"只要仔细观察动物就能发现,深灰色是都市环境内的保护色。尤其到了夜晚,这颜色就像壁虎一样丝毫不起眼。"

纯子听罢,惊得合不拢嘴:"我是不是不该打听你的本职?"

"无所谓的。"

"如果有人问起,你会怎么回答?"

"我可能会说自己是现实世界中的黑客。"

纯子差点儿把口中的热带鸡尾酒喷出来:"……是什么也不重要了。只要能还无辜的委托人清白,我愿与恶魔做交易。"

"你太夸张了吧。"

服务员端来琴汤尼。榎本在入口之前,先是谨慎地闻了闻香气,难道他曾被人下过毒?

"不过如果你打算约会的话,那就有些不好意思了……"

"我明白,你穿成这样赴约是不想太显眼吧。"榎本这才喝了一口琴汤尼。

"特意让你过来,是想让你听听我关于密室之谜的推理,我也想听听你的意见。"

榎本点点头:"我看过传真了。"

"那张传真是不是有些难懂?"

"嗯,昨天的传真内容简单易懂,今天的内容,可能就需要你亲自说明了。不过我想,你的思考方向应该是对的。"

"真的吗?"

"这几天,我们已经对密室进行过地毯式搜索,现在看来,唯一的可能性就是凶手骗过了监控器。"

"是……没错,是这样的。"纯于更加坚定了自己的想法,"我和你的思路是一样的,我也想到了一种能够骗过监控器的方法,正在思考这种方法的可行性。"

"愿闻其详。"

"就是利用超大张的照片,至少也得是B0大小……"榎本面无表情地默默喝完一杯后,又点了双份续杯。

"走廊上空无一人的时候,基本就等同于静止画面了吧?即便换成照片,应该也不会被发现。监控器的像素本就不高,录像带又是重复使用的,画质应该好不到哪儿去。"

"是啊。听起来似乎有些愚蠢,不过只要照片的尺寸够大,光线够自然,普通的CCD摄像机也许就辨别不出那其实是张照片。"

"真的吗?这么说来,也不能排除这种可能性吧?"

"不过,现在还剩四个大问题。"

榎本一副公事公办的模样引导道:"第一,如果凶手要在监控器前放置照片,就要在案发当天趁着走廊里无人的时候放置。可是这时监控器是处于工作状态的,除非凶手是圣诞老人,否则一定会被拍下放置照片的画面。"

说到这里,榎本的脸上闪过一丝不易察觉的异色。

"第二，如果保安从一开始看的就是照片，兴许还能被凶手蒙混过关，可是先看现场画面，后来才被替换成照片的情况下，画质一定会出现明显的变化，再怎么不负责任的保安也能发现其中的差异。更何况，警方在检查录像带的时候肯定也会发现。第三，作案后，凶手取走照片时也可能被监控器拍下。最后一点，凶手要在警察到达前处理掉那张超大照片和固定架……"

"不用说了。"纯子伸出手掌，打断了榎本的话，"确实，这四个问题全都具有致命性破绽。我知道了，我收回关于照片的这个假设。"

纯子从挎包中拿出一个透明文件袋，其中放着一张手写的表格。正是榎本在出门前收到的那张传真。

"真正想听你意见的，其实是这个假设。"

与此同时，榎本也从衣服的内袋中掏出一张被折叠的纸。

"就在我尝试推翻密室依据的时候，突然冒出了这个想法。大家会认为案发现场是一处密室，除了监控器录像等客观证据，警方提出的死亡推测时间也对这一判断产生了很大的影响。"

榎本沉默着点了点头："警方推测的死亡时间在十二时五十五分到十三时十五分之间，这同时也成了断定现场是一处密室的重要依据。但是，如果将这个时间稍稍往前推，情况就截然不同了吧？"

"我对推测死亡时间这件事不太在行。不过，警方的推断可能出错吗？"

"这次从被害人死亡至警方赶到现场之间的时间差只有短短的一两个小时，一般人都会觉得这种情况下推测的死亡时间应该会比较精确，对吧？但大家都忽略了一个漏洞。"

"漏洞？"

"如果是死后已有一段时间才被发现的遗体，的确可以做到将死亡时间判定在某个区间。可是，如果是刚死不久的遗体，我们是无法以分钟为单位来推测死亡时间的。因为在这种情况下，法医无法从尸斑、死后僵硬等表面现象及胃内容物的消化程度等进行判断。"

　　"不能通过体温变化来判断吗？"

　　"可以是可以，不过也只能通过测量直肠内温度来确定。但哪怕在冬天，体温下降的速度也不过每小时一度左右。而且死后两三个小时内，体内尚未到达热平衡状态，体温下降的速度也就更缓慢了。除此之外，体温本就存在个体差异，室温、穿衣等条件也会对体温产生影响。所以下午十二时五十五分到十三时十五分的这个推测死亡时间，很可能是基于相关人员的证词而大致确定出的数字……换句话说，如果其中有人故意说谎，那么实际的案发时间，就很可能有二十分钟左右的误差。"

　　灯光太过昏暗，二人很难看清纸上的文字。不过服务员端来续杯的琴汤尼时，榎本的目光依旧牢牢地停留在那张纸上，于是纯子也将目光投向手里的表格。

　　"……首先，这张表上记录的时间都是准确无误的吧？"

　　"这是警方提出的数字，理论上是不会错的。而且录像带上的记录也是精确到秒的。"

　　"你还没见过录像带吗？"

　　纯子摇摇头："警方已经明确表示过，哪怕是律师的要求，也无法提供他们手中已经掌握的证据。看样子，只能在检察官正式起诉久永先生后，通过提交确认证物的申请来查看录像了。这对被告的防卫权实在是太不公平了。这张表格还是我费了老大功夫才弄到的。"

纯子用鸡尾酒润了润喉咙后继续说道："……三个人进出办公室的顺序如这张表格所示。首先是河村忍离开秘书室后进入专务室；接着伊藤宽美进入社长室，松本沙耶加进入副社长室；河村回到秘书室；伊藤离开社长室后，河村又去了一次专务室；然后松本、河村依次回到秘书室。"

	专务室	副社长室	社长室
PM12:34:52	河村进入		
09″ :35:01	↓		
04″ :35:05	（16秒） 松本进入	伊藤进入	
03″ :35:08	河村离开		（10秒）
03″ :35:11		（18秒）	
06″ :35:17			伊藤离开
06″ :35:23	河村进入	松本离开	
11″ :35:34	（17秒） 河村离开		
PM12:37	伊藤与松本二人乘电梯下楼吃午饭		

表格都快被榎本盯出洞了。

"你怎么看？"

"嗯……三间办公室是相连的，所以三个人都有作案的机会。问题是，她们的停留时间都非常短暂。如果这张表上记录的时间是正确的，那么停留时间最久的松本沙耶加也不过区区十八秒，除了职业杀手，没人能在这么短的时间内结束他人的性命。"

"一开始，我也觉得不可能。"为了不让自己的得意显露出来，纯子啜了一口鸡尾酒，"你觉得杀个人需要多长时间？"

"这真难倒我了。问题是，我们甚至不知道凶手究竟是如何杀害社长的。以最极端的情况看，假设凶手的行为仅限于走进办公室、拿起凶器、用凶器杀人、走出办公室这几种，也许真的可以在十八秒内完成。不过这些只是纸上谈兵。"

"那假如留给凶手的时间有四十多秒呢？是个是就能勉强完成呢？"

"这就难说了。"

"这就不是区区十几秒的事了。这下，就无法一口断定在时间上不能作案了吧？"纯子从挎包里拿出一张小纸片递给榎本，"这就是我的灵感来源。"

看到纸片上的印刷字后，榎本露出了不明所以的神情。

"土性骨剧团，新春倾情大公演，《圣艾尔摩的圣痕》……这是什么？"

"松本沙耶加加入了一个小剧团，这是他们的演出剧目。她违反公司规定在外兼职，这次似乎拿到了主演的角色。我昨天找她买了张门票。"

"那你说的灵感是？"

纯子不紧不慢地喝完了鸡尾酒："我有个大学时期的好朋友，现在在一个小型杂志社担任编辑，对那些小剧团十分了解。我打电话问她这个剧的内容，她立刻就告诉我了，据说这个剧很受部分观众的喜爱呢。"

"说的是什么故事？"

"这是个发生在豪华客船上的故事。船上的乘客包括通缉杀人犯、追捕杀人犯的警察、一对盗用巨款后私奔的女同性恋、想找机会自杀的工厂老板、通灵的女高中生……你想听故事简介吗？"

"不用了。只要告诉我，你的灵感是什么就可以。"

"好的……剧中共有三十多个角色，可是只用了不到十个演员。"

"也就是需要一人分饰多角。"

"是的。而且演员需要躲在一个观众看不到的角落里迅速更换服装和造型。换句话说，这个剧的看点就在于迅速换装。"

纯子说着从透明文件袋中抽出另一张纸，放在桌上。这张纸与方才那张基本相同，只是删除了三个秘书出入办公室的用时，另外加上了一些文字和符号。

	专务室	副社长室	社长室
PM12:34:52	河村进入（^^）		
09″ :35:01			伊藤进入（^^）
04″ :35:05		松本进入（^^）	
03″ :35:08	河村（伊藤）离开（A）		
03″ :35:11			伊藤（松本）离开（B）
06″ :35:17	河村（松本）进入（C）		
06″ :35:23		松本离开（^^）	
11″ :35:34	河村离开（^^）（42秒）		
PM12:37	伊藤与松本二人乘电梯下楼吃午饭		

"……你的意思是,河村忍于12时34分52秒进入专务室,那个看似中途先离开后再进入专务室的人,其实并不是她,而是由伊藤伪装的河村。接着由松本伪装伊藤,制造出9秒钟的空白时间。这段时间内,真正的河村其实一直没有离开过专务室。"榎本看着表问道。

"对,若果真如此,那么她就能在社长室内待上整整42秒。或许这就是事先计划好的杀人所需时间。"

"所以,这三个秘书其实是同伙?"

"对。这是一起由三个秘书合谋的共享时间谋杀案。"

榎本听得瞠目结舌:"关于第二次进入专务室的原因,河村忍是如何解释的?"

"她说落下了几份需要让专务批示的文件,所以又折回去了。不过,对秘书来说,这种借口一般不会被人识破吧?我想问的是,这种手法在现实中具备可操作性吗?"

"这个嘛……虚拟世界里倒是常出现换装,但在现实世界中操作,我觉得还是相当有难度的。"

"我也思考过这个问题。不过,她们三个有与生俱来的优势。"纯子身体前倾继续说道,"三个人的身高都在157~163厘米,胖瘦适中,穿的高跟鞋也都是偏黑色的相似款。仅通过监控器画面应该很难分辨出她们,只能通过服装、发型和眼镜来区分。如果她们再刻意模仿对方的姿态和走路姿势,应该就能成功躲过所有人的视线。"

纯子拿出第三张纸放在桌上,上面以简笔画的形式,还原出了案发当日三人的服装,旁边还带着文字说明。

可以看出,河村忍不戴眼镜,留着一头短鬈发。案发当日,她上身穿一件衬衫,外面套着针织背心,下半身穿的是一条长度及膝的裙子。走路时步幅较大，昂首挺胸。

松本沙耶加也不戴眼镜，留着一头发尾微翘的短发，案发当日身穿一套裤装西服。走路速度慢，微微有些内八。

伊藤宽美是三人中唯一一个戴眼镜的人，扎着长度中等的马尾。案发当日身穿一套宽松的裙装西服。走路时步幅较小，但速度很快。

"只要准备好几乎完全一样的服装、眼镜和假发就可以了。怎么样？是不是很简单？"

"……可是，就算监控器的画面很模糊，拍到脸部的话也一样会被发现啊。这三个人在长相上毫无相似之处吧？"

"这就是整个手法的巧妙之处了！"纯子说到这里停了下来，叫来服务员后点了一杯侧车鸡尾酒。

"仔细看这张表就能知道，绝对不能暴露面容——需要换装的时间点其实只有A、B、C这三处。其他的五个时间点都可以毫无顾忌地露出真容。A和C位于专务室前，B则位于社长室前，这一计划的精妙之处就在这里。"

"什么意思？"

"设置监控器的目的，是为了查看三间办公室的入口吧？所以，中间的副社长室门口就是监控的聚焦处。而监控器与专务室之间尚有一段距离，拍摄下来的人物表情或姿态也就没那么清晰了。只要背过身，或稍微拿文件遮挡一下，就能轻易蒙混过去。如果是社长室门口，只要在经过那里时尽量贴着墙壁走，从监控器的正下方走过去，应该就不会被拍到脸部了。"

"可是，监控器是能够自动对焦的，再说了，这种走法不是很奇怪吗？更何况她们必须在短短的六七秒钟内完成那么复杂的换装，难度是不是太大了些？"

"这有何难？全程总共只需要换装四次即可，而且松本沙耶加一人就占了三次。对于她这位快速换装舞台剧的主角来说，还不是小菜一碟？"

纯子一脸期待地看着榎本，然而对方的反应却很平淡。

"嗯。我还是觉得不太靠谱……"

"若真是这样，那些难题也就迎刃而解了。首先是消失的凶器。她们不仅能自由进出社长室，其中两个人还曾离开过大楼，处理凶器应该不难。此外，门把手上只有河村忍一个人的指纹，也就不足为奇了。"

"原来如此，不过……"

"除了这些，社长如何被下了安眠药的问题也能找到答案了。若她们三人真是凶手，不就能轻而易举地在午餐后的咖啡中下药了吗？至于她们说的喝掉剩下的咖啡这一证词，也就可以忽视了。"

"的确，也许这里是个重点。"榎本的态度依旧暧昧不明，"但不管怎么说，还是得先看看录像带。若是看完之后还有这种怀疑，那就该好好思考一下这个方法的可能性了。"

"你不认可这个假设吗？"

"可以这么说吧。我不觉得这会是真相。"

"理由呢？"纯子继续追问。

"首先，她们只是三个普通的上班族，冒着走钢丝般的巨大风险杀人的动机是什么？其次，对人行动的衡量，与对机器人动作的研究有很大差别。哪怕时间从十八秒延长到四十二秒，从心理层面来说，一个普通人也做不到在这么短的时间内杀掉一个人吧？"

"……或许，你说的是对的。"

纯子喝了一口侧车，榎本的话让她轻松不少。其实，她自己也非常不愿意对同样身为女性的秘书起疑心。或许，纯子也很希望榎本能浇灭自己心中的那团怀疑之火吧。

"青砥律师，你听说过切斯特顿写的短篇小说《隐身人》吗？"沉默片刻后，榎本突然开口道。

"看过，我也曾是个推理小说爱好者。只不过不太记得故事内容了。"

"一个男人在自己的公寓内被杀。案发当时，通往房间的楼梯及道路上都站有监视者。可凶手不仅能自由出入房间，甚至还顺利地带走了尸体。凶手到底是如何做到不被任何人发现的呢？这就是贯穿整部小说最大的谜团。"

模糊的记忆逐渐苏醒。那个凶手，好像是……

"你觉得这次的凶手也使用了类似的手法？"

"不。那个方法在现代的日本根本行不通。"榎本将琴汤尼拿到嘴边，"不过，这部小说倒是让我联想到了这次的案件。凶手想要进入社长室，就必须从监控器前经过，那就一定会被查看监控画面的保安看到，同时也一定会被留在录像带中。但凶手都成功躲过了，这不就是现实版的《隐身人》吗？"

纯子也想起了那部十几年前看过的小说。

"说起来，布朗神父的助手弗兰博，不就是个金盆洗手的江洋大盗吗？"

"这个情节可以忘掉！"榎本面无表情地说道，"不过，最让我感到神奇的，是《隐身人》中的那位被害人。他也曾通过开发家用机器人赚了个盆满钵满，甚至案发现场也出现了机器人。"

这简直就是对现实案件的预言啊。这可是一部九十多年前的小说，作者切斯特顿在那个年代就使用了如此异想天开的设定，真是难以想象。

"等等，我一直都觉得凶手其实已经被人看到了，只不过借助巧妙的伪装没被发现。而你认为没有人能看到凶手，对吗？"

"是的。"

"这要如何做到？难道凶手穿着天狗的隐身蓑衣？"

"据说美国已经开始研究军事专用的隐身外套了。"

"别扯开话题，快点儿说。"纯子不耐烦地催促。

"如果一个从科学角度来看不可能消失的东西消失了，那问题就应该出在看的那一方。如果看的那个人没有看到本该看到的东西，你觉得原因会是什么？"

"别卖关子了，凶手到底是谁？"

榎本静静地看着纯子："昨天晚上我就在想，凶手会不会是泽田正宪呢？"

"……泽田？"纯子一脸疑惑。

"案发当天值班的保安，也就是查看监控器的人。如果是他，就完全有能力换掉录像带。但是今天我用同样的机型做了一次验证，发现很难在不留下任何证据的前提下修改录像内容。"

"问题出在哪里？"

"首先是无信号检出功能。监控器的传输画面一旦中断，那栋大楼的录像机和Frame Switcher就会发出告警的声音，屏幕上也会显示中断前的静止画面，并不断闪烁'VIDEO LOSS'（画面丢失）的字幕。无信号检出运行后必定会留下关于监控器编号、日期、时刻等要素的告警记录，且无法被消除。"

"所以呢？"

"录像完成后，如果想修改录像带的内容，就需要用到专门的设备，还得花不少时间，所以这个方法不适用于本案。因此就只能在录像中的某个时间点，将其切换为事先准备好的其他录像。但在这种情况下，就必须先切断监控器传来的画面。虽说如果可以事先做好对电缆分支的工作，的确能实现画面的瞬间切换，但警方那边传来的消息显示，电缆是完好无损的。所以，除非凶手先拔出BNC插头再切换，否则一定会触动无信号检出功能。"

纯子很惊讶，眼前这个男人到底从哪里得到的消息？

"其次，就算凶手真的成功做到了这一步，但录像带上的时间变化是根本无法伪造的。在西侧走廊尽头的外部楼梯门上，有个采光用的毛玻璃小窗，白天时阳光会从这里照进来，走廊上的阴影长度则会随时间、季节等因素产生变化。关于这一点，我也问过警方了，对方表示没有在案发当天的录像带中发现任何异常。"

"看起来，你在警方那边也有点儿脸面嘛。"纯子语带讽刺。

"可这不就表示，到头来，我们依旧没有任何进展？"纯子非常失望，拿起侧车一饮而尽。

"那倒未必。你方才的话倒是给了我重要的提示。"

"提示？"

"我觉得，凶手在打造密室时，用的应该是偷取时间的手法，虽然与三位秘书快速换装的手法略有差别。"

"偷取时间？"纯子听得目瞪口呆，想继续追问，却不知该从何问起。

"行了，别吊我胃口了，赶紧告诉我吧，你是不是猜到凶手是谁了？"

"嗯。"榎本微微一笑。

"或许，是圣诞老人吧！"

VII
隐身的圣诞老人

  1977年12月，芝加哥大学物理系广义相对论专业的研究生凯利·霍罗威茨以及巴兹尔·基山特赫拉斯解开了"为何我们看不见圣诞老人"的谜团！

  假设全世界共有二十亿个家庭，而圣诞老人要在圣诞节当天的二十四个小时内走遍所有家庭，那就只能在每个家庭内停留两万分之一秒。我们自然也就看不见行走速度为光速的百分之四十的圣诞老人啦。

  增刊《数理科学》相对论的坐标——时间·宇宙·重力（1988年，科学社）

摘自冈村浩《黑洞与广义相对论（I）》

  纯子摇摇头。屏幕上显示的是横滨儿童科学馆网站上的重力透镜页面。

  这算什么提示？

  纯子的脑中出现了卡通角色兔八哥的形象。兔八哥以亚光速潜入社长室，恢复正常速度后袭击了睡梦中的社长，再以闪电般的速度逃离……

这都什么啊？榎本到底在想些什么？难道是昨晚喝多了，脑子晕得无法正常思考了？

纯子交叉双臂，向后倒在椅子上，正好看到坐在电脑前打字的今村，大概是在准备书面资料。

应该就是那件以破坏景观为由要求停建大楼的诉讼案吧。看到他对密室谋杀案毫不上心的态度，纯子就气不打一处来。不能让他这么舒坦！

"今村？"

"啊？"

"你确认过颖原雅树的不在场证明吧？"

"不在场证明？"

"是啊，他不是说自己在推断死亡时间内外出了吗？"

"现在还说什么不在场证明？颖原先生根本没机会进入社长室吧！"

"也许，不用进入办公室也能杀人啊。"

今村停下双手，把椅子转到正对纯子的方向："你怎么还在说这种话？昨天还不够丢脸吗？"

"丢脸？"纯子的怒气一下就上来了，"我是为了确认才做的验证，结果你们可倒好，带了一群看热闹不嫌事大的人进来。看到我的验证失败，你是不是觉得很开心？"

"怎么会？你丢脸，就是整个事务所丢脸嘛。"

"你的意思是，我成了事务所的耻辱？"

纯子低沉的声音让今村感到有些畏缩："我不是这个意思……我只是想说，现有的证据已经充分说明了，凶手是不可能利用机器人杀害前社长的。"

"那也不能因此直接否定其他的方法吧。你先回答我，究竟有没有调查过颖原雅树的不在场证明？"

今村的指尖看起来有些彷徨，不知该敲击哪个按键，看起来，他好像忘了自己到底想写些什么。真是大快人心。

"当天下午一点左右，颖原先生在酒店大厅与朋友会面。关于这一点，我曾向他的那位朋友查证过，所言属实。"

"你说的是Grattan Capital的Andrew Searches先生吧？"纯子凭借着模糊的记忆说了出来。

"就是那位Grattan Capital的东京支店长Andrew Searches先生。"

"他的话可信吗？"

"Grattan Capital是一家仅在日本就拥有数百亿日元资产的投资公司，这位Andrew Searches先生又是公司的中流砥柱，我觉得他应该不会撒谎。"

"投资公司？那不就是四处收购小公司再倒卖出去，并从中牟利的秃鹫公司吗？从什么时候开始，这种人如此值得信任了？"

"倒也不是信任的问题。为了赚钱，这些人的确会不择手段，但也都是在法律允许的范围内，最多也就是游走在法律的灰色地带。美国的生意人非常清楚做伪证的严重性，所以哪怕受人所托，我也不认为他会在刑事案件中说谎。"

"但要是只对你一个人说谎，就不能算是做伪证了吧？"

"确实，这也不是出庭做证。但他在警方那边录口供时也说了同样的话，可见应该是个知道轻重的人。"

没想到，今村居然还做过充分调查。

"……是吗？不过，月桂叶的副社长为什么要接触投资公司的人呢？公司一上市，应该就能吸引许多正规的投资机构前来投资了啊？"

"那是对方的经营战略，我们就不必置喙了吧。"

"但我们应该大致能猜出他的意图。一定是颖原雅树从前社长还活着的时候，就在谋划着卖掉月桂叶了。"

"就算是这样，我们也不能说什么吧？"今村摊手，似乎在表达自己的无奈。

"应该是觉得公司已经尽在掌控，所以才这么做的吧？"

今村走到事务所的咖啡机旁，在自己的不锈钢马克杯中倒了一杯咖啡。接着他把整个咖啡壶端了过来，主动往纯子的萨非陶杯里也倒了一杯。

"谢谢。"

纯子喝了一口，杯中的咖啡散发出一股馊掉的红豆汤的味道，闻上去像是从昨晚保温到现在的那种煮得快干了的咖啡。

"前社长的身体状态已经很差了，顶多也就剩下一年的寿命。颖原雅树先生作为公司的经营者，就算提前考虑前社长过世后的状况，也是无可厚非的吧？"今村一脸享受地品尝着杯中的怪味咖啡。

"是的，这件事我也听他说过……的确，社长的去世对他而言，并不会产生什么经济方面的利益。"

突然，纯子及时地捕捉到了今村脸上一闪而过的异样。

"什么意思？"

"咦？"

"果然对他有利，对吧？"

"哪有人这么说过？"

"那你刚刚怎么变了脸？别想骗过我。前社长去世后，颖原雅树能得到些好处，对不对？"

今村叹了一口气："你更适合做检察官。"

"是吗？我知道了！是遗嘱吧？一定是前社长最近有更改遗嘱的打算，如此一来，颖原雅树能得到的遗产就会大幅缩水，对吧？"

今村摇头："前社长从未有过更改遗嘱的打算，他的大部分遗产会由颖原雅树夫妇继承。"

"大部分？"

"因为公司的部分股权将被遗赠给久永先生。"

听到这句话后，纯子的脑海中突然浮现出那日颖原雅树打翻咖啡杯的情景。

"是吗？我终于懂了。"

"啊？"

"那天，我一说久永先生可能自杀，颖原雅树立刻就慌了。反正我怎么看，都不觉得他是在担心久永先生。"

"不过这种事，外人又怎么知道？"

"那个男人一定想竭力阻止久永先生继承股权。如果杀害颖原社长的是久永先生，他自然也就失去了继承权，遗产就会全部被颖原雅树夫妇拿走。但久永先生若是在被起诉前自杀，这份遗嘱就依旧有效，那么久永先生的股权就会由其家属继承。"

"你的想象力未免太丰富了吧。如果以神志不清为由被判无罪，久永先生也不会失去继承权啊！"

"这就是问题所在！所以我才说那个男人简直就是恶魔！"

"这我还是第一次听说。"今村低喃道。

"即便在刑事判决中被判无罪，但只要被烙上了杀害社长的印记，久永先生就会陷入深深的自责。接下来，颖原雅树就会对久永先生施加心理压力，让他自动放弃继承权！"

"像恶魔的应该是……"今村的声音越来越小，到后面就根本听不清了。

"你说什么？"

"没什么。就算按你的说法，颖原先生为了得到久永先生的那份遗产而杀害前社长，并企图嫁祸给久永先生，可是久永先生获赠的那些股权，虽然金额也不小，但和颖原雅树的那份比起来，可就不值一提了。这个杀人动机是不是太牵强了些？"

"确实，但只要前社长一死，颖原雅树就能得到什么好处吧？"纯子直直地盯着今村的双眼。

"不，这个……"今村移开了视线。

"如果杀害前社长的真是颖原雅树，那他为什么这么着急动手呢？即便什么都不做，前社长也活不了多久了啊。"纯子说到这里突然停下，觉得自己好像抓住了什么东西，"莫非……还是为了股权？"

"嗯，是的。"今村的语气中满是无奈。

"上市，对吧？月桂叶最近正在准备上市。"

"嗯。继承遗产是在上市前还是上市后，其中的差异是巨大的。"

"是指遗产税吧，也就是未公开股份的部分？"

今村一边将马克杯送到嘴边，一边点了点头。此刻他脸上的表情倒是与手里那杯难喝的咖啡十分般配。

"继承未上市公司股权，也就是未公开股份的情况，是基于公司净资产，或以同行业其他公司的股价为参考来计算遗产税的。就月桂叶的情况来看，这个数值不会太高。"

"但一旦上市，就会基于当时的股价来计算，到时候的遗产税可就不得了了,毕竟上市初期的股价一般都会飙升吧?"

"应该是的。月桂叶不仅收入稳定,而且鲁冰花五号的技术开发能力和颖原雅树的经营手腕,更是备受人们期待。"

"是啊,仔细想想就知道了。一旦股票上市,创始人就能拿到巨额的原始股分红,这些分红对遗产税也会产生巨大的影响……话说回来,到底会差多少呢?"

"目前也只是在初步概算阶段,不过,遗产税的差异有好几亿日元吧。"

纯子激动得站了起来,用力地拍了拍手:"太好了!这个就是动机吗?"

"好什么啊……"今村苦着脸,"这根本不能证明什么吧?再说了,颖原先生杀人的可能性根本就不存在嘛!"

"这个我们后面再讨论。"

"辩护的方向已经确定好了。我就明说了吧,我们不可能为了替久永先生辩护,而把颖原雅树推出去的。"

"为什么?就因为颖原雅树能为事务所带来更多利益?"

"少胡说八道。"今村沉着一张脸。

"与颖原雅树相比,久永先生有的只是杀人的机会,却没有任何杀人动机。颖原雅树有强烈的杀人动机,但考虑到没有杀人机会,就被排除了嫌疑。你说,究竟哪个更可疑?"

今村在纯子旁边的椅子上坐下,咬着下唇,似乎在努力思考着。

"……虽然还不确定,但我还是先跟你说了吧。其实,久永先生也并非毫无动机。"

"啊?"

"新社长下令彻底清查公司的历史账目,结果发现了一些可疑的不明账目。"

"不明账目？"

"好像有人以虚报研究开发费用的方式有组织地侵吞公款，而且已经侵吞了长达十五年，总涉案金额高达六亿日元。"

今村的话让纯子顿时目瞪口呆："你是说，久永先生侵吞公款？"

"不。"今村突然换上一副严肃的神情，"虽然这应该与久永先生脱不了干系，但目前最可疑的几笔账目，都超出了他的决策权限范围。"

"可是比他权力更大的，不就是……"

"除了已故的前社长，还能有谁？"

天助我也！右边的房间此刻正好空无一人。

上午十点，这是小偷活动的黄金时刻，应该没人看见自己。

今日依旧被一身灰色包裹的径，轻蔑地看着门锁。撬锁案件曾在报纸等媒体上掀起那么大的风浪，但人们似乎依旧不为所动，到现在都还用着这种排片型的锁芯。看来这里的房东和租客都不太重视防盗啊。

"Elegant Corpo.东大井"二楼走廊的栏杆上围有黄色的塑料棚。只要弯下身子，就能躲开建筑物外行人的视线。但即便如此，被楼里的居民看到也一样会有麻烦。因此，径决定还是站着操作，速战速决比较好。

他像变魔术似的从袖口里掏出各种工具，先用双压力器对内孔加压，再将闪电形的开锁器插入钥匙孔里，轻柔地移动。这种方法能一次性解决问题，无须再用普通的熊爪把撬锁法把里面的锁片一个个撬开。不过难点在于如果破坏次数太多会造成排片受损，最终可能无法正常开锁。

径只花了短短几秒钟就成功征服了锁芯。他打开门后，走进无人的房间，再关上门。

径很有礼貌地脱了鞋后才走进玄关。他穿过厨房，走进六叠大的房间，从公文包中取出墙体探测仪。从外观上看，探测仪与曾经风靡一时的随身听有些相似，并带有窃听必备的录音功能。它还带音量控制器，即使突然有人敲打墙壁，也无须担心耳膜会被震破。

他将耳塞塞进耳朵，如医生使用听诊器一样，把探测仪贴在墙壁上。

与使用水泥墙的高级公寓不同，集合住宅或小高层住宅等木板墙式公寓几乎没有任何隔音效果。只要大声说话，声音就会全部落入隔壁住户的耳中。如果单纯为了窃听，一个玻璃杯足够。

但径的目标不仅是对话内容，而且包括监听对象的轻微气息，许多宝贵的信息往往隐藏于细微的声响中。

这副径最喜欢的耳机，是从美国走私来的高级货ER-4P，价格是普通耳机的几十倍，应该没几个人会将其用在窃听这种卑鄙行为上。为了屏除杂音，径还在耳机外面包了一层PC电缆专用的金属外皮。

隔壁房间内明显有人居住。

热水壶的沸腾声、敲击键盘的咔嗒声、清脆的鼠标点击声，接下来应该是一阵轻微的金属声，大概是把速溶咖啡、砂糖和奶精倒入杯中的声响。紧接着就是用热水壶注入热水的哗啦声。

如果对付的是水泥墙，使用性能再好的探测仪也白费力气，听到的声音永远都跟夹着一张滤纸似的模糊。但如果是一堵薄墙，那可就完全不一样了，与身处同一个房间别无二致。

径一边仔细听着那些琐碎的声音，一边耐心地等候着。

电话铃声响起。径调高探测仪的灵敏度，准备捕捉声音。

"哦……嗯……知道了……嗯，应该也就这两三天了吧……总之东西都准备好了……哪里的大厅……嗯……哦，我去试试看。"

挂掉电话后，隔壁又传来了一些窸窸窣窣的声响。这人似乎打开了浴室门，走进去后又像是做了些什么，听上去像是旋开螺丝、打开浴室天花板的声音。

冰冷的房间里，径一动不动地坐在破旧的榻榻米上耐心等着。隔壁房间传来的一切微小动静都清晰地震动着他的鼓膜，甚至比亲临现场听得更清晰。

径突然产生了一个疑惑——自己需要如此卖力吗？

青砥纯子的委托内容仅限于找出潜入密室的可能性。如果自己接下来的计划能够顺利实施，别说方法了，连真凶都能替她找出来，就剩最后的验证了。五十万日元的报酬，可说十拿九稳。

只是，这点儿钱值得自己冒着私闯民宅的风险，只为了早一步揭开真相吗？万一被警方逮捕，很可能不是一个私闯民宅的罪名能了事的。说不定，还会搭上自己苦心经营的一切。

虽说对自己的技术很有信心，可是万一走了霉运，再怎么周密的计划也一样会露馅儿，这种情况也是常有的。

自己居然会为了青砥纯子做到如此地步？

想想也知道，自己和女律师根本就是两个世界的人。明知如此，却还在努力地想让她看到自己的优秀，难道是因为心底还存着一丝渺茫的期望吗？

不对！不只是这样。

最主要的原因，还在于自己对这个密室真凶的矛盾心理。

若凶手当真用的是自己推测的那个方法，那他不仅思维独到，更有着难以想象的胆量。这一点不得不说令人惊叹。

但与此同时，自己对这个视人命如草芥的凶手又极度反感和厌恶。

偷窃可以，但绝不能伤害甚至杀害他人——或许这只是径根据自身状况设定的底线吧。

不过从未越线的径，一直认为那种为了一己之私而眼也不眨地夺去他人性命的人，是绝对不可饶恕的。

耳机里传来脚步声，其中还夹杂着从衣架上胡乱扯下衣服的声音。径全神贯注地听着。

先是门锁被打开，紧接着传来铰链的嘎吱声，最后是玄关门被打开的声音。

监听对象用几乎听不到的脚步声从径所在的房间前面走过，接着在走廊上走远了。

径蹑手蹑脚地走下玄关，将房门打开一条缝，注视着对方的背影。走下铁楼梯时发出的轰隆声，就像一根根钉子敲入径的脑中，震得他头昏脑涨。

穿上鞋，等了一分钟后径开始行动了。走出右侧的房间后，他用相同的方法打开了隔壁房间的门锁。

开门，进门，再用几秒钟环顾四周。两间房呈现出镜面反射一般的布局，这间房的入口右侧是厕所和浴室，左侧有一个洗手台。四叠半大的厨房后方，有一个六叠大的日式房间，再后方有一个小阳台。

径在皮鞋外套上塑料鞋套后走进玄关。

玄关处放着拖鞋，而石井刚刚出门时穿的好像是轻便运动鞋。由此可见，他要去的并不是附近的某处大厅，估计要两个多小时才能回来。即便如此，径也打算在十分钟内解决战斗，并按下了手表上的计时器。闯空门讲究的是"八分钟原则"，也就是"开门三分钟，观察五分钟"。要是十分钟都查不完这个房间，那自己就该改行了。

一室一厅的狭小空间中弥散着一股酸臭味。

昨天潜入的泽田家里也散发着一股烟味和老人味夹杂的难闻气味，所以径倒也有些适应了。只不过昨天的那间屋子可比眼前的房间整洁多了。眼下，径甚至不知从何下脚，满地都是脱下的衣服、杂志和塑料瓶，厨房里也堆了好几个被塞得满满的塑料袋，洗碗池里更是堆满了脏污的碗碟。

小偷最怕遇到这种堆满垃圾的房间。好在自己要找的东西，已经在刚刚那通电话中明确提到过。

径准备先看看浴室天花板的维修孔。他踮起脚尖，伸出手。最近的维修孔大都只是盖上了盖板，但眼前的这个则拧上了螺丝。径用钥匙圈上的十字螺丝刀松开四个螺丝，托着玻璃钢材质的盖板轻放在地上。

他用镜子看了看方形维修孔的内部，只见里面空空如也。看样子藏在里面的东西已经被石井带走了。

重新盖好盖板，下一步就是打开六叠大的日式房间内的电脑了。

电脑上装了防止黑客入侵的防火墙，但房间主人显然没想过会有人直接进入房间打开电脑。浏览器上的所有记录都被完整地保留了下来，倒是省去了径调查访问日志的时间。

大部分是些色情网站和计算机相关的网站，不过也有几个比较特别的，径将可疑的网址悉数抄下，结束操作后关闭了电源。

看了看手表，时间还剩五分多钟。那就好好查查这套房子吧。

径忍着不适，将衣柜抽屉、壁橱、碗柜、冰箱等所有角落都仔细检查了一遍，同时也不忘小心擦去可能留下的痕迹。

这和寻找财物不同，毫无目的地寻找线索可是一件非常花时间的事情。一转眼，时间就所剩无几了。

不过径还是成功地在这剩下的五分钟内大致搜完了所有角落。

原以为能找到一些书信或日记之类能够提示杀人动机的证据，可惜一无所获。还是个大学生呢，屋里连个文具都没有。

壁橱里面放着大量的黄色碟片、DVD、十几岁偶像少女的写真集，除此之外就没有什么特别的东西了。

瓦楞纸板书架上放着几本看似大学教科书的理工类书籍和计算机专业书，除此之外的空间则堆满了各种弹珠机和游戏币机的攻略杂志。

径在书桌的抽屉中发现了一张存折。每个月初，石井都会收到家里寄来的生活费，并立刻全额取出，除此之外就没有什么别的资金来往了。

泽田的存折显示，他每个月都会收到来自千代田保安公司几乎等额的汇款。看样子，这家公司的兼职工薪水是以现金形式发放的。

手表传来了若有若无的闹铃声，提醒径时间已到。

定下的结束时间是绝对不能延长的。想要避开意外，就一定要遵守这个铁律。

确定已经完全抹掉了自己留下的痕迹后，径决定迅速离开这里。他在指旋锁上绑了一根绳子，确定四下无人后，在出门的瞬间迅速抽出绳子。

很遗憾，除了知道石井缺钱，径没有得到任何与作案动机有关的线索。

不过，今天的收获还是很大的。

前往大井町车站的途中，径一直在琢磨案件的细节。

"您的身体还好吗？"

久永笃二刚准备回答，就看到了纯子递来的纸条，脸色瞬间变得煞白。

"已故社长与您涉嫌侵吞公款六亿日元，对吧？若我所言非虚，您别出声，只要点个头就可以。"

久永没有任何动作。

虽说在没有见证人在场时，律师单独会见嫌疑人的秘密交流权是受到法律保护的，但她还是想避免这次谈话的内容落入正好经过门外的警察耳中。

纯子又递上一张纸条。

"这会被判定为强烈的动机，更何况您还有作案机会，如此一来就很难洗清嫌疑了。"

久永似乎已经开始动摇了。过了一会儿，纯子递上了下一张纸条。

"律师一定会为委托人保密的。没时间了，如果真的侵吞过公款，就请您点点头。"

"警方没有严刑逼供吧？"

一直不为所动的久永，终于轻轻点了点头。

"那些公款被放在哪里了？"

"警方没有对您使用暴力或威胁您什么的吧？"

久永摇摇头。

"钱是被社长藏起来了吗？"

"您没有改过口供吧?"

久永歪着头点了一下,接着补充了一句"没改过"。

纯子飞快地写好下一张纸条。

"藏匿方式? 1.现金;2.银行账户;3.有价证券;4.贵金属、艺术品;5.其他。"

"请最后再回忆一次。案发当天,发生过什么特别的事吗?"

纯子用动作暗示他以手指回答编号。

"呃……没什么特别的。"

久永虽然很犹豫,但还是缓缓竖起四根指头。

"是吗?请您再好好想想。"

还是刚才那张纸条。

"那些公款被放在哪里了?"

久永摇摇头。纯子写了一张新纸条。

"只有找到那些钱,才能证明您的清白。"

"那些钱被放到哪里了?"

久永依旧沉默不语。但纯子确信他一定知道。

"现在的情况对您很不利,如果您到现在还对律师有所隐瞒,很可能会造成不可挽回的后果。所以,请务必跟我说实话!"

久永用一种犹如困兽般的眼神看着纯子。被剥去了高贵人格面具后的久永,看起来就像个落魄的窃贼。

"我也不太清楚。社长他从没……"

"您已经说得很具体了。既然知道了这么多消息,应该能猜到大致的地点吧。"

久永撑起两肘,如祷告般交叉双手:"……也只是我的猜测罢了。"

"没关系，请告诉我。"

"也许，是在社长室里。"

泽田站起身来，有些卑微地深鞠一躬后，踉跄地走出事务所。

"真没想到啊。"今村低喃，"他刚刚说的那些话，该怎么解释？"

"我觉得可信。"纯子答道，"如果他用失物当借口，岂不是很快就会被拆穿？榎本先生怎么看？"

"同感。"榎本喝了一口事务所的咖啡后皱紧了眉头，"我已经查证过了，泽田的确得到了希望锦标赛的复胜马票。他的家中留有记录。"

"记录？"

"只要涉及赛马，这个男人似乎就会十分上心。他的笔记本上详尽记录了关于赌马的所有收支情况，尤其是中过奖的，更是做了详细记录。"

"那个希望……什么赛的马票，会不会是他自己买的？"听到这里，今村疑惑道。

"虽然不能断定，但正如他所说，他最近已经完全不买马票了。而且，过了这么久，就算难得去买一张，怎么会选希望锦标赛而不是有马纪念的马票呢？况且，从记录上看，他从来没买过复胜马票。"

"但如果这些都是他的伪装呢？"

"泽田应该不会想到，我会潜入他家查看那些记录。刚刚被我们连番追问时，他也完全没有提到这一点。"

"……那行。你潜入他家的事，我就当没听过。"今村说着，摆出了"勿听猴[1]"的姿势。

"总之，我们先假设泽田说的都是真话。那么接下来的问题是——到底是谁把马票丢进失物招领箱的呢？"

"应该是凶手吧？也不会有其他人了。"

"确实。但问题是，谁有机会这么做呢……"

"那栋大楼的小门处不设监控器，因此事发当天所有出入过六中大厦的人，都有可能是将马票丢进箱子的人。"

"要从这么多人中找出凶手，太难了。那凶手的动机呢？他为什么要丢那沓马票呢？"

"那还用说，为了转移泽田的注意力，确保自己不会被发现嘛。"

"转移……那么，从哪里转移开呢？"

"嗯？"

"凶手应该想阻拦泽田做某件事吧，会是什么呢？"

"当然是阻拦泽田查看监控画面啊。凶手很清楚，正午过后有一场赛马实况转播，认为泽田一定会被马票吸引住。"

"还是有点儿奇怪。"榎本插嘴道，"我到保安室看过，电视和监控器画面几乎是挨在一起的，再怎么专注于电视，靠眼睛余光也能瞟到旁边的监控画面，若有异常，也应该立刻就能发现。"

"不过至少可以确定，凶手是拿马票当诱饵吧？这一点，从凶手没有买有马纪念的马票，而是故意选了十三时十分开赛的马

---

[1] "三不猴"之一。"三不猴"指三个分别用双手遮住眼睛、耳朵与嘴巴的猴子雕像，分别表示"不见、不听、不言"。——编者注

票就能看出。"

"……与推测的死亡时间也很吻合。看样子，我们至少能够确定作案时间就在这个时间点的前后。"

"如果凶手的目的不在于阻止泽田看监控画面，那他想阻拦些什么呢？"今村问。

"应该是不想让泽田走出保安室。"榎本立刻回答。

"可是，泽田本就不会在赛马实况转播的那段时间走出保安室吧？"

"可能想更保险一点儿吧。"

"等等，也就是说，凶手怕的是泽田走出保安室，而不是他盯着监控画面看？"

榎本点点头。

"这么说来，榎本先生已经知道这个条件下，能杀害前社长的……凶手的杀人方法了？"今村半信半疑地问道。

"是的。但是有机会这么做的，只有那两个保安，也就是泽田和石井中的一人。"

所有人都沉默了。

"动机呢……"纯子提问。

"问题就在这里。我也只能想到一个非常勉强的理由，就是他们可能是受雇于某个具有作案动机的人。不过，若果真如刚才所说，那些被侵吞的公款都被藏匿于社长室内，倒是能说得通了。"

"是为了侵吞那些财物吗？"

"为什么保安会知道钱的事情？"

"不知道。也可能是在巡逻的时候偶然得知的。"

今村皱着眉，双臂交叉于胸前："这些都是猜测。"

"这些都算不上是决定性的证据。不过，社长室里留下了其他人翻找东西的痕迹。"

"痕迹？"

"就在书架的藏书上。我在验证机器人那天发现的，有几本书的书脊部位留下了横擦过去的黑色痕迹。应该是凶手翻找某样东西时弄脏了手，又蹭到了那些书。"

纯子惊呆了："那岂不是能采到指纹？"

"不能，肉眼看来，那些痕迹上并没有纹理。我想那个人应该是戴了橡胶薄手套，或是用什么东西裹住了手。"

"不管怎么说，当务之急是弄清密室杀人的手法。"今村还是那个态度。

"既然如此，我们去六中大厦一趟吧。"榎本站起身来，"我来为二位说明凶手的作案手法。"

"想要潜入社长室，就一定要从走廊上的监控器下方经过。但监控器拍下的画面，不仅会被保安看到，还会以间歇录像的方式保存下来。我们的思路之所以陷入僵局，是因为一直以来的思考方向都是如何同时躲开人眼和录像记录这两道关卡。"

三个人站在保安室的显示器前，房间角落处一名叫浅野的保安一脸迷惑地看着他们。

"可是，如果不解决掉这两道关卡，凶手不就暴露了吗？"纯子问道。

"这是当然。不过，人和机器各有不同的弱点，所以很难用相同的方法同时骗过这两者。也就是说，凶手采用的应该是各个击破的方法。我也是花了很长时间才发现了这一点。"

榎本指着监控画面。

"首先是当值保安的眼睛——我们先假设泽田不是凶手。案发当时,泽田坐在这把椅子上观看电视里的赛马实况转播,不过他同时能看到三台监控显示器,所以凶手无法在这个时候从监控器下走过。"

话音刚落,显示器上正好出现了河村忍走过十二楼走廊的画面。即便没有盯着显示器看,也不可能在人影闪过时毫无察觉。

"不过,人的注意力一定会有分散的时候。再怎样集中精力,偶尔也会移开视线或离开座位。只要抓住这个瞬间,凶手就能大摇大摆地从监控器前走过。"

"抓住这个瞬间……怎么抓?"今村一脸迷惑。

"我能想到的方法只有一种,那就是反向监视保安的行为。"

纯子恍然大悟。难怪榎本第一次进入保安室时,曾仔细检查显示器后面的墙壁。

"只要事先在这个房间的某个角落安装一个小型无线摄像头,凶手就能拿着带画面的接收器躲在顶楼的电梯厅等待,一旦看到保安离开座位或是移开视线,就立刻走过监控器。"

"可是防盗摄像头的信号很弱吧?这个信号能从一楼的保安室传到顶楼吗?"

"只要在楼梯间放几个信号中继器就可以。大楼的楼梯是直通式的,而且楼梯间里正好也有电源插座。"

今村眨着眼:"那这个摄像头要装在哪里呢?"

再小的摄像头也无法在背后的这堵墙上找到藏身之处。

"虽然还不能确定,但我想,应该有一个绝妙的位置。"榎本用右手的手指轻轻敲了敲小电视,"如果想要监视泽田的行动,那这里绝对是个理想的位置,电源的问题也迎刃而解。而且,只要透过喇叭上的小孔就能拍到画面了。"

"这么说来，摄像头还在里面？"纯子问道。

榎本摇了摇头："不会，应该早就处理掉了。凶手有非常充裕的时间来善后。虽说案发现场在这栋楼的顶楼，但警察也不会特意来检查一楼的电视机。"

"嗯……"今村低喃，"那如果凶手是泽田呢，又会如何？"

"那就不需要避开任何人的耳目了。但我觉得凶手不是他。"

"因为马票？"纯子问道。

"这也是一个原因。况且，就我对泽田住处的观察来看，他应该不具备机械相关的知识。"

至于他还看到了什么，就不必多说了。

"如果同时考虑另一个关卡的通过方法，即如何躲过录像，我觉得凶手更有可能是石井。"

"对，我很想听听究竟用了什么方法。骗过保安的眼睛也就算了，居然能逃过机器的拍摄，简直就是在变魔术啊。"今村的嘟囔，恰好也说出了纯子想说的话。

"那就去顶楼看看吧。"

走进电梯后，榎本毫无顾忌地按了密码。

"我已经事先给了青砥律师一个提示。"榎本用一副老师检查学生作业的口吻说道。

"就是那个我们看不见圣诞老人的原因吗？"

"是的。"

"我怎么想都没想明白，这和本案有什么关联吗？"纯子虽然不太情愿，但只能承认，"……难道因为凶手的动作太快？"

"相对来说，可以这么解释。更准确地说，是监控器的动作太慢了。"

"完全听不懂……"

"其实很简单。刚才我们在保安室里看到的那台时滞型录像机，采用的是断续记录的方式。每卷带子可以储存720个小时的影像，即每一格的间隔时间为6.017秒。所以只要在这个间隔内快速从监控器下冲过去，就不会被拍进画面里。"

"咦？可是，那就……"

电梯门打开，河村忍已经站在外面迎接众人了。看来新社长已经下令，让所有人积极配合调查。

"辛苦了。"

"哪里，还得麻烦您了。"

中断话题转为互相寒暄的这段时间里，榎本已经先一步走了出去。

"请在这里停下。"榎本指着大厅内通往走廊的入口处说道。通往走廊的门敞开着，能看到斜对面的专务室房门，但秘书室的角落是监控器的拍摄盲区。

"凶手如果想要藏身，应该就会选择这里。中午值班的秘书，一般多久出办公室一次呢？"

突然被提问的忍有些猝不及防："这个……嗯，一般不会走出来。"

"凶手想必连这一点也做过调查。如此一来，他只需要骗过监控器就足够了。凶手先用小型接收器查看保安的情况，待对方从显示器上移开目光后，就在下一个录像节点后迅速跑过去。"

榎本按下手表上的计时器，然后小跑穿过走廊，打开专务室的门。他斜着身体钻进去，将房门从内侧轻轻关上，整个过程没发出半点儿声音。

"我只花了5秒多一点儿。"榎本从专务室内探出头说道，

"可见，对凶手来说，6秒已经非常充裕了。"

不明状况的河村忍被榎本奇怪的举动惊得目瞪口呆。

"也就是说，6秒钟只够到达距离最近的专务室。"今村交叉着双臂说道。

"凶手知道社长室、副社长室和专务室的房门都不会在白天上锁，并且当时专务处于熟睡状态，根本不会察觉有人潜入。于是凶手就从专务室进去，途经副社长室后前往社长室……"

"等……等一下！"纯子终于等到了提问的机会，"监控器在录像的时候，会出现灯光闪烁的现象吗？"

"不会。即便是看着监控器，也不知道哪个瞬间处于录像状态。"

"那凶手要如何得知安全的行动时间呢？"

"在这之前，凶手要先在保安室里记录间歇录像的拍摄周期。"

今村交叉双臂摇了摇头："如果周期是6秒整倒还好办，现在是6.017秒，对吧？哪怕用秒表计时，也精确不到千分之一的单位吧？"

榎本从口袋中掏出一个长约15厘米、宽约6厘米的长方形盒子，盒子的一端带有开关和电线，看上去和很早以前的手提收音机有些相似。

"用这个就能做到。"

"那是什么？"纯子皱着眉。

"这叫体感器。"

"体感器？"纯子还是第一次听说这个东西，但一旁的今村露出恍然大悟的表情。

"你认识它？"

"嗯。前阵子不是闹得沸沸扬扬吗？说是一群职业骗子利用体感器在游戏币机上发了一笔横财。因为他们并未对游戏币机本身动手脚，所以很难判定究竟是否构成犯罪。只不过考虑到涉案金额巨大，加之游戏币机的从业者集体陈情，最终好像还是立案了。"

"没错。看来今村律师无须再听我说明了。"

"可我还是完全听不懂。"

"青砥律师知道弹珠机或游戏币机吗？"

"我甚至不知道这两个有什么差别。"

"比起弹珠机，游戏币机其实与老虎机更相似。当机器的三个圆筒停止旋转时，若图案相同则为中奖。能否中奖是由机器内部的一个转盘决定的，这个转盘每0.0145秒就会旋转一周，弹珠机内也有类似的计时器。体感器的开发，正是瞄准了两种机器的这一弱点。"

榎本示意纯子看自己手中的体感器，它的前端是一根香烟粗细的棒状电缆。

"体感器就像是个非常精密的节拍器，可以打出以百万分之一秒为单位的节拍。这个电缆的前端带有一个振动马达，就是手机上使用的那种。只要接触身体，就能读取正确的振动节拍，也就是能感知身体变化。"

凶手用这个仪器来测定正确的录像周期⋯⋯

纯子惊得说不出话。

利用监控器的短暂空白，让自己完全消失。

这凶手竟然如此狡诈，光是想象，纯子就后背发寒。她这才明白为何榎本会神秘兮兮地说凶手利用偷取时间的方式打造了密室。

"原来如此。若凶手是两名保安中的一个，就有机会接触到录像机了吧？"

今村对榎本的语气，与一开始截然不同。

"是的。不过凶手需要打开录像机壳体，从内部的计时零件中'偷取'时间。外行人办不到，但石井学的正是机械工学。"

"那实际如何？石井真的有这种体感器吗？"

"很遗憾，我并未在他家中找到体感器。不过他的上网记录显示，他曾浏览过体感器设计图相关的网站。除此之外，还有一些与他人交流制作方法的往来电子邮件。估计是想做个体感器，到游戏币机上大赚一笔吧。"

"……可是，这些都不足以成为定罪的证据。"纯子谨慎地挑选说辞，"只要我们提出这种作案的可能性，就相当于提出了对久永先生嫌疑的质疑。如果能再找到一件证据的话，说不定就能让检察官放弃起诉了。"

胜负在此一举了，纯子心中暗想。

看似无法攻破的密室之谜总算开始松动了，或许，久永也能因此得救。

可是与此同时，她又发现这个人其实根本就不值得自己去救，真是讽刺。

每次走在警局的长廊上，径都会感到一种无形的压力。四周来来往往的全是警察，哪怕是一个毫无黑历史的人，也难免会感到紧张。

径就更不用说了，这里从来就没给他留下过什么好的回忆，甚至已经被径列入"敬而远之排行榜"前三位。

可是今天踏进警局后，径浑然不觉丝毫压抑。不知是不是兴奋的缘故，他感觉自己的脚步都轻盈了几分。

秃鹳鸿难以置信地回过头来："你这浑球，今天怎么这么兴奋？"

"条件反射。从中学开始，一想到要看录像带，我就会突然兴奋。"

"神经。"秃鹳鸿虽然嗤之以鼻，但面色依旧如常。

秃鹳鸿的身高超过一米九，无论在哪个警署工作，都会让周围的人望而生畏。虽然他平时不注重养生，看着有些虚弱，但他的臂力绝对能打败大多数日本人。再加上为人固执狡猾，几乎无人会选择与他为敌。

"在这里等等。"

秃鹳鸿打开会议室门，里面除了摆放着看起来十分廉价的长桌和铁椅，别无他物。

走进房间后，径气定神闲地等着。都已经到这一步了，也没什么好着急的了。

再过一会儿，一切就会水落石出。

只要仔细看一遍录像带，纯子的"三位秘书快速换装说"大概就能被直接排除了。

现在的问题就在于破解体感器这一犯罪诡计了。

如果凶手真做得滴水不漏，或许无法通过录像揪出他的狐狸尾巴。但即便如此，也一定能找到一些细微的破绽。

例如，凶手虽然藏身在监控盲区，但还是被拍到了一点儿影子；他因为跑得太快而导致绒毯的纹路变乱；他迅速开关专务室的房门时，导致了空气流动、尘埃飞扬等。

事到如今，虽然他只能默默期待这种对自己而言是侥幸、对凶手而言是倒霉的事情，但终归还是有机会的。

等了大约二十分钟后,门终于开了。

"……可恶,倒霉死了。"秃鹳鸿嘟囔着走了进来,"差点儿就撞上管理官了。要是出什么问题,就全怪你!"

明明两者毫无关系,但秃鹳鸿依旧用他那双眼白泛黄、野兽般的眼睛瞪着径。

"你随便找个借口搪塞一下呗,反正我都能配合。"径淡定地回答,"录像带能要到吗?"

"闭嘴!现在哪有工夫说这个!"秃鹳鸿怒吼了一声,然后打开门仔细查看走廊的情况,"今天不行了,取消、取消!改天再说。"

"那怎么行?再磨蹭下去,久永先生可就要被起诉了。"径努力说服秃鹳鸿,"说不定看完录像带就能找出真凶了。如果顺利的话,这些可都是你的功劳啊!"

秃鹳鸿露出了一副狐狸般狡猾的表情,似乎在思索能否从陷阱中吃掉诱饵后全身而退。

"……那个录像带,我们都翻来覆去看了不知多少遍。难道你还能找到什么我们看不到的东西吗?"

"嗯,也许还真能。"径很自信,"凶手的手法我已经猜出了九成,有针对性地调查和漫无目的地调查当然是完全不同的。"

"嗯……"没想到,径的回答似乎说到了秃鹳鸿的心坎上。

"等我。"秃鹳鸿说完,又大摇大摆地走出房间。

这次等了将近一个小时。

门被打开,径回头一看,发现一位抱着纸箱的警员疑惑地站在门口。

"咦,您是?"

径正欲回答，秃鹳鸿的脸就从那个警员的身后探了出来。

"没关系，你不用管了。"秃鹳鸿一脸诡异地向径招了招手，"过来！"

径跟着秃鹳鸿上了楼梯，走进审讯室。两叠大的狭小空间被一张桌子和两把椅子塞得满满当当，桌上放着一台十四英寸的显示器和一台录像机。

"你会操作吧？趁着现在没人，抓紧时间。"

"你到外面等我就行了。"

他可不想和秃鹳鸿在这个只能勉强放下一套整体浴室的空间里待太久。

"不行，这是原版录像。我得盯着你，以防你对重要证据动手脚。"说完，秃鹳鸿点了一支烟。

浓烟让径不得不闭紧了嘴，拿起录像机的遥控器，按下播放键。第一个画面就让他惊得瞪大了眼："喂！你说这是原版？"

"是啊，怎么了？"

画面中出现的是六中大厦的走廊。

"怎么会这样？"径呆滞地自言自语。

"你说什么？"

"这个画面……"径惊得说不出话。

"怎么了？发现什么了？"秃鹳鸿也站起来盯着屏幕。

画面显示的是案发当天早上，三位秘书穿梭于秘书室、社长室、副社长室以及专务室之间的情景。

但是，录像并非六秒一格的连续照片，而是如电影般的流畅画面。

"为什么？六中大厦里的不都是时滞型录像机吗……"

秃鹳鸿叼着烟，阴沉沉地俯视着径："你居然没发现？只有社长室门前的监控器用的是月桂叶自行购买的这种硬盘录像机。据说因为他们觉得千代田保安公司的断续型录像机不可靠。"

"可是，放在现场的那个……"

"我们总不能把硬盘单独拆下来吧，所以就连录影机一起搬回来了。现在放在那边的，应该是千代田保安公司的替代品。"

储存在硬盘上的画面流畅且清晰，完全可以看清楚出入办公室的三位秘书的容貌，所以根本不可能用快速换装的方法来作案。

而且她们手里都只拿着沓薄薄的文件，应该没法从社长室内带出凶器等物品。

由此可见，今日来此的目的已经实现了一半——纯子那个异想天开的"换装说"算是被彻底推翻了。

但与此同时，自己那个利用六秒钟空白隐藏身体的体感器手法假说也一样被彻底推翻了。

"那他到底是怎么做到的呢……"径喃喃道。

VIII
社长室

电梯门一打开，河村忍就惊讶地从秘书室跑了出来。

"啊？那个……辛苦了。"

"我很快的，请让我看一下监控器。"

径微笑着点头致意，脚下则不停地向前走去。忍迷惑地跟在后面。

"那个，今天青砥律师没有一起来吗？"

"没有，只有我一个人，因为有个问题需要马上确认一下。"径在走廊的尽头架起梯子，准备爬上去检查监控器，"保安可能会吓一跳，可以帮忙跟保安打个招呼吗？"

"啊，好的。"

忍刚要转身，伊藤已经从秘书室走了出来。

"我给保安室打过电话了。"

"麻烦您了。"

"……虽然社长已经下令让我们全力协助，不过，以后您来之前还是先告诉我们一声吧。"

"真的非常抱歉。只是我有个重要的地方需要马上确认，实在是事态紧急。"径站在梯子上深鞠一躬,两位秘书则依旧站在原地不动。

麻烦了,被两个人这么盯着,自己可就施展不开了。虽然径对自己的技术很有信心,但毕竟不是职业魔术师,始终不想在他人面前动手脚。

就在此时,电梯的运行声传来。抵达的铃声响起后,两位秘书同时看了过去。

快步走来的是小仓课长。

"哎呀、哎呀,这又是……在做什么啊?"

他虽然满脸堆笑,却瞪大了眼睛,估计内心正在暗骂径脑子不正常吧。

"不好意思,没打招呼就闯进来了。"

"不会、不会,您不用介意。只不过从安全方面考虑,还是希望您来之前能告诉我们一声。"

"是的,我一定会注意的。"径也满脸笑容地回答。

"话说回来……您刚刚是怎么直达这层的呢?"

"哦,您是说密码吧?"

"是的,这毕竟是公司内部的秘密,要是……"

"我和平常一样按的楼层键,结果竟然上来了。"

"啊?可是,怎么会……"

"可能是机器故障吧。我都忘了有密码这回事了,不过要是密码失效,说不定就会有一些危险人物混进来了,还是尽快告诉电梯维护公司吧。"

"这……这,这可怎么得了?我马上就让他们打电话。"小仓课长掏出手帕擦掉汗水,"对了,您今天来这里是?"

"结束了。"

"什么?"

"我只是来这里确认一个问题,已经确认完了。真是打扰各位了,那我就先告辞了。"

径爬下来,折好梯子后背在肩上。小仓课长带着一脸虚伪的微笑,一路跟到了电梯厅。

"未曾事先打招呼就来了,再次跟各位道歉,我以后一定加倍注意。"

径进入电梯后,再次鞠了一躬。小仓课长虽也立刻点头回礼,但脸上依旧是一副担忧的模样,大概还在想着密码的事吧。

"我先……哦,对了,可以冒昧问您一件事吗?"

径挡住即将关上的电梯门问道,小仓课长呆呆地张着嘴。

"什么?"

"昭和三十四年二月四日,是贵公司的创立纪念日之类的日子吗?"

"嗯,没错。是我司前身颖原玩具的创立日期。"

"原来如此,我知道了,再见。"

直到电梯门完全关上,小仓课长还是一脸迷惑。

径将梯子放进停在地下停车场的吉普车内,随即驶出六中大厦。开到附近的付费停车场后,他在车内脱掉工作服,穿上具有温度调节功能的恒温内衣,再套上羊毛西装和长款大衣,梳一个整齐的三七分发型后,戴上黑框装饰眼镜。

拎着装有必要工具的公文包,径徒步走回六中大厦,走进大厅后进入电梯。

这栋大厦的八楼比较特殊,只装了对讲机,不会对访客进行询问。所以径选择在八楼走出电梯,接着轻手轻脚地打开内部楼梯间的门,一路爬上屋顶。

他拿出之前复刻好的万能钥匙打开铁门。

剧烈的寒风扑面而来，仿佛一把把冰冷的刺刀插入他的身体。

想到自己还要在这里熬上几个小时，径顿时觉得脑袋疼。可若是躲在大楼里面，又担心被巡逻的保安发现，只能忍忍了。

径环顾四周，屋顶上的藏身之处倒是有几个，不过出于挡风的目的，他最终决定躲在清洁用的吊篮里。掀开蓝色防水布，径抱膝缩进了金属吊篮中。

他越想越生气，自己怎么就这么蠢呢？

那会儿纯子拿出三位秘书出入办公室的时间表时，自己怎么就没发现呢？

上面记录的时间中，不也出现过只间隔三四秒的情况吗？当时只要找秃鹳鸿问问，就能马上排除体感器手法了。

怪就怪自己陷入了时滞型录像机的死胡同，也被纯子那个异想天开的手法迷惑了双眼。

……事到如今，这些已经不重要了。问题在于，密室的真相究竟是什么。

只要找出真相就能挽回颜面。径坐在吊篮里翻来覆去地思考。距离凌晨还有好几个小时，要是在这种地方睡着，肯定要感冒的。所以他能做的只剩下思考了。

手表里传来若有若无的闹铃声。

虽然将闹铃声调到了普通人听不到的音量，但径立刻回过神来。

看了看表盘，上面的日期刚好在跳动。

他从吊篮中慢慢爬出。一直缩在那个逼仄的空间里，他的手脚都快麻得动不了了。他缓缓活动手脚，等待知觉的恢复。

寒风依旧凛冽，冻得他直打哆嗦。

竖起耳朵听了片刻后，他打开了铁门，走下漆黑的楼梯，来到十二楼的门前。开锁声一下子打破了无人楼层的寂静。

径一动不动地站在原地。如果保安能听到这里的动静，应该会乘坐电梯上来检查。

等了三分钟，里面没有任何动静。

确定没问题后，径才敢迈出第一步。走廊尽头那个曾让自己马失前蹄的高敏感度感应灯和监控器正虎视眈眈地盯着自己。

而径正一脸淡定地全力攻克社长室的门锁。

今天丝毫不用担心因红外线感应而触动监控器的问题，不久前就在两位秘书移开目光的瞬间，径迅速在监控器和感应灯的红外线传感器上贴了遮蔽物。说是遮蔽物，其实就是在传感器零件的背后贴了一层铝胶带，一般人根本看不出变化。

万能钥匙打不开社长室的门锁，看来他们并不信任万能钥匙，所以换了同类型的其他锁芯。副社长室和专务室的锁芯也换过了。

就算直接撬开，径相信自己也花不了几分钟。不过今天正好带了专用的开锁工具。与其他使用蛮力的工具不同，使用这套工具后几乎不会在门上留下任何痕迹。两分钟后，门锁应声而开。

他推开沉重的木门走进社长室。忽然，径感觉后背一凉。

虽然他曾偷闯过的空门数不胜数，但三更半夜潜入杀人现场的情况还是第一次。一直都是无神论者的径也不由得合起双手。

接着，径把窗帘拉开一条缝。如果使用灯光，很可能会暴露自己，所以径通常连手电筒都不用，而是戴一个配备有可将星光增幅四万倍的星光夜视镜的头盔。

如此一来，径的视野就与白天无异了。他再次环顾社长室，发现它依旧维持着案发当时的模样。看样子，新社长的办公地点依旧在原来的副社长室。

径熟练地开始搜索。

此行的目的有二：其一是寻找能够解开密室杀人之谜的线索；其二是找出可能藏匿于这个房间内的六亿日元公款的具体位置。

房间里放六亿日元现金的可能性不大，即使换成金条也不是个小数目。所以能放在身边的，应该就是有价证券或宝石之类的东西了。若久永所言属实，那很可能是宝石。

虽然那些财物至今还原封不动地待在原地的可能性几乎为零，但只要找到原先的藏匿位置，应该就能推测出是被谁带走了。

他本就打算一旦找出那笔钱的踪迹，就立即终止自己的侦探游戏，直接执行另一个计划。

大约过了三十分钟，径搜遍了房间的各个角落，但很可惜，并未发现被侵吞的那笔公款，果然是被人拿走了。

径在社长的椅子上坐下，抬头看着天花板。就在此时，他的脑中突然闪过一个念头——那里倒是个藏匿赃款的好地方。要真是这样，或许这个案子就另有转机了。

径在上衣的口袋中翻找。他突然想来根烟或者来杯咖啡，但现在只能暂时吃颗咖啡糖过过嘴瘾了。

就在此时，内袋中传来了手机的震动。

径咂了咂嘴，自己居然会犯忘记关机这种低级的错误。严格来说，根本就不该带手机来这里，自己怎么会如此大意？

手机上显示的是青砥纯子的名字。这会儿已经将近凌晨一点了。

"喂？"犹豫片刻后，径还是按下了接听键。

"啊，是榎本先生吗？"

"早上好。"

"……不好意思，这么晚打给你。"

"没事，我还很精神呢。"

"在店里？"

"不，在外面。"

纯子突然沉默了，不知道想象的是什么画面。

"你听我说，我思来想去，还是觉得凶手只可能是颖原雅树。"

看来她一直都在想这件事。这种坚持和执拗的性子，倒是真适合做律师。

"你为什么这么认为？"

"动机啊，他有强烈的动机，却对我们撒了谎。"

"撒谎也不能作为有罪的直接证据啊。"

"哎呀，你是在维护颖原雅树吗？"

"那倒不是。我就是奇怪，躲避股票上市后的税收这件事，真的足以构成强烈的犯罪动机吗？"

"那可是好几亿日元啊！要是这都不算强烈，那这个世上还有什么更强烈的动机呢？"

"若是放在一般人身上，倒是可以理解。但他什么都不做，就能继承相当庞大的一笔财产。而且，作为一个年轻企业家，他既有手腕又有声望，何必为了这几个亿冒身败名裂的风险呢？"

"那是因为他对自己的技术足够自信吧。而且，作案手法到现在也没有被揭穿。"

"这只是结果论而已。任何一个周密的计划，都可能因为时运不佳而失败。我不认为他这种优秀的企业家会如此忽视风险管理。"

"可是,几亿日元可不是个小数目啊,难道他就甘心被白白扣掉吗?"

"我之所以认为颖原雅树不是凶手,是因为只要他愿意,有的是办法保住这几亿日元。"

"……比如?"

"前社长只剩下不到一年的寿命了,他只要在这段时间内阻止公司上市不就好了?公司上市需要满足很多条件,找个信得过的下属,在上市的准备工作上故意使点儿绊子,这对他来说应该不难吧?"

"这样啊……可是这种做法应该瞒不过前社长吧?"

"如果在阻碍上市方面有困难,他也可以故意制造丑闻啊。虽然这种做法多少会影响公司声誉,但事后补救也并非难事。无论哪种方法,都比杀人这个疯狂的选项好多了吧?"

纯子没有说话,大概没想到径居然是这种反应吧。

"……我甚至觉得就连狙击前社长的案子都是颖原雅树的手笔,毕竟他希望前社长能在公司上市前死掉吧?"

"不是他。从我调查的结果来看,所谓的狙击案其实就是一场骗局,其目的不在于杀人。"

"那是谁干的?"

"很可能是前社长自导自演的案件。"

纯子显然很吃惊:"为什么?"

"为了能名正言顺地安装监控器、在电梯设密码,以及将十二楼的所有窗户换成防盗玻璃窗。"

"这……这是为什么?"

239

"若前社长真把侵吞来的巨额公款都藏在社长室里，自然会担心小偷光顾。要是用普通玻璃，小偷只要拿根绳索从屋顶吊下来，之后打碎顶楼窗户，简直小菜一碟。"

"可是，用得着这么大费周章吗？公司不是他这个社长说了算吗？直接下令购买防盗设备不就行了？"

"监控器和电梯倒还好说些，更换掉十二楼的所有窗户玻璃可是一笔巨大的开销。如果无缘无故地斥巨资购买这些东西，肯定会让其他人起疑心。连续十几年侵吞公款，公司内岂会没有一些流言蜚语？这种时候花重金在防盗装置上，也就无异于火上浇油了。若是传到税务局那里，甚至可能被调查。"

"不能以保护鲁冰花五号为借口吗？"

"区区一个机器人罢了，转移到其他地方或是放进保险箱，不就省钱多了？"

纯子沉默。径仔细听着电话那头的动静。

"你在吃什么？"

"……巧克力。要真是这样，前社长岂不是就跟骷髅13[1]似的往自己的房间里打气枪？"

"玻璃窗上的弹痕不是气枪造成的。"

径把射击角度不合理以及可以在屋顶上用钟摆的方式打破玻璃的推测悉数告诉了纯子。

"据我推测，实施者很可能是久永专务。"

纯子叹了一口气："看来道德沦丧的并不只有年轻人啊。"

"这个案子和本案应该没有直接关系。但是，这个很可能会成为解开密室之谜的重要线索。"

---

1 日本动漫《骷髅13》里的主人公，是一名一流狙击手。

"这个？是什么？"

"前社长的性格。"径仰望天花板,"……受青砥律师的委托,我正在寻找潜入这个房间的方法。"

"这个房间？"纯子语带疑惑。

"……就结论而言,我觉得潜入这个房间是不可能的。正如我之前所说的,三种出入口中,窗户和出风口可以完全排除了,唯一的可能性在房门。但现在已经可以确定门口的监控器并非间歇性录像,而是实时录像,那就不可能捕捉不到凶手的身影。"

"所以,这就是榎木先生的结论了吧？好吧。既然你得出了无法潜入的结论,那依照约定,我会支付给你十万日元。"

"不过,密室之谜依旧没有解开。"榎本摘下沉重的头盔,揉了揉眼角,"我感觉,或许前社长的死正如一开始认为的那样,是个单纯的意外。"

手机那头传来沉闷的喘息声。

"怎么了？"

"不小心……呛了一下。不过,鉴定结果不是已经排除了意外的可能性吗？"

"从案发现场来看,的确如此。但若是意外发生后,有人对现场动过手脚,那情况就完全不同了。"

"等我一下。"

手机那头传来纯子起身走动的声音、打开冰箱的声音和冰块掉入玻璃杯的响声。接着是类似威士忌的液体注入杯子的声音、注水声以及搅拌棒搅动的声音。

"久等了……动过手脚是什么意思？"

"若现场有一件东西消失了,情况就截然不同了。打个比方,如果社长室的中央放了一架梯子,会是什么情况呢？关于前社长头部创伤的最大疑问在于，若他是站在地板上跌倒，伤口不可能出现在头顶附近。但如果他当时是从梯子上摔下来的，就不会觉得意外了吧？"

"……继续说。"纯子似乎对此很有兴趣，话筒里传来倾斜玻璃杯后的冰块撞击声。

"先换个话题。"

"为什么要换？"

"我之前在怀疑凶手利用看护猴作案时，曾查看过空调风管吧？当时你有没有注意到什么特别的事情？"径没有理会纯子的抗议，自顾自地继续说道。

"特别的事情？不知道……是什么？"

"设备机械室的空调风管里布满了灰尘，那里和天花板内部一样，都是无人打扫的区域，所以也没什么可奇怪的。但是社长室里的空调风管则完全不同，至少我能看到的地方都非常干净。"

"确实，你当时好像是这么说的，只不过我没有亲眼看到过。这一点很重要吗？"

"我猜测，前社长侵吞的那些公款，可能被换成了宝石等物，就藏在空调风管里。"

"啊！居然……"纯子惊呆了。

"比起藏在天花板里，当然还是藏在风管里更隐蔽。"

"确实，这个可能性很大。"

"如果真是这样，你能大致猜到当时现场的情况吗？"

"……呃。"又是倾斜玻璃杯的声音。

"其实，我现在就在社长室里。"

纯子一口喷了出来，似乎还被噎了一下。

"……刚才你说这个房间的时候,我就觉得很奇怪。"纯子有些生气,"现在你已经成了非法入侵的现行犯。很抱歉,作为律师,我必须举报你。"

"为什么?我可没说自己在哪个社长室啊。"

"这……倒是没错。"

"对了,我在那间社长室里仰望天花板时,发现空调风管的出风口基本就在房间的中央,而沙发前的玻璃茶几则稍微靠近东侧。"

"所以呢?啊!等一下!我知道了!前社长是去拿风……"

"他应该是去拿藏在空调风管里的宝石,只是不知为何突然失去了平衡,整个人倒栽着摔了下来,不巧的是,头部正好撞到了玻璃茶几。这样是不是就合理了?"径打断纯子,没让她说出正确答案。

"可是,等等。你不觉得奇怪吗?安眠药这点该如何解释?总不能是前社长故意服过安眠药后昏昏欲睡的时候段,做这么危险的事吧?"

"嗯……他应该是被人下了药吧。"

"被人下药?"

"这仅仅是我的猜测。如果存在下药的人,那么颖原雅树想在饭后的咖啡中下药,应该是轻而易举的事吧。"

"为什么要下药?毕竟前社长的死亡只是个意外啊?"

"因为他约了投资公司的负责人见面。假设社长不知道此事,那午休时间就是个很好的见面机会。再进一步想,为保自己的行动万无一失,他选择了用安眠药让社长陷入熟睡。"

"嗯,这个可能性的确存在……而不知道自己已经被下了药的前社长,出于某种原因突然想要取出宝石,结果因为药效发作

243

而失去平衡,摔了下来。"

纯子说到这里突然停了下来。她好像正就着威士忌吃巧克力。

"要真是这样,或许能判定颖原雅树伤害致死……对了,刚刚的话还没说完呢,前社长用的梯子之类的东西呢,怎么不见了?"

"因为被人拿走了。"

"谁?"

"能做到的人只有一个,颖原雅树。"

纯子沉默了片刻,似乎在思考。

"榎本先生不是一直都很相信颖原雅树吗?"

"那只是单纯针对谋杀这件案子,因为我觉得他没有杀人动机。但若说害怕引发丑闻而拿走前社长藏匿的公款,那倒像是他会做的事。"

"这就是他的动机?"

"是的。在发现前社长倒地且天花板上的出风口被打开后,他立刻就知道发生了什么事。接着就把所有人都赶出房间,并拿走那笔赃款。"

"如何拿走?"

"他一进房间就拉上了窗帘,应该是不想被擦窗的年轻人看到。确定不会被任何人看到后,他就把赃款先转移到副社长室内。或许在等待警察来公司的那段时间,他又将这些财物转移到公司的其他什么地方了。不过如果真是宝石,应该不会太占空间。"

"嗯……不过这里还有一个疑点。颖原雅树第一次进入社长室时,身边是跟着三位秘书的。若是社长室的正中央摆有梯子之类的东西,她们不可能看不到吧……对了,还有那个擦窗的年轻人呢？颖原雅树进入房间前，他就已经从窗外看到了案发现场的情况，若那些东西真的存在，他应该一下就会注意到吧？"

"如果是在房间的角落，即便没人发现也不足为奇啊。毕竟当时所有人的目光都集中在门口旁边的遗体上。"

"角落？为什么？既然是用来垫脚的，怎么不放在出风口的正下方呢？"

"你觉得前社长会用什么东西来垫脚？"

电话里一阵沉默，只传来了冰块撞击的声音。

"鲁冰花五号？"

"那应该爬不上去吧。"

"对呀，让机器人举高自己好像还挺麻烦的。啊……我知道了！是社长的椅子吧？"

"没错。那把椅子的高度正适合用来垫脚。而且椅子带有六根椅脚，至少能保证不会翻倒。但问题是，那些椅脚上带着轮子，难免会摇晃，或许这也是导致意外的原因之一。"

"可是，就算社长是用椅子垫脚的，那又能说明什么呢？"

"会不会是在摔倒的瞬间，前社长踢到了椅子，于是椅子一路滑到了房间的角落处？而在这之后，颖原雅树自然会把椅子移回原位，他可不想被人问及前社长为什么需要使用垫脚台。"

纯子一句话也没说，就这么沉默了将近一分钟，这让径不禁有些担心。

"青砥律师……"

"是吗……原来真相，竟是这么无趣……"

"还不知道这到底是不是真相，只是有这种可能性而已。"

"谢谢你。"

突如其来的这一声，突然感动了径。

245

"不用客气。"

"多亏了榎本先生，才能免去了一桩冤案。即便这个案件的犯罪嫌疑人是那样的人，但我依旧真心感谢你的帮助。"

"嗯，接下来就靠你了。"

"是啊……我会告诉委托人，榎本先生已经找到了真相，并请他们支付五十万日元的报酬。"

"谢谢。"

"不过，对榎本先生来说，五十万日元也不算什么大钱吧？"

"怎么会呢？"

"看你店里的生意也很好，真令人羡慕。哪像我，每个月都被车贷压得喘不上气。"

"那不如，我们用这笔钱去大吃一顿？"

"啊？"

"吃什么都行，我请客。"

"你这是在邀请我吗？"

"是的。"

"为什么？"

径深深地吸了一口气："从一开始……"

"什么？"

他正准备继续说的时候，窗外的风声突然变大，其中还夹杂着一些细微的声响。

径条件反射般朝声音的源头看去。

"喂？榎本先生？"

怎么回事？

径感到十分诧异，站起身来，慢慢走向那个发出声响的物体。

"你怎么了？"

径伸出手。有时候，触觉比视觉更可信。

可恶。为什么会这样？可是，这个……也许……

下一个瞬间，所有线索如一道闪电般连在了一起。

怎么会这样？居然用的是这种方法？

正常情况下，根本不会想到用这种方法。但如果这是事先计划好的——不，找不到除此之外的其他解释……

"榎本先生……能听见吗？"

径对着手机低声说："刚才的那些话，请全都忘掉吧。"

"……啊？"纯子的声音低了几分。

"可恶，居然真敢这么做。浑蛋……"他感觉自己的声音越来越粗鲁激动，"这简直就是'铁球'！"

"榎本先生？到底怎么了？发生什么事了？"

"真不好意思。"径终于调整好了呼吸，"我居然还认为这是一场意外，真是笑死人了。"

"咦，什么意思？"

"这是一桩，彻头彻尾的，谋杀案。"

纯子似乎倒吸了一口气。

"而且，凶手用的作案方法，令人难以置信。"

第二部
死亡组合

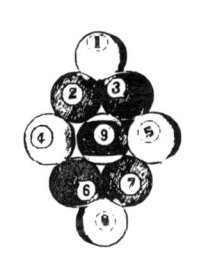

死のコンビネーション

I
鬣狗

椎名章一直在寻找那扇隐形之门。

他一直觉得迄今为止的人生都是一种错误，一定有另一个更适合自己的世界。无论多么绝望，章都能竭力忍受，从来不曾自暴自弃。他总能冷静地观察四周，哪怕有一丝希望，也要拼尽全力。可是现实却毫不客气地告诉自己，他与那个向往的世界，一直隔着一道看似透明，实则坚不可摧的墙。

但是，一定要改变这个局面。

他得出了结论。如果一直都在墙的这一面，哪怕爬上一百年，也一样只能原地打转。那么，要么在墙上挖出一个洞，要么找到那扇仅有少数人知道的隐形之门，只有这样，才能顺利到达墙对面的那个世界。

如果做不到，那自己的一生都只能是无根之浮萍了。

章早就做好了心理准备，哪怕不择手段，也要无畏艰险地找到那扇隐形之门。

他相信自己拥有不畏艰难的韧性，也有完美的计划和执行能力。只要成功到达另一个世界，就一定能登上社会阶梯的顶峰。

在人生的起跑线跌倒，这并非自己的责任，这种失败早在自己出生之前就已注定。都说父母不能选择自己的子女，但子女又何尝能选择自己的父母呢？

章的父亲名叫椎名光晃，简直就是为了不断被人利用而生的。若他还活着，今年该有四十六岁了吧。而现在的他，或许已经被埋进深山，成为土壤细菌的温床；或是被绑上重物丢进海里，成了虾蟹海星们的"宴会厅"。

回忆起父亲的时候，章的内心毫无波澜。

这是一个毫无智慧和意志力的人，他永远只在乎眼前的片刻欢愉。他甚至想象不出今天的行为可能会导致明天出现怎样的后果。这种人，哪怕托生为世家子弟，能够继承大笔财产也无济于事。在祖父清春这个远近闻名的老滑头去世后，那些闻到铜臭的捕食者便毫无悬念地蜂拥而至。

椎名光晃继承的家族财产包括房屋、小山林、田地、古董、有价证券等，总价值应该超过了三亿日元。可是不到一年后，这些财产全都化为乌有，取而代之的是无穷无尽的债务。

那时的章还是个高中生，关于那些捕食者是如何一步步侵占椎名家财产的事，他还是从父亲的日记中得知的。

最早出现的，是一群自称资产运用顾问的商品期货公司职员。

几个身着银行职员深色西装的男人，以投资问卷调查为由踏入他的家中，对着光晃就是一通吹捧谄媚。打出生起就没有受过这等赞誉的光晃，当时定是比那春日里的云雀更加欢喜。

据说，那些顾问带来了大吟酿给光晃，接着就从公文包中取出印刷的资料，上面写满了晦涩难懂的专有名词，光晃估计连其中的百分之一都看不懂。但在众人不停夸赞自己理解力和洞察力俱佳的情势下,光晃实在说不出自己其实根本没看懂,只能装出一副了然于胸的模样。说不定,最后连他自己都错误地觉得自己看懂了。

这些男人离开后,只留下喝成熟柿子脸、瘫在地上不停喘粗气的光晃,以及那份期货交易合同副本。光晃投资的是白金族的稀有金属钯和铑,不过就算当时那些人让他投资的是斯派修姆光线[1]和氪石[2],光晃大概也不会觉得有什么差别吧。

在这之后,光晃和照子间自是免不了一顿争吵。照子责骂光晃不经自己同意就擅自往外投了这么多钱,光晃则对着她怒吼道"这是男人的事"。一直以来,光晃能肆无忌惮怒骂的,始终只有照子和年幼的章两个人。

这件事,最终以光晃答应买件新和服给照子宣告平息。若照子了解信用交易的结果,想必不会这么轻易妥协吧——估计这对夫妻连保证金和投资金的差别都不知道。

结果,这次的投资非常成功。

占全世界钯产量百分之七十的俄罗斯,总会在猝不及防的时机开放或收紧供给,如此一来,全世界的期货市场也会随之剧烈震荡。光晃刚开始投资的那段时间,钯的价格正好处于逐步攀高的好时期,加之坊间流传着俄罗斯供给不稳定的说法,市场上的钯价格更是急剧攀升,这就让购买期货的人赚了个盆满钵满。

于是,椎名光晃迎来了他人生中短暂的黄金岁月。那些身着西装的男人几乎日日登门拜访,或是赞美光晃独到的投资眼光,或是赞赏他的睿智。慢慢地,酒宴变得越发喧闹。光晃满脸通

---

1 斯派修姆光线是奥特曼使用的代表性必杀技。
2 漫画《超人》中虚构的一种矿石。

红，大把大把撒着小费，享受着身为大金主的满足感。这些闹剧每每持续到深夜，直至光晃烂醉如泥。

当非洲草原上的食草动物处于濒死状态时，首先扑来的是具有望远镜般超强视力的鹰和秃鹫，紧接着疾驰而来的是豺狼，最后则是伴随着尖锐笑声聚拢而来的土狼。

光晃的投资路虽然顺风顺水，但他的判断力却与脑瘫无异。不久后，左邻右舍都摸清了他的秉性，于是远亲近邻全都闻风而动，争先恐后地在那夜夜笙歌的酒宴中露脸。

光晃被众人簇拥着坐在堆得高高的蒲团上。这种犹如受信徒祭拜的场景，章也只见过一次。那时的光晃耸着瘦削的肩膀，眼眶通红，神似日本猿猴。他如狱中老大一般坐在蒲团上睥睨众人的模样，有种说不出的怪异。偶尔不慎失去平衡跌倒时，众人甚至摸不清这是不是他故意制造出的喜剧高潮。直至看到光晃手足无措地挣扎模样，大家才连忙蜂拥而上把他扶起，再次簇拥着让他坐上那座蒲团小山。

在酒精的作用下，光晃就像个头部多次遭受重击的拳击手般眼冒金星，对轮番拿着酒壶上来恭维的亲戚朋友有求必应，就这么稀里糊涂做了贷款保证人。

压轴的土狼终于登场。为了对连续签署了多份保证合约的慷慨财主光晃"表达敬意"，金融公司的人也纷纷登门拜访。

最终成功瓜分完椎名家财产的，是两个放高利贷的人。

小池健吾，一个用双排纽扣西装包裹着壮硕的身躯、用发胶将浓密的粗硬头发固定成了大背头的男人。他白白的圆脸上堆满笑容时，就如漫才艺人般和蔼可亲。但一旦身处无人的角落，那双大眼睛里就会露出猛兽般的犀利目光。

与之相对，青木哲夫长着一张长脸，肤色黝黑，一双小眼睛好似被刀切出来的，眼底不带任何情绪，像极了黑色的埴轮[1]。两头土狼安静地趴着，等待一口咬住猎物喉咙的机会。幸运的是，它们并没有等太久。

光晃作为新人的好运气，因他的疑心出现了偏差。那三年多来，钯的价格一路攀升，就连期货公司的人都觉得应该快到价格天花板了。

随着账面利润不断膨胀，光晃逐渐开始感到不安。在他的认知里，市场行情就像猜奇偶的赌局，连续多次出现偶数后，很多人就会下意识地把赌注押在奇数上。

双方判断一致。于是光晃交割了手中的期货，那些盘算了许久的利润，这次终于实实在在地落进自己的口袋。他用区区几个星期的时间，就赚到了超过他父亲一辈子财富的利润。

很久以后，光晃满眼怜爱地观赏茶几上那一堆看似玻璃球、实际却散发着异样光芒之物的画面，依旧清晰地印在章的记忆中。

章不由自主地伸出手，却被父亲狠狠地打了回去。

"笨蛋！不准乱摸！这些全是钻石呢！"他笑得合不拢嘴，接着对章说道，"这可值不少钱。这些东西啊，以后都是你的。"

那时的章暗想——倒是听人说过"投钱给猫""投珠与豕"[2]，不知道有没有"投钻石给猴子"的说法。

那是光晃这辈子第一次，也是最后一次的人生巅峰。

光晃对那些为自己赚来巨大财富的商品期货公司职员自然是无条件信任。按照他们的建议，光晃这次改为投资钯期货的售卖，且交易金额比上次买进时多了一位数。

---

1 日本古坟顶部和坟丘四周排列的素陶器。
2 日本惯用语，指把宝物给不识货的人，类似于对牛弹琴。

谁知人算不如天算，钯的价格居然还在继续上涨。

那些顾问慌忙跑来椎名家告诉光晃，若不追缴保证金导致无法结算，那就是天大的损失了。光晃吓得脸色发白，他们连忙柔声安慰他别慌，不用多久市场就会出现转机的，只要再咬牙坚持一段时间就好了。

他们告诉光晃："纵观全世界，也没有过钯金属价格在短时间内急剧攀升的情况，看看图表就能明白，历史上的钯价格基本都是与白金价格挂钩的。虽然自1997年钯价格急剧攀升以来，二者的差距越来越大，但不久后一定会有所调整，所以钯价格也一定会回落，到时候我们可就赚大发了！别说这点儿亏损，便是十倍也赚得回来。请相信我们！再说了，我们不是才刚刚大赚了一笔吗？要是此时收手，那可就前功尽弃了啊！只要熬过这段时间，胜利就是属于我们的了。这次赚的一定比上次更多，绝对是一本万利的好买卖。不用多久，那些钱就会哗啦哗啦地进入您的口袋了。"

听了这话，光晃不仅将手头的现金悉数交了出去，还卖掉了许多有价证券，这才付清了追缴的保证金。

不到一周，他们又出现了，用的还是上一次的理由。光晃卖掉了手里所有的股票，可是依旧不够。他还想通过抵押不动产来向银行贷款，但远水救不了近火。

终于到了压轴人物——放高利贷者出场的时刻。

小池拎着塞满钞票的零·哈里伯顿公文包走进椎名家。在期货公司员工以及小池等人的连番催促下，光晃终于在借据上签了名、盖了章。据说他当时签订的并非十天五成（十天利息百分之五十）或十天七成（十天利息百分之七十）等超暴利型高利贷，而是利率仅为法定利息三倍左右的"良心产品"。

紧接着，等着他的就只有急转直下的形势了。钯的价格依旧在上涨，他也只得一次又一次地追缴保证金，债台越筑越高，破产已是近在眼前。

意外的是，这件事的结局出乎了椎名光晃、高利贷公司，甚至期货公司的预料。

就在钯价格连续涨停了八天后，东京期货市场考虑到若继续听之任之，可能导致卖方投机客大规模破产，进而引发一大波自杀潮的问题，便决定实施"强制解约"，也就是强行要求买卖双方立即结算。

这就好比在陡坡上快速滚落时，前方突然出现了一个深洞。在那之前，除战争等非常时期，世界各国都没有过强制解约的先例，只有提前收到内幕消息的大公司才能做到零风险获利。所以，这个做法引起了社会各界的极度不满。

但不可否认的是，这个条例将椎名光晃从破产的边缘拉了回来。光晃明知自己损失惨重，却做不到当机立断。而且到了如今这个地步，哪怕将椎名家的所有财产都投进去，他也未必能撑到次年市场迎来转机之时。

为了结算期货，光晃含泪卖掉了手中几乎所有的不动产。本打算顺便还清小池那里的高利贷，但这群土狼互相配合着顺利打消了他的这个念头。他们不停劝说着光晃，说一旦手里没了现金，就连眼前的生活费都成问题，看起来完全是一副为了光晃着想的模样；接着又火上浇油，说"手里没钱，说话不响，想要重振雄风就必须先拿到一笔'决斗金'"；最后提出了一个比上次贷款更加优惠的条件，就这么半哄半骗地逼着光晃又借了一次高利贷。

于是，光晃只还了一半债务，剩下的一半则转为向青木哲夫借贷。这次的年利率非常低，连百分之十都不到。

经此一劫，椎名家的财产只剩下房屋和古董字画藏品了。后者包括名家画轴、古宝刀、粗陶罐等，而这些也早就被有心之人盯上了。

就在光晃因钯价格的疯狂上涨而崩溃的前夕，一个不知从哪儿得知此事、打扮成阴阳师的人敲响了椎名家的大门。他称光晃今日之困境皆为先祖恶业的报应，若想要阻止这波将椎名家拽入地狱的洪流，扭转整个局势，就必须在壁龛中摆放一个具有灵力的壶状器皿。但若是光晃囊中羞涩而无力购买，那就拿家里那些老旧的东西来换吧，就当自己积德行善了。

被接踵而至的噩耗折磨得意志脆弱的光晃，仿佛抓住了一根救命稻草。可就在他即将点头时，闻讯飞奔而来的小池等人一把将浑身白衣的阴阳师塞进奔驰的后备厢后呼啸而去，也不知最终去向何方。

失去大半财产的光晃每日失魂落魄。不久后，小池等人又为他带来了绝密内幕——据说某个大投机商最近盯上了一家大型食品公司，正在策划一起百年难得一遇的大宗投机项目。若能跟上这波浪潮，跟着他的脚步买入，最少也能有三倍赚头。这听起来很有吸引力。

但在投机市场中吃尽苦头的光晃，就像一个刚受完过山车之苦的猴子，再大的饼也打动不了他的心。眼看计划不成，小池等人便又以散心为借口带光晃出了门。

他们乘坐的奔驰轿车，最后停在一栋杂居公寓的茶馆前。店内灯光昏暗，墙上的壁纸已经斑驳，所有的桌子都是由游戏机充当的，散发着一种亲切、怀旧的气息。光晃年轻时也曾痴迷于侵略者游戏，看着店内的布局，他想起了当年自己每天废寝忘食连续在游戏机前奋战超过十二个小时的情景。

不过，那家茶馆里放的并不是过去的射击型游戏机。游戏画面中显示的是五张扑克牌，看着像扑克游戏机。机器旁的投币机并非平常的一百日元投币孔，而是纸币的插入口。光晃看了看四周，只见其他客人都完全沉浸在游戏之中。

小池他们不知正和店长聊着什么。光晃实在闲得无聊，便拿出一张一千日元的纸币，准备随便玩一局扑克游戏打发时间。

一开局就拿到了一对K，他也没想太多，换了三张牌。谁知老天居然如此眷顾他，直接给了一张K和两张Q。这把牌是九倍赔率，所以光这一把，光晃就直接赚了八千日元。

接下来就算输了也无所谓。第二局一开局，光晃就直接拿到了三张A，三倍奖金已经稳稳落入袋中了。虽然没能换掉另外两张牌，不过还是成功赢了一万日元。第三局，光晃拿到的是四张红桃牌和一张黑桃牌。他果断地丢掉黑桃牌，心脏怦怦跳个不停，最后换来的竟是一张红桃A。

他决定乘胜追击，直接挑战双倍奖金。若能猜对下一张扑克牌的点数大于七还是小于七，就能获得双倍的奖金。光晃下意识地就想选择"大"，但按下前又突然犹豫了。他想起刚刚来的路上无意中看到过一个写着"下出当铺"的招牌。

要押"小"，因为"下"才能"出"啊！这个如天启般的灵光改变了他最初的想法，而画面上出现的牌也验证了光晃的判断——是四！

久违的胜利，让光晃全身的血液都沸腾了起来。光晃忘我地沉浸在扑克牌中，那日的赌运也是好得出奇，几乎是要什么牌就来什么牌，把把都能获胜。回家前，光晃赢了将近十万日元。

章是在离家近一个月后再次返回时，才从光晃的日记中得知这场拙劣的骗局。日记中详细记录了所有细节。

离家前，章就觉得有些不对劲了。但他做梦也没有想到，毁灭的过程竟是如此环环相扣。

章到家时，椎名家已经只剩一个空壳了，正处于"私下清偿债务"阶段。运输工人将昂贵的家具和日常用品陆续搬了出去，一个两颊凹陷、面相凶恶的男人正在大声斥责工人不要碰伤家具。

光晃和照子已经不见了踪迹。章走了一圈，家里早就被翻得乱七八糟，所有值钱的东西都被抢走了。父亲房间的地板上横七竖八地躺着几个抽屉，书桌早已不知去向。

章从堆积如山的纸片中找到了光晃的日记。上面详尽地记录了他是如何迷上扑克牌游戏，又是如何因一输再输而导致越欠越多。

债务金额超过警戒线后，那些曾让光晃帮忙担保的债务人一夜之间全都消失了，椎名家又迎来了一群不择手段的债主。最后一篇日记写于两天前，光晃在最后一页给章留了言。

"小子，你爹已经还不起那些钱了，我先逃了。"

章呆呆地抬起头，发现面前正站着小池，他就这么悄无声息地进来了。他穿着西装，袖口处隐约可见金镯子和劳力士表。

"他在哪儿，你知道吗？"

章摇摇头。

"你要是不说，难保他们不会出意外。我看他们走投无路了，说不定会自杀，这样我们也有责任，所以得在他们想不开前找到他们。怎么样？你应该知道吧？"

"我不知道。"

"喂！你这小子！"放高利贷的急了眼，终于露出了黑社会的真面目，"还想瞒？既然你爸跑了，那就父债子偿！"他拿出纯金的打火机点了根烟，接着把烟灰弹在榻榻米上。

"你妈也急匆匆地离婚逃回娘家了。逃嘛……倒是能逃掉，不过，还真够废物的啊。"他紧盯着章，眼底的狠毒更甚，"你要我说几遍？你爸到底躲到哪里去了？你知道的是吧？快点儿老实交代！"

"他没告诉我。"

"你说什么？"

"我也才刚到家而已。"

小池眯着眼，吐出一口烟："说得也是，最近倒是没怎么看到过你。去哪儿了？"

"补习学校有集训。"

"是吗？这大热天的，真够累啊。既然这样，那就别念啦。"小池说罢冷笑道，"哦，这里已经不是你家了，不过暂时就让你先住着吧。好好替我看家，别让什么流浪汉随便进来。"

小池的脚在榻榻米上停下，回头看着章："你爸欠下的可不是小数目，父债子偿，天经地义。你可别打什么逃跑的主意。"

盯着章的，根本就不是人的眼睛，而是老虎般的猛兽的眼睛。

"要是你老老实实地打工还债，有个五六年也就还完了。你还年轻，多的是从头再来的机会。可你要是想跑，我们就不会放过你了。我们的人遍布全日本，找到你是迟早的事，不管你跑到哪里，最终都会被带回来的。到那个时候，哭着求我都没用了，我们会立刻取走你的肾和眼角膜。"

章一动也不敢动，直到小池的身影消失在远方。他的后背和腋下早就被冷汗浸湿。直觉告诉他，这个男人不单是个放高利贷的，很可能还是个不折不扣的黑社会。他的那些话也不是单纯的威胁，而是真的会对自己下手。

章撕下日记的最后一页，抽出夹在封底的塑料信用卡后悄悄溜出家门。

必须逃出去！章坚信自己只有这条路可走。那些人就算夺走了椎名家的所有财产，也不可能就此罢手。如果继续待在家里犹豫不决，说不定会被他们送去挖矿或是送到渔船上当苦力，甚至可能有更悲惨的命运等着自己。

就算报警，警方也未必会受理，或许会用"他们这是在合法行使债权人的权利"的理由来搪塞自己。最可怕的是，报警之后该怎么办，警察不可能二十四小时跟在自己身边保护自己。

此刻的他只想立刻逃离这里。随便跳上一辆电车，无论目的地是哪里，有多远就走多远，只要能马上摆脱那个黑社会。

只是，连他自己也知道自己应该不会这么做。

小池并没有当场就绑走或派人监视自己。不知是不屑一顾地觉得自己没那个胆量逃，还是对他自身的能力非常有信心，觉得就算逃了也能马上找到。

总之，那个男人迟早会发现他低估了自己。自己今天非逃不可！

话虽如此，若是因为急于逃离而贸然行动，肯定不用多久就会碰壁。想要成功，就要先制订周密的计划。

章先是乘电车去了隔壁町，那里有个自己偶尔会去的图书馆。他在馆内搜索离家出走儿童生活攻略，很快就找到了两本适用的书。

一目十行地看完后，章发现独立生存的第一步就是必须有一个能够证明自己身份的证件，否则不仅找不到像样的工作，就连住哪儿都是个大问题。

用本名生活太危险了，他们的耳目众多，根本防不胜防。而且要是不小心用这个名字登记了什么信息，很可能就会在网络上留下痕迹，他们只要顺藤摸瓜就能找到自己。

日本的区政府大概无法理解隐私权利这种高级概念，所以要求所有的户籍证明都应被"公开"。他们虽然也会拒绝一些出于不合法目的的申请，但并不会确认申请查看信息的人是否为本人，因此完全就是一纸空文。户籍信息也是如此，一有变化，立刻会被那些人发现的。

看来，只能舍弃对本名的留恋了。

攻略上写着，至少要花三个月才能做完所有准备，可留给章的时间不多了——也许自己明天就会被人绑走。不管将来准备躲到哪里去，自己都只能再在这个町上停留两到三天。章决定，必须在这段时间内拿到一个他们不认识的人的身份证件，然后远走高飞。

章在图书馆里发现了一本轻型摩托车驾照获取攻略，便也顺便借了。

离家出走攻略中还写了一条比较棘手的建议——若想在离家后能够独立生活，最少要准备四十万日元。

他躲到一个四周无人的角落看了看手里的现金，发现自己只有两万多日元。如果想逃得远一些，这点儿钱连交通费都负担不起，根本撑不了多久。况且，自己也没什么能投靠的亲戚朋友。

章拿出光晃留下的唯一财产（也可能是遗产）——那张信用卡后，细细端详了许久。如今只能期待父亲那句"信用卡里还有将近四十万额度"的留言是真的。不过带着卡逃亡可不是什么好主意，不但使用场合受限，还可能暴露自己的行踪。再说了，这张信用卡的有效期应该也不长了吧。

那就只能尽快买些便于携带的现金等价物了。

可是离家出走攻略上并没有提及这一部分，所以章一时也想不出该换点儿什么才好。

章坐在桌旁，将PHS[1]卡插入笔记本电脑，打算上网找找信用卡套现的方法。当时还未出现专业协助信用卡套现的人，所以章只找到了用信用卡购买礼品券的方法。但是据说那些使用信用卡购买了大量电车券、高速券、图书券的人，立刻就会被相关部门盯上。

有没有其他的方法呢？章继续在书架间寻找相关的书籍。

讽刺的是，他最终从一本解说高利贷伎俩的书中得到了启发。

书中提到，一直以来，通过购买18K喜平金项链来进行信用卡套现是放贷者最常用的方式。尤其是刻有造币局鉴定章的金项链，更是具备等同于金条的流通性。

最近其实更流行一种无须兑换现金的方法——购买热销家电。可他总不能带着电器逃亡吧，所以这个方法行不通。

离开前，章在笔记本电脑上写了一封给朋友的电子邮件，在借出那本轻型摩托车驾照获取攻略后，走出图书馆。

在车站洗手间内，章拿出旅行袋里的花衬衣换上，接着戴上一副廉价的墨镜，用摩丝让头发竖起来，加上自己皮肤黝黑，这样应该能隐瞒自己十八岁的真实年龄了。

章走进金店。他告诉自己一定要挺直腰板，哪怕被当成小混混也无所谓，而且即便信用卡已经失效，也不会被人扭送去警局。

章算过，四十万日元差不多能买三条一百克的项链。章故意

---

1 PHS是Personal Handy-phone System的缩写，指个人手持式电话系统，国内的小灵通电话即使用了这一技术。

哑着声音下单后，就把信用卡放上柜台。

长相酷似补习学校英语老师的女店员拿着卡片在刷卡机上划过的瞬间，章紧张得口干舌燥，心脏怦怦直跳。

所幸信用卡还能正常使用，章悄悄在衬衫上擦干手汗，接着模仿光晃的笔迹签了名。

这下踏实了。接着章又到附近的礼品券店，用卡中剩下的两万多日元额度全都买了图书券。

这下可算有点儿钱了。章乘私营铁路回到离家最近的车站——他暂时还不能离开自己熟悉的环境。

章的家附近有一座荒废的神社，他小时候常去那里玩耍。在四下无人的宁静神社内吸一口满是青苔味的湿润空气后，章整个人放松了下来。他绕到破旧大殿的后方，接着取出今天的战利品。

一条金属链条，分量比铁和铜稍重一些，但经打磨、抛光后散发出的金黄色光芒有着摄人心魄的力量。项链四周的光晕如同被赐予了灵力一般。

章被这些此生第一次拥有的黄金深深地吸引住了。他终于明白，千百年来，人们为何总是为黄金争得头破血流。

章摇了摇头，现在不是沉迷于黄金的时候！他将喜平金项链重新包好，跟护照一同塞进了石墙的缝隙中。至于那张已经毫无价值的信用卡，则被章用石头砸到完全看不清姓名和号码后丢进了草丛。

回到家时，小池的奔驰车从里面开出来，看样子准备回去了。章连忙躲在大树后，正好瞥到了驾驶座上的小池。他嘴上叼着烟，看上去心情很好。在车子于十字路口转弯至消失不见之前，章连大气都不敢喘一下。

章又站在原地等了一分钟后才敢进门。门上被贴了一张印有"共生信贷 管理房产"的封条。他想冲上去一把撕掉封条——当然，还是没有那个胆量。章绕到后方，从无法上锁的厕所窗户爬了进去。

　　家里一片漆黑，垃圾散落一地，但因为家具几乎被搬空，所以空荡荡的。

　　他要开灯时，才发现所有的灯具都不见了。看样子那群土狼就连这些东西都不肯放过。章看了看配电箱，应该还没被断电。他想了一会儿，突然想起旅行袋中还有一支小的笔形手电筒。

　　黑暗中，章能依靠的只有那圈小小的亮光，不禁有种做贼的感觉。地上堆满了不值钱的东西，即便在无比熟悉的家中，章也被绊了好多次。

　　所有与自己个人信息有关的资料都必须马上处理掉。他将信件、通讯录、毕业纪念册等东西全部用被单包好。照片尤其重要，找人的时候，照片的威力是其他任何东西都比不上的。除了相册，就连零散的几张照片和冲印过的底片都被章一一收拾好。

　　接着，他拿出随身携带的笔记本电脑，接上电源和电话线后，将方才写好的电子邮件以秘密抄送的方式发给所有朋友。他在信上简单说明了自己的现况，并告诉大家，所有的电话和邮件都可能成为放贷者找到自己的线索。为了避免这种风险，希望大家今后都别再联系自己。

　　章带着用床单包裹的行李走出了家门。虽然即将与这个从自己出生到长大一直陪伴自己的房子永别，但他心中并无任何波澜。此刻的章想的只有一件事——要尽快找到一个安全的容身之处。

　　他借着月光横穿草地，耳边传来小溪的潺潺流水声。走下陡坡，章看到溪边有一块被石块围出的圆形空地。可能白天有人在此烧烤过。

章把从家里带出来的照片和信件等全部丢进石灶内。晚风吹过，有两三张照片差点儿被吹飞，他连忙拿起石头压了上去。

章掏出芝宝打火机点着火，赤焰很快就蹿了上来。火势之大超乎章的想象，让他有些慌乱，好在很快就减弱了。火焰即将消失时，章将烧剩的纸片翻个面再次点火，所有回忆在这十分钟内都化为灰烬。现在，只剩小学和中学的毕业纪念册封面没有烧干净了。现在石灶内的温度还很高，他只能用脚尖把它们踢出来，然后捏着一角丢进小溪里。两块木板状的东西就这么一路撞着石头缓缓流向下游。

该找个地方过夜了。章虽然做好了露宿野外的心理准备，但考虑到明天得尽量看起来干净整洁一些，最好还是找个有屋顶的地方睡觉。回到家里待到天亮也不是不行，就是太过危险了。

章能想到的只有一个人。但现在正放暑假，他可能出门旅行去了。章只能一边祈祷他在家，一边借着月光走在碎石路上。

铃木家没有亮灯，不过恰比还待在它的狗窝里，可见他们一家人并没有外出旅游。恰比闻到章的气味后，懒洋洋地抬起头摇了摇尾巴，然后就继续睡了。

爬上高大的枇杷树，章用指关节敲了敲英夫房间的窗户。大约十秒后，英夫房间的灯亮了，玻璃窗也被打开了。

"章，你怎么来了？"

"怎么睡这么早？"章边说边从枇杷树上爬到窗边。

"打个盹儿而已。我今天早上五点就骑着自行车出去玩了。"英夫打了个大大的哈欠。

"让我住一晚。"

"怎么了？"

"我家最近有点儿事。"

"哦。反正今天做法事，家里也没人，随你怎么住。"英夫很是大方地不再深究。

"谢啦。"

英夫去楼下厨房拿来了一瓶一升装的日本酒，和章一同喝了起来。

"有没有什么下酒菜？"

"没有。"

"干货有吗？"

"没有。"

"鱿鱼干之类的呢？"

"你再怎么问也没有。"

英夫像喝水一样一口喝完日本酒，然后又给自己倒了一杯。

"你不是每次都能直接喝掉一升酒吗？也没见你要过下酒菜啊。"

"哪有每次，只有在教师办公室的那次吧？"

他们想起了中学时代，半夜躲在教师办公室的场景。明明不过是四五年前的事情，回想起来却有种恍若隔世之感，不知究竟为什么。

"……没想到他们居然会在教师办公室里藏酒，这下被我们喝了个精光吧。"英夫哈哈大笑。

"还不是因为你喝多了吐在班主任桌上才暴露的。"

不过，暴露的只是有人闯进教师办公室这件事，罪魁祸首并没有揪出来。

"对对对，我吐了，我吐了。"英夫手舞足蹈。

"吐得到处都是，那个味道还一直散不掉。"

"那是对他偷懒的惩罚。"

他们的班主任每次定期测验都照搬真题集上的题目。为了给他点儿教训，章和英夫决定潜入教师办公室，把那些题目改得乱七八糟。

"不过为了成功潜入学校，我可是准备了整整一个星期呢。"章发着牢骚。

得知学校的窗户上装有红外线传感器后，章每天半夜都跑进学校，故意让传感器检测到自己。警报大响，附近的居民不胜其烦。在被"感应错误"反复折磨了整整一个星期后，学校终于关掉了传感器。

"确实，你真够厉害的，很有做贼的天赋。"

说不定以后真的需要这种天赋。章边想着边喝干了杯里的酒。

"你在补习学校一直集训到了昨天？"英夫问。

"嗯，从早到晚都埋在书堆里。"

"真的啊？我还什么都没做。"

"我不能再复读了。"

"但你也不需要这么拼命吧？你从小就聪明，小学时的IQ（智商）可是全县第一啊。"

"那种测试不算数啦，哪能真的测出智商？设置那些题目的目的就是为了让大家都能得到一百左右的IQ值。"

章一边与英夫闲聊，一边在脑中想着其他事。若要借用别人的身份，铃木这个平平无奇的姓氏倒是个好选择。哪怕是铃木英夫这个名字，日本估计也有许多重名。

不过，还是不行。英夫明年就要上大学了，四五年后就会参加工作。照他这种一刻都闲不下来的性子，说不定过不了多久就会小有名气。届时，若两个铃木英夫撞在了一起，再怎么常见的名字，也不能总以同名同姓为借口。若是有心之人再跑去翻找户籍信息，岂不是马上就暴露了？

得换个目标。最好是那种名字极其普通且家世清白的人，最好是个成年人，而且还得是基本不在社会上活动的那种人。

可是，哪儿有能符合这些条件的人呢？突然，一个模糊的名字出现在他脑中。

"对了，我们上中学那会儿，是不是有个大两届的、姓佐藤的学长？"

"佐藤？这不是烂大街的姓吗？"

章暗想：你这个姓铃木的人有什么资格这么说。不过英夫的反应验证了自己的想法。

"就是那个被人欺负到不敢去学校、把自己关在家里的人呀。他好像就住在附近。"

"哦，你说的是佐藤学？"

"对，就是他，最近有见过他吗？"

"怎么突然问这个？"英夫一脸诧异。

"哦，我今天好像看到他了。"章连忙随便找了个理由。

"嗯？在哪里？"

"图书馆。"

英夫笑喷了，连连在脸前摆手："不可能、不可能，你看到的一定是别人。"

"你怎么知道？"

"据说他已经有四五年没踏出过房门了。他好像迷上了什么游戏，游戏手柄就没放下过，都快和手长到一起去了。我看他啊，恨不得用嘴来塞卡带了。对了，PS2新出的那款游戏，你玩过了吗？"

英夫后面的话根本就没进入章的耳中。

找到了！完美的目标！姓佐藤的人比姓铃木的还多，据说这还是日本第一大姓。而且他和自己几乎没有接触，再优秀的侦探也不可能找出任何蛛丝马迹。

章完全陷入了自己的思考中，许久后才在英夫的喋喋不休中回过神来。

"啊？"

"我问你三岛沙织啊，你打算怎么办？"

"什么怎么办？"

英夫一脸愕然："你到底有没有听我说话啊？你不是喜欢沙织吗？"

章顿时心如刀绞。他现在终于明白了舍弃自己的身份意味着什么。

意味着他要与所有热爱的东西诀别，包括对沙织的懵懂爱恋。

"我去帮你说？我觉得她对你也有意思。"

"不用了，我自己跟她说。明天找个时间去见她。"

"嗯，加油！"英夫说着突然皱起眉头，"你是不是有什么烦心事？"

"啊？没有啊……"

糟糕！英夫不是那种感情细腻的人，肯定是看到自己神情有异才起了疑心。

"要是遇到什么麻烦，你就跟我说。不管什么事，我都能给你一刀解决。"英夫站起来，拿起枕边的日本刀拔了出来。

"喂……你小心啊。"

英夫竖着劈了两三下，又抡起明晃晃的大刀挥舞起来。

"喂！危险啊！快住手！"

英夫平时总说，要是家里进了贼，他绝对能把贼人劈成两半。这可能不是吹牛。英夫从小就有异于常人的体力和体格，而且脾气火暴，曾因为把纠缠他女朋友的小流氓揍个半死而被警察拘留过。

章本打算跟他商量一下高利贷催债的事，可又担心万一英夫冲过去找人家算账怎么办，说不定会连累他被抓走或被黑社会追杀。想了想，章还是决定不说了。

英夫似乎读懂了章的心思，便丢给他一支带盖子的、钢笔形状的东西。

"送你了。"

"这是什么？"

"打开盖子看看。"

章打开一看，里面不是笔芯，而是一把小刀。

"给你防身用的。这东西虽然不大，可是到了危急关头，说不定能派上点儿用场。"英夫一副自己很有经验的模样。

这东西能派上多大用场？章犹豫了一会儿，还是决定收下英夫的礼物。今后不知会遇上什么麻烦，也算有备无患吧。

"谢谢。就算我借的。"

"不还也行。"

两人又东拉西扯了一会儿，凌晨一点过后才铺了被褥睡去。

章满腹心事，几乎一夜无眠。

第二日，章离开铃木家后凭着模糊的记忆寻到了佐藤家。虽然那是一栋老房子，但毕竟占地将近百坪，很好找。

章在笔记本上记下门牌上的名字和电线杆上标示的地址信息

后，走进公共电话亭查阅了电话号码簿。不出所料，电话簿准确记载了佐藤家的地址和他父亲的姓名。

佐藤家世代居住于此，所以户籍地一定与现在的居住地址相同。这样一来，章就基本拿到了所需的全部信息。接下来，章到文具店买了一个刻有"佐藤"的塑料印章，又到隔壁的DPE店[1]拍了申请驾照所需的照片。

走进区政府，缴纳规定数额的手续费后，章成功申请到了五张佐藤学的住民票[2]和户籍誊本。因为章是以佐藤本人的名义提出的申请，所以无须填写申请理由，而且谁也不曾怀疑这到底是不是本人。拿到户籍誊本后，他就得到了必要信息中的最后一项——佐藤学的出生日期。

章看了看手表，已经过了上午十一点。他本打算今天去考个轻型摩托车驾照，但这个时间估计赶不上报名下午的考试了。

章在空旷的公园里找了一个秋千坐下，准备好好看看昨天借来的那本轻型摩托车驾照获取攻略。虽然觉得自己稍微翻翻就能及格，但今时不同往日，这一次只许成功不许失败。章长这么大，还从未如此认真学习过。

他突然感到腹中饥饿，一看手表，已经下午一点了。他去面包店买了袋最便宜的面包棒。本想再买点儿饮料，犹豫之后决定喝水将就一下。今后不知会遇到什么情况，现金现在太重要了。

章啃着面包棒走在路上，突然觉得似乎有人在跟着自己。他猛地转头，后面跟着的并非讨债者。

---

1 DPE是Development、Printing、Enlargement的缩写，意为集冲洗、印刷、放大于一身的商店。

2 日本户籍分为本籍地和住民票。本籍心相当于中国的籍贯，住民票表示自己的居住地。——编者注

"椎名学长。"三岛沙织带着浅浅的微笑,慢慢走了过来,"你集训回来啦,在这儿干吗呢?"

章看了看自己手上的面包,有些尴尬:"那个,在吃午饭。"

"就吃面包?"

"我在减肥。"章强装镇定,可沙织毕竟不是英夫,没那么容易被骗过去。

"发生什么事了吗?"她紧锁着眉头,担心地问道。

"没有。"

"可是……"

"我都说没事了。"

他转过身,不再看沙织。再说下去,他可能无法控制自己的表情了。

"嗯,您听铃木学长说了吗?我本来和美月约了一起去冲绳旅行,可是美月突然说想和男朋友一起去。所以……如果……"

沙织话刚说到一半,就被章打断了:"接下来我会很忙。"

"这样啊。"沙织似乎很失望,"那你明天有空吗?"

"不是说了我很忙吗?"章似要斩断牵挂般大步走开,沙织没有追上来。走出一段距离后,章悄悄回头,只见她依旧站在原地不曾离去。

这也成了章与她的最后一面。

章就这么无所事事地过了一天。为了不被小池那些人撞见,他尽量避开了家附近和人多的地方。当晚,章睡在公园里。虽然可以再去英夫家睡一晚,但这样难免会让他起疑心。

第二天,天不亮他就醒了,公园里的鸟啼声此起彼伏。章看了看表,此时还不到五点。他稍微活动了一下身体,放松昨晚因睡姿不舒服而紧绷的肌肉,之后找了个水龙头漱口、洗脸。为了缓解腹中饥饿,他硬是灌了一肚子温水。

穿了两天的T恤已经臭得让人受不了了。好在昨天白天已经用公园的水龙头洗净旅行袋里装的脏衣服,并晾在了树枝上。章伸手一摸,都干了。

换过衣服后,章收拾好行李。他走到车站乘坐始发电车,坐了几站又换乘另一辆电车到达驾照考场附近的车站。早高峰前的街上几乎看不到多少行人。

饿得实在受不了的章,走进一家卖早点的茶餐厅,要了一份带咖啡、吐司、水煮蛋和蔬菜沙拉的套餐。他边吃边随意翻看体育新闻和漫画杂志来消磨时间。只要一发呆,沙织的面容就会立刻浮现在眼前,他只能不断地重新将注意力集中在思考未来上。

周围慢慢开始出现上班族的身影,章这才走出茶餐厅。

乘坐公交车来到驾照考场后,章在申请表上填写了住址、姓名、户籍地等基本信息,虽然也知道应该不会被人发现,但冒用他人名字还是让章不免心跳加速。最后,他贴上了昨天拍的照片。

将申请表和住民票递进窗口后,章拿到了准考证,接下来就是笔试了。虽然只花了半天时间准备,但他觉得自己拿个满分应该不成问题。等待成绩的过程非常无聊,许久过后,电子显示屏上不出意料地出现了他的考试号。不过,虽然考试内容十分简单,但不及格的也挺多。

在申请表上贴好印花税票、拍摄一张驾照使用的照片后,章就去了考试大厅。以前他经常无证开朋友的轻型摩托车,所以对启动、拐弯等都得心应手。但要是表现得太过娴熟,说不定会惹人怀疑,所以他故意熄了一次火。

考试结束后,考生需要观看安全驾驶及交通意外的学习视频，之后就只能在原地干等了。没过多久，章就顺利拿到了驾照。

佐藤学，二十岁。虽然地址和户籍地都不是自己的，但驾照上的照片，却是如假包换的自己。

这个伪造的身份，犹如身在饱受海上风浪摧残的漂流船上的遇难者，用尽最后一丝力量抛下的锚。从今往后，这就是自己系在社会上的唯一一条救生索。

或许驾照来得太过容易，章不禁有些放松了警惕。他回到神社后，从石墙的缝隙中取回装有护照和喜平金项链的小包裹。在去车站的途中，章居然丝毫没留意到身后传来的汽车声音。

汽车停了下来，紧接着是车门声和急促的脚步声。章猛地回头，但一切都迟了。

"小子，你是真不知道'死'字怎么写吧！"

一瞬间，自己的双臂犹如被千斤之力钳制，眼前出现的，是身体被双排纽扣西装裹住的、相扑选手般壮硕的小池。

"我说过如果逃跑会有什么下场吧，嗯？"

"对不起。"章用尽全身力气挤出了一句，"我没想逃，就是，那个……"

小池露出了毒辣的笑容："就是什么？就是出一下门？你觉得我会信吗？还是想让我看在你没跑多远的分儿上手下留情？我现在就算杀了你都不过分。就凭你，也想从债主身上抢钱？黑社会的字典里可没有什么少年法！"

生死就在这一刻了，章拼命想自救的方法。

"什么钱？我不知道。"

"不知道？哦，死到临头还敢嘴硬！"

心窝被小池用膝盖用力一顶，章直接疼瘫在地，捂着肚子吐出了黄色的胃液。在痛得浑身痉挛的时候，他脑中想的居然是还好午饭后就没吃过东西了。

"是昨天吧？你居然刷光了那个白痴偷藏的信用卡的额度，还买了喜平金项链，学得倒挺快啊！怎么样，我都说得这么清楚了，还不打算认罪？"

昨天刷了信用卡，他今天就能知道吗？不是只有信用卡发行方才能随时查看额度变化情况吗……

"卡呢？哪儿去了？"

"被我丢了。"

"什么？你觉得我会信吗？"

"真的丢了。反正额度已经刷光了，留着也没用。我用石头砸烂后丢掉了，就在那边的神社里。"

小池用恐怖的眼神盯着章，继而冷笑道："算了，反正也被你刷光了。不如我们好好谈谈今后的还款计划吧？虽然离这里有点儿远，不过还是请你来我们公司一趟吧！"

章安静地点了点头，其实心里已经默默做了决定。要是被这辆奔驰轿车带进黑社会的地盘，自己就永远无法翻身了。如果要逃，只有现在。

况且，现在只有小池一人。或许，自己还没被老天爷完全放弃。

"算你运气好，今天碰到的是我。要是青木，还不得扒掉你一层皮，都不知道你现在还有没有命咯。"

小池一只手紧紧攥着章的手腕，另一只手打开奔驰轿车的副驾驶车门。

他的双手都被占满了，机会来了！

章从胸前口袋中掏出英夫给的那把小刀,并用大拇指弹开了盖子。盖子滚落在沥青路上发出的声音,引得小池疑惑地看了过来。

　　"咦?什么东西……"

　　章将手中反握的小刀对准腾不出手的小池的左腿奋力刺进。

　　小池发出野兽般的号叫。

　　两下,三下。原本如钢铁般紧紧扣在章左腕上的手指渐渐松开。章本打算就此翻身逃走,谁知倒在地上的小池竟拼尽全力跨出右脚,并一把揪住了章的衣襟。

　　"你这个浑蛋!我要杀了你……"小池的脸如恶鬼般恐怖。

　　章被吓得缩成一团。下一秒,他下意识地将捏在手中的小刀直接刺向小池的脸。

　　小池惨叫着想用双手挥开小刀,结果却被划出了更深的伤口。小刀划开了他的脂肪层和肌肉,一路从颊骨划到下颌。

　　章吓得倒退了五六步。

　　小池用手按着脸,奋力在路上爬行,从手指间喷涌而出的鲜血染红了脚下的沥青路。

　　逃!快逃!章紧握的右手一松开,沾满血迹的小刀便直直落了下来。

　　他不再看身负重伤的小池,慌忙地跑了出去。小腿犹如被人抽空了力量,章跟跟跄跄地奋力逃离这个噩梦般的地方。背后传来一声声令人毛骨悚然的哀号,宛如濒死的野兽般断断续续发出的咒骂,比他曾对自己发出的所有威胁都让人感到恐惧。

　　别回头!快跑!必须跑!不跑会没命的!恐惧导致的缺氧令章浑身无力,但他还是拼了命地往前跑去。

　　此刻,他就像只被狼群追捕的兔子。

II
钻石

坐上高速大巴，章的心总算放了下来——安全了！不会再被人发现了！因为现在的自己，已经换上了他人的名字。

章虽然一直在做心理建设，但还是不由自主地觉得那些人的同伙正躲在窗外的无尽黑暗中。

我不会死，我要活下去，不管发生什么事，我都要活下去。

这句话如咒语般不停地在章的脑中盘旋。

放弃人生很容易，但那样就失去了从头再来的机会。现在是自己人生中最阴暗的时刻，只要能咬紧牙关挺过去，就一定会迎来命运之神的眷顾。

或许该说是一种幸运吧，从抵达东京站的那一刻起，章就疲于处理大大小小的各种问题，困扰了他一路的恐惧感也在不知不觉间被抛诸脑后。

首先要马上找个睡觉的地方。另外，自己手上的现金已经所剩无几，要尽快把喜平金项链换成现金。

翻阅晚报上的招聘启事后，章决定先去应聘提供食宿的弹珠机店店员。由于正值暑假，章还被面试的第一家店怀疑成离家出走的少年。

其实只要拿出写着佐藤学名字的驾照，证明自己已经年满二十岁，应该就能顺利被录用。不过章一开始用的是班上同学名字的组合，随口给自己编了一个吉田诚的假名。对现在的章来说，驾照就是最后一张王牌，是为了找一份长久的工作而准备的。而且弹珠机店这种常为失踪人口提供工作机会的地方，很可能与黑社会或者高利贷有联系。

第一家店和第二家店都不愿意录用章，而位于郊区的第三家店竟然马上就同意录用他。章过去后很快就明白了，因为那家店不仅工作环境恶劣，工资也低得离谱，根本留不住人。

章走进所谓的员工宿舍，发现其实就是间四叠大的破旧小屋。这也就罢了，凌晨十二点回到房间后，他发现了一个更严重的问题——自己放在房间里的行李好像被稍稍挪动过。好在他一直贴身带着写着自己本名的护照、写着佐藤学名字的驾照和喜平金项链，所以没有造成损失。但直觉告诉他，这里非久留之地。章虽然恨不得马上离开，但还是强忍着工作了一个星期，并领到了第一份工资。一个星期的卖力工作，让章很快便得到了老板的信任，只不过是毫无价值的信任。拿到微薄的工资后，章就头也不回地离开了。

这段时间章跑了好几家当铺，想找个地方把喜平金项链卖掉。但似乎每家当铺都看出章急需用钱，都把价格压得极低。最后才终于找到了一家愿意以市场价的七折来收购的商店。谨慎起见，章只卖了一条。如果一次拿出好几条金项链容易被人盯上，更何况眼前也只需变卖一条便足以度日。

事实上，只卖掉了一条金项链的真正原因或许是章不舍得吧。哪怕只是从三条变成两条，他都像割了自己的肉一般，心疼了好一阵子。

章发现,同时完成找工作和找住处这两件事的想法是错误的。自己应该先找到一个固定的落脚点,想办法取得别人的信任,否则根本找不到像样的工作。

可落脚点哪儿那么容易找呢?哪怕是如同废屋一般几乎无人入住的公寓,也要通过保证人才能租到。可见拖交租金或者赖账的人如今越来越多了。章倒是听人说起过,市面上有专门替人担保的公司,但他既不愿接触来历不明的陌生人,也不愿在这种事上花冤枉钱。

离开弹珠机店的前一天,章终于找到了解决办法。一位善良的房屋中介见章一直找不到合适的房子,便建议他去外国人之家看看。

他从未听说过外国人之家,据说那原本是为来日本的背包客提供的住处,不过现在大家更愿意称之为旅客之家。这种房子在东京都内随处可见,只要缴纳两万日元的保证金和每个月六万日元出头的房租,就能租到设备齐全的单间,甚至还带有水池、冰箱、电视和空调。公共区域则带有浴室、厕所和洗衣机等设备。租这种房子完全不需要提供保证人或身份证明资料,这对章来说简直就是天大的喜讯。

最后,章选择了北池袋的一个名为"自由之家"的外国人之家。他搬进去后发现,里面居然住着许多日本人,不知是不是经济不景气的影响。这一次,章用了佐藤学这个名字。

解决了租房问题后,章用外国人之家的地址和轻型摩托车驾照申请了PHS手机。虽然对于现在这种根本没有联系需要的情况来说,买手机实在是一笔不必要的巨大开销,但为了找工作,也只能咬牙买了。没有手机就无法联络,那就很难找到正经的工作了。最近的年轻人已经基本不用固定电话了，应该不会引起什么怀疑。

接着，他将轻型摩托车驾照上的地址改成了外国人之家的地址。因为驾照持有人必须于取得驾照后的第三年生日前办理换照手续，换照通知信自然是会被寄到驾照上的地址。可问题是，自己根本不知道它何时寄来，总不能日日夜夜守在别人的信箱旁等着偷信吧。

所以得想办法把信件的收件地址改为自己在东京的住址。章原本还担心要先回老家，偷偷把佐藤学的住址改为东京的地址才能更改驾照地址，岂料更改手续简单到让人扫兴——只要带着驾照、照片和被寄到新地址的PHS手机发票到警局申请就可以了。

最后，章拿着写着新住址的轻型摩托车驾照和粗糙的现成印章到银行开设了账户。

次日，章在文具店买了履历表，随便写上几条履历后就开始在东京都内四处找工作。他到职业介绍所一看，受经济不景气的影响，那里挤满了求职者，这让章感到十分泄气，心想大概找不到合适的工作了。尽管他不抱任何希望，但还是得到了幸运女神的眷顾。中介为他介绍了一份土木工程公司的工作，地点就在距离外国人之家两站路远的地方，还为他安排了面试。

公司的社长安西看起来五十岁上下，剃着平头，从面相上看应该是个性格耿直的人。章努力地展示自己年轻、健康与积极向上的态度，同时又若有似无地体现出了自己的耿直、聪明和明事理。他知道自己最大的弱势在于没有任何工作经验，但他也不打算强行编理由，干脆直言高中毕业后一直没想好该找什么工作，所以一直都在打零工，最近有些担心未来了。

安西社长并没有完全相信章的那些话，但还是让他先以实习生的身份来公司，当天到岗。

安西公司主要承接最近十分流行的整体改造工程，尤其擅长玻璃改造。从十几年前开始，这家公司就主要从事玻璃的隔音改善、防结霜，以及为客户更换双层玻璃——用于窗户或门框上的中空玻璃的业务。最近一段时间，由于从窗户潜入的偷盗事件频发，人们对防盗玻璃的需求也急速攀升，于是这项业务就在一夜之间成了公司的主要收入来源。

章跟着公司里的前辈上门为顾客安装玻璃。他将旧玻璃从窗框上取下，调整好新玻璃的厚度后嵌入，然后填充密封材料进行固定。商店等处使用的大型玻璃都是非常厚重的，需要两个人借助大型吸盘来搬运，所以章每次都是提心吊胆的。但看着安装完的玻璃，章又会感受到一种前所未有的成就感。

章在安西公司待了两年左右。其间，他学会了玻璃的切割、加工，以及窗框加工技术。闲暇时，他会反复阅读公司的玻璃操作手册，久而久之，居然对玻璃这种奇妙的物质产生了浓厚的兴趣。

很多人都觉得玻璃是一种固体，但由于玻璃具有无法产生结晶、原子排列不规则等特点，它更应该被视为高黏度液体。

但玻璃的性质又与我们对液体的认知完全相反。从莫氏硬度看，铁的硬度为4.5，普通玻璃的硬度约为5.5，石英玻璃的硬度甚至高达7，算得上极其坚硬之物了，可是又非常容易出现脆性破损。

玻璃的破损原理可以分为两种：一种是在小范围内施加强烈撞击后导致的赫兹破损，另一种则是在大范围内施加巨大压力后导致的扭曲破损。针对前者，只能采用物理强化或化学强化等方法提升玻璃本身的刚性。若在两片玻璃间加入一层特殊的树脂

283

膜，不但能提升对后一种破损的抵抗性，还能大大提升其耐贯穿性。

章工作非常卖力。起初只能领到微薄的工资，但随着技艺的精进，他的收入逐渐增加。而且他从不喝酒、抽烟、赌博等，慢慢地就有了一笔小积蓄。

正式入职后，章就可以购买健康保险了，于是又多了一张能够证明身份的东西。真正的佐藤学应该是以亲属的名义挂在他父亲的健康保险名下，所以严格说起来这算是重复投保。不过应该没有一个系统能查到这个信息。即便真被查出来，就说两个人碰巧是同名同姓又同一天生日好了。

不过为了避免被人发现，还是尽量别用这张健康保险卡。幸运的是，不知是不是因为自己一直处于精神紧绷的状态，在安西公司的两年里，除了得过一次轻微的感冒，章一直很健康。

之所以要离开安西公司，是因为自己时隔两年拨通了英夫的手机。

"章？你现在在哪里啊？"

英夫惊讶得大叫出声，章只好把公用电话的听筒暂时从耳边拿开。

"在东京。其他的事情就别问了。"

"为什么？"

"不方便多说。"

"不方便？你遇到麻烦了吗？你走了之后，有几个长得像黑社会的人跑到我家里问知不知道你在哪里。我们都说不知道，他们却还不停地恐吓。后来我爸实在受不了报了警，他们才离开。"

"对不起，给你添麻烦了。"

"小事。"

"那些人长什么样？"

"不记得了，好像一个是顶着一头短短的卷毛、一脸寒酸相的大叔，还有一个金发年轻人吧。"

听起来应该不是小池或青木。看起来这两个人的手下还有一些小兵，这可绝对不是什么好消息。不过这两个人没有亲自出马，至少表示他们对英夫的疑心并不大吧。

"对了，你现在还好吗？"

"还行吧……你呢？"

"顺利进入复读的第三年。"电话那头的声音中听不出一丝沮丧，"从头念一遍高中三年的书本来就要花三年嘛……对了，三岛沙织现在也在东京。脑子好的人就是不一样，一把就能考上喜欢的学校。"

"是吗……"章隐隐有些心痛，虽然这个名字已与自己无关。

"我问她要了手机号码，告诉你吧！"

还没等章回答，英夫就掏出了个什么本子，念了一串十一位数的号码。章只是静静地听着，什么都没记。

"对了，你家被拆了。你知道吗？"

"嗯……"意料之中的事情。

"啊，对了。那几个黑社会从我家离开后，有次我路过你家门口，看到那儿站着另一伙黑社会。看到你家那片空地后，他们跑来找我打探你的消息。我当然也说不知道。"

"他们长什么样？"

"是一个脸上缠满了绷带的矮胖男人，问了我一大堆问题，还用那双鳄鱼一样的眼睛死死地盯着我，真是烦死了。和他一起的，是个长成了埴轮样的大叔，那张脸可臭了……总之你小心点儿，这些人一看就不是善茬儿。"

小池还活着的消息让章稍微松了口气，但知道他还是不依不饶地打探自己的消息时，又感到十分烦闷，真不知道他们究竟要纠缠到什么时候。"黑社会的字典里可没有时效啊！"小池的声音仿佛又在耳边响起。

"那个人给了我一张名片，你应该不会想知道他的电话吧？"

"要来干吗？"章苦笑。

"可不是，对了，那个叫什么共生信贷的黑社会公司也在东京。"

章被惊得说不出话来。因为小池操着一口大阪腔，章一直默认那是个大阪的公司。他做梦都没想到，这伙人居然是从东京远道而来的讨债者。

"公司地址在哪里？"

"嗯，丰岛区池袋……"

从英夫口中说出的地址让章整个人愣在当场。不用看地图也知道，那个地址与外国人之家的直线距离不到一千米。这么说来，自己岂不就是在自投罗网？迄今为止一次也没遇到过他们，或许只是因为走运吧。

当然，生活在东京这座城市的人，哪怕近在咫尺也未必能经常碰面。但现在既然已经知道他们的所在，章难免心生恐惧，甚至恨不得马上逃离东京。

不过，能完全淹没自己的，大概只有东京这种大城市的车水马龙了。与东京相比，大阪和横滨都只能算小城市。

适合隐形人居住的城市规模并不取决于物理距离，而取决于人口数量。东京内的街道纵横交错，只要不是身处同一个车站，就与相隔千里无异。在这种城市中遇见那些人的机会也许趋近于零。

"我说，那个满脸缠着绷带的大叔，该不会是你干的吧？"

"嗯。"章马上承认了。

"用了我的那把刀？"

"是啊。"

"看来你也挺厉害的啊。"英夫笑道。

"可惜当时把刀子弄丢了。"

"是吗？不过如果你想随身携带的话，最好还是头把长的螺丝刀。如果单纯为了攻击对方的脸部，一字形的就够了。不过要说好用还得是可以刺伤任何部位的十字形螺丝刀。就算被警察盘问，也可以用自己组装家具或修理摩托车那些借口搪塞过去。要是放在家里的话，那还是日本刀好一些，铁棒也挺称手的。最好找根好握的细铁棒，就是那种小口径但足够厚重的铁棒，一棍子下去，对方就没有招架之力了。"

章准备按英夫的建议准备一根铁棒。这种混迹江湖之人的话还是很有参考价值的。

"铁棒会不会打死人啊？"

英夫听完笑了："要是会，我不是早就被尸体淹没了。"

"还真是不可思议啊，你每次都下狠手，但为什么从来没打死过人？"

"那还用说？因为我每次都很注意啊。要是照着脑袋直接一棍子下去，那当然是会出人命的。所以我打的都是对方的肩膀，只要锁骨一断，还不得乖乖认输。"

"可是对方会躲啊，万一不小心打到头呢？"

"这可就有技巧了。"英夫非常自豪地解释道，"如果对方

287

是个手脚敏捷的人，那就往他头上招呼。对方肯定得闪，这样就能正好打中你想打的部位。"

"……这就是传说中的'哥伦布竖鸡蛋'吧？"这个世上总有些人，哪怕行动荒诞不经，也能得到上天的庇佑，依旧能安稳地度过这一生。

"总之，有麻烦就跟我说。只要我能帮得上忙，绝对义无反顾。"

"嗯，也许真会找你帮忙。"

章当天就去了房屋中介公司。他本打算找个新的外国人之家，但现在的章与两年前不一样，已经有了正式的工作，因此不需要担保人也能顺利租到公寓。

新住处位于涩谷区的笹冢。搬完家后，章立刻就辞去了在安西公司的工作。虽然被包括社长在内的一众同事竭力挽留，但章含糊地表示最近发生了一些事情后，大家便不再多说了，或许是觉察到他另有隐情了吧。

搬到笹冢之后，章每次外出都更谨慎了，不知不觉间就养成了出门必戴一副黑框装饰眼镜和一顶棒球帽的习惯，不仅如此，还把帽檐压得低低的。

幸运的是他很快就找到了新工作。涩谷大厦维修公司正在招聘清洁人员，是那种坐在吊篮或吊板上擦拭大楼外墙的高空清洁工，待遇更是丰厚。这是章在安西公司工作时就做惯了的事，所以丝毫不用担心。

受聘后，章只经过简单的培训就被带到了工作现场。换上写有公司名称的蓝色连体工作服，戴上安全帽，再在腰间绑上带有救生索的安全带，他要上到二十多层高的大楼屋顶，坐进吊篮后沿着外墙缓缓落下。先用涂水器将清洗剂涂在玻璃上，让污垢浮出，再用类似雨刷的玻璃刮刮除。

这工作看似简单，但一开始也不如预期的顺利。章虽然觉得自己根本不恐高，但光是五十多米高处的空气已经让他紧张到双手僵硬，双脚完全不听使唤。而且一旦起风，吊篮就会在空中大肆摇摆。章被身边的前辈骂了好几次，还是没法集中精力工作。

那天的工作时间比原计划的延长了很多。结束一天的工作后，章满身大汗地回到公司，还以为自己大概保不住这份工作了，结果居然得到了正式录用的通知。后来听说，是自己全程都没发出一声尖叫的绝佳忍耐力征服了他们。

第二日，章就正式开始了高空清洁工的工作。最初的三天里，他都在和恐惧做斗争，不过适应了高空作业后，也就慢慢熟练起来了。

东京都内的高层建筑中，楼高超过十二层的建筑大多会在屋顶常备一个吊篮，有些大型高层建筑还会在外墙上留出可供吊篮滑行的凹槽，不过大多吊篮都只是被简单地悬吊下去而已。最可怕的还是风，若是强风倒还可以暂缓工作，可若是在无风或者微风的日子，突然刮来的一阵大风也会把吊篮吹得摇晃不止，简直能把人吓破胆。

而最可怕的，当数那些不算太高，但没放置吊篮的大楼。这种情况下就只能从屋顶上垂下登山专用绳索，然后坐在绳索前端的吊板上沿着外墙往下降。虽然系着救生索，但那种恐惧是任何事物都无法比拟的。而且这种高度的大楼，多半都被那些根本不为清洁工考虑的设计师设计成了稀奇古怪的造型，或是墙体倾斜，或是在窗户上装些碍事的遮雨棚，那就更让人觉得紧张了。

不过就像同事们总说的那样，下降的过程是最恐怖的。真正面对墙壁专心工作后，心中的恐惧就自然消失了。

章把所有的心思都放在清洁玻璃这项工作上。高效、认真的工作态度不仅提升了他的价值，也降低了发生意外的风险。他看着除去污垢后闪耀着光芒的一扇扇玻璃窗，犹如看到了自己崭新的人生。章自然也因敬业得到了公司的赏识，很快，他就成了公司里最重要的人才，开始负责培训一些兼职员工和新人。

　　日复一日地忘我投入，让章的工作走上正轨。但因有了余力，他对未来的种种担忧也不断袭来。

　　自己是以佐藤学的身份开始新生活的。但这毕竟是权宜之计，这样的人生是虚假的。

　　他完全无法预测这个身份能安全使用到几时。若是真正的佐藤学始终窝在家乡倒也罢了，但谁又能保证他不会在什么驱动力的作用下重返社会呢？驾照也是个大问题，若他考的是普通驾照倒还好，万一他考的也是轻型摩托车驾照呢？岂不是马上就会发现被人冒领过？再比如他想申请低保，甚至他突然死亡，那就糟糕了，因为自己现在的所有收入都是基于佐藤学的住民票信息。

　　就算是这样，自己也不能轻易改动他的住民票。手续方面倒不算麻烦，关键是迟早会被人发现的。

　　当年做出逃亡决定时，章本想着只要能熬到那个高利贷公司被取缔，情况就一定会好转。到时就能回到故乡，重新以椎名章的身份活下去。但现在看来，情况似乎很不乐观。

　　若要永远舍弃椎名章这个名字，那就得花钱买个新的户籍了，但这大概不是一笔小数目。

　　总而言之，只要有钱，就能解决所有问题了。

　　所以，根本就不需要舍弃现在的一切。

　　只要有钱。

只要有钱……

目睹那一幕纯属偶然。

那是一个星期天，早上十点过后，章坐前辈的车到达六本木中央大厦，就是人们常说的六中大厦。

他去保安室取了钥匙后直接爬上屋顶，照例先检查吊篮的安全状况。

检查完供电设备，章依次确认了厚橡胶电缆表面是否破损、插头和插座是否完好无损、插头和插座能否正常连接、防漏电开关能否正常运转；接着检查滑轨、吊车和钢索；最后检查吊车和操作台的开关以及对讲机。

与正在严格按照标准规范进行一系列检查的章相比，站在旁边装模作样地检查吊篮的同事明显敷衍多了。一般来说，清洁窗户用的吊篮是可供两人乘坐的，但六中大厦的吊篮只够容纳一个人，也就只能由一个人来清洁窗户。另一个人则负责提醒行人不要从吊篮下方经过。此外，还要站在吊车旁待命以应对突发状况。

和前辈搭档工作时，章一般都会负责清洁窗户。除了想让同事欠自己的人情，也考虑到自己没有普通驾照，每次都要蹭人家的车，所以权当补偿了。

结束检查后，章乘坐吊篮从大楼北侧缓缓下降，然后停在北侧顶楼最靠近西侧的窗户外。柴油车飞驰而过留下的尘埃在窗户上糊了厚厚的一层。章刚拿出涂水器为玻璃窗打泡沫，就被窗内的景象惊呆了。

顶楼北侧的窗户用的不是百叶窗，而是全部装上了看起来十分厚重奢华的窗帘。明明是周日，屋子里的窗帘却大开着，连内侧的纱帘也被完全拉开了。

透过玻璃窗，章看到窗内的大书桌前坐着一个男人。一个满头白发、长着一双米老鼠般大耳朵的老人，手里拿着一把镊子，正全神贯注地做着些什么。

也许察觉到窗外的阳光突然被挡住，老人惊慌地抬起头盯着章。于是章做出一个所有同行在面临这种情况时都会做出的举动——继续工作。他假装面前是一面调光玻璃，从外面完全看不到屋内的情景，淡定地继续擦着窗户。他用涂水器在玻璃窗上涂抹清洁剂泡沫，再用玻璃刮将泡沫从四周向中央聚拢，堆成一小坨后刮除干净。

老人面无表情地拿起书桌上的遥控器，朝章这个方向按下开关。随即，电动窗帘从左右聚拢，最终隔断了章的视线。

移动到下一扇窗户后，章还在维持着他那完美的演技，如常地继续着自己的工作。不过，他的脑中却迅速思考着别的事情。

虽然只是短短一瞬间，但老人摊在桌上的东西已经牢牢地烙在了章的视网膜上。

那是在黑色天鹅绒般的布上绽放出夺目光芒的、数不尽的"星星"，虽然外观看似玻璃球，却散发着异样的光芒。老人用镊子将它们一颗颗地夹进白瓷咖啡杯中，再用笔形手电筒斜着照射看。

相似的场景，章曾见过一次。记忆中，父亲坐在茶几前爱抚的那些玻璃球，也发出过同样的异彩。

"笨蛋！不准乱摸！这些全是钻石呢！"父亲的声音仿佛再次出现在耳畔。

是的！的确是同样的光芒！那个老人面前的东西，一定就是钻石！

也许那是个正在鉴定钻石的珠宝商,这么想来倒也没什么奇怪的。不过,就在此刻,之前在清洁这栋大楼的窗户时看到的情景突然重新浮现出来。

他记得当时看到的也是这个房间、这个老人,似乎也是周日。没错!由于工作日人来人往,比较危险,所以这栋大楼的窗户清洁工作大都选在假日时间。

一个总喜欢在假日独自待在办公室看钻石的老人,这是否代表着什么特殊含义呢?章暂时还想不明白。

工作结束后,章去保安室归还吊篮钥匙时顺便看了一眼大楼指示牌,想看看顶楼那家公司究竟是做什么的。月桂叶株式会社,一家独揽大楼最顶上三层的公司。那么,那个老人想必就是公司社长或会长了吧。

结束一天的工作后,章去了一家网络咖啡屋,为了省钱,他现在的住处并未申请网络。输入月桂叶公司后,画面上出现了几个类似的选项,不过地址位于六中大厦的,就只有一家业界规模最大的看护服务公司。最近,这家公司似乎正准备在东证二部上市。

公司董事长兼社长一栏写着"颖原昭造",还有照片,是个满头银发的男人,长着一张绅士脸,鼻梁高挺,一双厚实的大耳朵尤为醒目,的确就是自己刚刚看到的那个男人。

那可就奇怪了。虽然自己对看护行业一无所知,但从常识判断,这个行业与钻石之间应该不会有什么联系。那钻石看起来也不像公司的正当资产,若是私人藏品,那得值多少钱啊!不过,一般贵重的东西不都是放在银行保险柜或自己家里吗?怎么会有人把这么多钻石放在公司呢?哪怕是社长室也很奇怪啊。

难道他是带来公司清点一下?还是说不通。如今的治安状况这么差，很容易被人盯上甚至遭到抢劫，大部分人都不会选择随身携带。更何况，谁会在休假日带着钻石来公司呢？

那恐怕是一笔不能见光的资产，章心想，要么是侵吞的公款，要么就是偷税、漏税所得。之所以藏在公司而非家里，一定是为了躲避像电视剧和小说里会出现的那些税务官或者国税厅的监察！

若真是这样，如此高龄却还频繁假日加班的原因也就不言而喻了。他一定是担心那些钻石，所以寝食难安吧。

章继续查阅了钻石的鉴定方法，果然不出自己所料。辨别天然钻石和人工钻石的传统方法，是滴上水滴后观察水滴的凝聚方式，但这仍然存在漏网之鱼。另一种方法，是将钻石放进白色咖啡杯中，从侧面照入光线。这种情况下，二氧化锆等人工钻石会分散出虹光，而天然钻石则只会分散出白光。

章喝着咖啡想了很多。

自己能看到那一幕已经是极大的幸运了，可以说不亚于中了一次大乐透。既然如此，就不能任由机会从手中溜走。那么多钻石啊，只要拿到几颗，自己的人生就会变得完全不同。那种一有风吹草动就胆战心惊地恨不得马上逃走的生活，就能结束了！

只要能偷出来就行。失主肯定不敢因见不得光的财物失窃而报警。

章开始调动自己曾在小说、电影里看过的所有刑侦知识。

他想到其实还有一种更简单的方法，就是威胁对方。如果对方不给点儿封口费，自己就把看到的一切都告诉国税厅或警方。

换个思路。首先，钻石不是那么容易就能偷出来的，光是思考如何进入那座大楼就是个大问题。更何况，自己根本不知道那些钻石被藏在哪里——应该在一般人根本发现不了的地方吧。而且，这毕竟是价值连城的东西，一旦失主发觉遭窃，肯定不会善罢甘休。

本不会有人知道的钻石居然被偷了。社长一定会为了找出犯罪嫌疑人而努力搜索记忆，说不定最后会想到曾被一个擦窗户的清洁工见过的事。他就算不报警，估计也会动用其他势力逼自己吐出来。

章想起了小池和青木。眼前浮现出一帮比他们更凶神恶煞的人红着眼四处寻找自己的画面。

其实，威胁对方也一样不切实际。对方只要换个地方藏钻石就不会留下任何罪证。更何况，对颖原社长来说，想要堵住威胁者的嘴，或许不会用收买的方式，而是暴力吧。

……或许，钻石早已不在那个房间里了。章说服了自己。

心思缜密之人，一定会在暴露财物后换个藏匿地点。所以很可惜，这一次目击可以说是毫无价值了。章彻底打消了对钻石的贪念。然而在他一个月后再次去六中大厦清洁窗户时，事态发生了巨大的变化。

清洁十二楼的窗户时，章惊讶地发现玻璃窗上居然不见一颗尘埃。

不对劲！若是没有安装玻璃的经验，或许章根本就发现不了，但现在的他可以笃定，这和上一次自己来时看到的玻璃是完全不同的。玻璃与窗框之间明显露出了填充材料的痕迹。章用食指摸了摸，没错！这是全新的玻璃，而且似乎连窗框都被换过了。

这到底是怎么回事？大楼的玻璃窗十分厚实，不可能轻易破损。章用指关节敲了敲玻璃窗，从声音来看，这扇玻璃窗不仅厚实，隔音效果还非常好。多亏在安西公司工作过，章一眼就看明白了。

新玻璃的厚度超过两厘米——这是用于防盗的双层玻璃。虽然看不出中间膜的厚度，但想必拿个大锤子敲也未必能敲破。

章一边擦窗户一边继续观察。他发现只有顶楼的玻璃窗被全部更换过了。移动到那天曾看到过钻石的社长室外侧，满头银发的颖原昭造此刻不在屋里。但和上次一样，窗帘全被拉开了，桌上还放着一个用过的杯子。看样子，这个假日社长也来公司了。

章再次全力开动脑筋。为什么颖原社长要把所有玻璃窗都换成双层防盗玻璃呢？因为钻石被自己看到了？不对，应该不是。要是他担心被人撞见，那另外找个地方存放不就行了？至于要更换玻璃窗吗？

这么说来，上次自己的演技应该成功骗过了他。所以颖原社长并非疑心被人从窗外看到，只是单纯在看到窗外的吊篮时担心小偷也可能从窗外潜入，这才换上了非常坚固的极厚防盗玻璃。

可见，钻石还在这个房间里！这个结论让章激动得浑身发颤。

只要潜入这个房间，找到钻石的藏匿之处，就一定能偷出来。是的，一定能！只要有耐心，就可以把那些小小的钻石慢慢变卖掉。反正自己本就是个四处逃亡之人，不过就是多了一伙追查自己的人罢了。而且，他早就学会了隐身术。

那天，为了不让同事察觉自己的兴奋以及控制不住的颤抖，章忍得非常辛苦。但这是一种与往日的痛苦情绪截然相反的辛苦。

章计划的第一阶段，是潜入那座大楼。为此，章要先收集一些必要的信息。幸运的是，章的东家涩谷大厦维修公司正好也承担着六本木中央大厦的物业管理工作。

于是，章十分自然地开始接近那个名叫柿沼的负责人。一开始，他们只是偶尔闲聊，逐渐就发展成下班后一起去喝酒的关系。柿沼今年三十出头，是个哪怕喝醉酒也只会聊工作的无趣男人。但正因如此，章才轻而易举地从他嘴里套出有关六中大厦的种种信息。

柿沼告诉章，最近月桂叶的社长室好像遭到了外部气枪狙击。虽然不知究竟是何人所为，但为了社长及所有高管的人身安全，他们将顶楼的窗户全部换成了防盗玻璃。因为更换玻璃窗的所有费用皆由月桂叶公司自行负担，大厦的持有人也就没有多加干预。

章听着那起所谓的狙击事件，总觉得疑点重重。动机和方法至今不明，说不定，这根本就是社长为了找个正当理由来更换玻璃窗而自导自演的一出戏。

章继续打听后得知，他们还加强了其他方面的安全措施。首先是在电梯内设置密码，若不输入密码，电梯就不会升至顶层；此外，他们在社长室前的走廊尽头加装了一个CCD摄像机，由保安室负责二十四小时监视。

看来潜入远比自己设想的困难得多。破坏窗户简直难如登天，而且还会留下明显的痕迹。因此，只能考虑从顶楼内侧进入社长室。电梯密码是个大难题，更何况还得避开监控器的拍摄，真是想都不敢想。

可章并不打算放弃这个千载难逢的机会。反过来想，自己需要解决的也就是这两个问题而已。毕竟就入室偷盗而言，无论是珠宝店还是富豪宅邸，恐怕都找不到第二处依靠如此松懈的防盗措施来守护贵重珠宝的地方了。

章将微薄的存款悉数取出，又把两条珍藏的喜平金项链变卖给了当铺，如此一来，手头的作战资金就有一百万日元上下了。其实他现在已经有了固定的工作，如果找金融贷款机构贷款，多少也能借出一些，只是他一想到贷款就不禁犯怵。所以，这一百万日元就是章现在和未来能动用的全部资产了，每一分钱都必须花在刀刃上。

他先在旧衣店花五千日元置办了包括西装、衬衫、领带和皮鞋在内的全套行头。到了不上班的休息日，他就时常摘下眼镜，把头发梳成三七分，打扮成上班族的模样进出六中大厦。这身装扮果然成功瞒过了许多人，就连相熟的保安，也一次都没认出过他。

当然，章无法到达顶层。但他仔细地观察了从一楼到十一楼的状况，还拍了许多照片。当遇到前台或工作人员询问时，他就以走错楼层为借口，或是立刻转身往厕所方向走去，通常都能蒙混过关。

经过周密的观察，章发现至少从二楼到十一楼的布局都完全相同，电梯和厕所的位置就更不用说了。章从内部楼梯仔细观察了各个楼层的门，果然不出所料，门上用的全是自动锁。

回到公寓后，章试着画出顶楼的空间布局图。他努力回忆清洁顶楼窗户时看到的所有景象，然后填进布局图。基于社长室、其他高管办公室、秘书室及走廊的位置关系，可以大致猜出监控器的架设位置。

画完布局图，他更想亲自进去看看了。章也想过，既然涩谷大厦维修公司也同时承包了大楼内的清洁工作，要不就拜托负责人，让自己替其他人工作一天。不过思来想去，章最终放弃了这个想法。他实在想不出有什么理由能让一个自视甚高的高空清洁工突然说想要打扫大楼内部。任何可能被怀疑的行为都要尽力避免。

于是章改变思路，将目光瞄准了秋叶原。他闲来无事便会去那边的防盗用品店询问监控器的相关知识，并准备购买必要的器材。

又到了去六中大厦工作的日子，这天与章搭档的是一个刚进公司的新人。章到保安室拿了三把钥匙后，上屋顶进行操作前的确认。

就在负责擦窗的新人坐上吊篮开始下降时，章拎着运动背包从内侧楼梯走了下去，将耳朵贴在顶楼的门上，确定里面没有任何动静后，插入了万能钥匙。

锁芯被成功转开了，这把万能钥匙果然能打开楼内的所有门锁。他再次把耳朵贴在门上，保险起见，他还轻轻地打开了门。

关好门并上锁后，章下到一楼并走出了大楼。他在地铁的洗手间内脱下连体工作服，换上西装，乘坐出租车来到涩谷，在一家事先确认过节假日照常营业的配钥匙的店里配了一把六中大厦万能钥匙的备用钥匙。

章重新换回连体服回到六中大厦。从吊篮的位置可以看出，新同事的工作效率比预想的低很多。章对着入口的保安点头致意，对方似乎也习惯了他在工作时频繁进出，所以丝毫没有起疑心。

乘电梯到十一楼后，章经内部楼梯爬上屋顶。他拿起吊车上的对讲机，呼喊埋头工作的新同事："喂？怎么样了？"

"啊，对不起，我太慢了。"声音软绵绵的，估计已经被热得快受不了了。吊篮上毫无遮蔽物，直射的阳光最是折磨人。

"不用急，擦仔细点儿。"章一边回答，一边翻来覆去地查看新配的钥匙。到这一步为止都比自己预料得顺利。剩下的就是监控器了，自己一定得亲眼看看实物才行。

第二天晚上，章完成了首次潜入。

当天傍晚，章换上一身西装，提着一个大包从大厅走进楼内。乘电梯到达几乎无人进出、无须担心被人撞见的八楼，接着从内部楼梯爬上去，用备用万能钥匙打开通往屋顶的门。

章对这里再熟悉不过了，他需要在屋顶一直待到凌晨。他早选好了最佳藏身地点——被随意丢在角落的那个吊篮。

章从防水布的缝隙钻进逼仄的金属箱，然后闭上了双眼。从前的记忆在他的脑中一幕幕闪过。曾经的家、父母、英夫和沙织。明明不过两三年前的事情，回想起来却有种恍若隔世之感。

廉价的电子音传来，章睁开眼，关掉手表上的闹铃。自己居然不知不觉就睡着了。按下表盘上的灯，液晶屏上显示此刻已是凌晨一点。该行动了。

钻出吊篮后，他缩着身体慢慢舒缓四肢，接着打开屋顶的门，通过楼梯走到十二楼。这是高管楼层，这会儿应该已经空无一人了，但他还是先把耳朵贴在铁门上，听了一会儿后才开锁。

尖锐的金属音在黑暗中响起，吓得章大气也不敢出。过了一会儿，他轻轻打开了铁门。顶楼的电梯厅比内部楼梯更黑，章的目光穿过这片浓密的黑暗，细细打量着里面的情况。

在这么黑暗的情况下，一般的监控器根本起不了什么作用。虽然市面上也出现了使用红外线的夜视摄像机，但不仅价格高昂，而且拍摄效果也很差。

如果从柿沼那边打探到的消息属实，这里应该还装了一个廉价的感应灯。

人体体温约为36.5摄氏度，发出的红外线波长在6~14微米。感应器上装有一个波长滤镜，可以对人体发出的生物热做出选择性反应。

感应器在检测到波长为6～14微米的红外线后，照明灯就会亮起。入夜后进入告警摄像模式的硬盘录像机上也装有相同的感应装置，同样会在检测到处于这一范围的红外线波长时启动录像功能，并触发保安室内的警报。

章从包里拿出一件银色的类似卡通人偶服的东西。人偶服由头、躯干、四肢六个部分组成，缝隙处捆上了好几层铝质胶带，看起来密不透风。

这件人偶服是用具有镀铝膜、高强度不织布及聚乙烯发泡体三层结构的隔热布缝制而成，可以完全阻隔人体发出的热能和红外线。它的双脚套着橡胶长靴，手上套着进行耐热操作用的铝手套。人偶服的眼睛部分最麻烦，又得从外界获得可见光，又得防止其发出红外线。用从秋叶原买来的感应灯反复试验后，章总算找到了解决办法——在人偶服两侧各剪开一个直径一厘米大小的孔，然后在内侧安装一个用于天体摄影的红外线滤镜。

虽然试验很成功，但真正操作时，章还是紧张得心脏都快跳出来了。毕竟感应器的灵敏度是与产品型号相关的。

章穿过电梯厅，在黑暗的走廊上缓缓前进。这时，他的眼睛已经习惯了黑暗，反而觉得走廊尽头十分明亮。他虽然戴着暗色的眼镜，但借助紧急出口的绿灯和门上小窗透进的月光，完全能够看清四周的状况。

紧急出口的上方有一道阴影，显然是监控器落下的影子，感应灯的圆形影子则落在其下方。

灯没亮！成功！章忍不住小小地做了个胜利的姿势。

他成功地从这尊犹如地狱门神、能感应隐形光线的一号怪物的眼皮子底下溜了过去，安全通过了阴暗且布满荆棘的地下牢笼。这位勇士，此刻就站在宝库的入口。

章用戴着手套的手转动社长室的门把手。打不开，门被锁上了。他又拿出万能钥匙，结果根本就插不进去。看样子这里用的是其他锁芯。

章不禁皱了皱眉。要是个专业盗贼，或许就能撬开这里的锁了。

如果钥匙一直都由社长本人保管的话，那自己肯定拿不到。就在那一瞬间，破门而入的想法从他的脑中一闪而过，所幸章忍住了这股冲动。

不能急！现在连钻石藏在何方都不得而知。即便真的不在乎留下入侵的痕迹，也得留到最后一刻再说。

汗水已经从他的额头滴下。虽说已经入秋，但身上这套"桑拿浴套装"还是闷热得让人受不了。再磨蹭下去，说不定这套衣服就会热到发出红外线。

章顺便转了转副社长室和专务室的门把手，发现同样被上了锁，而且都不能用万能钥匙打开。

接连受挫让章瞬间变得十分暴躁。就在差点儿忍不住破门而入时，他突然改变了主意，决定先到走廊另一侧的秘书室内看看。虽然衣帽间旁的那扇门也被上了锁，不过能用万能钥匙打开。他进入秘书室后关好门，撕开铝质胶带，取下人偶服的头部，放出里面积压的热气。

秘书室内，复印机和书柜被并排放在靠墙的位置，正中央的三张桌子贴在一起。借助笔形手电筒的微弱光线，章依次翻找着书桌的抽屉。

第一张书桌最上方的抽屉内有一个塑料盘，里面放着一把小钥匙，看起来和万能钥匙略有差异。

紧接着，章又在第二张和第三张书桌里发现了类似的钥匙。

把三把钥匙重叠在一起后就能发现，它们缺口的形状完全一致。这么看来，三个房间用的应该是同一把钥匙。

他们大概是过于信任监控器了，才在钥匙的管理上如此松懈，不过这倒是替他省了不少事。他们特地换上这种连万能钥匙都开不了的锁的行为，也毫无意义了。

他再次套上人偶服的头部，走向社长室。

轻微的开锁声在黑暗中响起。章的指尖上留下了令人雀跃的胜利触感。宝库的大门已经敞开。接下来，只剩下取走宝物了。

但最关键的问题依旧无解，章至今不知钻石究竟被藏在何处。

不过这也正常，毕竟颖原社长最担心的事莫过于被国税厅调查了，自然不会把这些珍宝藏在容易被找到的地方。

社长室里放着大书桌、皮椅、遮挡了三分之一墙面的文件柜、可供休憩或午睡的长沙发、带扶手沙发、玻璃茶几，以及一台长得有些奇怪、像个小型叉车的机器。

章脱下铝手套，换上精密操作用的橡胶手套后，先把目光锁定在了那张看起来应该是由天然实心红木板材拼成的厚重书桌上。桌面足有两张榻榻米宽，而且用的是一片完整的木板。在每个抽屉内翻找了一遍无果后，为了确认是否有暗格，章将笔形手电筒衔在口中，用钢卷尺测量了每个抽屉的尺寸。

毫无收获。抽屉的内外尺寸差仅仅有一厘米，基本等同于木板的厚度。章倒也不是没有怀疑过掏空木板藏钻石的做法，但这么点儿空间，应该藏不下那么多钻石。保险起见，章用十日元的硬币耐心地在桌板上的各个角落敲了一遍，但无一处不是实心的木质声。

章的下一个目标是文件柜。文件柜很深，看着十分稳当，却还是用了一根防震皮带固定在墙上。

文件柜的顶部是一个饰品架，交错摆放着一些装饰品和书籍。章将书籍一本本抽出后快速翻阅，然而并未找到任何异样。厚重的精装外文书籍也不少，但找不到任何多余的可以藏钻石的空间。

章将那些装饰品逐个检查了一遍。一件约六十厘米高的水晶玻璃奖杯引起了章的注意，不过它体积虽大，却无法藏匿钻石。就算在奖杯内盛满透明的液体后再放入钻石，也会因为钻石的高折射率而立刻暴露。

章继续检查了下方的柜子和抽屉，同样没有收获。他用钢卷尺测量后发现，柜子的内部存在许多无效空间。章首先想到的是里面会不会存在暗格，便仔仔细细地查看了外层的所有角落，却并未找到任何开口。再精巧的木工手艺都做不到完全隐去接缝。当然，可以用刷涂料或油漆的方法遮盖缝隙，但这么做就等于把柜子完全封死了。

都已经进展到这一步了，却怎么也找不到最后那道门，章感到十分焦躁。

抬头看天花板时，空调出风口进入他的视线。莫非，钻石在那里？

他把椅子搬到空调出风口的正下方，爬上去打开天花板盖一看，空空如也。

其实章自己也觉得藏在空调管道内并非明智之举，这样怎么可能瞒得过国税厅的眼睛？虽然不能排除藏得很深、难以被发现的可能性。

章用笔形手电筒照亮漆黑的风管。只见管道笔直地向左延伸了好长一段距离后似乎折向了右边。这么看来，唯一能藏东西的就是右边的那处空间了。可是如此狭窄的空间是容不下人通过的，那就只能借助某些工具了。

想到这里，他马上将笔形手电筒的光线对准空调风管的底部，但等待他的依旧是失望，因为目光所及的区域全都覆盖了一层薄薄的尘埃。没个半年时间绝对攒不出这么多灰，可见钻石并不在这里。又要重新思考了。

手表上的闹铃响起，在沙发上摸索的章这才醒过神来。已经四点半了，自己已经在这个房间里待了三个半小时。再过一个小时就该天亮了，行动终止。

再次用银色人偶服全副武装的章走出社长室，锁好门，从监控器前方横穿而过。他再次走进秘书室，打开复印机，把钥匙的正反两面全都复印了一份。章担心复印件的尺寸可能会发生变化，便拿出自己的钥匙也复印了一份，用于对照缩放比例。复印完成后，章将钥匙依次放回原处，从十二层的内部楼梯爬上屋顶。

第一次潜入宣告结束。次日一早，章混在出入的上班族人群中离开了六中大厦。

"佐藤哥？您怎么了？"比自己晚进公司的同事薮达也的声音让章回过神来。

"您怎么发起呆来了？"

"哪有发呆？我只是在想事情而已。"

章假装用手砍向薮的胸口，薮说了声"啊，那可真对不起"后夸张地摊开双手跳着退了好几步。他那用皮筋扎起来的长发也随之不断摇晃。

现在的薮虽然是个自由职业者，但高中时代的体育校队经验让他养成了尊重年长者的习惯。不过，章也是因为冒用了佐藤学的身份才不得不对外宣称自己今年二十三岁，其实他的真实年龄只有二十一岁，和薮是同年生人。

章依旧托着腮。

"您在想什么呢？"

"日本经济的未来。"

……钻石到底藏在哪儿？这段时间，章无论睡觉还是醒着，脑子里想的都只有这个问题，可就是找不到答案。

"前辈，您最近有点儿奇怪呀。"

"学也开始恋爱了吧？"

一旁的佐竹听到他们的对话后开了口，那张干橘皮般的脸上满是笑容。佐竹今年二十六岁，虽然只有高中文凭，但拥有涩谷大厦维修公司的正式编制。他最近正在筹备结婚事宜，未婚妻二十二岁，目前在某社会福利事务所工作。如果佐竹平时拿出来的照片与未婚妻本人相符的话，那可就是个和佐竹完全不般配的大美女了。

"咦，真的吗？谈恋爱了？"薮睁大眼睛问。

"想什么呢！"章轻飘飘地挡了回去，"我们这种人去哪里认识女孩子？"

"美优怎么样？"

"她才十六岁啊。"

"也算大人了，而且胸那么大。"薮压低了声音，生怕被办公室里的美优听到。

"我喜欢平的。"

薮皱了皱眉头："我早就觉得您有点儿奇怪。"

章没理他，脑子里依旧想着钻石的事情。说到藏钻石的地方,那就不得不考虑另一件事了。

"学,洗衣机要吗?"佐竹问道。他曾信誓旦旦地说过,结婚就会为老婆换一台她想要的滚筒洗衣机。

"……这个啊,要。"

"就是有些破,虽然是全自动的,但已经是二十年前的机型了。"

"没关系,对我来说足够了。"

"虽然看起来不怎么样,但动起来是完全正常的。送给你总比当大型垃圾丢掉好。不过问题是,你要怎么搬过去呢?"

"是啊,这是个大问题。"

春光满面的佐竹爽快地点了点头:"没事,等我有空的时候开车给你运过去。我本来还想半夜找个地方扔掉它呢,现在倒是方便多了。"

"那真是太谢谢了。"章一边笑着感谢,一边想着又解决了一个大问题。

第二次潜入是在下一个星期一,也就是一周后。上次复印的钥匙尺寸基本与原件一致,所以很快就复制好了,倒是入手窃听器花了点儿时间。

复制钥匙前,章翻阅了一些市面上的杂志专辑。他先在东急手创馆买了毛坯钥匙,在复印件上显示出阴影的位置后,用锉刀削出缺口。锉刀用的是最细的油目锉刀,用圆锉刀加深凹槽后再用平锉刀打磨表面。最后,就看它的牢固性了。

窃听器就比较麻烦了,要从一些隐蔽的渠道购买那种无法追踪到持有人的预付费手机。章在网络上找了好久才顺利买到。

傍晚,章用同样的方法走进六中大厦,到了凌晨后潜入社长室。自制的备用钥匙一下就把社长室的门给打开了，居然连用锉刀微调的工夫都省了。此刻，敞开的大门仿佛在盛情邀请章光临。

章拿出两部新买的预付费手机和一个手机用集音器。

他对其中一部手机进行过改造，将电缆状的外部天线改为直连方式，将下侧的外部连接端子与集音器相连，最后放入连接了长效电池的充电器中。

章打开天花板上的出风口盖，用化学抹布擦拭干净风管内侧，然后将手机、充电器和电池用双面胶固定在风管弯曲部的深处。与电缆相连的集音器，则被放在靠近出风口盖的风管侧面。最后，他把电线绕成一团后固定在出风口盖的内侧。

盖上盖子，章站在下方仔仔细细地看了许久，非常肯定看不出任何破绽。

如果用的是无线窃听器，那就必须待在附近，否则就无法接收电波。而且，无论使用哪种频率，都存在被拦截后暴露的风险。

不过，使用手机的系统则完全不同，无论身处日本国内的何方，只要拨通出风口内的那部手机，集音器就会自动接通并开始采集周围数米范围内的声音，且不会发出来电铃声。因为手机不会发出窃听电波，所以再专业的反窃听人员都发现不了，而且手机的电波是被加密过的，完全无须担心被第三者拦截（据说是这样）。

显然，出风口处平时无人会去打扫，但也不能排除被偶然发现的可能性。考虑到这点，章买的是秋叶原随处可见的集音器，两部预付费手机都是用假名购买的，而且还是转了好几次手的旧手机，哪怕被人调查通话记录也无须担心会被牵连。

现在的问题是出风口内侧的手机究竟能否顺利接收到信号。章试着拨通了电话，因为装了外部天线，电话一下就拨通了。虽然夹杂了一些风声，但房间里的动静还算听得清楚。

完成窃听的准备事宜后，章继续上次未完成的搜索工作。剩下的只有那把真皮座椅、长沙发和接待客人用的带扶手沙发，以及看护机器人鲁冰花五号了。

椅子、长沙发和带扶手沙发的皮革接缝处都非常紧密，即使能够藏匿钻石，也找不到用于进出的通道。带扶手沙发上虽然带有拉链，却没有用于藏匿物品的多余空间。

最后就只剩下机器人了。机器人后部的端口连着一个充电器，充电器则与墙上的插座相连。如此一来，无须取下电池盒也能直接充电。机器人的前端是两只平坦的机械手臂，似乎是用于抱起老人等被看护者的。

月桂叶公司的主页显示，鲁冰花五号是以减轻看护者负担为目的而研发的划时代机器人。从一号机器人倒挂金钟Ⅰ算起，眼前的这台是七号测试机，可抬起并搬运三百千克以内的物品，内设完善安全程序，可实现最高安全等级……

但章想不出该怎么把钻石藏入机器人内部。这个机器人内部能藏东西的地方也就只有主机中央部和下方上锁的小门内吧，但那些部位应该是电路板和马达所在的中枢部，设计的时候根本不会留有多余的空间。而且机器人已是成品，技术人员也会在维修保养时检查其内部吧。

何况，把钻石藏在这种地方，根本就达不到掩人耳目的作用。如果国税厅的工作人员来搜查，一定也会仔细检查机器人的内部。万一有商业间谍潜入，也可能盗走机器人的主机或电路板。所以他实在想不出把钻石藏在这种地方的理由。

话虽如此，章还是对这个机器人生出了几分兴趣。倒不是因为这个房间里只剩这个机器人还没搜查过，而是总觉得这个机器人有些奇怪。在弄清疑惑的根源前，章决定花点儿时间查看一番。

机器人的主机上只有一个类似火灾报警器的红色紧急停止按钮，除此之外就没有其他任何开关了。它用的并非有线遥控器，而是在上方放置一个信号接收器，后方则悬挂着一个无线操控信号发射器。

英夫过去曾痴迷过遥控飞机好一阵子，章也借来玩过几次。发射机，也就是信号发射器发出信号后，主机上的信号接收器会接收并将信号传送到舵机或是放大器，信号在那里被转换为电流并驱动飞机的马达。

鲁冰花五号的信号发射器用的是市面上常见的一种发射机，驱动各部位的频率波段也与遥控飞机一样多达十个，为水陆用的27兆赫频带中的26.975～27.195兆赫的频率。

虽然这点儿声音应该不至于传到外面，但开启机器人还是需要一定的勇气。章开启电源后，机器发出了低沉的马达声。与此同时，上方的面板亮起，传来轻柔的女声。

"我是看护机器人鲁冰花五号。我可以协助被看护者移动、乘坐轮椅以及沐浴等。当前电量为百分之百。"

章用手指控制着信号发射器，小心操控起鲁冰花五号。机器人在发出细微声响的同时离开了充电器，并缓慢地走向房间中央。机器人行动缓慢，章很快就学会了如何让机器人前进、后退以及转向。机械手臂的操作也并不难。看起来只要使用类似空调所使用的简易遥控器就足够了。之所以用了类似遥控飞机使用的接收器，大概是考虑到这个原型机后续可能要用于许多高难度试验。

操作一遍所有的功能后,他操控机器人回到原位,接上充电器,最后关闭电源。

对机器人的怀疑也许只是自己的错觉。虽然章的脑中依旧盘旋着一些模糊的念头,可一看手表,又快到事先规定的时间点了。

确定自己没有在房间内留下任何痕迹后,章离开社长室走上屋顶。虽然第二次行动依旧未能找到钻石,但至少已经做好了窃听的布置。他不断告诉自己——不能急。

那个房间内一定藏有钻石,他对此深信不疑。只是藏匿之处可能在自己思维的死角或盲区,自己暂时还未发现而已。

他突然想起埃德加·爱伦·坡的《失窃的信》。也许通往钻石的那扇门其实就在眼前敞开着,却因过于明显,反而被自己给忽略了。

难道……

III
计划

从次日开始，章在工作时也一直在专心窃听几千米外的社长室内的动静。

按规定，搭乘吊篮工作期间是禁止携带手机等私人用品的。哪怕是百元店的廉价打火机，从几十米的高空落下也能成为致命的凶器。

但是，章用胶带将预付费手机牢牢地固定在工作服内侧，借助从领口处拉出的耳机来听取声音，外人看来就像在听收音机一样。其实这也违反规定，只不过章平日和同事处得很好，大家对此也就睁一只眼闭一只眼了。

社长室内基本没有传来什么动静，或许是屋里没人，或许是他在大部分时间里都是独自办公。要是有那种采集到声音后就自动拨打自己电话的窃听器就好了，但这简直就是奢望。

听了好久都没听到动静的章决定先挂断电话，过一会儿再拨过去。电池的电量应该是无须担心的，所以章每隔一会儿就打一次电话，然后仔细分辨电话那头传来的声音。

努力的付出终于等来了回报，社长室内出现了两人的对话，是社长和一位被他叫来问话的员工。

"你这写的都是些什么玩意儿？全是垃圾、垃圾、垃圾！全部重写！

"我说过多少次了？报告要从结论写起！

"全都是些废物！我们公司就没有一个堪用之人了吗？"

社长的骂声十分清晰，但似乎从头到尾都是他一个人在说话，最后也在他的痛骂中结束。一开始章还觉得奇怪，这家公司怎么跟个废物集中营似的？不过，他很快就发现问题可能出在社长身上。这位颖原社长似乎固执地认为，经营者的工作就是使用恶毒的语言辱骂员工。

不仅如此，他还总喜欢拿公司的公益性和崇高理念来说事，站在道德的制高点上不断攻击对方。

"你给我好好听着，公司的每一分钱都不能被浪费。这些都是奋战在一线的看护老师为我们赚来的血汗钱。小仓！你这么做对得起那些看护老师吗？"

"看护老师"应该是这家公司对看护者的尊称。真没想到这话是从一个（可能）侵吞公款、藏匿大量钻石的人的嘴里说出来的。

除了几位女秘书，整个公司只有副社长和专务两个人不会遭到社长劈头盖脸的辱骂。

专务就像社长的忠犬八公一样，每句话都能准确地说到社长的心坎上，这让章大为佩服。

副社长就有些强势了，偶尔会与社长产生正面冲撞。不过从话语中还是能听出，社长对他还是有些顾忌的，大概也是折服于他的能力吧。

不过两人间的某次对话倒是引起了章极大的兴趣。

"……您得多注意自己的身体。"章戴上耳机后，就传来副社长低沉的声音。

"在家里待着谁受得了啊？"

"可您已经连续工作了差不多两个月了。"

"我自己的身体，我自己最清楚。"

"现在可是公司的关键时刻，一旦社长倒下，上市的事情说不定就泡汤了。您才刚做完开颅手术半年啊。"开颅手术？章想了好久也没明白这是什么意思。

"我不是说了没事吗？虽然把脑袋切开了，但也算不上什么大不了的手术，早就彻底恢复了。而且现在也不用担心中风，整个人都舒坦多了。"

章这才听懂。所谓的开颅手术，其实就是把脑部切开的手术。从接下来的对话中可以听出，那场手术的目的似乎是夹闭未破裂脑动脉瘤。虽然手术本身倒没什么难度，但毕竟头盖骨被切开过，一旦摔倒撞到头部就会非常危险，所以副社长才会这么担心。这场谈话最终以社长被说服结束，并表示下个星期天一定会在家好好休息。

耳机里窃听到的所有声音都逃不过章的耳朵。在了解了颖原社长的工作节奏后，章的窃听效率得到了很大的提升。

社长到达公司的时间在早上九点半到十点之间，似乎是由专属司机用公务车进行接送。

进公司后，秘书伊藤会立刻送来灵芝茶和湿毛巾，并递上一份汇总了五张日本国内重要晨报信息的剪报。

浏览完剪报、信件及需要当天处理的文件后，就基本接近中午时分了。所以，上午的这段时间大都只能听到翻动纸张以及喝茶的声音，基本没有窃听价值。

午饭一般都是和那个叫久永的专务一起出去吃的，工作忙的时候偶尔也会叫便当，吃便当的地点一般在高管会议室。虽然章不知道会议室里是什么布局，但似乎社长吃完午饭后一定会让秘书冲杯咖啡。社长喜欢蓝山咖啡，副社长喜欢黑咖啡，社长和专务会在咖啡中加入大量砂糖和牛奶。

喝完咖啡，社长一般会在自己办公室里的长沙发上睡午觉。这让章觉得很不可思议，怎么会在午睡前喝含有咖啡因的咖啡呢？午睡大多在三十分钟到一个小时之间，偶尔也会因为太累睡得更久一些。

醒来后就接着容光焕发地挨个儿叫几个员工继续骂，而且骂法还会根据具体对象进行调整，包括直接辱骂、不停讽刺，以及故意挖苦等。总之，他总能找到一个最适合对方的方法。

下午到傍晚的这段时间，他偶尔会在社长室里接待客人。这家公司计划在明年春季上市，因此除了负责上市事宜的小川证券，银行的融资负责人、计划合作的看护服务公司高层，以及行业刊物的记者也会偶尔出入这家公司。

从他们的对话中，章终于解开了那个困扰他许久的疑问——为什么他们要把看护机器人放在社长室。

每当有客人光临，颖原社长几乎都会进行鲁冰花五号的演示。这种时候，社长就会喊来开发负责人岩切课长或年轻的员工来操控鲁冰花五号。大多数情况下，机器手臂搬运的都是假人，不过偶尔也会喊来年轻的女员工充当被看护者。

对这家公司来说，鲁冰花五号既是技术能力的象征，也是一种吉祥物。公司上市前需要举办多场面向投资者的宣传活动，他们似乎打算以鲁冰花五号作为公司的宣传亮点。

既然鲁冰花五号如此重要，那么将其保管在受防盗玻璃及密码双重保护、具有最高安全系数的社长室里也就不难理解了。

但窃听了两周后,章终于发现了将看护机器人保管在社长室内的真正理由。

那天下午,颖原社长命令伊藤秘书在接下来的一个小时内不许任何人打扰自己。紧接着就听到了社长室上锁的声音。

章一边熟练地操控着涂水器和玻璃刮,一边仔细倾听着耳机内传来的声音。已经过了午睡时间,他实在想不到有什么工作是非要一个人关在办公室里才能完成的。

终于等到了吗?章的线索只有声音。为了不漏掉任何细微的声响,章调整好耳机,打开放在裤袋中的录音机按键。

很快,手机里传来了一个让章十分意外的声音——如蜜蜂扇动翅膀般的低沉马达声。就在章感到莫名其妙的时候,一阵轻柔的女声响起。

"我是看护……器人鲁冰……协助被看护……轮椅……等。当前电量……百分……"虽然声音轻得几乎听不清,但很显然,颖原社长正在启动鲁冰花五号。

可这是为什么呢?难道他一个人待在社长室里,目的并非取出钻石吗?就在章觉得又是一场空欢喜的时候,突然传来了木头的摩擦声和重物落地的扑通声。

什么声音?章停下手里的工作,闭上眼睛。

接着传来的是鲁冰花五号缓慢移动的声音,然后停下,再然后是调整机器手臂高度的声音。接着传来一阵木板剧烈晃动的嘎吱声,伴随着一阵马达的不规则低响,让人不免担心莫非是马达不堪重负。

章在脑海里努力描绘这些声音代表的画面,可怎么也拼凑不出全貌。他实在想不出那个房间里究竟会有什么东西能发出这种声音。

马达声突然变小，嘎吱声也骤然停止。

难道是手机信号出了问题？不对，因为耳中依旧传来了一些轻微的声响——若有若无的衣服摩擦声、咳嗽声，还有用劲时的吆喝声。

接着，传来了一阵听着像指甲划过木板表面的声音。

难道……是在找暗格？只有这个声音成功地给了章提示。暗格的门应该是在一个颖原社长看不到的地方。他似乎正伸长手臂拼命摸索着，然后，什么东西被打开了。

如同做完了一件大事般，颖原社长大口地喘着粗气。接着，耳机内传来在房间内行走的脚步声，拉出椅子并坐下的声音，接着是什么东西被放在桌上的声音，动作听起来十分小心，大概是易碎品。最后，是开抽屉拿出了什么东西的声音。很轻微，但又是类似于金属的坚硬音质，应该是镊子吧？

老人就像被附身了般喃喃自语："六百和……十七、十八、十九。嗯？十七、十八、十九……十七、十八……还是十九啊。"

太好了！章握紧了右拳。没错！自己终于捕捉到了颖原社长从暗处取出钻石的声音。只不过至少还得重听一次才能猜出那些钻石到底被藏在了哪里。不过现在至少能确定一件事——社长把看护机器人放在社长室的真正原因，是想用它辅助自己取放钻石。

可是钻石到底在哪里呢？又需要那个机器人怎么协助呢？

重听了一遍又一遍，最后那道门打开的声音已经深深地烙印在章的脑中了。可他依旧猜不出那到底是什么声音。

办公室里应该还有一个暗格。那阵木板震动的嘎吱声，在章的脑中转化成了这样的一幅画面——墙上的漆面纷纷掉落，社长室内的所有墙体都在缓缓移动。

但真有可能存在那么大的暗格门吗？六中大厦并不属于月桂叶所有，这家公司只是个普通的租户。更何况，工程越浩大，越容易泄密。

自那以后，章在工作时也总是频繁地回放那段音频。虽然他很想继续探听颖原社长的新动向，但电池的剩余电量有限，还是尽量不要做无谓的窃听。总不能冒着巨大的风险，仅仅为了更换电池而频繁潜入六中大厦。所以章决定，下一次——第三次潜入就是最后一次了。

一定要先找到藏匿钻石的具体位置。

那日，章坐在吊篮里擦着另一栋大楼的玻璃窗。这栋大楼用的全都是平滑曲面的无缝玻璃，想必其中的花费不是六中大厦能比的。

百叶窗被全部卷起，室内一览无余。里面有着与普通公司截然不同的装潢——地上铺着柔和的奶油色绒毯，还用天然木材隔成一个个工作小间。随处可见的大型观叶植物盆栽充分说明了这家公司在空间利用上的奢侈。

从装修风格来看，这应该是一家外资公司。一个高个子男人迈着大步从章的眼前走过，他身穿一件看起来有些花哨的蓝条纹衬衫，系着黄色的领带，领口处别着一枚金属别针，袖子卷起后用吊带固定。他与如今大部分一身深灰色打扮的普通上班族似乎来自完全不同的两个世界。

擦窗的章完全没有引来男人的目光。不过似乎并非由于轻视，只是单纯没注意到而已。

隔间那头走出一个身穿淡紫色套装的女子，那身衣服一看便知价格不菲。看到她的面容后，章惊地停住了双手。

三岛沙织……这怎么可能？不对，她们的发型不一样，而且三岛现在应该还在念大学。可是，这两个人看起来实在太像了。

女子微笑着对蓝衬衫男人说了几句话。二人一边看着女子手里的文件，一边凑在一起笑着交谈。二人与章之间的距离不过三四米远，但自始至终都没看过章一眼。

章用玻璃刮去除窗户上的泡沫后，操控吊篮往下降。就在女子的面容离开自己视线的前一秒，章终于看清楚了。不……那个是三岛沙织。

这还用说吗？

章暗暗自嘲，不过还是感到了一阵没来由的失落。自那以后，不论擦窗还是窃听IC录音机，他都觉得难以集中精神。

他再一次深刻地认识到，失去身份是件多么可怕的事情。

沙织和英夫就像住在那扇窗户里的人。而自己，却只能一直在窗外。

自己曾经的人生一定是一种错误，一定有另一个更适合自己的世界，就像窗内的那间办公室。迄今为止，无论多么绝望，章都能竭力忍受，从来不曾自暴自弃。他总能冷静地观察四周，哪怕有一丝希望，也要拼尽全力。

可是现实却毫不客气地告诉自己，他与那个向往的世界之间，一直隔着一道看似透明、实则坚不可摧的墙。

一定要改变这个局面！

如果一直都在墙的这一面，哪怕爬上一百年，一样只能在原地打转。那么，要么在墙上挖出一个洞，要么找到那扇仅有少数人知道的隐形之门。只有这样，才能顺利到达墙对面的那个世界。

如果做不到，那自己的一生就只能是无根之浮萍了。永远只能在这里。在这个强风肆虐、高耸数十米的陡峭悬崖上。

回到公司后，章心头依旧笼罩着阴霾。会计大姐一脸关心地问他是不是哪儿不舒服，章只好用有些感冒的借口敷衍过去。

章本打算早点儿回家，偏偏这一日又被安排了额外的工作。公司打算重新布置一下接待室，所以让他留下帮忙。章无奈，只能动手帮忙搬家具了。葡萄色的仿皮沙发、海芋花盆栽，和方才在窗外看到的那间办公室简直就是云泥之别。

"完蛋，印上去了。"所长看着褪色绒毯上留下的沙发脚痕迹。

"过阵子就会消失的。"章用拖把手柄刮了刮绒毯，反而把廉价地毯上的绒毛刮得倒竖了起来，看起来更寒酸了。

终于下班了，章走回公寓的途中都在低着头思考，所以刚一抬头就被吓了一大跳。玄关旁站着三个面相凶残的男人。章本打算马上掉头，却被其中一个男人发现了，只见对方正用一种犹如掠食者锁定猎物般的目光紧盯着自己。

章一边暗骂自己太过大意，一边目不斜视地径直向前走去。就在他准备进门时——

"喂！小哥！"后面的一个声音叫住自己，章心下一沉，心想这下完蛋了。咬了咬牙后，章还是慢慢转过头来。

"你知道九号房间的齐藤先生去哪儿了吗？"问话的是一个留着五分头、目露凶光的男人。

"不知道。"

"你是不是在替他隐瞒？"

"我们平时不来往。"章迅速说完后就进了家门，那个男人也没继续为难他。

幸好找的不是自己。进门后，章才完全放下心来。

自己从来没有和那个叫齐藤的男人说过话。不过从外表来看，他应该在五十岁上下，满脸胡楂，脸色总是很差，估计不是被人追债，就是惹上了其他什么麻烦。不过反正都与自己无关。

知道和自己无关后，章就完全不觉得害怕了。那几个人虽然一看就不是什么善茬儿，不过和小池或者青木还是没法比。多亏了他们俩，如今一般的小角色根本就入不了自己的眼。

章将锅里注满水然后放在煤气灶上，嘴边不由得露出了微笑。

他打开煤气，取出一个洗好后倒扣着晾干了的碗，然后取出干面，用手捏碎。

什么玩意儿！心底突然涌出一股残忍的愤怒，章抄起铁棒就冲出了家门。其实，连他自己也不明白到底是为了什么。只是那种全身充满肾上腺素，任由愤怒肆意驱动的感觉真是太痛快了。

一路跑到公寓门口时，章忽然停了下来，气喘吁吁地放下了铁棒。

那些男人已经不见了。

我到底在干什么？章拖着脚步往回走。想什么呢？那些虽然都是社会的败类，可跟自己有什么关系呢？还真打算扑上去暴揍他们一顿吗？脑子坏了吧？想自取灭亡吗？

章走进家门。庆幸刚刚的那一幕没有被人看见。

锅里的水还没沸腾。章已经毫无食欲，所以关上了煤气。

可他心中的愤怒并未消散。这场突如其来的危机算是成功躲过了，可内心的怒气依旧在喷涌。章忍不住用拳头打着墙壁，两拳、三拳。手背传来的火辣疼痛竟让他一下子痛快了不少。

自己拿到钻石后，准备做什么？他觉得自己以前的想法有些不可理喻。自己竟然真的有认真思考过要不要把钱还给小池他们。甚至打算跪在恶势力的脚下,求他们原谅自己。

钱不就代表着力量吗?这么简单的道理,怎么就一直没想明白呢?自己从来没有认真想过隐藏在那六百一十九颗钻石背后的巨大力量。既然如此,还钱作甚?为什么不干脆杀了他们?

买凶杀人!只要找个来自强制服兵役国家的人,给他足够的酬劳和回程机票,相信他不会拒绝往那两个人的脑袋里塞颗子弹的。造颗炸弹把那两个恶霸连同爪牙一起炸飞也是个不错的主意。现在这个年代,只要手里有钱就能弄到一切材料,制造方法也能在网上查到,花钱雇个人去做也不是什么难事。总之有的是办法。

那些肆意闯入并践踏我的人生的恶魔,该得到报应了。

这些年自己受过的苦一定会加倍奉还给他们。而且,要在最合适的时机,用最合适的方法。我要让他们后悔一辈子,后悔自己惹了不该惹的人。

章四仰八叉地躺在那间只有六叠大的昏暗房间里,脑子里不停地想象着复仇的情景。血腥的空想得到满足后,章终于回到了现实。

他迷茫了。可连他自己都不知道究竟在迷茫什么。他翻来覆去地想了又想,但就是想不明白自己到底要做什么。

偷到钻石后,只要想办法堵住那个老头的嘴就行了。不会有人怀疑自己的,因为警察根本不会知道自己的作案动机。只要那个老头消失,就不会再有人去找寻那些钻石了,甚至永远不会有人发现那些钻石曾经存在过。而且,就算有人发现钻石不见了又如何?谁能想到是被我偷走的?

可是,真的可以为了自己的欲望而杀掉一个与自己无冤无仇的人吗?他的良心隐隐作痛。

我有什么错？章瞬间改变了想法。这个世界上，每天不都有大量无辜之人被当权者肆意夺走生命吗？那个老头虽然满嘴仁义道德，说到底还不是个为了中饱私囊而借看护事业之名，行侵吞公款、偷税漏税等不义之事的害虫吗？光是这点就足够让他死一万次了。

反过来想想，那个老头的死说不定还是社会之福呢。不管怎么说，自己也算是尽绵薄之力，为社会除害了。

……任何人都无权决定他人的生死。心底的坚持还在拼命反驳。

……再怎么诡辩也改变不了自己为钱杀人的本质，这和单纯的抢劫杀人又有什么区别？不！计划杀人甚至比抢劫杀人更可恶。

强者蹂躏、杀害、强暴、掠夺弱者本就是自然法则，并非这个社会的特有产物。那些法治国家最近提出的空洞言论，说到底都不过是幻想罢了。充其量只能逼着强者使用更巧妙、更隐蔽的手法，却改变不了弱肉强食的法则。

自己的父亲就是个不折不扣的大傻子，所以才会被那些掠食者盯上，最终被啃食得干干净净。但我绝对不会让那些人得逞。我会在被咬之前先张口咬他们，我要变得比他们更强，让他们尝尝被报复的滋味。

……可是，不管出于什么原因，杀人都是绝对不可饶恕的事。

章歪着嘴。我要做的，的确是不会被任何人原谅的事情。

可是，我也不需要得到任何人的原谅。

恶魔的提示毫无征兆地接连降临。

就在章一如往日般擦着玻璃窗时，脑中突然浮现出那块被夕阳晒得褪色的绒毯，就是前几天帮忙移动公司内陈设时看到的那张绒毯，上面还留着清晰的沙发脚印。

章停下双手，睁大了双眼，解开了！藏匿钻石的秘密终于解开了！剩下的可能性，不就只有这个了吗？而且这样一来，所有的谜题就都解开了。为什么要把看护机器人放在社长室，以及他为什么找不到藏匿钻石的暗格等。

他太兴奋了，竟不小心松开了右手，毛刷一路滑落到窗户和吊篮间的缝隙，正悬在空中摇晃着。

淡定点儿！章一边拉回毛刷，一边对自己说道。现在下结论还太早，看样子还得再潜入进去确认一次才行。毕竟现在还无法确定那里是否存在暗格。但有一点可以确定，如果那里真有暗格，那所有的现象就都合理了。

这个想法让他再也坐不住了，恨不得今晚就去社长室一趟，找到钻石后就马上偷出来。毕竟夜长梦多，万一生出什么变化，可就错失了这千载难逢的机会。

可是计划中最重要的部分，也就是杀害颖原社长计划尚未成形。若是今晚顺利拿到钻石，运气好的话，说不定能瞒个几天甚至一两个星期。但也不排除颖原社长明天就发现钻石被盗的可能性。

所以偷钻石和杀害颖原社长这两件事的间隔不能太长。

可是要杀他可太难了。首先，要在哪里动手？自己并不知道他住哪里，就算知道又如何？那种思虑周全之人必定不会在安保措施上留有漏洞。上下班也一定是由司机开车接送，不可能在路上下手。

这么说来，地点就只能选在六中大厦了。可是半夜没人的时候倒还好说，想在白天避开所有人的眼睛潜入社长室，杀死社长后再成功逃离，这跟白日做梦有什么分别？更何况，白天的监控器是正常运作的，阻隔红外线的方法根本行不通。

章用玻璃刮把玻璃窗上的脏泡沫全部聚集到中间，屋内的景象清晰地收入他的眼底。这是一间很普通的办公室。灰色的办公桌组成了一个长方形的小岛，每张桌上都放着一台电脑，为首的监督位上摆的是中层干部用的大号桌椅。

在章的脑中，这个景象与月桂叶的社长室重叠在了一起。

如果目标人物就坐在那把椅子上，自己要怎么做呢？若自己能像现在这样坐在吊篮里杀死对方，那就成了完美的密室谋杀案，自然没有人会怀疑到自己身上。

窗外远距离杀人。他很快想到了一个不错的方法——利用一直放在社长室内的鲁冰花五号。再厚实的玻璃也阻挡不了电波，更何况还能使用随处都能买到的万能遥控器来操控。

而且颖原社长的生活习惯也对自己的计划十分有利，午餐后他在办公室午睡的那段时间就是个好机会。只要想办法让他服下强效安眠药，也就不用担心他突然醒来了。

更何况，颖原社长还曾接受过开颅手术，头部应该比其他人脆弱很多。在击杀方式的选择上，必须彻底利用对方的弱点。

哪承想，计划进行到这一步后居然碰了壁。

章无论怎么想，也想不出能够使用鲁冰花五号击杀社长的方法。

鲁冰花五号的行动极为缓慢，而且从网页上的说明内容来看，它的内部似乎还设置有安全程序，完全找不到可以让机器人猛击目标的方法。

不过往好的方向想，如果使用机器人杀死社长是件很简单的事，那自己当然也难逃嫌疑。正是因为几乎办不到，才不会有人怀疑到自己头上。问题是，如果找不到击杀的具体方法，那这一切就只是空想了。

章把手放在玻璃窗上。

他觉得自己仿佛被下了精密的诅咒般，每次在遇到人生重大问题的时候，最终一定会回到原点。自己面前的那道看似透明、实则坚不可摧的墙，如果找不到突破的办法，找不到那扇隐形之门，那他就永远只能站在原地。

章越想越烦躁，下意识地把拳头挥向了玻璃窗，玻璃窗发出沉闷的响声。

就在那一瞬间，他犹如被天雷击中般突然闪过一个念头。

难道？

真的吗？

这个方法真的可以吗？

他将双手压在玻璃上呆呆地看着前方。

……也许，真的可以。那个房间里装的是非常坚固的防盗双层玻璃。

章胸口突然堵得慌，连忙做了个深呼吸。

但是，真的能成功吗？恶魔轻声在他耳边留下的提示不断膨胀，最终形成一个清晰的犯案计划。

是的，的确可行。

只要不出意外，这个办法的确足以将对方一击毙命。

窗户发出的巨响引起了一名驼背男子的注意，只见他抬起头，从黑框眼镜后方投来了一道怀疑的目光。

章连忙装作是自己不小心撞到了玻璃窗，并迅速降下吊篮。

终于，找到答案了。那道始终挡着自己的坚固透明墙，这次却成了自己的保护墙。

所谓的警察，说到底不过是一群官僚。他们每天都用固定的方式处理大量案件，想必思维已经僵化了吧。这个手法，他们绝对猜不到。自己被怀疑的概率应该不到万分之一吧。

那天，章第一次装病早退。

他一头钻进图书馆开始制订详细的计划。制订计划的过程中，又出现了许多新的问题，于是他干脆请了一个小长假来集中精力解决这些问题。

他从多个角度不断验证自己的想法，一旦出现了新的灵感，便立刻翻找书籍或上网收集资料。

花了整整三天的时间，章的计划终于初步成形。当然，这个计划尚有许多不足之处，其中最大的问题就在于凶器的处理。

不过，这个问题或许并不那么重要。毕竟自己一时半会儿也找不到有效的解决办法，总不能一直把时间浪费在这个问题上吧。

只要警方猜不透作案方法，自然也就找不到凶器。而且，还有个更麻烦的问题等着自己解决呢。

动手时，需要颖原社长处于昏睡的状态，所以必须保证他在午餐后服下安眠药。

如何给他下药是个难题，不过在此之前，得先确定用哪种药，以及如何入手。

从网络资料来看，常用于处方安眠药的非巴比妥类药物的效果并不显著。只有毒品、强效精神镇定药，以及前几年常用的巴比妥类安眠药才能达到服用后陷入昏睡的显著效果。

毒品首先排除。若是警方在颖原社长的尸体中检测出毒品的成分，那就麻烦了。同理，强效精神镇定药也排除。这么说来，只剩下巴比妥类药物了。巴比妥类药物是对含有巴比妥酸的各类镇痛、安眠药的总称。一个重度失眠患者偷偷购买这类安眠药，应该也说得过去吧。

先查查巴比妥类都有哪些药品吧。巴比妥、异戊巴比妥、苯巴比妥、戊巴比妥、司可巴比妥……

其中的异戊巴比妥引起了章的注意。

异戊巴比妥主要用作催眠镇静剂或抗焦虑药物。但由于用量安全范围小，很容易让人上瘾，所以几乎已经退出处方药名单了。

治疗失眠的用量必须严格控制在每天0.1～0.3克，与其他药物一起服用时，应尽量减少用量。

慎重起见，章也顺便查了一下致死量。毒品信息网站及著名的自杀攻略中提到了这种药物的致死量为1.6～8克。不过自己并不打算毒杀他，所以下药量必须控制在1克以内。如果想要造成他本人服用的假象，那就应该控制在最大量的双倍，也就是0.6克左右是比较保险的。

异戊巴比妥的外观呈白色结晶或粉末状，无臭，略带苦味。章还从制药厂的网站上找到了产品图。洁白无瑕的粉末，乍一看就和细砂糖没什么两样。

太好了！

细砂糖状、无臭，唯一的缺点就是略有苦味。这么说来，该放进什么东西里不就很明显了吗？也许咖啡因会和安眠药产生拮抗作用，但颖原社长一直都有喝完咖啡后午睡的习惯，想必这种影响在他身上可以忽略。

这个问题就算是顺利解决了，接下来只要想想获取途径……

就在此刻，章突然看到了一句一直被自己忽视的说明——难溶于水。

他顿时泄了气。如果无法像砂糖一样溶于水中，那就用不上了。要是这东西沉淀在咖啡杯底，马上就会被发现。巴比妥类药品的结构应该都是相似的，大概都难溶于水。他在这类药品的特性栏上查阅了一番后，发现自己的推测果然是对的。

不过继续研究了一阵子后，章又有了一个新发现——只要在巴比妥类成分中加入钠，就能变得易溶于水。除此之外，它的药物特质基本不会发生变化，简直完美契合了自己的需求。在这其中，又以异戊巴比妥和苯巴比妥这两种成分最为理想。

章开始在网络上寻找这两种药品的获取途径，日本国内似乎是无望了。虽然可以以个人购买的名义在泰国的购物网站上下订单，但这种做法存在风险。另外，这种药品在下单时就要付清货款，也就无法避免被骗的情况。还有一点，这两种药品在日本国内分别属于第二级和第三级管制类精神药物，万一自己运气不好，甚至还有可能被警察或是缉毒人员盯上。

就在一筹莫展之时，章突然想起两年前住在外国人之家时认识的一个二十岁出头的女孩。她叫翠川亚美，自称是个漫画家，所以那个名字可能只是笔名。要说长相吧，她绝对算得上美女，但她好像患有抑郁症或是边缘型人格障碍之类的精神疾病，所以章对她的印象只有她长着一张生人勿近的冷漠脸。

不过那时的章还生活在被黑社会追债的恐惧中，很渴望身边能多点儿朋友，所以也会主动关心她的生活。

慢慢地，她在精神稳定的时候会偶尔和自己聊聊天儿，不过大都是些关于漫画的内容。只有一次，她给章看了她的药盒，里面堆满了各种各样的药片。看起来，她每天都要服用大量药物。

当时她还透露自己会从各种渠道拿到许多种精神药物，并偷偷存起来。

章选中的这两种安眠药在药物依赖人群中算是人气比较高的

类型，很可能也在她的收藏之列。就算没有，她应该也能为自己找到替代品。

问题是，住在外国人之家的基本都是短期租客，也许她早就搬到其他地方去了。算了，明天先过去看看再说吧。

"哦？感冒好了吗？"章时隔三天后进公司时，大家都关心地问道。

"不好意思，让大家担心了。没什么大碍，就是有点儿低烧。"

"我还以为关西人不会得感冒呢，看样子你这次还挺严重的呢。"主任笑着说。

"什么意思？"

"对了，昨天有人来公司，说找你……"佐竹的一句话，把章吓得愣在原地。

难道他们真的找到这里了？

小池和青木的身影在眼前闪现。逃吗？可是他们应该不会知道佐藤学就是椎名章啊。

逃……又该逃去哪里呢？现在马上回公寓的话，不用二十分钟就能收拾好行李。但是，自己没有准备好新的身份证。

而且，那个完美的杀人计划……怎么能放弃呢？拿到价值几亿日元的钻石不过是迟早的事，胜利已经近在眼前了。

"请喝茶。"兼职工美优将茶杯放在桌上。章心不在焉地伸出手，却不小心打翻了茶杯。

糟糕！他连忙到处找抹布。

"哎呀、哎呀，这是怎么啦？想什么呢？"佐竹打趣着说。

要和他们交涉吗？说只要他们多宽限几天，自己就会加倍偿还……不行！他们根本不会答应，而且还会逼自己说出赚钱的办法。不能让这种节外生枝的事情发生。

就在章手忙脚乱之时，美优已经拿来抹布擦干桌子了。

找替身！

对，只有这个办法了。只要他们上次来的时候没找人确认过，应该就能用这招蒙混过去。自己当年应该是撕毁了所有相关的照片，而且应该也不会有人知道真正的佐藤学到底长什么样。所以等他们下次来的时候，找个人顶替自己就行了。

"那个……来找我的人……"章努力挤出镇定的声音。

"嗯？"

"长什么样子？"

"什么样子啊，这个嘛……"佐竹故意笑着不回答。

"快告诉我吧。"

"是个超级大美女。她说上次看到正在擦窗的佐藤先生英俊潇洒，一下子就被迷晕了，所以想来问问佐藤先生能不能做她的男朋友。"佐竹终于忍不住哈哈大笑，"啊？你不会当真了吧？"

薮不可思议地看着章："哥，你不会真有喜欢的人了吧？"

"有什么啊，你个白痴。"章勉强挤出一个笑脸。

"说不定，你其实是个情圣吧？"

"这三天该不会是装病跑去跟谁约会了吧？"

章抓了抓头："是啊。其实是带着别人的老婆逃到北海道去温泉旅行了。"

"为爱出逃……"

"这不是演歌里写的情节吗？你不会实际上已经四十多岁了吧？"

331

整个办公室都被笑声淹没。章也跟着一起大笑。他的掌心早就被汗水浸湿，连忙趁着大家不注意偷偷在裤子上擦干。

当天晚上，章展开了第三次潜入行动。

要做的事多达六项，为了不浪费时间，他必须提高行动效率。

首先要去的不是社长室，而是位于电梯右侧的茶水间。杯柜的最上层并排放着几个镶金边的茶杯和白瓷咖啡杯套装。第二层放的是用来盛放咖啡豆的透明塑料罐，罐子上贴着"蓝山""摩卡"等印刷字标签。旁边还放着滤杯、滤纸、量匙，以及陶瓷质地的方糖罐。

第三层放着速溶咖啡、家庭装奶精、二十五袋的袋泡茶盒、单独包装的糖条等。旁边还并排放着粉红色、白底碎花图案以及格子图案的三只小马克杯，这应该是三位秘书的杯子。

这么看来，上面两层是用来收纳社长、公司高管和待客用的物品，第三层则是用于放置秘书的东西。第四层是不带门的，里面塞满了咖啡豆研磨机、咖啡长嘴壶、压力式咖啡机等器具。

章看了看第二层的方糖罐，里面放着六颗单独包装的方糖。柜子最里面有一个放着好几打方糖的纸箱，上面写着"三温糖"。

看来颖原社长就连咖啡用的砂糖都要凸显出自己的地位。

章从盒中取出五颗方糖作为样本，然后用银色的连身人偶服包住全身后进入了社长室。

他首先取出风口内侧的手机，为充电器换了一块新的辅助电池；接着检查并测量了西侧一处窗户及北侧两处窗户的尺寸；最后拿出小刀，从固定玻璃窗的胶状物上切了一小块下来，放进塑料袋。

完成这三件事后，第四件事是找出用于开关窗帘的红外线遥控器，并确认其能够正常工作。虽然感光部位在窗框下方，拉上窗帘后就会被完全盖住，但信号可以毫无阻碍地越过纱帘和窗帘传递过去。

先要把遥控器发出的信号复制下来。章拿出在秋叶原买来的红外线学习型遥控器，将窗帘遥控器对准其感光部发送红外线，记忆开和关的两种信号。记忆完成后，章用学习型遥控器试了试，与原版遥控器一样，也能成功发射信号。

章朝着窗帘的反方向发射出复制后的红外线信号，想试试这样是否能顺利开关窗帘。他背对窗户，站在窗户所在位置的正中央，向对面墙壁的中间偏下位置发射信号，在红外线信号的反射作用下顺利地控制了窗帘。

接着，章又拿出同样在秋叶原买来的收音机遥控器，启动看护机器人。低沉的马达声响起。与此同时，机器人上方的面板亮起，开始用轻柔的女声进行自我介绍。

章舔了舔嘴唇，接着尝试了多种运行动作。结果与自己预测的基本相同。鲁冰花五号不可能将抱起的物体重重地撞向什么地方，或将其摔落在地。若想利用它杀人，它应该是一点儿忙都帮不上。

一直到这里为止都在自己的预料之中。

不过，鲁冰花五号并不能抱起所有物体这一点，倒是出乎了他的意料。由于机器手臂前端的两根天线同时也发挥着传感器的作用，只要天线没有往回折，就无法举起物体，即鲁冰花五号无法举起太深、太宽的物体。

章不禁皱眉，他没想到居然还有这种限制。

无论如何，总得先试试再说。为了执行当晚的最后一项任务，章走向东侧墙边的那个厚重文件柜。他第一次潜入这里时曾彻底检查过它，但当时并未发现任何暗格。

饰品架上的装饰品及书籍就暂时不管了，章首先检查了下方的四个抽屉。抽屉从表面上看并无特别之处，但章仔细思索后，打开了最下方的抽屉。抽屉是由厚重的整块木板制成的，前方并无挡块，轻轻一拉便可全部取出。

取出抽屉后，章脱掉手套，伸手在抽屉下方的空间内四下摸索。

章第一次潜入时就曾确认过文件柜中并无暗格。一般抽屉间的隔板用的都是三合板之类的薄板，而这个文件柜用的是非常厚的木板，果然，还是找不出任何可供藏匿物品的空间。

突然，章摸索着木板的指尖似乎触摸到了隐约的凹痕。

看样子，自己的猜测果然没错！章用手帕仔细地擦掉木板上的指纹，然后启动鲁冰花五号，让它的两只机器手臂插入取出抽屉后产生的空间中。

鲁冰花五号稳稳地抱起了文件柜，刚刚还真是瞎担心。四个抽屉的后部都预先留出了纵向空间，可供机器手臂进行回折，从而抱住上方的抽屉。

章给鲁冰花五号下达了举起文件柜的指令。

马达声越来越大，虽然还不至于传到一楼，但章还是有些不安。不过就算保安上楼巡逻，自己会先听到电梯上行的声音，所以只要提高警惕就行了。

随着木板发出的剧烈嘎吱声，整个文件柜被缓缓抬起。

由于机器人的动作缓慢且稳定，所以奖杯等依旧稳稳地待在原地没有倒下。

文件柜被举高二十厘米左右时，因上端碰到天花板而停止。

章躺在鲁冰花五号旁,拿出一面小镜子放在文件柜正下方,依靠笔形手电筒照射出的亮光仔细搜索着。

有了!不仔细看根本发现不了,文件柜底部确实有道向下开启的暗格门。因为文件柜脚的高度不过两三厘米,四周还装饰着木挡板,要不是整个抬起来,任谁也发现不了底部的暗格。

隐形之门的机关竟是如此简单,这扇门就藏在文件柜的底部。所以那个为了给用户提供更好的看护服务而结合各种先进技术开发出的机器人,说到底只不过是起重机或者千斤顶的替代品罢了。

章努力伸长手摸索那个小门,可怎么都打不开。许久后,他终于摸到门的旁边有个类似木块拼图的活动木块。用指尖拨开木块后,小门就自动掉了下来,看样子里面并未上锁。

狭小的空间内被几个小袋子塞得满满当当。拉出一看,全都是厚实的银色袋子。

这应该是由耐火纤维和隔热层组成的双层结构布料。颖原社长最怕的当然是火灾了。钻石虽然被誉为宇宙中最坚固的物质,但一旦暴露在氧气充足的高温火焰下,就会悉数化为二氧化碳。

章打开用魔术贴包裹了许多层的袋子,里面放着好几个相同材质的小袋子,大概是为了隔绝空气。

其中的六个小袋子鼓鼓囊囊的,侧面还用笔写着"100",另一个小袋子就稍微瘪一些,上面也没有写字。章用笔形手电筒一袋袋地检查后发现,最里面的物品被纸包裹着。他从三个纸包中随意取出一个,小心地拆开纸包外的胶带,确保一会儿还能还原成原来的样子。里面放着一些折叠纸片,全都是鉴定证书。

底下放着的,全都是绽放出夺目光彩的多面切割加工钻石。在手电筒光线的照射下,钻石向着黑暗反射出的七色光芒如月光般冷冽。

终于找到了！章一下子兴奋到快要爆炸。现在他手里握着的，应该就是价值好几亿日元的宝石了。

虽然心脏跳得都快蹦出来了，可他的大脑出奇地冷静。

仿佛此刻这里正站着两个人——一个人手握钻石，亢奋不已；另一个人事不关己，冷眼旁观。

冷静的那一方正在不停发出警告——距离成功还有至少一半的路程，真正的困难还在后头呢！

整件事中最大的难点，并不单是偷走钻石啊！

……也该满足了吧。你的能力已经得到了充分的证明。这些袋子里装的也不过就是些漂亮的透明石头而已，难道真要为了这些东西去杀人吗？

心中出现的第三个人正在不停地责备自己。

可是好不容易才走到这一步，怎么能就此放弃呢？一旦放弃，自己至今为止的努力不就全都白费了吗？章将包好的钻石放回袋子里，再重新放回暗格。接着让鲁冰花五号放下文件柜，最后将取出的抽屉也放了回去。

离开社长室前，他忍不住再次回头看了一眼。

六百一十九颗钻石。他将曾经握在手里的璀璨未来留在黑暗中，犹如将自己的心脏丢弃在这里一般。

哪怕他知道，这只是个短暂的离别。

早晨的空气冰冷且干燥。这个星期日是个难得的好天气，很适合来个深秋出游。

章一早就出门了，他来到阔别了一年的"自由之家"。房子里面一片寂静，大概那些房客不是在梦中，就是还没有回来吧。

打开公用信箱后，发现里面有两封寄给翠川亚美的信。看样子她还住在原来的房间。也许因为喜欢这里，不过经济拮据的可能性应该更大。章记得，两年前她就过得十分窘迫。

其中一个信封上印着某个大型出版社的名字。这么说来她自称是个漫画家倒也不完全是种妄想。另一封信上没有留下寄件人的名字，只盖着个"重要信件，本人亲启"的印章。

章一下就猜到里面的内容了，不过他还是想亲眼确认一下。只要今天之内把信还回来就行了吧，章这么想着，悄悄拿走了那两封信，并打算顺路去购买一些东西。

章坐上山手线，在转乘总武线时看到了许多出游的家庭。他的对面就坐着一对带着五岁左右孩子的中年夫妇。也许因出游而感到兴奋，那个孩子穿着鞋子爬上电车的座椅，还时不时激动地大叫。但父母没有一点儿责备，只是一脸微笑地看着。

遥远的记忆突然苏醒。

已经不记得那是通往哪里的电车了。当时，年幼的章坐在父母中间，脱了鞋对着车窗看风景。那时的他对窗外的一切事物都很好奇，不停地问着"那是什么"。光晃几乎不会回答他，只是板着一张臭脸沉默着。照子倒是回答，可满嘴的敷衍和胡诌就连孩子都听得出来。

章很快就死心了，便不再发问，只是沉浸在自己的幻想中。

比起满是汽油味的公共汽车，他从小就更喜欢坐电车出行。回头想想，自己大约是被电车行驶时那规则的震动和一定会沿着轨道到达目的地的安心感俘获了吧。不知为何，他总觉得自己从那时候起就一直坐在电车上。儿时的自己和现在的自己，正身处同样的震动中。

当时的自己是否想象过，十多年后的自己会为了准备杀人而搭乘电车呢？

　　章在千叶站东面的第二个车站下了总武线电车。购买作案工具的地点还是要尽量远离常住地，所以他才特地坐电车来到这个陌生的地方。再说了，要是去东京的大卖场购买，很难保证不会偶遇安西公司的前同事。

　　他坐上京成巴士，很快就到了此行的目的地——一个大型卖场。

　　店内的生意好得出乎意料。章走进面向专业用户销售的专卖店，穿梭在货架间的通道上寻找组装玻璃窗相关的工具和材料。他挑选了硅胶枪、各种硅胶填充剂的补充装、圆形衬垫、底漆、玻璃吸盘器、刮刀、刷子、遮蔽胶带等，并全部放进购物车。

　　接着，章又挑选了强力环氧树脂接着剂，以及外观酷似针筒的注入器。这些东西一共花了好几万日元。

　　下一个目标地点是日用品店。章在那里买了"家具移位神器"。这是由一种名为铁氟龙的氟树脂制成的细长板，只要将其垫在家具的下方，就能轻松拉动笨重的家具。氟树脂造价高昂，两片装的价格就高达七千多日元。

　　随后，章又买了一套雕刻刀具、六个楔形门阻，以及两卷用来堵住缝隙的泡棉胶带。

　　他将这些东西分开装在背包及其他袋子中。虽然很重，但为了不留下地址信息，章并没有选择送货服务。他只能先全部提到车站，放进储物柜里暂存。

　　章在附近的量贩店看到了与购物篮大小完全吻合的麻袋，看起来应该是付费塑料购物袋的替代品。麻袋不但尺寸刚好，提手部的针脚也十分缜密，看起来应该很牢固。

　　拎着刚买的购物麻袋，章继续前往体育用品店。店内架子上摆放着好几种进口保龄球。

章选了一颗16磅（7.257千克）的保龄球，这也是店里最重的一颗了。他本就打算买颗材质较软的球，正好最近的保龄球大多使用的是高敏感聚酯材质，硬度比以前的硬质橡胶低了许多。接着，他买了滑雪板用的固体蜡、滑雪面罩和游泳用的潜水镜。

下一步，他到厨具店买了可精确到0.1千克的上皿天平。他万万没想到，这么个天平居然花了一万四千日元。

章又在隔壁的文具店买了B0尺寸的卡纸、万能笔以及除胶剂。

接着，他在百元商店买了修理摩托车专用的超长十字螺丝刀和金属专用锉刀。最后到超市买了两罐塑料瓶装的麦芽糖浆。

手上的东西越来越重，章回到公寓时早已满身大汗。他的房间内没有浴室，他只能拿条毛巾到水池弄湿后擦拭身体。

有些事，必须在下次出门前完成。

他用万能笔在刚买来的填充剂补充装上标好编号，接着将B0大小的卡纸在地上铺开，几乎占满了整个房间。然后他在方才写好的编号旁边用填充剂涂出一个小方块。

问题是，即便同样是灰色系的填充剂，颜色也有些差异。为了避免被人识破，他必须使用和社长室窗户上使用的颜色完全一样的材料。等填充剂干了再最终确认一下颜色吧。

在等待填充剂晾干的这段时间里，他完成了下一项任务。章拿出原本在信箱里的那两封寄给亚美的信，在信封上涂了除胶剂，待胶水失去黏性后打开。

出版社寄出的那封信是退稿通知，他不好意思细读，便塞回了信封。黏性很快就会恢复，所以只要封好就不会被发现。

另一封信果然不出章所料，是一家大型金融贷款机构的催款通知。金额倒是不大，可他真没想到亚美居然也能顺利借到钱。

翠川亚美果然处于为钱所困的状态,真是天助我也。

章开始思考从她手中拿到药品的方案。

最先想到的当然是直接跟她要,毕竟两个人还算有些私交,且她又正好缺钱,很可能会答应自己。但这个做法有两个缺点。第一,自己要如何向她解释为何会突然需要巴比妥这种危险药品;第二,哪怕真能找到理由骗过她,她也会记得自己曾向她买过这种药——毕竟她知道"佐藤学",也就是现在的这个名字。

万一她将来拿着这个把柄威胁自己呢?万一她将来因药物问题被捕,为了减轻罪行而供出自己呢?

就在这时,他的脑中突然冒出一个念头——要是她也能一起消失就好了。

快醒醒,他慌忙甩掉这个念头。我又不是杀人魔!怎么能为了一己之私杀害无辜之人呢?

那颖原社长就该死吗?他再次被这个问题拷问,无奈之下只能逼着自己回到眼前的问题上。

还是不能让她发现自己。

如果想要匿名接触,最简单的方法就是威胁。虽然不知道她把那些药物藏在哪里,但只要确定她手里有精神药物,就能用报警来威胁她。告诉她如果想让自己替她保密,就拿出少量药物收买自己,相信一般人都不会拒绝的。

可问题是她患有边缘型人格障碍。

自己虽然和她接触的时间不长,但当时她的情绪确实非常不稳定。章上网查询了相关资料后发现,这种类型的人格障碍患者身上都有一个特点,那就是虽然平时看起来情绪稳定、头脑清晰,但很可能突然就会因一些小事而崩溃,或是攻击他人,或是自我伤害。

这么说来，还不能一味地逼迫她，否则可能会让她情绪失控。看样子得软硬兼施了。

章坐在笔记本电脑前谨慎地写了一封发给她的信。他精心挑选着不会刺激到亚美的用词，在自我介绍中，他将自己描述成一个和亚美一样患有边缘型人格障碍的二十多岁的女性。接着告诉亚美，如今自己正过着生不如死的生活。具体细节则是参考了一个身患同样疾病之人在网络上发表的文章。

……虽然我无法直接与您见面，不过很久之前的一次偶然机会，我从朋友那边听到了翠川小姐的故事，然后就一直在追您的《夕阳之歌》漫画，并被您深深地感动着。后来得知漫画的作者，也就是翠川小姐您与我患有相同的疾病，便越发觉得我们有缘。

其实，给您写这封信，是想拜托您一件事情。因为我觉得能画出这种作品的人一定能理解我的心情，这才唐突地给您写了这封信。

我的情况比较复杂，不便在信中多说。您可否匀一些写在信末的药品中的某几样给我，否则我很可能就活不下去了。

哪怕只是少量也没关系。

当然，我不会白拿您的。虽然我现在也不富裕，但这个要求实在是太为难您了，所以我愿意支付高于市场行情数倍的费用。

那位向我介绍您的朋友还告诉我，您收藏了很多种类的药物。

只要您愿意分给我一点儿，我就一定会永远为您保守住这个秘密。

　　我本该亲自登门请求您帮忙,但眼下实在是有不得已的苦衷,只好以匿名的方式拜托您,还望多多见谅。

　　为了表示诚意,我在信封中放了两万日元订金。

　　若您愿意分我一点儿,就请到"第二频道""诗"版块里的"乡愁诗"帖子下,按照以下提示发帖……

　　要是冷静想想就会发现这封信写得很不自然。虽然写了一大篇,却丝毫没有重点,而且还有一些逻辑不通的地方。

　　章在信中表达了对她这位漫画家的钦佩以及同情,不知能有多大效果,而且这种委婉的威胁对她未必奏效。

　　不过,她应该会答应的。

　　信中的诱饵对她一定很有杀伤力。一个穷困潦倒之人看到现金从天而降时,若没有超强的克制力,是很难抵挡住诱惑的。更何况,即便她想退回这笔钱,也不知道该退给谁,而且信中还提到了非法药物之事,想必她也没那个胆量去报警。只要她动了这笔订金,之后就很难拒绝自己的要求了。

　　这就是让自己深恶痛绝的金融贷款机构惯用的伎俩。

　　当然,他也不会奢望仅凭一封信就能让她上钩。一次不行,那就一直寄,一直给她施压。只要在最后让她看到事成之后的丰厚报酬,应该就会动心了。

　　第四次潜入。

　　章已经不再像前几次那么紧张了,如今的他已经能够游刃有余地在这个戒备森严之地自由穿梭,他不由得生出了一种快感。

　　这次的任务只有一个,但这个任务才是左右整个计划的关键。

他自认为已经十分精通玻璃技艺，也自信没有对所学知识生疏。但这毕竟是谁也没有尝试过的事情，很难单纯依靠想象达到完美，许多地方都得动手试了才知道深浅。

而最困难的是他必须在有限的时间内完成所有操作。

未来的生活，在此一举了。

进入社长室后，章从尼龙背包中拿出遥控器，启动鲁冰花五号。他看了看手表，指针正好指向了零点。今天提前了一个小时来这里，应该能勉强做完所有准备工作。

章做了个深呼吸后，拿出人型NT切割器切除了西侧窗户上的固定胶。

从四个边上整齐切下看似橡胶的胶料后，章拿出螺丝刀旋开螺丝，取下上下两端的压边线，用鲁冰花五号撑住玻璃，以防其倾倒。

他在已经结霜的窗框上放了两个固定块，再将玻璃放在上面。固定块的前方是一个发泡聚乙烯材质的绳状支撑架，可以起到缓冲的作用，保持玻璃稳定。

所以，如果想让玻璃松动些，不被固定得太死，就不能使用硬度太大的支撑架，要换成稍微柔软一些的材料。

在最初的设想中，章觉得这个做法已经能够充分满足需求了，然而在思考验证的过程中，他又发现了新的问题。

垫在玻璃下方的固定块用的是常见于电线外层或防震垫的氯丁橡胶材质，会与玻璃底部产生很大的摩擦，换成更光滑一些的材料会好一些。所以他最终选择了固体中摩擦系数最小的氟树脂材质。

章将绳状支撑架全部去除后，用一只手撑着玻璃，双层防盗玻璃的重量让他的手臂肌肉发出阵阵哀号。一番努力后，他终于成功在玻璃和窗框间塞进了六个橡胶材质的楔形门阻，同时取出了固定块。

用来取代固定块的东西，是从氟树脂材质的家具移位神器上切下来的四个块状物。同时，章还在它们和玻璃之间涂了大量的滑雪板专用固体蜡，这样应该就能大大改善玻璃的滑动状况。

取出门阻后，章在玻璃的四边塞进被削成只有原来一半厚度的新支撑架以及带泡棉的填缝胶带。

章还原了玻璃上方的压边线并锁紧螺丝，放上干燥后的胶带状填充剂后刷上底漆，保证玻璃和压边线间不再留下任何空隙。他很小心地没有把胶带贴得太紧，否则胶带可能在玻璃的移动下出现褶皱甚至剥落。

可算完成了。章重新确认了一遍所有的细节后，往后退了几步进行整体把控。

表面看应该不会露出破绽了，那么问题就只剩下性能了。为了确认，章撤走了鲁冰花五号的机器手臂，接着用玻璃吸盘吸住双层玻璃前后晃动了一下。

完美！完全就是计划中的手感！虽然玻璃的可移动范围只有几厘米，但滑动十分顺畅，几乎感觉不到阻力。

止不住的兴奋！章心满意足地看了看手表，凌晨两点三十五分，比原计划的时间提前了很多，真想好好夸夸自己。

收拾好所有东西后，他抬头看了看出风口。本打算等正式偷钻石的时候再顺便取回手机、集音器和电池，不过接下来似乎没有继续窃听的必要了，继续放着，只会徒增暴露的风险。

章打开出风口取出全套窃听工具，仔细地处理掉所有痕迹后，离开了社长室。

七个小时后，他混进出入的人潮走出了六中大厦。虽然缩在逼仄的吊篮里睡得他浑身酸痛，但章的内心雀跃不已。

返回公寓的途中，章在便利店买了最便宜的三明治和罐装咖啡，然后坐在公园里吃早餐。一个只能吃出点儿沙拉酱味道的三明治，此刻在章的口中竟变得异常美味。他撕下一点儿边角丢给在脚边来回蹒跚着的傻鸽子。他呆呆地想着，这些愚钝的小东西是如何在这种生存环境远不如原始森林的大城市中活下来的呢？

章坐在长椅上一边喝咖啡，一边思考是否要按照原定计划处理掉那些窃听工具。可转念一想，又觉得既然没在窃听社长室这件事上留下任何证据，也就不用费这个事了。而且当时用于窃听的那台预付费手机，应该还能再用一段时间。

他突然想给英夫打个电话。可就在按下号码的前一刻，章突然停下了手。

虽然警方无法通过手机号跟踪到机主，但手机信号都是通过基站发送的，懂行的人只要稍加调查，就能找到发出信号的大致位置。这个公园离自己的住处也不远。虽然他们应该还不至于连英夫的手机都监控，但……

章站起身，提着沉重的包离开公园。

回到公寓后的第一件事就是检查一下粘在门与门框下边缘之间的头发。自从搬进"自由之家"后，章就养成了这一习惯。即便房东已经擅自在门内安装了遥控式辅助锁，基本上不会有外人潜入的可能，但章还是想确保万无一失。

进房间后，章继续检查窗户。要是玻璃被打破，可就全完了。

虽然近来市面上也能买到一种带钥匙的月牙锁，但只要用钳子弄弯锁的轴瓦就能轻松破开。这还是章在安西公司的那段时间里了解到的信息。其实月牙锁的主要功能是减少两个窗框间的缝隙，从而提升气密性。它的防盗功能，甚至还不如以前窗户上装的那种螺丝锁有用。

　　章在窗框的沟槽中放了一根铁棍。从窗户外侧是很难将其取出后潜入的，所以想要从窗户这里潜入的话，只有打破玻璃窗这一个方法。

　　窗户并无异状。

　　或许是自己多次潜入过六中大厦的缘故，才会变得有些过于敏感吧。不过眼下这个重要关头，谨慎些总是没错的。收拾好改造社长室窗户时用过的工具后，他打开了笔记本电脑。昨天他去申请了一个最便宜的宽带套餐。

　　他打开写满文字的留言板。

　　有了！

　　章终于在他指定的创作诗投稿帖子下等到了期待的诗作。

　　　　盛满回忆的，
　　　　老抽屉里，
　　　　油墨干涸的钢笔，
　　　　破损的菊石化石，
　　　　小小的风笛，
　　　　龟裂的汽水瓶，
　　　　残缺的轻石。

　　　　轻轻拿起汽水瓶，
　　　　放在唇边微微吹气，
　　　　是那宛如二十位天使飞舞般的，
　　　　令人怀念的声音。

看着看着，章不由得笑了出来。原先设想的那些胁迫手段压根儿就用不上。自己只不过发了两封信，送上了四万日元，就成功和她达成了协议。

诗中的用词分别隐晦地代表了某种诱导体，例如钢笔代表戊巴比妥，菊石代表异戊巴比妥，风笛代表苯巴比妥，汽水瓶代表钠，轻石代表钙。

"油墨干涸的钢笔""破损的菊石化石"，说明她目前手里没有这两样东西，而"龟裂的汽水瓶"和"残缺的轻石"，则说明添加了钠和钙的两样东西，也就是异戊巴比妥钠和异戊巴比妥钙都已经用完了。

看起来她手里还有少量的"风笛"，也就是苯巴比妥。

隔了一行空白后的下一个段落，也就是"吹奏汽水瓶"的那个部分，说的是她可以帮忙拿到异戊巴比妥钠。从天使人数来看，她的开价是二十万日元。

章在前面的信中就写到过自己需要的剂量，虽然对她的狮子大开口不免感到愤怒，但也担心要是讨价还价惹怒了她，可就前功尽弃了。

算了，这个价格咬咬牙也能付得起，就当是接济一个贫困潦倒的漫画家好了。反正自己即将得到的财富，远比付给她的数字多出好几千倍。

章打开电脑文档，开始写关于药品交易方法的下一封信。

IV
杀害

距离动手的日子越来越近了。偏偏这周的星期四和星期五都是阴天，摸不准接下来到底是什么天气。章停下手里的工作，仰望阴沉的天空。

要是周日也下雨，六中大厦的窗户清洁工作就会被顺延。那么杀害颖原社长的计划也就要被迫中止，自然也就不能在前一个晚上拿走钻石了。

要是清洁窗户的工作被推后到星期一或者星期二，也一样无法执行计划。工作日的办公楼附近人来人往，根本动不了手。

这么一来，就要等到一个月后的下个清洁日了。

夜长梦多，万一钻石就在这段时间内被转移到了其他地方呢？而且现在这种日日被紧张感包裹的状态，连他自己也不知道还能支撑多久。

真的非要杀了他吗，而且还是一个从未有过交集的陌生人？但这并非出于良心的苛责，而是单纯的恐惧。

如此周密地一步步计划到现在，自己居然动摇了。这对需要冷静判断力与行动力的杀人行动而言，可是大忌。下手的日子越近，章内心越恐慌。但他实在不想在这种飘忽不定的状态下过年，所以还是得在这个周末解决。

话虽如此，天气可不由人控制啊。

如果星期天下雨，无法执行杀人计划，也许偷走钻石后远走高飞的做法会更实际。章突然觉得，虽然自己做了万全的杀人准备，但若能在不动手的前提下拿到钻石，哪怕一切努力付诸东流也丝毫不可惜。

他想一个人静静，所以在下班后拒绝了同事的邀请，直接返回公寓。或许同事已经开始为自己突然的不合群感到讶异了。

章用手机查询了一下天气预报，据说周末就能迎来晴天，只不过他很怀疑这预报究竟有几分可信。

本打算今天待在房间里好好冷静冷静，谁承想思绪更加凌乱了，不知不觉就开始如笼中困兽般在屋里走来走去。章突然发现再这么下去可不行，这段时间自己一直都处于极度紧张的状态，或许该好好休息一下。

要是按计划后天动手，就必须保证自己到时能够进入最佳状态。要不今天去哪里放松一下心情好了。

虽然难免担心那些好不容易才拿到的药物，不过他对自己的藏匿手段有信心。哪怕真有贼人进来，应该也不会被偷走。

想到这里，章拿上钱包和手机，走出了公寓。

冷风扑面而来，章的心情顿时好了几分，可接下来又开始纠结究竟该去哪儿了。长期以来，他都过着禁欲的生活，生理上的欲求早已十分强烈，奈何在杀人计划上几乎花光了所有积蓄，已经没有闲钱去风俗店了。去哪儿喝两杯，也不过徒增寂寞。早知道这样，还不如答应了同事的邀请。

思来想去，章最终决定先吃碗泡面，之后再去看场午夜电影。

章走出新宿站的东面出口时,天空已经开始飘起了蒙蒙细雨。随处可见与自己年龄相仿的年轻男女,都站在车站内盯着手机屏幕看。

对啊!在这种地方打电话就不用担心被跟踪了啊。章拿出手机,犹豫了一下,最终还是按下了记忆中英夫的手机号码。

"喂?"电话那头传来的居然是个中年女性的声音,而且似乎有些熟悉。他马上想到那应该是英夫的母亲。

"您好,我是椎名章。"

"啊,椎名……"电话那头的语气中满是惊讶。

"好久不见。"

"是啊,我听英夫说了,这段时间你也过得很不容易。"

"嗯,是啊……对了,英夫呢?"

电话那头一阵沉默。

"嗯,你应该还不知道吧。英夫他,已经没了。"

"啊?"这次轮到章说不出话。

"走了有四个月了,是摩托车车祸。"

"怎么会这样,我根本……"

她就像是没听到章的话一般继续说着:"他今年啊,可算考上了大学。虽然他平时总是一副满不在乎的样子,其实内心还是很焦虑的,考上后可算松了一口气,一整个夏天都在外面疯玩。"

"可是他的车技一直都很好啊……怎么会发生车祸……"

"车祸的原因至今还没查清楚。据说那天下着小雨,他在山路上飞驰,当时的时速超过一百千米,所以警察甚至还怀疑过他是自杀。但我绝对不信,那个孩子绝对不可能自杀。再说了,他也没留下遗书啊。"

"不可能！英夫绝对不会自杀！"章突然大声喊道。附近正在发信息的女高中生们纷纷投来了好奇的目光。

英夫那样的人绝不可能轻言自杀，更何况还是在复读多年终于考上大学的时候。

"我也不相信。事后他的朋友告诉我，当时好像有人开车在后面追英夫。"

"有人追他？"

"我也不太清楚，据说是辆白色的奔驰。好像那个目击的孩子也去过警察局了，但曾经的暴走族说的话根本没人相信。"

章拿着手机的手已经被汗水浸湿。难道是……可是英夫平时就总爱惹麻烦，说不定真是不小心惹到了什么黑社会。可是怎么这么巧，又是辆白色奔驰。虽然这种车在日本很常见，但英夫的车速，一般轿车应该是追不上的啊。

但如果，对方是一直埋伏在那里……

"真是不好意思，跟你说了这些。只是我们做父母的，总归是放不下……"

"……我能理解。"

"谢谢你的电话。英夫虽然也没跟我说太多，但他一直很担心你。"

"是吗……"章说完才觉得自己的反应太过冷淡了，但他已经被打击得无法思考了。

"对了，你母亲来过一次电话。稍等一下。"

章依旧呆呆地握着手机。

他多希望英夫这时突然出现在电话的那头，告诉自己："刚才那些都是逗你玩的，我可是金刚不坏之身啊，怎么可能那么容易就死掉？瞧我妈多厉害，把你骗过去了吧……"

"……嗯，是这个了。她让我转告你打这个号码找她。"

英夫母亲念出的是一个070打头的PHS手机号。

她没有更正之前的话。看来，英夫真的死了。

章努力挤出了一句"节哀顺变"，然后就挂断了电话。

英夫的死，已是既定事实。

一抬头，恰好对上从刚才起就一直看着自己的女高中生的目光。女孩吓得连忙移开视线快步离去。

章依旧握着手机站在原地。绵绵细雨声飘进他的耳中。他的脑中一片混乱，完全失去了思考能力。

回过神来章突然发现，自己的手指不知何时居然按下了另一串数字。那是三岛沙织的手机号，虽然只听英夫说过一次，竟然就这样烙印在了自己的记忆中。

或许她知道些什么吧？目前掌握到的信息太少了，完全判断不出究竟发生了什么。得再找几个可能了解情况的人问问，不过现在能找的人估计就只有沙织了吧……

"你好……"是沙织的声音，她似乎对陌生手机号很有戒心。四周很嘈杂，大概是个居酒屋。

"喂？"

"哪位？"

"是我，椎名。"

对方瞬间沉默了。不多久，传来了有人喊沙织的声音。

"……请稍等一下。"周围的噪声少了很多，她大概走到店门口去了。

"学长，你最近还好吗？大家都很担心你。"她的声音听起来有些尖锐。

"发生了一些事。"

"我听铃木学长说了。你是因为父亲欠债才不得不逃的吧？可是学长根本没有偿还的义务啊。"

"这我当然知道。"

"那为什么还要逃呢？"

"不是哪里都讲法律的。"

"这怎么可能？那你为什么不找律师呢？那种金融贷款机构就爱欺负老实人。我们研究室有很多学长毕业后都做了律师，要不我给你介绍一位吧。"

"不用麻烦了。"

的确，抛开费用等方面的担心，一开始就去律师事务所求助的话，或许不会发展成今天这样的局面。

至少，在他划伤小池的脸之前。

"为什么不反抗呢？"

章微微一笑。为什么不反抗？问得好，我不是正在反抗吗？我比任何人都能忍，也比任何人的手法都更为巧妙。

而且，我要的，并不单纯是保护好自己。

"学长？"一直没听到章的回应，沙织有些奇怪地喊了一声。

"你听说英夫的事了吗？"

"……嗯，夏天的时候因为摩托车车祸去世了。"

"你知道详细情况吗？"

"我也是从电话里听说的，当时没法去参加他的葬礼。怎么了？"

"没什么，不知道就算了。"

"那个，刚刚那件事……"

"你现在可是一口标准的东京腔了啊。"

"啊？"

"我来东京也有两年了，但还是改不了，还是一口关西腔。"

"你现在在东京？"

"打搅了。"

"那个……"

章挂断了电话。

电影院的午夜场就连星期五晚上也见不到几个人。章一直盯着银幕，全程保持着同一个姿势。红光和蓝光在视网膜上反射、消失。如爆炸声般的重低音震动着他的耳膜。

电影散场后，外面的小雨也完全停了。章边走边拿出手机查看来电提醒，上面显示三条来自沙织的未接来电。

这个手机的使命已经完成，该处理掉了。

在新宿站东口的站前广场，章拨通了英夫母亲给的那个电话号码。

"喂……"

他故意用平淡的语调说道，但电话那头一片寂静。

似乎有问题！他连忙挂掉电话，结果对方马上就回拨过来了。章犹豫了一下，还是按下了接听键，但他没有出声，只是单纯地听着对方的动静。

"喂？"是一个陌生的低沉男声，章只回了一声"嗯"。

"哪位？"他决定先试探一下。

"问我是谁？你不应该先报上名来？你个浑蛋。"对方的怒气似乎马上就要爆发出来了。

"是您刚刚打来了电话，我才回拨的。"章挂断了电话。

直觉告诉他其中有诈。

既然是母亲留给自己的电话，接电话的就应该是她本人。当然，也不排除母亲暂时寄居在谁家里的可能性。可刚刚这个男人虽然言辞还算收敛，但依旧没能掩饰住他身上的黑帮气息。

果然不该贸然打这个电话，只希望对方真的相信是自己打错了，但这个希望太渺茫了。对方也许很快就能查出信号来自新宿，看样子，自己不能再来这一带了。

想到这里，章连忙走进车站的洗手间，将手机泡水后丢进垃圾桶。

回想起两三个小时前还在摇摆不定的自己，真是觉得难以置信。

我不杀人，必被人杀。

他可不会坐以待毙。

最后一次潜入很快就完成了。

第五次潜入可谓是轻车熟路，一套操作下来行云流水，没有丝毫停顿。他反倒时刻提醒自己，不能因为熟悉就放松警惕。

第一个目的地是茶水间。章打开杯柜的门，拿出陶罐中的四颗方糖，并把自己带来的两颗方糖放了进去。

在普通的糖条中掺入安眠药倒还简单，偏偏遇上颖原社长这种讲究人，害得自己花了整整两天时间才加工出这两颗方糖。

虽然在第三次潜入时拿到了方糖样品，可怎么都买不到相同品牌的方糖，所以只能用颜色相仿的蔗糖方糖来做实验了。

他从在大型卖场买来的雕刻刀具中挑出一把直径3毫米的圆刀，仔细磨过后，用它在方糖表面的中央部位刻出了一个圆孔，一直贯穿到方糖的中心，接着用浸了水的棉棒慢慢扩大内部空间。

晾干后，章用0.6克的小苏打作为苯巴比妥钠的替代品塞进方糖内部，再用糖皮堵住圆孔。糖皮是一种用于制作糖制工艺品的粉末状材料，主要成分包括精制细砂糖、干燥麦芽糖、淀粉以及作为增黏剂的黄原胶等。加水搅拌后成黏土状，干燥后即可变成高硬度固体。

但如果直接使用白色糖皮，就会在淡褐色的方糖表面留下一个白点，看起来就像骰子掷出一点时的样子。所以，要先加入一开始挖下来的那些三温糖，将糖皮调成淡褐色，封好圆孔后还要沾湿表面，最后再将糖粒一颗颗贴上去。

待方糖完全干燥后，就连他自己都有些分不清究竟哪一面被动过手脚。

在确认过方糖不会因滚动或敲击而变得松散后，章决定试试味道。他在两杯咖啡中分别放入原装及改造后的方糖，然后等待其溶解。

章原以为二者在甜味上多少会有些差异，没想到尝起来几乎一模一样。

之后，章又尝试做了三颗方糖，并在其中一颗中加入了珍贵的安眠药。为了确认苯巴比妥钠会不会让咖啡变味，他在咖啡中加入方糖后喝了一口，苦味好像确实增加了一点儿，但这种程度的变化，饮用者很可能会认为只是自己的错觉。

为了测试药效，他将掺入安眠药的咖啡喝下了三分之一杯。果然如自己所料，不到十分钟药效就开始发作，他昏睡了将近十二个小时才醒来。

终于要开始改造当天使用的那两颗方糖了，这次要用的就是上次偷回来的那两颗样品。得益于多次练习，最终的成品还算看得过去。最后再包好、封口，就算完成了。

还剩一个最大的问题。为了保证掺了安眠药的方糖能成功进入颖原社长的咖啡杯，章不得不改造出两颗带安眠药的方糖。但是，如果社长和专务同时陷入昏睡状态，难免会让人起疑心。可他思来想去也没想出妥善的解决办法。

章看了一眼放在柜子后面的那个三温糖方糖包装盒。

准备咖啡的时候，秘书应该会就近取走两颗方糖。可万一她们往罐子里补了新的方糖呢？

他也想过要不就直接把那盒方糖全部拿走，可丢失一整盒方糖难免会让秘书起疑。他不想让秘书因此注意到罐子里只剩两颗方糖了。

章把方糖盒塞进杯柜的最底层。如果一时半会儿找不到，她们兴许就会暂时放弃。

穿过红外线感应器后，章进入社长室。

这应该是最后一次潜入了。想到这里，章不免有些感慨。毕竟这个地方也算是为自己的人生留下了一段特殊的回忆。或许在几十年后再度回想起来时，还会有些怀念呢。

哪怕这段记忆与杀人的丑陋记忆紧密地连在一起。

章打开书桌最底层的抽屉，从塑料袋中拿出两个苯巴比妥药板塞进文件底部。其中一个药板上还留着两颗药片，另一个则是空药板。

接着，他检查了一下上次改装过的窗户，看起来并无异状。涂过底漆的填充剂上也不见任何胶带的褶皱或剥落。

章长长地吐了一口气。计划的前方已经亮起了绿灯，犹豫和烦恼也已通通成为过往。此刻，只能义无反顾、破釜沉舟。

章启动鲁冰花五号，接着操控机器人举起文件柜，打开暗格。他原本还担心钻石已经被转移，看来自己杞人忧天了。

滚落掌心的钻石，在笔形手电筒的照耀下发出耀眼的光芒，让章瞬间忘记了烦恼。

人的生命不过是转瞬即逝的火焰。没有人能比这些石头活得更久。

有些时候,只有穿过最黑暗的地方,短暂的人生才能如烟火般璀璨夺目。

如何在深夜走出六中大厦,成了横在章面前的最后一道关卡。

现在是凌晨两点半。今晚不能再像前几次那样,一直等到早高峰再出去了。

章在普通面罩的外层套上了滑雪面罩,然后戴上游泳时使用的潜水镜。

为了不发出脚步声,章在下楼梯时只穿了一双袜子。十二月的寒冷深夜,楼梯间的地面简直像冰块般冻脚。走到一楼时,他的脚底早就被冻得没了知觉。

放下运动背包,穿上球鞋,章屏气凝神地窥探着一楼的情况。

万一正面碰上保安,就要保证在最短的时间内放倒对方。今晚值班的应该是那个叫石井的年轻人,要是另一个叫泽田的大叔倒还好办,可那个石井个头很高,估计没那么容易对付。不过话又说回来,一个兼职保安应该不会敬业到和入侵者拼命吧。

章左手握着一支具有五米射程的催泪瓦斯,右手则拿着一根从百元商店买来的五十厘米长的十字螺丝刀,螺丝刀的前端还被金属锉刀打磨得如锥子般尖锐。

一把攻击范围堪比伐木斧却又轻便称手的螺丝刀,在殊死搏斗时就会变成比刀子或特殊警棍更具杀伤力的武器。章当然不打算杀死对方,只是计划着先用催泪瓦斯攻击对方眼部,再将螺丝刀刺入对方的肩膀或大腿正面,这样既能避开致命的大动脉,又能用剧痛逼退对方。最后，再用胶带牢牢地捆住对方，为自己多争取一些逃离时间。

铁门的另一侧始终寂静无声，他觉得自己已经等了好久好久。

如果现在发生冲突，明天的计划也将被迫终止。不过那样的话，反而能让自己免于杀人——他的脑中闪过这个朦胧的念头。

终于，保安室的门开了，里面的人一边叹着气，一边拖着脚步走向电梯方向。

听到电梯上行的声音后，章悄悄打开门，漆黑的走廊上鸦雀无声。

大楼的后门直接对着保安室，因此并未安装监控器。他从内侧打开没有上锁的铁门，溜出门外。

不能放松。还有一些事，必须在天亮前完成。

章抬头望去，是万里无云的晴空。

虽然是如同被漂白过的暗沉碧空，但也许这正是上天给自己的暗示吧。

昨晚几乎没有闭过眼，章却丝毫不觉疲倦，可能是因为神经始终处于极度紧绷的状态吧。

就看今天了。只要能顺利过完这一天，自己就能开启全新的人生。他深深地吸了一口气，努力让自己放松下来。自己的计划堪称天衣无缝，不会有问题的。

到达涩谷大厦维修公司后，时间还很充裕。章喝了杯咖啡，从储物柜中拿出工作服更换，就在这时，新买的手机响了。他看了看手表，还不到十二点半，基本符合自己的设想。

"佐藤哥，对不起啊。我这里出了点儿状况。"是薮达也的声音，他似乎急得都快哭了。

"什么状况？"

"我的摩托车在路上突然熄火了，怎么都发动不了。"

"这可怎么办？"章装傻道。

"真的对不起。我先想办法修一下吧……所以，我可能会迟到一会儿。"

"好吧，那我就先去六中大厦了。"

"不好意思。"

"被发现迟到就不好交代了。要不找一些由于工作问题所以来迟了的借口搪塞过去吧。我就先跟他们随便编个理由好了，比如检查设备的时候发现了问题之类的。"

"不好意思，我会尽快过去的。"

"嗯。一点半前能到就行了。"

"好的，实在是不好意思。"

"要不你每隔三十分钟给我来个电话吧，我也好了解情况。"

"好的。"

章挂断电话。数是不可能在两点半前出现的。

昨晚章去了他住的地方，往他摩托车油箱里倒了许多麦芽糖浆和沙子。章早就知道数的摩托车油箱是不上锁的，所以只花了一分钟不到的时间就完成了。

在摩托车的引擎室内加入麦芽糖浆后，很容易导致引擎烧毁。虽有滤网阻隔，但沙子和麦芽糖浆会堵住滤网，导致引擎无法启动。除非把摩托车的油箱整个取出清洗干净，否则数的摩托车就算是报废了。

哪怕他把摩托车送到最近的维修厂后立刻乘地铁赶来，最快也得两点才能到达六中大厦。到那时候，自己也该一切都准备就绪了。

章找公司借了一辆轻型摩托车驾照持有人可以驾驶的伟士牌摩托车。虽然路上几乎看不到其他车辆，但他依旧自觉地保持着足以得到交警表彰的安全车速。到达六中大厦后，章关掉引擎，将摩托车推进了辅道，在空旷的停车场中找了个角落停好。

　　他悄悄打开后门，将一个咖啡色的信封丢进保安室小窗外台上的"失物招领"纸箱中，信封里面放的是今天早上在涩谷投注站买的马票。然后大声地和保安打了个招呼："您好，我是涩谷大厦维修公司的。"

　　保安室内传来了折报纸的声音、拉开椅子的声音、从钥匙箱中取出一串钥匙的声音。章从保安室的小窗内接过屋顶铁门、配电箱以及清洁使用吊篮的三把钥匙。章肩上的运动背包里装着沉重的器材，肩膀已经被勒得很疼了，但他还是努力装出轻松的模样。

　　"有劳了。咦，今天就你一个人？"那位姓泽田的保安问道。他满脸都是花白的胡楂，看着十分邋遢。不知为何，他似乎对自己颇有好感，可那一嘴酒精发酵味的口臭，当真让人无法忍受。

　　"另一个人去取工具了……我们需要一个小时左右。"

　　"好的。年底还这么拼命啊。"

　　"嗯。和以前一样，一小时左右能结束。"

　　"那你做完后，帮我把钥匙送回来吧。"

　　章点头致意后，迈着轻快的步伐走向电梯厅。

　　他已经调查过，泽田基本不会在星期天下午离开保安室。为了观看UHF电视台转播的赛马实况，哪怕是保安室里那台画质粗糙的电视，他也看得津津有味。所以在这段时间里，他应该不会走出大楼。

还剩一点儿,最后一点儿,马上就结束了。

乘电梯上行的过程中,章在脑海中复习着计划的详细步骤。

章在十一楼走出电梯,接着从楼梯间爬到屋顶。他以原装的万能钥匙打开了铁门,扑面而来的大风吹乱了他的头发。

章看了看手表,现在是十二点五十七分。

首先要做的依旧是操作前的安全确认。但为了节省时间,他大幅缩减了工作量。他省略了对供电设备、厚橡胶电缆表面、插头和插座部位破损、防漏电开关,以及对连接状态的检查,只是目测检查了滑轨、吊车和钢索。至于对吊车、操作台开关以及对讲机的检查,则直接跳过了。

全都正常。检查只花了不到三分钟。到目前为止,完全与自己设想的一样。

终于到了最关键的时刻,没有彩排,也绝不能失败,机会只有一次。

他从屋顶往下看,此刻大楼的四周不见任何人影。没问题,应该不会被任何人发现。能看到自己的,大约只有飞驰在首都高速公路上的车辆,但那些人应该无暇留意自己。

章将吊车移到屋顶的西北角,从目标窗户的正上方放下吊篮,带着装有必要工具的运动背包坐了进去。

吊篮缓缓下降,他的心也紧张得怦怦直跳。

他已经没有回头路了。

社长室的窗户在他的视野内缓缓升起。

纱帘紧闭。看样子果真如自己所料,社长正在房内睡午觉。本打算先透过纱帘看看屋内的情形,但里面一片昏暗,看不太清楚。

他深深地吸了一口气,待心情稍微平复了一点儿后,拿出学习型遥控器。自己打开窗帘后会看到什么呢？会不会看到的是颖原社长坐在书桌前的画面？又或许他今天出于某种原因没有喝咖啡？

瞎想什么呢！要真是这样，他怎么会待在如此昏暗的房间里？

话虽如此，若是他真的没在午睡，那就另外再想个法子蒙混过去吧。章按下学习型遥控器的开关，红外线穿过玻璃窗和纱帘反射到墙上，接着再穿过纱帘直达感光部。

窗帘缓缓地朝左右两边分开。

颖原社长横卧在长沙发上。窗外的阳光直直地照在他的脸上，而他没有丝毫反应，应该是睡得很熟。

放下学习型遥控器，拿出玻璃吸盘吸住玻璃窗后，章迅速瞥了一眼填充剂，确定没有任何异状。他抓住玻璃吸盘轻轻地前后移动着。虽然玻璃吸盘的可移动范围只有几毫米，玻璃窗只是略有晃动，但触感就如天鹅绒般顺滑。

他用力拉动玻璃吸盘，尽量向外拉出玻璃。

接着，他从运动背包中拿出遥控器启动鲁冰花五号，操控机器人走到长沙发的前方。

同样的操作早已演练过多次。但或许太过紧张，他总觉得推动操纵杆的手指变得有些僵硬，使不上劲。

他暂时将手指从遥控器上移开，并深呼吸了两三次。内心暗骂自己——居然在关键时刻掉链子，这次如果失败，自己就会失去一切！快醒醒吧！

调整好情绪后，章重新按下遥控器。

成功了！鲁冰花五号顺利抱起颖原社长，缓缓走向自己。

章已经看到了颖原社长的侧脸。此刻的他嘴巴微张，显然睡得很熟，不，或者应该说已经陷入了昏睡。看来他真喝下了那颗掺有苯巴比妥钠的方糖。

社长的胸口正随着呼吸上下起伏。

章突然感到恐慌，此刻他才清楚地认识到自己接下来要做的事意味着什么。他拼命压制着内心的恐惧。

事到如今，他已经没有退路了，也没有其他选择了。

他操控着抱着社长的鲁冰花五号绕过书桌走到窗前，接着转动鲁冰花五号的上半部，让颖原社长的后脑勺正对着自己。

颖原社长的头部慢慢靠近窗户，那双巨大的耳朵格外醒目。

感应器似乎已经感知到此处有玻璃，机器人的移动速度正在缓慢下降，片刻后，满是银发的头部终于紧贴上了玻璃窗。

章放下遥控器，拿出运动背包中最重的那个物体。

这是一颗装在麻质购物袋中、重达十六磅的保龄球。为了防止其中途掉出，章事先用铁丝将麻袋捆在球体外侧，此刻的保龄球看起来像个形态怪异的晴天娃娃。

他的左手穿过购物袋的提手，将袋子牢牢地勾在手臂上；右手则捧在保龄球的下方。

再一次环顾四周，确定不会被任何人看到。

正是动手的好机会。

章侧过身体，做好挥出保龄球的准备。他的脑海中浮现出早已预演过无数次的动作。为了避免脚下不稳导致晃动，他必须在最短且最正确的轨道上传递出最大动能。

可他的身体就是不肯动。

还不赶紧动手！

章喘着粗气。

必须动手了！

必须马上结束!

他咬紧牙。

他努力把眼前的人想象成小池或青木。

去死吧……

仿佛射出强弩般,他转动了身子。

那颗包在麻袋中、重达十六磅的高敏感聚酯材质保龄球,从厚两厘米的双层玻璃外侧径直撞向颖原社长的后脑勺。

随着砰的一声巨响,整个玻璃窗都凹了下去。玻璃窗内侧的颖原社长头部也被这巨大的冲击力弹开。

吊篮在反弹力的作用下剧烈摇晃。章竭力维持住平衡,重新坐好。

摇晃虽然停止了,可章依旧不敢动弹。

强化玻璃中夹了一层树脂膜,撞击声应当比普通玻璃低很多才是,可刚刚的这声巨响完全超出了自己的预期。若是恰好有行人路过,定会抬头寻找声源。

现在最大的问题就是走廊对面房间里那三名秘书。若是她们这时恰巧出门吃午饭还好,可要是正坐在办公室里,哪怕中间隔着两道厚重的房门,也很可能会听到刚刚的声音。

听到异响后,一般人都会本能地停下手中的工作,认真辨别声音的来源。如果在这时又听到了其他声音,就会认为这两个声音之间有联系,从而判断为出现了异常情况,定会马上四处查看。

所以,章只能耐着性子,一动也不敢动。

三十秒后,他觉得应该安全了,这才放下手上的保龄球,查看颖原社长的情况。

颖原社长依旧躺在鲁冰花五号的机械手臂上,但已经完全失去了生气,呼吸似乎也停止了。受到重击后,他被弹出了大约十厘米。头部皮肤似乎已经绽开,鲜血正从他的白发中缓缓渗出。

出血量倒是不大,可这样的重击应该足以让一个动过脑部手术的人毙命。

章压抑住内心的忐忑,立即查看玻璃的状况。

整块玻璃向内凹陷了几毫米,所以填充剂出现了小部分剥落,不过玻璃表面依旧完好无损。但仔细看看还是能发现,玻璃窗的污垢上留下了一道清晰的痕迹。

章立刻拿出毛刷和玻璃刮擦掉了窗户上的污垢。紧接着,他又发现玻璃内侧似乎出现了一小块油污,应该是沾到颖原社长头部的油脂了,其中还夹杂着肉眼难以察觉的微量血迹。

他再次拿起遥控器操控鲁冰花五号,将已经毫无生气的颖原社长的右肩按在玻璃窗的油污处摩擦。在极度紧张和对自己这番行径的厌恶下,章突然泛起一阵干呕。擦了好几遍后,油污终于不那么明显了。

还没结束。

他继续操控机器人,将颖原社长的身体运到房间正中间。此刻,社长的头部正好位于茶几的正上方。接着,他操控机器人缓缓下降,直至社长的后脑与茶几接触,等待四五秒后再重新抬起。远看不太清晰,但茶几上应该沾上了微量血渍。

最后,将遗体以仰卧姿势放在茶几旁的绒毯上,让鲁冰花五号回到原位并连接充电器,然后关掉电源。

章看了看手表,从坐进吊篮下降开始算起,时间已经过去了十分钟。

比原计划超时了不少。原本他还打算往填充剂的内侧注入环氧树脂,将玻璃彻底固定,但这项操作还需要再花五六分钟的时间。

其实哪怕就此结束,应该也不会被任何人发现。但他还是希望能完成这画龙点睛的最后一步。

就在这时,运动背包中的手机响了。一看来电显示,是数的电话。

"喂?"

"佐藤哥,不好意思,我十分钟后就能到。"

"到哪里?公司吗?"

"不是,到六中大厦。"

没想到他居然来得这么快:"摩托车修好了?"

"还没呢。好像有人故意使坏,往我的油箱里倒了什么东西。我正好在修车厂碰到了一个朋友,就让他载我过来了。"

"哦,那我继续等你。"

"你现在在哪儿?"

"屋顶。"

"好的。"

章挂断了电话。

糟糕!十分钟后到达,这不就代表他已经快到了。只要六中大厦进入他的视野,肯定就会发现悬挂在外的吊篮。

章迅速用玻璃吸盘拉出方才被压进去的窗户,若不这么做,一旦有人从内按压玻璃,就会发现玻璃有所松动。

紧接着,他在剥落的填充剂外涂上底漆,然后用学习型遥控器重新拉上纱帘,随即立刻升起吊篮,返回屋顶。最后,沿着轨道将吊车推回原地。

就在他刚刚处理完作为凶器使用的保龄球时,屋顶铁门外传来了敲门声。

太险了！

他擦掉额上的汗水，快步过去开了锁。

"不好意思，迟到这么久。"

"没事，你也够倒霉的。"

"可不是吗？我觉得八成就是楼下那个浑蛋干的。前几天他就抱怨过一次，说我的摩托车太吵了……肯定是他，浑蛋！我绝饶不了他。"

薮一边推着吊车，一边不停发着牢骚。为了不被吊绳勾住而被绑成马尾的长发也像附和着他的怒气般左右摇摆着。

"对了，佐藤哥，你怎么把屋顶的门给锁了呢？"

右手的手腕开始隐隐作痛，应该是在刚刚撞击玻璃的时候扭伤的。自己真是小看了十六磅保龄球的反弹力。

就这么在屋顶干等着，章觉得自己的精神已经快崩溃了。

出于对迟到的道歉，薮坚决表示要承包今日的所有玻璃窗清洁工作。要是放在平时，章巴不得全都交给他，更何况此刻自己的手腕，怕是连毛刷都拿不稳。

可是，随着时间一分一秒地过去，章心中那种难以名状的不安也越发强烈。

自己会不会在不经意间犯下了致命的错误？

虽然自己的计划堪称周密无比，但他还是忍不住怀疑自己有所疏忽。

擦完东侧的最后一排窗户后，薮的吊篮回到屋顶。

"我去北侧啦。"薮说着就按下吊车的操控面板，让吊车向北移动。

眼前的场景让章突然回过神来。

北侧的窗户!

方才社长室内虽然一片昏暗,但似乎除了正前方,左侧也有隐隐微光照入其中。莫非,北侧窗户的窗帘并未完全拉上?

要真是那样,薮应该能看到颖原社长的尸体吧。当然,第一目击者是谁并不重要,就算是薮也没什么关系。

可要是薮看到了什么其他东西……

从不同角度看的时候,或许他就会看到一些自己看不到的东西。

章越想越觉得心慌,一回过神米便快步走上前去:"你也辛苦了,接下来就让我来吧。"

"不行,我来就行。刚刚迟到那么久,已经给你添了很多麻烦。"

"没事啦,我就这么干站着也很无聊。"

章半拉半拽地把薮从吊篮中拉出来,然后自己坐了进去。

他从六中大厦北侧外墙的最东面一列开始擦拭。

但他很快就后悔了。以前从来没发现,原来擦窗户这么费手腕。这个在往日看来丝毫不觉吃力的动作,现在真是让他疼得咬牙切齿。后来实在吃不消了,章便尝试着用了左手,但左手根本就不听使唤。

不能让薮发现自己的手腕扭伤了。于是章只能忍着疼痛重复着单调的动作。

擦完社长室旁边,也就是副社长室的那一排窗户时,章已经疼到无法忍受了。

"你没事吧,怎么出了这么多汗?"吊篮升上来后,薮问道。

"换我来吧?"

"不用,只剩下两排了。"章按下了吊车操控面板上的移动键。

"不舒服吗？"薮在屋顶上问道。

"没事……我还好！就是昨天多喝了几杯。"

"还是要注意点儿身体！"

"注意什么啊？我还不至于喝死的！"

"真搭上命了怎么办？话说……你的脸色真的很差啊！"

"头疼，疼了好一会儿了。"

"那肯定疼啊！不过我们真的拖太久了，你还是快着点儿吧！"薮的脸上没有半分同情。

"还有脸说？也不知道是因为谁迟到才拖到现在的。"章抱怨道。

吊车缓缓向右移动，来到北面外墙从西往东数的第二排窗户。

蕾丝质地的窗纱虽然被拉上了，不过仍留有一丝缝隙。房内一片昏暗。

北侧正对着首都高速公路，窗户上积了一层厚厚的灰尘。章将涂水器浸入装有清洗剂的水桶，往玻璃窗上涂泡沫。

章强忍着痛楚，一点点地刮掉泡沫，突然右手一松，玻璃刮掉了下去。

透过窗帘的缝隙，他看到了一个难以置信的画面。

震惊之余，他贴近窗户仔细一看，房间内侧居然俯卧着一个人，就在房门的旁边。

看不清对方的面容，但人一动不动的，也没有呼吸的迹象。

这人还活着吗？

从窗外看根本无法判断。章想了想，还是用拳头捶了捶玻璃窗，一阵低沉的声音响起，不过屋内依旧没有任何反应。

短暂的不知所措过后，他抓起了对讲机。

"喂,你在吗?"

连他都难以置信,面对如此诡异的场景,自己的声音竟能如此悠闲,倒像是个落语演员。

"怎么了?"片刻后,薮的声音传来。

"出现紧急状况了,马上联系保安室。"

"什么情况?"

"有人倒在地上,在顶层的西北侧房间。"

"有人倒在地上?"

"不要再鹦鹉学舌了,赶紧去!"

章怒吼了一声,薮连忙大喊了一句"知道了",同时脚步声传来。他大概连对讲机都没关就跑出去了。

章又看了看屋内一动不动的那个人,浑身起了一片鸡皮疙瘩。

怎么看,那都是一具尸体。

V
铁球

让自己成为第一目击者，应该是个正确的决定吧。

在等候做笔录的这段时间里，章坐在警察局的小屋子里自问自答着。

那种情况下也只能如此了，他也是着实没想到颖原社长的身体会出现在门口。既然正好能从窗帘的隙缝间看到，要是不通知保安，反而会让警方对自己起疑心。

发现尸体位置改变的时候，章感到十分惊慌。难道因为撞击力道太弱，所以他并未当场毙命，而是一直爬到门口才断了气？

不对，等等！章突然有种不祥的预感，他微微前倾着坐在椅子上，双手合十地祈祷着。

现在还不确定他到底死了没有。能确定的是，至少在头部被撞后的一段时间内，他还活着。那他甚至有可能因为被及时发现而救回了一条命。

但就算是这样，社长也不可能知道自己是怎么受伤的，所以应该不会马上怀疑到自己这个救命恩人的头上。

可是，如果颖原社长发现钻石不见了呢？最先被怀疑的，应该是能够进出社长室的公司员工吧。但若是所有人都被证实是清白的呢？

看样子真不该马上通知保安，就该再等一会儿。

不过哪怕自己不说，十分钟后也会被其他人发现。这么说，通知保安这件事应该还是正确的决定……

就在他翻来覆去想着这些事时，警察终于出现了。

"不好意思，让你久等了。我们开始吧？"

"我想请问一下……"章站起身问道。

"什么事？"

"那个倒在地上的人，被救活了吗？"

警察听罢一脸惋惜："没有，很遗憾，已经太迟了。"

"这样啊。"章低下头，心头的大石终于落了地。要不是因为眼前有人，他还真想比个胜利的手势出来。

让章忐忑了许久的笔录，竟然很快就结束了。

不过想想也正常，毕竟自己是在那么厚实的玻璃外侧发现尸体的，并且一步也不曾踏进过顶楼，一般人都不会怀疑到自己头上。更何况，自己和被杀害的社长之间并无任何联系。所以警察也就是详细询问了发现尸体的经过，以及当时周围是否出现过什么可疑人物之类的问题。

那些警察平时处理的案件都大同小异，应该猜不到自己的作案手法。自信满满的章一身轻松地做完了笔录。

其实最让他感到不安的，反而是最开始被问及身份的时候。当他被问到姓名、地址和籍贯这几个谁都不可能答错的问题时，章居然结巴了两次。好在警察并没有深究，只是善意地认为他因为发现尸体受到了打击。从乡下来东京工作的年轻人如今也随处可见，所以警察没有对他的个人背景做过多调查。

离开警察局回到公司后，章向上司报告了今天的事情。工作的时候发现尸体这种事，对公司而言也是史无前例的，所以章马上就被同事围住问个不停，一时竟成了公司里的红人。工作结束后返回公司的人也陆续加入话题，最后大家纷纷聊起了自己在擦窗户时都看到过哪些不可思议的场景。

章以突然被叫去做笔录后觉得很疲倦为由退出了闲聊。

从极度紧张的状态中走出来后，章突然很想好好喝上一杯。但打开钱包后，章发现里面只剩下几千日元了。为了准备这个杀人计划，他不仅花光了所有积蓄，就连金项链也都变卖完了。而且，现在还不能马上卖掉那些价值几亿日元的钻石。

现在最怕的就是公寓被盗，所以章决定直接回家。他顺路在便利店买了纸盒装麦烧酒和冰块，自己调了杯烧酒。

漫长的一天。

但我完美地解决了……

醉意蔓延全身，此刻章已被成就感淹没。只有扭伤的右手腕仍在隐隐作痛。

也不知是否由于身心的疲惫已经到了极限，章今晚醉得特别快。第三杯刚下肚，他就已经觉得天旋地转了。

一躺到冰冷的榻榻米上，意识瞬间被抽离。

章突然醒来。

目光所及之处，漆黑的天花板扑面而来。

身体僵硬得无法动弹。

撑不住了。极度的恐惧让他浑身汗毛倒竖，也许警察马上就要上门搜查了。

自己犯下了无可挽回的错……

房间里明明冷得让人发颤，章却像刚洗过澡般浑身湿漉漉的。右腕变得更加肿胀，发出阵阵刺痛，他觉得自己的人生已经进入了倒计时。

早点儿结束也好，这样的人生早就该结束了。

那样一来，自己就不用再这么痛苦了吧。

章裹着一床毯子，一直到天亮都不曾再合过眼。

意外的是，从第二天起，章再也没做过噩梦，就这么平静地迎来了到东京后的第三个新年。

章几乎每天都待在公寓里。为了迎接新年，他早就囤好了大米等食材，所以只会在每两三天去一趟自助洗衣店的时候出门。

于是，他每天都过着无所事事的生活。为了打发时间，他只能到垃圾场捡些旧杂志回来看。

章虽然已经没有闲钱可供玩乐，但还不至于连出门走走都花销不起。之所以一直待在家里，主要还是担心那些钻石，章现在甚至不敢出门超过五分钟。虽然他已经把钻石藏得极其隐秘了，可一想到社长藏得那般严实还被自己找到了，就怎么也静不下心来。

他独自一人抱膝坐在屋内，任由无谓的恐惧和敌意滋生。虽然理智告诉他不会有小偷盯上这种破公寓的，可外面一有风吹草动，他还是会立马提高警觉。

章虽然早就准备好了铁棒和大型螺丝刀，但还是不放心。可他又买不起昂贵的日本刀，灵机一动，章到一家从二号起开始营业的大型卖场里买了一把钢尺。家里没有磨刀器，他只好先用水泥块磨出刀刃，再放在沾水的砖块上细细磨成锋利的钢刀。磨刀的过程虽然无比乏味，却很适合打发时间。

打磨完成的钢尺上虽然满是卷刃，但锋利程度丝毫不亚于菜刀。插进木柄，再用胶水固定后，一把不太好看但杀伤力满满的凶器就完工了。虽然这手工钢刀不带尖锋，无法刺伤敌人，但若是照着脖子砍下去，也足以砍断颈动脉了。哪怕隔着一件衣服，也能造成不小的伤害。

章一直守着钻石，就像一只时刻守着蛋的田鳖。

他偶尔也会觉得奇怪——只要成功拿到钻石并封住颖原社长的嘴，这个世界不就应该是自己的囊中之物了吗？

可实际上呢？自己就像被附在钻石上的恶魔附身了一般。

哪怕自己早就藏好了钻石，可就是觉得整个房间里都充满了钻石的气息，而自己也不得不时刻守在钻石的旁边。

小心啊！小偷可是无所不在的！那些人的嗅觉敏锐得很，很快就能发现宝藏的位置。再森严的戒备都抵挡不住他们，他们会伤害你、杀掉你，最后夺走你的一切！

恶魔的呢喃声一直回荡在他的耳边。

睁大你的眼睛，竖起你的耳朵，调动你的五官，不要松懈，随时都要做好反击的准备！

每一天，章都用满是汗水的手紧紧地握着自己打磨的手工钢刀，屏着呼吸等待着隐形的敌人。

正月的气息逐渐转淡时，公司打来了电话。

过完年后，章又请了一段时间的假。虽然手腕处的扭伤已经好得差不多了，但他对坐在吊篮里擦窗户的工作生出了一丝抗拒。

杀害颖原社长时的感觉已经被记忆在了他的右手上。每次擦窗户都会回想起那一幕，这让章恐惧不已。

他也曾想过辞职，但考虑到找工作也不是件容易的事。更何况，要是在这个节骨眼儿辞职，说不定还会惹来他人的怀疑，所以暂时不可轻举妄动。但是不管怎么说，高空清洁工的工作是做不下去了，只能找个合适的机会请求公司把自己调到大楼内部的清洁岗位去。

公司打来电话的目的，并不是催章快点儿回去上班，而是告诉他，那家公司专务的委托律师想问他几个问题。章已经在电视上看到月桂叶专务被逮捕的新闻了。

为了不让对方起疑，章马上就答应了。

他在约好的咖啡厅里等了一会儿，没想到迎面走来的居然是一个年轻的女子。说她年轻吧，看上去应该也有三十岁上下了，但直爽的眼神和秀丽的容貌，都让章顿时感觉目眩神迷。

"久等了，真不好意思。你是佐藤学先生吧？"

"是的，你就是律师……"

"我是青砥纯子，请多指教。"纯子非常自然地伸出了手，章只是礼貌性地握了握对方的指尖。

"你应该也听说了，我是久永笃二先生的委托律师。在去年年底六中大厦的案件中，久永先生被当成犯罪嫌疑人，目前还在拘留中。"

章点了点头。

"所以，我想请你跟我说说当天发现尸体时的状况。"

"……我也不确定能否帮得上忙。"章将自己坐在吊篮中，透过社长室窗户发现尸体的经过说了一遍。这部分完全没有撒谎的必要，所以他说的全都是事实。加上之前已经向警方说明过一次了，所以这一次说得更加简明扼要。

"谢谢，你帮了很大的忙。"纯子单手握着咖啡杯陷入思考。

你那漂亮的小脑袋再怎么思考，也猜不出我的作案手法。看着纯子知性的额头，章不由得生出一股奇妙的喜悦。

"请问，你在发现尸体的时候……"纯子说得很慢，似乎正在努力整理着自己的思路，"有没有觉得遗体上有什么不寻常之处？"

"这个嘛……"章用咖啡杯掩饰自己忍不住上翘的嘴角。

要说有什么不寻常之处，大概就是自己杀死他后，明明是将他横放在房间的正中央，最后发现的时候，他竟自己爬到了门口。

"你发现遗体的时候，社长室内的窗帘是拉上的，所以屋内应该很暗吧？"

"是的。"

"当时窗户也应该很脏吧？"

"对。"

"那你应该看得不太清楚？"

"嗯，虽然我当时已经擦完了那扇窗户……不过的确看得不太清楚。"

"这么问可能有些奇怪，不过你当时看到的，确定是社长的遗体吗？"

"啊？"章听完张大了嘴巴，这次是真的听蒙了。

"你并未看到遗体的面部吧？"

"嗯，当时社长是俯卧着的，脸背对着我。"

"也就是说，你并不能确定那就是社长的遗体吧？"

"嗯……确实是这样，毕竟我也不认识他。"

"你有没有想过，那尸体，也许是其他人？"

话题的走向完全出乎他的意料。

"可是我从发现尸体开始，一直到大概五分钟后有人进来为止，是一直盯着屋里看的。"

"'有人进来'指的是副社长和三名女秘书吗？"

"应该是吧。"

纯子像是要跟他说什么秘密似的探出身子，若有若无的香水味刺激着章的鼻孔。

"可是，实际上确认过遗体的只有副社长一个人。秘书都被吓得不轻，根本没仔细看。"

"啊？这是……"

"还有个问题想请教你。你发现尸体的时候，有没有注意到房间的右后方有一张长沙发？"

"长沙发？"

"就是看起来有些像沙发的东西，不是待客用的沙发，而是靠墙的、社长用来午睡的沙发。"

章回忆了一会儿："……没什么印象了，可能我没看到那里吧。毕竟从窗帘的缝隙中能看到的范围是很有限的。"

"这样啊。"

不知为何，纯子竟露出了满意的神色。她涂着淡淡口红的双唇微微上扬，露出雪白的牙齿。

"那个……你的意思是，当时房内可能有两具尸体？"章不解地问道。这难道和尸体的移动有关系？

"当然不是，尸体只有一具。要是有两具，肯定瞒不过警察的眼睛啦。"

看到章的头上都快飞出问号了，纯子紧接着微笑道："你能帮我保密吗？"

"能。"章不假思索地点了头。

"现在的问题在于，那个房间完全是个密室。假设久永先生是清白的，可其他人也同样没有犯罪的机会。"

"……这样啊。"这么说来，倒真有些麻烦了。自己并没有打算策划出什么不可能犯罪，但现在看来，事情或许真会演变成那样。

原本，他只是期待警方认定社长是意外死亡，看样子他们还是发现了这是一起他杀事件。既然如此，也只能让久永专务替自己顶罪了。

"不过，如果你看到的社长尸体其实是个假人，那就完全不一样了。假设副社长和秘书冲进来的时候，真正的社长其实还躺在长沙发上午睡，而杀人事件是在那之后发生的话……"

章目瞪口呆："可是，假人……"

"那家公司里一直都备有假人，就是汽车碰撞实验时用的那种，你应该在电视上也见过。"纯子说着，从包中掏出一张假人的照片。

"光是这样看的话，当然能一眼看出这是个假人，但如果给假人穿上衣服，戴上假发，应该能以假乱真。再加上尸体当时是呈俯卧状态，根本看不到脸。"

章觉得有些费解。若真如纯子所说，那这个假人是何时被放进房间的呢？

"所以请你回忆一下，当时看到的会不会就是这个假人？"

章忍着笑，喝了一口咖啡："我觉得不是。"

"事情已经过去很久了，我想，很多细节你也回忆不起来了吧？"

"嗯。但是，真的不可能。"

"真的吗？"

"真的。"

"你为什么能这么肯定？"

章舔了舔嘴唇，谨慎地回忆着自己杀害社长时的场景。

"因为……我看到了他的脖子和手。"

"你能确定真的是个人？"

"嗯。要是电影特效的话，我可能会看错。但我当时看到的绝对不是这种假人。怎么说呢，感觉在皮肤的质感上完全不同。"

"这样啊……"纯子似乎很失落。

你看起来很沮丧嘛，我的大律师。章端起冷掉的咖啡，顺便瞥了一眼纯子的表情。我能告诉你的还有很多呢！只不过，我得先顾着自己啊。不好意思啦，纯子小姐……

接下来的一周风平浪静，章的生活似乎也正在逐渐恢复平静。

他向公司递交的转岗至大楼内部清洁工的申请，很快就被批准了。或许公司领导觉得看到尸体让章产生了心理阴影吧。

章和其他公司的新人一起参加了地板清洁打蜡培训。

用干拖把擦拭地板或用真空吸水器吸走污水的操作都非常简单。虽说打蜡工作对涂抹的均匀程度有比较高的要求，但他很快学会了。

最困难的就是地面打磨清洁机了。

虽然它看起来就是一台由电动马达驱动的刷子和一个方向盘组成的简单机器，可是刚开始的时候，章甚至连怎么让它前进都不知道。清洁机的刷子一直处于逆时针旋转状态，所以只要稍微往前推动，清洁机就会向左拐弯。几乎所有参加培训的人都被清洁机带着到处乱跑。不过章很快就掌握了诀窍，他对旋转方向和扭力有了大致的概念后，就可以像牵着一条大笨狗遛弯儿一样引导清洁机前进。大概三十分钟后，章已经操作得游刃有余了，周围的人纷纷向他投来钦佩的目光。

白天被工作填满，完全没有时间想其他的事情。无论是钻石、杀人还是金融贷款机构，全都被章抛诸脑后了。

可是下班后一回到公寓，他的情绪马上就变得灰暗。对金融贷款机构的那帮人的恐惧正在逐渐转淡，现在章满脑子都在想象附近有警察埋伏、钻石被人偷走的画面。

直到他打开房门、拉开灯后，那些可怕的幻想才彻底消失。

那天，章结束工作回到公司后，佐竹笑眯眯地拍了拍他的肩膀。

"学，刚刚有女生打电话找你哟，而且声音好甜，难道你……"

"你倒是换点儿新花样啊。"章冷淡地回应。

"不不不，今天是真的。"

"怎么可能？"

佐竹撕下便条纸递过去。

"你看，是一位叫青砥的小姐。她留下了手机号，让你回来后给她回拨过去。一般人根本不会留言吧，她是不是对你有意思啊？"

青砥纯子，这是个让他印象深刻的名字。

"哦……那是律师。"章故作镇定地回答。

"律师？"

"上次那个案子的律师。之前已经找我问过一些问题了，这次说不定又是其他请求，比如找我出庭做证之类的。"

"这样啊……那真不好意思了。"善良的佐竹听完一脸失落。

"那个号码我记下了，便条纸的话我就直接撕掉啦。"

佐竹走开后，章用办公室的座机拨通了那个号码，对方马上就接听了。

"你好，我是青砥。"

"你好，我是佐藤学。听说你给我来过电话。"

"是的。"不知为何，纯子有些吞吞吐吐的。

"……你今天能抽出点儿时间吗？我想跟你谈点儿事。"

什么事？章的脑中瞬间闪出各种可能性。但不管怎么说，自己都找不到拒绝的理由。

"好的。我正好准备下班。"

"那就……七点半到新宿可以吗？"

纯子说了一个地址。从店名完全猜不出那是个什么店，不过应该是酒吧之类的地方。想到这里，章不由得心跳加速。

"好的，那就一会儿见。"

挂断电话后，章到更衣室好好洗了把脸，又拿了条湿毛巾擦了擦身体，但还是担心擦不掉那股汗臭味。替换用的T恤、牛仔裤和毛衣虽然都很干净，但都是很普通的款式。早知如此，今天就该穿身像样的衣服来上班。唉，算了，反正自己家里也找不出一件适合约会穿的衣服。

明明自己已经坐拥足以买下任何一间名牌服装店的财富。

但还得再忍一忍，他对自己说道。自己已经拿到了打开成功之门的钥匙。只要再坚持一段时间，自己的人生就会变得完全不同。

走出新宿车站东口时，章突然生出一丝不祥的预感。上次就是在这里拨通了那个冒充自己母亲的PHS手机号。说不定，信号早就被基站察觉了。

可是，他们也不至于成天就盯着自己一个人吧。这些人应该不会为这点儿小钱无休止地派出人力。

章压低帽檐，盖住双眼，迅速穿过人潮。

走进巷子后，他终于找到了纯子说的那家店，那是一栋杂居公寓的半地下室。真的是这里吗？他再三确认了门口的"CLIP JOINT"招牌后，才走下了楼梯。

章推开旋转门，没想到这居然是间十分干净整洁的店。青砥纯子已经坐在吧台前了，后方的台球桌上站着个正在打球的男人。除了他们俩，店里就没有其他客人了。

章一走进店里，纯子立刻就看了过来，看上去似乎有些伤心。

"不好意思，特地把你叫出来。"

"晚上好。不好意思，我迟到了。"章看了看手表，已经迟到五分钟了。

纯子没说话，只是摇了摇头："要喝点儿什么吗？"

羞涩的钱包让章不由得犹豫了一下。纯子紧接着说了句"我请客"。章在后方的凳子上坐下后点了一瓶啤酒。原以为酒保肯定会问自己喝什么牌子的啤酒，结果对方只是默默地拿出百威。

"这是台球酒吧吧？没想到现在还有这样的店呢！"

"嗯，泡沫经济那会儿我也常去，虽然当时还是个高中生。"

"没看出来啊。"章直接对着酒瓶喝了起来，顿觉一阵清凉流入空腹。

"后来台球酒吧的生意还死灰复燃了一阵子，但这注定是要被时代淘汰的。啊，对不起。"纯子连忙向正在擦玻璃杯的酒保道歉。

"没关系啦，你说的本来就是实话啊。每放一张台球桌，就意味着要牺牲掉好几个客座，这在东京市中心本来就很不合理。"

一脸胡楂的酒保微笑着走向店后方。

"那个……你今天找我来是？"碍事的酒保走开后，章转而看向纯子。

"嗯……"纯子将鸡尾酒杯送到唇边，含糊不清地应了一句。

就在这时，背后传来了咚的一声，原来是那个男人在冲球。原本聚拢在台球桌中央的各种颜色的球，瞬间被四下弹开。

"介绍一下，这是榎本先生。"纯子看向那名男子，这让章有些摸不清状况。

"榎本先生是我请来调查六中大厦案件的。"

"是侦探吗？"

男人站起身看着章："算是吧。今天请你过来，是有些事想问问你。"

眼前的男人身形瘦小，看不出年龄，看起来白白净净的，应该是个心思细腻的人，只是那双眼睛十分犀利。

章顿时生出强烈的警觉，看样子这个男人不好对付。

"请问你想问什么呢？"

"钻石在哪里？"男人说完这句话，便用球杆撞击白色母球。母球成功地将黄球撞进袋中。

"什么钻石？"章被打了一个措手不及，不过依旧喝了一口啤酒。不能慌！对方只是在套话，他不可能猜到一切。

男人弯腰瞄准，接着打出第二杆。蓝球入袋。

"怎么？还装傻呢。"男人的下一个目标是三号球。红球应声消失。

"其实我很佩服你。首先，你居然能发现钻石藏匿的地点，连我都被骗过去了，还一直觉得是藏在空调的风管里呢。"男子绕到台球桌的对面。

"我真没有想到，文件柜底部居然还有一个暗格。不过我检查社长室时，看护机器人已经被移走了。其实我当时还用内视镜检查过文件柜的底部，结果毫无发现，说起来还挺惭愧的。"

第四球男人借助了库边[1]，只见白色母球从反方向撞击紫球，成功入袋。

"其次，你是怎么做到神不知鬼不觉地偷出钻石的？说实话，我到现在都想不明白你到底是怎么躲开红外线感应器的。你应该没机会遮挡感应器啊。"

轻轻一碰，橙色的五号球缓缓落袋。

"这个人到底在说什么？"章转头看向纯子，声音开始有些颤抖了，"你特地把我叫出来，就是让我听他胡说八道的吗？"

纯子依旧沉默。

"失陪。"章刚滑下凳子，就传来了男人冷酷的声音。

"你是觉得现在赶回去还来得及处理那些钻石吗？"

章转身："你到底在胡说什么？我完全……"

"如果你离开，我们就只能报警了。那样一来，你就会被逮捕，住处也会被警方搜查。"

章听完浑身僵硬："你、你有什么证据？"

男人用巧克擦了擦杆头，接着打进了第六个目标球绿球。

"颖原社长藏匿的那些钻石，应该大都是些容易变卖的一克拉以下小钻石。那就不可能只有一两颗，应该得有几百颗吧。这样一来，能藏的地方就十分有限了。"

"……你到底在说些什么？"

"最安全的办法是埋到一个很远的地方，这样你就不用担心被警方搜查了。最坏的情况下，就算你被关进牢里，只要咬紧牙

---

1 台球桌的边称为库边。——编者注

关不说，出狱后一样可以把它们挖出来。"

男人面色平淡地继续瞄准七号球。

"但没有人会这么做，因为人性使然。再偏僻的地方，再深的洞，一想到有可能被其他人发现，就会焦虑得彻夜难眠。所以，怎么都得把它们放在自己看得见的地方。你也一样吧？更何况，你自认为已经实现了完美犯罪，自然不会考虑警方入室搜查的情况。或者应该说，你早就排除了这个可能性。所以，你担心的就只有小偷和火灾了，对吗？"

紫红色球落袋。

"你这个人有毛病吧？"这句质问听起来苍白无力。章已经浑身冒汗了。

"事实上，我刚刚去过你家里了。"男人一脸理所当然的样子。

"……怎么可能？"

"你不会觉得靠那么个遥控式辅助锁就足够防盗了吧？虽然那种锁已经很不错了，可惜啊，要是用来守护价值几亿日元的钻石，那可就差远了。一般的小偷看到那种锁，或许会因为觉得麻烦而改变目标。不过，如果是个早就盯上了那个房间的人，那就多的是办法了。"

他不会真进去了吧？章感觉自己的双腿正微微颤抖。

"一进房间，我就觉得奇怪了。水池旁明明就放着一台老旧的全自动洗衣机，怎么你还经常出入投币式自动洗衣店呢？"

章身子一颤。男人一边说着一边打进了黑色的八号球。

"你的确想得很周全。那台洗衣机看起来破破烂烂的，简直就是个不值钱的大型垃圾，自然不用担心被人偷走。洗涤桶是不可拆卸的结构，所以只要把包好的钻石塞进内外桶之间的缝隙里，就不容易被人发现，而且也很难取出。只要丢进几件衣服，再倒点儿脏水进去，就能同时实现伪装和防火的目的了，真是一举两得啊。问题在于脱水时，洗涤桶会被那些钻石卡住，于是，你为了防止洗涤桶转动，剪断了电机的配线。"

桌上的球只剩下最后一颗，男人轻松一击。母球反弹了三次、绕球桌一周后撞上了黄白色的九号球，球迅速滚入袋中。

"这怎么可能？"章终于挤出了一句，"你这不是私闯民宅吗？"

"是啊。你要告我吗？"男人捡起从球桌上掉落的球。

"……是要交易吗？"

男人沉默着将球放回球桌。

"你是想跟我交易吧？否则，何必特地把我叫出来？"

男人瞥了章一眼。

"我们对半分吧？"章说完看了看纯子。

"不，三分之一怎么样？这样在场的每人都能拿到两亿多日元。"

男人面无表情地摇摇头。

"那，你觉得多少合适？"明知只剩绝望，他还是忍不住负隅顽抗。

"我不是那种贪心的人。本来你说对半分的时候，我就应该毫无抱怨地开心收下，也可以替你瞒着青砥律师。甚至如果你需要，我还可以给你介绍一些变卖钻石的途径。"

男人叹了一口气："但你做出了最糟糕的决定——杀人。"

男人的声音突然变得十分严厉，与方才判若两人："和你交易，我岂不成了杀人的共犯？"

"等等！我是在案发前一晚偷走钻石的。案发当天并没有进过房间，怎么能杀害社长呢？"章大声辩驳着。事到如今，偷窃之事已经无法抵赖了。只能先认下这个罪名，之后再想办法挽回劣势。

"的确，案发当天你进不了社长室，那个房间的确是个完美的密室，但你一样能杀死社长。"

怎么会！难道他发现了一切？不可能，自己的手法怎么可能被轻易识破？

"假设这张台球桌是社长室，这个球是颖原社长。"

男人说着就在球桌中央放上黄白色的九号球。

"那天中午，颖原社长因摄入安眠药而昏睡，是杀是剐都任由人处置……等等，其实那个杀人手法早就被我识破了，安眠药是被掺在咖啡用的方糖里的吧？到这里为止，可以说毫无难度。"男人看了章一眼。

"不过，不管我怎么考虑，案发当日，凶手肯定进不了社长室，也就是说，只能用远程遥控的方法杀害他。那么，凶手就必须身处一个能够俯瞰房间的位置，就比如你坐的那个吊篮。"

"就因为这个……"

"然而，最关键的问题我始终想不明白——要如何遥控杀人呢？很显然，你需要借助看护机器人才能办到。可是你并不能直接利用看护机器人杀害社长，毕竟机器人的安全程序决定了它绝不可能伤害被看护者。"

男子用球杆轻轻捅了捅九号球。

"不能用球杆直接击打目标球，这是台球的基本规则。你一开始也没有想到这些吧？只是在后来的尝试中才慢慢发现，这个密室变得越发难以攻破了。"

章全身冒冷汗，下意识地看向纯子求助。但她始终低着头。

389

"既然不能直接攻击目标，那就需要多加一个步骤了。"

男人在球桌上放了三颗球。球袋左侧放着绿色的六号球，白色母球放在男人面前，母球的前面是双色的九号球。

"比如这种吻击击法，被母球撞击到的球会在碰撞其他球后入袋。"

男人轻轻推杆，只见白色的母球撞向目标九号球，而九号球在撞击位于球袋左侧的绿色球后，一如他所说的那样滚入袋中。

男人将这三颗球重新摆上球桌。这一次，位于球袋前方的是九号球，白色母球位于男人面前，绿色的六号球则位于九号球与白色母球之间的偏右处。

"接下来是借球击法。母球无法直接撞击目标球时，可以借助其他球来修正轨道，进而将目标球撞进袋中。"

男人用力击杆，白色母球迅速撞上绿色的六号球，接着向左撞向九号球，将九号球准确击入袋中。

"最后就是组合球击法了。"男人将九号球放在球袋附近，将母球放在自己面前，二者的中间则是绿色的六号球。

"母球经其他球将目标球撞进袋中。这是台球中风险最高的一种打法。"

犹如连环撞车般的连锁反应。白球撞到绿球，绿球撞到双色球，双色球入袋。

"……对于你是台球高手这件事，我已经充分了解了。所以呢？有可能杀害社长吗？"章冷笑道。他依旧抱着一丝期待，希望对方的推理方向是错误的。

"很可惜，不可能。我们之前也讨论过，是否可以利用看护机器人搬动其他物体撞击颖原社长的头部，或是将颖原社长本身作为道具直接杀害，但结果显示，这些都不可能做到。"

"……所以呢？"章一脸不耐烦。

男人又拿出了那三颗球。

"正如青砥律师所说，凶手正是让看护机器人做了它能做的事，也就是说，你可以将颖原社长的身体移动到房间内的任意一个地方。只要做到这一点，就能成功地将他杀害。"

男人将九号球放在球台上，接着用球杆戳了戳。坐在凳子上的纯子终于转过身来："榎本先生，可以了吗……"

"不，再等一下。"男子用握着球杆的手制止了纯子。

"闹够了吗？少在这里虚张声势。"章用尽所有勇气呵斥道。

"虚张声势？"

"呵。其实你什么都不知道吧？只不过想用这种手段来让我动摇，好让我自己招供。"

男子微微一笑："是吗……看样子你对自己的手法很有信心啊。不过也难怪，要不是那个偶然的恶作剧，我根本发现不了。"

"偶然？"

"我走进社长室的那个晚上，外面刚好刮着大风。"

章浑身一颤。为了掩藏内心的不安，他紧紧地抓着椅背。

"社长室的窗户用的是厚重的双层防盗玻璃，而且是全部嵌死的。只要不是豆腐渣工程，外面的风声就绝不可能传进屋里。但是当晚，那扇玻璃窗却被大风刮得嗡嗡作响。"

章的后背已是冷汗涔涔。

"于是我仔细检查了玻璃窗，发现玻璃被人巧妙地制造出了一点儿间隙。我没拆下来看，所以并没有十分的把握。但不出意外的话，应该是被人放置了固定块，否则玻璃不可能滑动得那么顺畅。"

章张开嘴，似乎想说些什么，却又不知道该说些什么。

"我们接着说组合球击法吧，这种打法的失败率很高，一般情况下不会使用。不过，也有例外。"

男人用球杆拨动九号球，将其放在球袋前十厘米的位置上，又在其前方放上六号球，让两颗球紧贴在一起。最后在五十厘米外的延长线上放了白色母球。

男人如一头盯着猎物的野兽般弯下上身，眼神上扬开始瞄准。

"这种布局称为Dead Combo，也就是铁球。被球杆撞击的母球并不会直接接触到要打入袋中的目标球，只会击中紧贴在目标球前方的另一颗球。但母球上的动能会透过被击中的球传递给目标球。这些都是物理学的基本知识。"

男子缓缓击杆，白色母球虽然撞向的是绿色的六号球，但六号球只是轻轻抖了一下，反而是紧挨着六号球的九号球被弹入袋中。

"绿色球就好比是社长室的玻璃窗。考虑到玻璃窗在被完全固定的状态下，动力无法传递到另一侧，你事先对玻璃窗动了手脚，在玻璃窗和玻璃框之间留出了缝隙。然后，你操控看护机器人将社长身体搬运过来，将其头部紧贴在玻璃窗的内侧，并从外侧施加了致命一击。至于你使用的，则是一个很有重量且硬度低于玻璃的钝器。"

男子用白色母球敲击着绿色的六号球，两球发出坚硬的撞击声。

"在超强化玻璃间夹了一层树脂膜后形成的双层防盗玻璃，完全扛得住这种作用面积大且硬度不高的撞击，自然也就不会出现任何裂痕。但是，经玻璃传递到室内的作用力，对社长那个不久前动过手术的脆弱头盖骨而言却是致命的打击。可惜的是，这么完美的死亡组合，却没有造成他当场死亡。"

"但是，你说的这个钝器在哪里呢？"章的声音有些急促，"我一发现尸体就报警了啊。"

"确实，你没时间处理钝器。"男人将白色母球抛向空中，"但你可以将它藏起来啊。那栋大楼屋顶上能藏大型钝器的地方只有一个。"男人突然将手上把玩的球扔了过来，章下意识地伸手接住。

"我今天去找过了，你用的那颗保龄球，就藏在大楼屋顶的进水塔里。"

完了。章握紧手中的球，缓缓闭上双眼。

自己的手法全都被揭穿了，哪里还有狡辩的可能？

可是，到底是哪里出了纰漏呢？章怎么也想不明白。屋外刮着大风……自己的计划居然就因为这个而暴露了？

章顿觉两腿发软，连忙用手扶着凳子，勉强稳住了身体。

形势瞬间急转直下。到现在，他还是难以相信。真的就这样失去一切了吗？钻石、复仇的机会……还有，自己的未来。

"要是你打算自首的话，最好现在就跟青砥律师走。要是一个人去警局，哪怕是去自首的，也有可能被当成紧急逮捕处理。"

章抬起头。他突然觉得喘不上气，便用双手抓着毛衣的领口。台球从他的指间滑落，在地上咕噜噜滚了许久。

"可惜啊。"男人自言自语般地低喃着。

"……不过，一旦杀了人，就全完了。"

章的眼前，出现了台球酒吧的旋转门。

因为相信自己还有明天，才不惜牺牲一切打开了那扇门。

而门的另一边，只有一片虚无。

VI
终章

　　纯子将放在桌子上的信封推到榎本面前。
　　"请确认。"
　　"好的。"榎本说着从信封中拿出那沓钞票，像银行职员一样把钞票摊成扇面状后点了起来。
　　纯子瞪大了眼，她怎么也想不到对方还真就当面数了起来。
　　一眨眼，榎本就清点完了五十万日元。
　　"分文不少。感谢你愿意配合我用现金结账，麻烦了。"
　　"没什么。毕竟确实有很多人不愿意留下收款记录。"纯子语带讽刺，"那么，可以麻烦你在这里签名盖章吗？"
　　榎本像个收款员般地在包里翻找起来。
　　"盖指纹也可以。"
　　"不行……我没指纹。"
　　这话让纯子实在不知道该怎么接下去，榎本则满不在乎地拿出现成印章，在收据上盖章后，将那叠钞票收入包中。
　　"我可以问你个问题吗？"
　　"……什么？"纯子的表情这才缓和了几分。

"我告诉你擦窗年轻人就是凶手的时候,你似乎并没有觉得惊讶,好像已经猜到了似的。你是一早就怀疑他了吗?"

居然问的是这个:"是因为耳朵。"

"耳朵?"

"我在看到前社长的照片时,印象最深的就是他的那双耳朵。不只是单纯的大耳垂,而是政治家那种又大又厚的耳朵。"

"所以呢?"

"我第一次约椎名章出来的时候就曾问过他,当时他看到的尸体会不会是个假人……怎么了?"纯子看了榎本一眼。

"没什么。"

"他当即否定了。我问他为什么这么确定时,他告诉我因为从遗体的颈部和手部皮肤来看,明显是真人的质感。"

"原来如此。"

"问题是,当时遗体呈俯卧的状态,脸背对着他,他真能看清颈部和手部吗?虽然不排除遗体姿势的影响,但我觉得前社长与假人间最大的差别应该是那双耳朵。为了不对测量数据造成影响,假人的耳朵通常都比较小。而他描述时,似乎故意避开了耳朵这一点。"

榎本点点头。

"大概颖原社长的那双大耳朵,在他动手的那一刻已经深深地刻在他的记忆中了,所以在说话时反而会故意避开。实际上,他也在担心自己会不小心说出一些透过窗外看不见的东西。"

"原来如此。也就是说,他因为过分小心言辞,反而让证词显得有些不自然?"

"其实我当时只是觉得有点儿不对劲而已,并没有多想。因为我觉得他连案发现场都进不去,怎么可能是凶手呢?"

"确实，我一开始也排除了他。"榎本喝了一口茶。

"……但是，你有必要这么做吗？"纯子淡淡地说道。

"你说的是把椎名章约到台球酒吧质问的事？"

"嗯。"

"你觉得我多此一举？"榎本苦笑，"但如果想让他自首，就必须步步紧逼，直到他无力反驳。我原以为你会认可我的做法。"

"可我觉得你刚刚有些过分。"

"你该不会担心他会因此受伤吧？"

榎本话中的嘲讽让纯子顿时火冒三丈："你的做法让我联想到了虐待狂。"

"哦？那你真是误会我了呢。"榎本突然站了起来，"这段时间，多谢关照。"

纯子兀地一愣："别这么说，彼此彼此。"

"如果有事，请随时联系我。"榎本鞠了一躬后走出了律师事务所。

纯子将桌上的银行信封揉成一团后丢进垃圾桶。

纯子在两周后再次前往月桂叶总公司时，整个公司的氛围都不一样了。

从一楼进电梯后可以直接按下十二层的按键，解除密码后真是方便了很多。电梯门关闭前，只见一位穿着工作服的男人从外面飞奔进来。仔细一看，原来是岩切。

"哎呀。"

"啊……你好、你好。"

"前段时间真是谢谢你了。"

"哪有，我什么忙也没帮上。"岩切的脸色看上去很不好，短短几天没见，他头上的白发明显多了不少。

"你最近身体还好吗？"她不由自主地问了出来。

"嗯，还行。"

"善后的事情很多，很辛苦吧？好像也来了很多媒体。"

"感谢你替久永先生洗清了冤屈。"岩切仰视天花板，"只是现在总是忍不住怀疑，自己劳心劳力地奋斗了这么多年，究竟都干了些什么？"

"别这么说。这是个很伟大的事业。"

岩切摇摇头："开发鲁冰花五号的初衷，是希望拉近看护者与被看护者的心理距离。可是现在，它竟成了凶手的杀人工具……我真是做梦都没想到。"

"可是错不在你啊。"

电梯在十楼停了下来。

"我总是忍不住在想……"岩切走出电梯后压着门，"在凶手为了杀害社长而命令鲁冰花五号举起社长的那一刻……"

纯子不知该如何接话。

"……如果看护机器人也有心，它一定会哭吧。"

纯子默默看着岩切悄然离去的背影。

在十二楼走出电梯后，河村忍迎了上来，并将纯子带进会客室，这里是曾经的会长室。

"请稍等一下，社长马上就过来。"

"你很忙吧？"

听到纯子的话后，忍轻轻一笑："托你的福。"

"你现在是社长秘书了吧？"

"嗯。不过现在伊藤升任秘书课长，松本沙耶加又辞职了，

397

所以秘书实际上只剩下我一个人了。"

大概不再需要那么多秘书了，据说楠木会长等大部分重要高管都已经卸任了。

"松本小姐是准备结婚之类的吗？"

"不是的，说是要去实现舞台剧演员的梦想了。据说因为之前的那场演出非常成功，所以才做了这个决定。"

"是吗？那我应该……替她高兴吧。"

话虽如此，纯子还是无法理解，那种莫名其妙的戏怎么会吸引那么多戏迷，甚至还有人感动哭了。

"不过，你看起来容光焕发呢。"

"是吗？"忍露出一口白牙，"现在可以跟你说了，其实我之前也想过辞职，因为总觉得这份工作无法给我带来成就感。不过我现在改变主意了，想再努力干下去试试。"

"为什么改变主意了？"

"……是啊，为什么呢？可能是打从进入这家公司起，最近第一次真切地感受到原来自己的工作是能帮助到其他人的。新社长虽然在工作上十分严厉，却能公平地对待每一位员工。"

"我总觉得他是个冷酷的人。"

"他这个人确实很容易让人产生误解。不过，他虽然有些不近人情，但绝对不是个冷酷的人。"

纯子没听懂这两者之间有什么差别。

等了约十分钟后，颖原雅树出现了。

"久等了。"

"没有，是我非要约您。今天藤挂律师不在吗？"

"我觉得，我们两个人可能更好谈一些吧。"颖原雅树在纯子对面的沙发上坐了下来，"那我们就直接点儿吧。你有什么要求？"

颖原雅树身上散发出的强烈气场差点儿让纯子心生退意，她连忙鼓足勇气答道："请您撤销对久永先生的惩戒性解雇及赔偿损失的要求。"

"做不到。他侵吞公款的行为对公司已经造成事实损失。我粗略算了一下被侵吞的公款总额和利息，拿回来的钻石只够偿还六成左右而已。"

"但这件事的主谋是前社长，久永先生顶多是个从犯啊。"

"怎么证明？"

"从他们俩的关系来看，任谁都会这么想吧？"

"俗话说死无对证。人一死，所有的脏水都要往他身上泼了。"

"可是只对久永先生提出赔偿要求，却对前社长的罪行视若无睹，这是不是太不公平了？更何况，那些被侵吞的公款，可是分文未入久永先生的口袋啊。"

"很遗憾，我们无法要求已故之人赔偿。"

"但他留下了巨额财产啊。"

颖原雅树挑了挑眉："你的意思是，应该向继承人——我和我的夫人请求赔偿吗？"

"难道不是吗？"

"原来如此。不过，我方应该有权要求贵方不向特定加害人请求赔偿吧？"

"如果这是您的结论，那么我方也只好提起请求赔偿诉讼了。"

颖原雅树冷笑道："贵方提出？我以为贵方只是加害人立场呢。"

"我方同时也是受害人。若您执意只对久永先生一人提出赔偿要求的话,基于久永先生持有月桂叶的股份这一点,自然可以以贵司疏于请求赔偿导致公司利益受损的理由,提出股东代表诉讼。"

"……原来如此。"

二人目光相对,就这么僵持了好一会儿。

颖原雅树看了看手上的劳力士金表:"我还有事,先失陪了。"

"走之前,可以请您先给个答复吗?"

颖原雅树起身,冷冷地俯视着纯子:"我无法同意让侵吞公款的久永恢复原职。"

"这么说,您是在拒绝我方的要求?"

"不过,我可以同意以他自愿辞职的方式,为他支付相应的退职金,并撤销要求赔偿的请求。条件是久永先生今后不得对我司提出任何要求,包括股东代表诉讼。"

他的用词倒是极为谦逊,可语气中却是掩不住的轻蔑。

"明白了,这样很好,感谢您的精心安排。"纯子也语带讽刺地回应道,"另外,我还想拜托您一件事。听说下星期公司将举办颖原社长的追悼会,您可以允许久永先生参加吗?"

"随意。葬礼不会拒绝任何人。"颖原雅树冷冷地答道,"失陪了。"

颖原雅树走出会客室后,又转过身来问道:"对了,听说你成了椎名章的委托律师?"

"是的。既然久永先生的嫌疑已经洗清,就不存在利益冲突了。"

"确实,哪怕是罪大恶极之人,也有被辩护的权利。只不过,作为一个被害人家属,最近在法庭上看到了一些过分的辩论战术,让我深感疑惑。"

"我觉得法庭向来都是公正之地。我只是在尽一个委托律师的责任罢了。"

"你的这个所谓的尽责,似乎有点儿问题啊。恕我直言,你这回的谈判手段着实让我感到不安。为了减轻杀人犯的罪行,不惜损伤已故之人名誉之类的策略,望你谨言慎行。"

"您在乎的并非已故之人的名誉,而是公司的体面吧?"

"并无区别。"颖原雅树突然双目放光,"一旦出现诽谤中伤我司的消息,我司定会一查到底。请您务必放在心上。"

"我定会铭记。"纯子也毫不示弱。

"……或许,凶手也是个可怜人。"颖原雅树淡淡地说着,"但岳父一定很想在闭眼前看到自己为之奋斗一辈子的公司顺利上市。所以,我绝对不会原谅那个因自己的贪欲而让岳父含恨九泉的凶手。我希望看到他被处以极刑。"

看着颖原雅树大步离去的高大背影,纯子的内心五味杂陈。

"我先走了。"今村将长外套搭在手上说道。

"辛苦了。"纯子随口应了一句,双手则不停地敲着键盘。她正在准备椎名章拘留延长判定的准抗告[1]资料。

"你还不走?"

"我得赶在今天内写完。"

"这样啊……你也别太辛苦了。"

---

[1] 抗告指针对法院判决提起的上诉,准抗告指日本司法体系中不服法官个人判决向法院提起的上诉。

"谢谢关心。"

今村似乎还不打算离开,于是纯子扭头问道:"怎么了?"

"也没什么……话说,我们还没庆祝过吧,就是我们成功让久永先生无罪释放的那个案子?"

"哦……那都是过去的事了。"纯子淡淡地答道。

"我必须向你道歉。我一直没有认真对待久永先生无罪的这个可能性。身为律师,必须相信委托人,是我忘记了这条准则。"

"他也根本不是那种值得你去相信的人,这次只是碰巧无罪而已。"

"等这件事告一段落,我请你喝一杯。"

"谢谢你的邀请,不过最近应该没时间了。"纯子重新看向电脑。

事务所的门开了又关的声音在背后响起。

纯子伸了个懒腰,走到咖啡机旁,把刚煮好的咖啡倒进马克杯。她刚回到座位,电话就响了。

纯子放下马克杯,拿起话筒的同时,眼睛依旧紧盯着屏幕。

"您好,这里是Rescue法律事务所。"

"这么晚打扰了。是青砥律师吗?"是榎本的声音。

纯子原本想假装听不出来,但又觉得有点儿麻烦,就放弃了。

"今晚也要出去工作?"

"没有,我在店里。这阵子来防盗咨询的客人太多了,这个时间点了我还在收拾东西。"

"恭喜啊,生意这么好。不过,找我有何贵干?"

"这个嘛,听说你接受了椎名章的委托?"

"是啊,顺水推舟,或者应该说是情势所迫吧。"

当时陪椎名章去警局自首时，纯子并没有想到这一步。但是把椎名章交给审判官后，自己又实在不能装傻。现行的日本法律规定，犯罪嫌疑人在被起诉前是不会配置公设律师的。也就是说，椎名章将在孤立无援的状态下接受审讯。

就在替值班律师向椎名章提供建议的过程中，纯子决定接下他的委托。无论他犯下了多么不可饶恕的罪行，都有权利获得辩护。而且，自己对这个案子的所有细节几乎了如指掌，应该不会有人比自己更适合了。

"其实，我听到了一些相关的消息……"榎本罕见地有些吞吞吐吐。

"什么？"

"据说椎名章在口供中表示背后还有共犯。他说是因为被金融贷款机构追债，走投无路下才选择了杀人。"

纯子手握话筒愣在原地。她感觉体内的血液就像虹吸式咖啡机一样逐渐沸腾，最终直冲脑门儿："为什么你会知道这些？"

榎本听出了纯子话中的怒气："不是谁故意透露的，是我无意中听到的。"

这个男人和警方之间到底有什么不可告人的关系？

"这件事，你还对谁说过吗，比如媒体之类的？"

"没有，我没对其他任何人说过，只是想提醒你一下。"

"什么意思？"

"椎名章的口供，是假的。"

纯子转着手上的自动铅笔："你怎么知道？"

"如果幕后黑手真是那个金融贷款机构，他们完全没有必要杀死前社长。反正那些钻石本就见不得光，哪怕失主发现也不敢报警，反而还能用作恐吓的把柄。"

"确实，我也觉得这一点有些奇怪……"

"他这么说并非出于坦白从宽的目的，而是出于报复金融贷款机构的心理。既然自己躲不过，那就拉他们一起下地狱。"

纯子想起当时椎名章那副一脸轻松的样子。

"不过这是个无用计策。其实警方早就盯上了他所说的那个金融贷款机构，关于他们的罪状中还涉及多项杀人罪。"

"杀人？"

"被害人包括椎名光晃、椎名照子、铃木英夫三人。"

纯子愕然。

"让椎名章撤销这个口供吧。那家金融贷款机构即将成为日本最大黑道集团的一员。要是口供是真的也就罢了；要是用假口供诬陷他们，那些人岂会善罢甘休？他们一定会觉得颜面扫地，给集团抹黑了，更不会轻易放过椎名章。"

"……知道了，我会跟他说的。"纯子将马克杯端到嘴边，"不过，我倒是没想到榎本先生会这么关心椎名章。"

这个男人不是眼里只有钱吗？

"我关心椎名章？"榎本冷笑，"说实话，我根本不关心他的结果。不如说借黑道之手把他除掉，反而能免除后患。"

"……你不觉得自己太过分了吗？"纯子忍不住大声斥责。

"过分吗？"

"他是杀人犯没错。但把私刑和黑道报复合理化这种事……我绝对不认同。"

"站在被害人家属的角度看，凶手犯下了如此滔天的罪恶，用不了几年就能被假释出狱，继续优哉游哉地活下去，难道他们就不恨吗？"

"家属希望凶手得到报应的这种心情，我当然可以理解。可是……"她突然不知该怎么说下去。

"我也见过不少少年犯罪嫌疑人，大部分来自不幸的家庭。在成为加害人之前，他们已经是成人暴力的被害人了。"

"照你这么说，岂不是几乎所有的犯人都是无辜的？"

纯子叹了一口气，无数个念头在脑中激荡，却不知该如何表达。

"无论哪个年代的年轻群体，自身都是无可奈何的矛盾体。他们拥有足以改变社会的强大能量，内心却又极为脆弱，一些在成人看来不值一提的挫折就能将他们伤害得体无完肤……他们就像是用玻璃做成的凶器。"

"或许是吧。可问题是，即使是把玻璃之锤，一样可以夺走他人的性命。"榎本的声音听起来毫无波澜。

"这对被害人来说，又有什么分别？"

"你说得没错。正因如此，我们才应该好好地教育他们，而不是采用复仇的方式。毕竟他们将来还是要重返社会的……"

纯子加重了语气："玻璃之锤也是在破碎后才会变成真正危险的凶器。"

"原来如此。"榎本平静地回应道，"那么，你所说的教育，应该在什么地方进行呢？"

"嗯？当然是在监狱啊。"

"是吗？那么请问日本境内的哪所监狱真正开设了纠正犯罪心理的再教育课程？"

"这……"

"据我所知，这种监狱根本不存在。那些所谓的徒刑和监禁，都只能让犯人在某个时间段处于与社会隔绝的状态。那些看守人员只会努力保证他们不在狱中出任何问题。说得极端一些，他们根本不知道自己出狱后该做什么。当然,没有任何人会为此负责。正因如此,再犯罪率才会居高不下吧?"

"你说得都对。可我们也不能因此就把他们都杀光吧?"为了平复自己的情绪,纯子做了个深呼吸,"官僚主义产生的缺陷,却让受刑人承担,这太不公平了。"

一阵沉默。

"……所以到头来,我们只能祈祷,祈祷他们几年后出狱时,能自力更生、重新做人。"

是这样的,纯子在心里默默点头。我们能做的,就只剩下祈祷了。

"不过,你说你不关心他,其实是骗人的吧?"

"为什么?"

"你打电话给我不就是为了救他吗?"

"我打电话给你可不是为了椎名章。"

"啊?"

"也许他们的报复会波及你。"

纯子哑口无言,她根本就没想过这个问题。所以,榎本是因为担心自己才特地打电话过来的吗?

纯子默不吭声,只是小口地抿着咖啡。榎本也沉默着,似乎还点了一根烟。

"……对了,有件事,想问问你。"过了一会儿,纯子开口。

"什么事?"

"在椎名章的公寓里找到的六百一十九颗钻石中,有二十四颗并非真钻,而是白皓石。这到底是怎么回事?"

纯子的语调与前一刻判若两人。

"哦?是不是颖原社长被骗了啊?那些钻石,他应该是从黑市买来的吧？"

"可是这二十四颗假钻石都集中在同一个包裹里，这又是怎么回事呢？"

"应该是他在同个时期买的吧，大概就是那次被骗了。"

"你潜入椎名章的公寓后，应该有充足的时间可以调包吧？"

"对呀，我当时怎么就没想到呢？太可惜了。"

果然是他。

"……好了，感谢你的忠告，我会小心的。"

她淡淡地说完，正准备挂断电话，那头又传来了声响，便重新拿起听筒。

"你说什么？"

"你什么时候方便？"

"什么时候？"

"吃饭啊，我不是说过要请你好好吃一顿吗？我现在手头很宽裕哟。"

重新回忆一遍榎本刚刚的那番话后，纯子顿时目瞪口呆。

"在那之后，你不是让我全都忘掉吗？"

纯子毅然挂断电话。

一分钟后，电话铃声再次响起。

读客
悬疑文库

认准读客读悬疑,本本都是大师级。

专注出版中、英、美、日、意、法等世界各国各流派的顶尖悬疑作品。

为读者精挑细选,只出版两种作品:
经过时间洗礼,经典中的经典;口碑爆表、有望成为经典的当代名作。

跟着读客悬疑文库,在大师级的悬疑作品中,
经历惊险反转的脑力激荡,一窥人性的善恶吧。

扫一扫,立即查看悬疑文库全书目,
收集下一本精彩悬疑!